ATRIUM

AF203439

ANNE HOLT IM ATRIUM VERLAG

Die Hanne Wilhelmsen Reihe
*Blinde Göttin · Selig sind die Dürstenden · Das einzige Kind ·
Im Zeichen des Löwen · Das achte Gebot · Das letzte Mahl ·
Die Wahrheit dahinter · Der norwegische Gast · Ein kalter Fall ·
In Staub und Asche*

Die Selma Falck Reihe
Ein Grab für zwei · Ein notwendiger Tod · Eine Idee von Mord

ANNE HOLT ist mit zehn Millionen verkauften Büchern weltweit
eine der erfolgreichsten Krimiautorinnen Skandinaviens. Sie ist
ehemalige Justizministerin Norwegens, Anwältin, Journalistin, TV-
Nachrichtenredakteurin und Moderatorin. Zu großem Ruhm als
Autorin gelangte sie mit den zwei Krimiserien um Hanne Wilhelmsen und um Inger Johanne Vik (verfilmt als »Modus. Der Mörder
in uns«). Ihre neueste Serie dreht sich um die Juristin Selma Falck.
Im Atrium Verlag sind die Krimiserien um Hanne Wilhelmsen und
Selma Falck erhältlich.

GABRIELE HAEFS übersetzt seit über fünfundzwanzig Jahren u. a.
aus dem Norwegischen, Dänischen und Schwedischen. Sie wurde
mit dem Gustav-Heinemann-Friedenspreis und der Königlich Norwegischen Verdienstmedaille ausgezeichnet. Zu den von ihr über-
tragenen Autor:innen zählen neben Anne Holt unter anderem Jo-
stein Gaarder und Camilla Grebe.

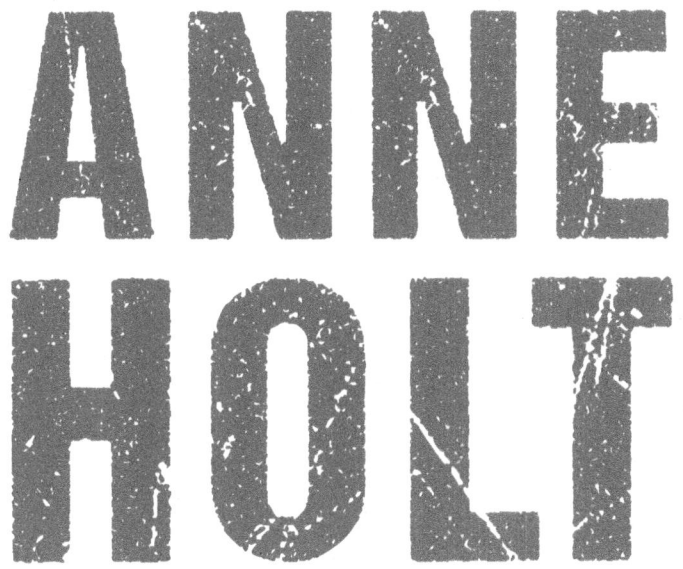

ANNE HOLT

BLINDE GÖTTIN

HANNE WILHELMSENS ERSTER FALL

Aus dem Norwegischen von Gabriele Haefs

Atrium Verlag · Zürich

Die deutsche Erstausgabe erschien 1995 im Rasch und Röhring Verlag, Hamburg.

This translation has originally been published with the financial support of
NORLA, Norwegian Literature Abroad

Taschenbuchneuausgabe
1. Auflage 2024
© Atrium Verlag AG, Zürich, 2024
Alle Rechte vorbehalten
Copyright © Anne Holt 1993
Die Originalausgabe erschien 1993 unter dem Titel
Blind gudinne bei Cappelens Forlag, Oslo.
Für die vorliegende Ausgabe wurde die deutsche Übersetzung
von der Übersetzerin überarbeitet.
Published by agreement with Salomonsson Agency
Umschlaggestaltung: zero-media.net, München
Umschlagmotiv: GettyImages,
Shabby vintage grain Struktur: FinePic®, München
Satz: Pinkuin Satz und Datentechnik, Berlin
Druck und Bindung: GGP Media GmbH, Pößneck
Printed in Germany
ISBN 978-3-03882-139-7

www.atrium-verlag.com
www.facebook.com/atriumverlag
www.instagram.com/atriumverlag

Er war tot. Einwandfrei und über jeden Zweifel erhaben. Sie sah das sofort. Später konnte sie sich nicht recht erklären, weshalb sie so sicher gewesen war. Vielleicht kam es daher, wie er gelegen hatte, das Gesicht tief in halb verfaultem Heu vergraben, Hundekot gleich neben dem Ohr. Kein Säufer mit Selbstachtung legt sich neben einen Hundehaufen.

Die Frau drehte ihn vorsichtig um. Die Vorderseite seines Kopfes fehlte. Es war unmöglich, das zu erkennen, was einst eine Person gewesen war, eine Identität. Der Brustkasten gehörte einem Mann und wies drei Einschüsse auf.

Sie fuhr herum und würgte heftig, was ihr aber nur einen bitteren, scheußlichen Geschmack im Mund und einen bösen Krampf im Zwerchfell einbrachte. Die Leiche war wieder auf den Bauch gesackt, als sie sie losgelassen hatte. Zu spät ging ihr auf, dass der Kopfputz auf die Exkremente gefallen war, die sich in den dunkelblonden, triefnassen Haaren verteilten. Als sie das sah, kam ihr endgültig alles hoch. Als sei es die höhnische Geste einer Lebenden gegenüber einem Toten wurde er von tomatenrotem Mageninhalt übersprüht. Die Erbsen waren noch nicht verdaut und blieben als giftgrüne Punkte auf dem toten Rücken liegen.

Karen Borg rannte. Sie rief ihren Hund und nahm ihn an die Leine, die sie – eine symbolische Handlung – immer bei sich trug. Das Vieh lief begeistert neben ihr her, bis es entdeckte, dass sein Frauchen weinte und schluchzte, woraufhin es mit Jammern und Winseln in den Trauerchor einfiel.

Sie rannten und rannten und rannten.

MONTAG, 28. SEPTEMBER

Polizeigebäude, Oslo, Grønlandsleiret 44. Eine Adresse ohne das Brausen der Geschichte. Grønlandsleiret 44 klang müde, grau und modern, mit einem Unterton von öffentlicher Unfähigkeit und internen Streitereien. Groß und leicht gebogen, als könne es den Windstößen nicht widerstehen, lag es eingeklemmt zwischen Gotteshaus und Gefängnis, hatte im Rücken das kahlsanierte Wohnviertel Enerhaugen und als Schutz gegen den verdrecktesten und verkehrsreichsten Stadtteil gegenüber nur eine riesige Rasenfläche. Die Eingangspartie wirkte abweisend und war viel zu klein für die zweihundert Meter lange Fassade, wirkte geduckt und fehl am Platz und fast versteckt – als ob sie das Kommen schwierig und das Fliehen unmöglich machen sollte.

Die Anwältin Karen Borg wanderte am Montagmorgen um halb zehn die gepflasterte Straße hoch, auf den Eingang zu. Der Hang war gerade lang genug, um ihr einen schweißnassen Rücken zu bescheren.

Sie überlegte sich, dass der Hang mit Bedacht angelegt worden sein musste; alle betraten das Osloer Polizeigebäude mit durchgeschwitzten Kleidern.

Sie drückte gegen die schweren Metalltüren und betrat das Foyer.

Wenn sie mehr Zeit gehabt hätte, dann wäre ihr dort die unsichtbare Grenze aufgefallen. Auf der hellen Seite der riesigen Halle warteten reiselustige Norweger auf ihre roten Reisepässe.

Im Norden, unter der Galerie, saßen die Menschen ohne norwegischen Pass ängstlich und stundenlang mit schweißnassen Händen bei den Schindern von der Fremdenpolizei.

Aber Karen Borg war spät dran. Sie warf einen Blick zu den Galerien hinauf; eine Seite hatte blaue Türen und Linoleumboden, die andere, die Südseite, war gelb. Im Westen schließlich dominierten Rot und Grün. Der offene Raum erstreckte sich über sechs Stockwerke in die Höhe. Später sollte sie feststellen, dass hier enorm viel Platz verschwendet wurde; die Büros waren winzig klein. Nachdem sie sich mit dem Bau vertraut gemacht hatte, erfuhr sie, dass die wichtigsten Räumlichkeiten im sechsten Stock lagen: die Kantine und das Büro des Polizeichefs. Darüber wiederum, vom Foyer aus und für den Herrn in der Höhe unsichtbar, hauste der Überwachungsdienst.

Wie in einem Kindergarten, dachte Karen Borg, als ihr die Farbcodes auffielen. Als ob sie sichergehen wollten, dass alle ihren Platz finden.

Sie musste in den zweiten Stock, die blaue Zone. Die drei Fahrstühle mit den Metalltüren hatten sie mehr oder weniger gezwungen, die Treppe zu benutzen.

Nachdem sie zugesehen hatte, wie die Lichtpunkte an den Türen vier Minuten lang auf und ab geklettert waren, ohne je das Erdgeschoss zu berühren, war sie überzeugt. Sie ging zu Fuß nach oben.

Die vierstellige Zimmernummer war auf einen Zettel gekritzelt. Es war leicht, das Zimmer zu finden. Die blaue Tür war übersät von den Überresten alter Aufkleber. Micky Maus und Donald hatten sich der Ausrottung hartnäckig widersetzt und grinsten sie beinlos und aus halben Gesichtern an. Es hätte wohl besser ausgesehen, wenn man sie in Ruhe gelassen hätte. Karen Borg klopfte.

Sie hörte: »Herein«, und öffnete die Tür.

Håkon Sand wirkte nicht gerade begeistert. Es roch nach Rasierwasser, und über einem Stuhl – dem einzigen im Zimmer außer dem, auf dem Sand saß – hing ein feuchtes Handtuch. Sie sah, dass seine Haare nass waren.

Er warf das Handtuch in eine Ecke und bat sie, Platz zu nehmen. Die Sitzfläche des Stuhls war feucht. Sie setzte sich trotzdem.

Håkon Sand und Karen Borg waren alte Freunde, die sich nie trafen. Sie tauschten abgenutzte Phrasen aus, im Stil von: »Wie geht es dir«, »Lange nicht mehr gesehen«, »Wir müssen mal zusammen essen gehen«. Diese Floskeln wiederholten sie bei zufälligen Begegnungen, auf der Straße oder bei gemeinsamen Bekannten, die ihre Kontakte besser pflegten als sie beide.

»Schön, dass du da bist. Das freut mich«, sagte er plötzlich. Ihr kam es nicht so vor. Sein Willkommenslächeln war ziemlich dürftig nach vierundzwanzig Stunden Dienst. »Der Typ sagt einfach nichts. Er wiederholt immer nur, dass er dich als Anwältin will.«

Karen Borg hatte sich eine Zigarette angezündet. Sie trotzte allen Warnungen und rauchte Prince in der Originalversion, mit dem Maximum an Nikotin und Teer und dem knallroten Etikett, auf dem die erschreckende Warnung des Gesundheitsministeriums stand. Niemand schnorrte bei Karen Borg Zigaretten.

»Ihr müsst ihm doch klarmachen können, dass das nicht möglich ist. Erstens bin ich Zeugin in diesem Fall, schließlich habe ich die Leiche gefunden. Und zweitens habe ich keine Ahnung mehr vom Strafrecht. Ich hab mich seit dem Examen nicht mehr darum gekümmert, und das ist sieben Jahre her.«

»Acht«, korrigierte er. »Wir haben vor acht Jahren Examen gemacht. Du warst die Drittbeste unter hundertvierzehn. Ich war

Nummer fünf von hinten. Klar kannst du Strafrecht, wenn du willst.«

Er schien gereizt zu sein, und das war ansteckend. Plötzlich spürte sie die Stimmung, die sich während ihrer Studienzeit manchmal eingestellt hatte. Ihre stets hervorragenden Noten im strahlenden Kontrast zu seinem holpernden Gang durchs Studium, unterwegs zu einem Examen, das er ohne ihre Hilfe niemals bestanden hätte. Sie hatte ihn durch das ganze Studium gelockt, gezerrt und getrieben, als wäre ihr eigener Erfolg mit dieser Bürde leichter zu ertragen. Aus irgendeinem Grunde – sie hatten ihn nie ermitteln können, vielleicht, weil sie nie darüber sprachen – hatten sie beide das Gefühl gehabt, dass *sie* ihm dankbar sein müsste und nicht umgekehrt. Dieses Gefühl, ihm etwas schuldig zu sein, hatte sie später immer geärgert. Warum sie während des gesamten Studiums unzertrennlich gewesen waren, hatte niemand begreifen können. Sie hatten nie etwas miteinander gehabt, höchstens mal eine Runde Knutschen im Suff; sie waren ein ungleiches Freundespaar gewesen, unzertrennlich, streitsüchtig, aber immer voller gegenseitiger Fürsorge, die sie vor den vielen tiefen Fallgruben des Studiums bewahrte.

»Und was deinen Status als Zeugin angeht, auf den scheiß ich im Moment, ehrlich gesagt. Das Wichtigste ist, dass der Typ endlich die Klappe aufmacht. Mit dem Zeuginnenkram befassen wir uns eingehender, wenn irgendwer das nötig findet. Und das dauert sicher noch lange.«

»Zeuginnenkram.« Sein juristischer Sprachgebrauch war nie sonderlich präzise gewesen, aber Karen Borg konnte das trotzdem nicht so ganz schlucken. Håkon Sand war Polizeijurist und offiziell ein Hüter von Gesetz und Ordnung. Karen Borg wollte gern weiterhin glauben, dass die Polizei die Juristerei ernst nahm.

»Kannst du nicht wenigstens mit ihm reden?«

»Unter einer Bedingung. Du lieferst mir eine glaubwürdige Erklärung dafür, dass er weiß, wer ich bin.«

»Das war mein Fehler.«

Håkon Sand lächelte mit der Erleichterung, die er immer empfunden hatte, wenn sie ihm etwas erklären konnte, das er zehnmal gelesen und doch nicht begriffen hatte. Er holte zwei Tassen Kaffee aus dem Vorzimmer.

Und dann erzählte Håkon Sand die Geschichte eines jungen Niederländers, dessen einziger Kontakt mit dem Geschäftsleben – das war zumindest die vorläufige Theorie der Polizei – im Rahmen des europäischen Rauschgifthandels stattgefunden hatte. Aus der Geschichte ging hervor, wieso dieser Niederländer, der derzeit stumm wie ein Fisch in Norwegens ekelhaftestem Loch, der Untersuchungszelle des Osloer Polizeigebäudes, auf Karen Borg wartete, wusste, wer sie war; eine der Allgemeinheit unbekannte, sehr erfolgreiche Anwältin, fünfunddreißig Jahre alt und auf das Geschäftsleben spezialisiert.

»Bravo zwo-null ruft null-eins!«

»Null-eins an Bravo zwo-null, worum geht's?«

Der Polizist sprach leise, als erwarte er ein in aller Vertraulichkeit erzähltes Geheimnis. Das war jedoch nicht der Fall. Er hatte einfach nur Dienst in der Zentrale. In dem großen Raum mit dem schrägen Boden waren Lautstärke ein Tabu, Entschlossenheit eine Tugend und die Fähigkeit, sich kurz zu fassen, eine Notwendigkeit. Die uniformierten Beamten saßen wie die Hühner auf der Stange vor der Karte ihrer Hauptbühne, Oslo. Der Raum lag so zentral wie möglich im Polizeigebäude, ohne ein einziges Fenster zum unruhigen Samstagabend. Die Hauptstadtnacht drang trotzdem ein, durch die Funkverbindung mit den Streifenwagen und eine wohlwollende 002-Nummer, die Oslos mehr oder minder hilfsbedürftiges Publikum wählen konnte.

»Im Bogstadvei sitzt ein Mann. Er ist nicht ansprechbar, seine Kleider sind blutig, aber er scheint nicht verletzt zu sein. Keine Papiere. Er leistet keinen Widerstand, behindert aber den Verkehr. Wir bringen ihn rüber.«

»Alles klar, Bravo zwo-null. Sagt Bescheid, wenn ihr wieder losfahrt. Null-eins Ende.«

Eine halbe Stunde später wurde der Verhaftete gebracht. Seine Kleider waren wirklich blutgetränkt. Bravo zwo-null hatte die Wahrheit gesagt. Ein junger Dienstanwärter untersuchte den Mann. Mit seinen sauberen blauen Schulterklappen hatte er eine Heidenangst vor solchen Mengen von möglicherweise HIV-infiziertem Blut. Er trug Plastikhandschuhe, als er die offene Lederjacke des Festgenommenen zurückschlug. Erst jetzt konnte er feststellen, dass das T-Shirt einst weiß gewesen war. Auch die Jeans waren blutgetränkt, und der Bursche wirkte auch sonst nicht weiter gepflegt.

»Personalien«, forderte der Wachhabende und linste müde über die Schranke.

Der Festgenommene gab keine Antwort. Er starrte sehnsuchtsvoll auf ein Päckchen Tabak, das der Anwärter zusammen mit einem Goldring und einem von Nylonschnur zusammengehaltenen Schlüsselbund in eine hellbraune Papiertüte steckte. In seinem Gesicht war nichts anderes zu lesen als der Wunsch nach einer Zigarette, und auch dieser Wunsch verflüchtigte sich, als er seinen Blick von der Papiertüte zum Wachhabenden wandern ließ. Er stand, fast einen Meter von dem Polizisten entfernt, hinter einer soliden Metallbarriere, die ihm bis zu den Hüften reichte. Die hufeisenförmige Barriere war, einen guten halben Meter von der hohen Holzschranke entfernt, mit beiden Enden im Betonboden verankert. Die Holzschranke wiederum war ziemlich breit, und die Nase und der dünne graue Schopf des Polizisten lugten hinüber.

»Personalien! Wie heißt du, Mann? Wann geboren?«

Der Fremde lächelte, durchaus nicht höhnisch. Sein Lächeln zeigte eher mildes Mitgefühl für den erschöpften Polizisten, sein Ausdruck schien sagen zu wollen: Nimm es nicht persönlich. Er würde nichts sagen, weshalb brachten sie ihn also nicht lieber gleich in eine Zelle? Sein Lächeln war fast freundlich, und er schwieg. Der Wachhabende missverstand das. Natürlich.

»Bringt den Burschen in eine Zelle! Die vier steht leer. Der wird hier verdammt noch mal nicht länger rumstehen und mich provozieren.«

Der Mann protestierte nicht, sondern ließ sich willig in Zelle vier führen. Vor jeder Zellentür standen Schuhe, abgelatschte Schuhe in allen Größen. Und die Türschilder verrieten, wer dort wohnte. Vielleicht ging er davon aus, dass diese Regel auch für ihn galt. Jedenfalls streifte er seine Turnschuhe ab und setzte sie ohne weitere Aufforderung ordentlich vor die Zellentür.

Die Zelle maß etwa drei mal zwei Meter und war ausgesprochen unerfreulich. Wände und Boden waren hellgelb, und das Fehlen von Graffiti fiel auf. Der einzige kleine Vorzug, den er an diesem Ort, der zweifelsfrei kein Hotel war, sofort entdecken konnte, war, dass der Wirt offenbar nicht an Strom sparte. Das Licht war viel zu grell, und in diesem Zimmerchen war es mindestens fünfundzwanzig Grad warm.

Gleich neben der Tür befand sich ein Abtritt. Er verdiente die Bezeichnung Toilette oder Klo nicht. Es war eine Steinkonstruktion mit einem Loch in der Mitte. Als er sie erblickte, verkrampfte sein Bauch sich zu einer nachdrücklichen Verstopfung.

Obwohl es an Kritzeleien früherer Gäste fehlte, war dem Zimmer anzusehen, dass es viel genutzt wurde. Auch wenn er selbst alles andere als frisch geduscht war, erbebte sein Zwerchfell, als er den unangenehmen Geruch bemerkte. Die Mischung von Pisse und Exkrementen, von Schweiß und Angst, von Entsetzen und Wut hatte sich in den Wänden untilgbar festgesetzt. Denn abgesehen von der Einrichtung, die Urin und Abführung aufnehmen sollte und die auf keine Weise gereinigt werden konnte, war das Zimmer im Grunde sauber. Vermutlich wurde es täglich ausgespült.

Die Tür wurde verriegelt. Durch die Gitter hörte er, dass der Mann in der Nachbarzelle da weitermachen wollte, wo der Wachhabende aufgegeben hatte.

»Hallo, du, hier ist Robert. Wie heißt du? Und warum ist die Bullerei scharf auf dich?«

Robert hatte auch kein Glück. Schließlich musste er aufgeben, genau wie der Wachhabende.

»Arschloch!«, murmelte er nach einigen Minuten, laut genug, um die Botschaft an den Adressaten zu bringen.

An der Rückwand des Zimmers verlief quer eine Erhöhung. Sie ließ sich vielleicht, mit äußerstem Wohlwollen, als Pritsche bezeichnen. Es lag keine Matratze darauf, und Decken waren auch nirgends zu sehen. Egal, er schwitzte in der Hitze ohnehin wie verrückt. Der Namenlose faltete seine Lederjacke zu einem Kissen zusammen, legte die blutgetränkte Seite nach unten und schlief ein.

Als Håkon Sand am Sonntagmorgen um fünf nach zehn zum Dienst erschien, schlief der unbekannte Häftling noch immer. Das wusste Håkon Sand nicht. Er war verkatert, was nicht hätte sein dürfen. Der Schweiß der Reue klebte ihm das Uniformhemd an den Leib. Schon auf dem Weg zu seinem Büro zerrte ein Finger am Kragen. Die Uniform war ein Scheiß. Zu Anfang waren alle Juristen davon fasziniert, sie standen zu Hause vor dem Spiegel und übten, strichen über die Rangabzeichen an den Schulterklappen; einen Streifen, eine Krone und einen Stern für einen Polizeirat, einen Stern, aus dem zwei oder drei werden konnten, wenn man lange genug aushielt, um Adjutant oder Inspektor zu werden. Sie lächelten ihr Spiegelbild an, richteten sich unwillkürlich auf, stellten fest, dass ihre Haare geschnitten werden mussten, und fühlten sich aufrecht und gepflegt. Schon nach einigen Arbeitsstunden stellten sie dann aber fest, dass Acryl übel roch und dass der Hemdkragen zu steif war und am Hals eine wunde, rote Spur hinterließ.

Der Dienst als Wachhabender war das Letzte. Trotzdem waren alle scharf darauf. Der Job war in der Regel öde und zum Ausgleich erschreckend anstrengend. Schlafen war verboten; ein Verbot, dem die meisten mit einer stinkenden, ungewaschenen Wolldecke als Schutz über der Uniform trotzten. Aber die Schicht wurde gut bezahlt. Jeder Jurist von einem Jahr Laufzeit kam einmal im Monat an die Reihe, was pro Jahr fünfzigtausend Kronen mehr in der Lohntüte ergab. Das war es wert. Der große Nachteil war, dass diese Schicht nach einem vollen Arbeitstag um drei Uhr nachmittags begann, und wenn sie am nächsten Morgen um acht endete, fing wieder ein normaler Arbeitstag an. An den Wochenenden war der Dienst in Vierundzwanzig-Stunden-Schichten eingeteilt, was ihn besonders lukrativ machte.

Sands Vorgängerin war ungeduldig. Der Wachwechsel sollte vorschriftsmäßig um neun Uhr stattfinden, aber aufgrund einer stillschweigenden Übereinkunft durfte der Sonntagswachhabende eine Stunde später kommen. Der, der nun endlich Feierabend hatte, trat dann schon von einem Fuß auf den anderen. Auch bei der blonden Polizeirätin war das der Fall.

»Alles, was du wissen musst, steht im Protokoll«, sagte sie. »Was den Mord vom Freitagabend angeht, da liegt eine Kopie auf dem Schreibtisch. Es ist ganz schön viel zu tun. Ich habe schon vierzehn Haftanträge und zwei Paragraph-elf-Maßnahmen ausgeschrieben.«

O verdammt. Auch mit dem besten Willen konnte Håkon Sand nicht einsehen, dass er kompetenter darin sein sollte, über Fürsorgemaßnahmen zu entscheiden, als das Jugendamt selbst. Dennoch musste die Polizei immer grünes Licht geben, wenn ein Kind außerhalb der Bürozeiten unbürokratisch nervig war oder zu sehr litt. Zwei am Samstag, das bedeutete, statistisch gesehen, keins am Sonntag. Er konnte immerhin hoffen.

»Und der Hinterhof sitzt voll, du kannst ja mal eine Runde drehen, wenn du Zeit hast«, sagte die Blonde.

Er bekam die Schlüssel und befestigte sie mit großer Mühe an seinem Gürtel. Ansonsten war alles so, wie es sein sollte. Alle Papiere lagen vor. Das Protokoll war auf dem Laufenden.

Die Formalitäten waren erledigt. Er beschloss, sofort eine Runde Bußbescheide einzulegen, da der Sonntagmorgen seine feuchte, aber zweifellos beruhigende Hand über die wegen Suff Inhaftierten gelegt hatte. Ehe er aufbrach, blätterte er ein wenig in den Papieren auf seinem Schreibtisch. Er hatte im Radio von dem Mord gehört. Am Akerselv war eine arg misshandelte Leiche gefunden worden. Die Polizei verfügte über keinerlei Spuren. Gerede, hatte er gedacht. Die Polizei hat immer Spuren, nur sind sie oft so schlecht.

Die Bilder vom Tatort lagen natürlich noch nicht vor. Trotzdem entdeckte er in der grünen Mappe einige Polaroidaufnahmen. Sie waren grotesk. Håkon Sand würde sich nie daran gewöhnen, Bilder von Toten zu sehen. In seinen fünf Jahren bei der Polizei hatte er das oft genug gemusst. Alle verdächtigen Todesfälle wurden der Polizei gemeldet und unter dem Code »Verd.« in den Computer eingegeben. Verdächtige Todesfälle waren ein weites Feld. Er hatte verbrannte Menschen gesehen, ertrunkene, von Auspuffgasen vergiftete, erstochene, erschossene und erwürgte. Sogar jene bedauernswerten alten Menschen, denen nur das Verbrechen widerfahren war, dass monatelang niemand mehr an sie gedacht hatte – bis schließlich der Nachbar in der Wohnung unter ihrer im Esszimmer einen unangenehmen Geruch wahrnahm, empört aufblickte und an der Decke einen feuchten Fleck entdeckte; sogar diese armen Wesen wurden als »Verd.« registriert und erfuhren die zweifelhafte Ehre, post mortem ein letztes Mal fotografiert zu werden. Håkon Sand hatte grüne Leichen, blaue Leichen, rote, gelbe und knallbunte Leichen gesehen, außerdem die schönen rosa Opfer von Vergiftungen durch Kohlenoxidgas, deren Seelen es in diesem Jammertal einfach nicht mehr ausgehalten hatten.

Trotzdem waren diese Polaroidbilder krasser als fast alles, was er je gesehen hatte. Jäh warf er sie beiseite und nahm sich das Protokoll vor. Er setzte sich damit in den unbequemen Sessel, eine billige Kunstledergeschichte, im Rücken zu rund und ohne die dringend notwendige Stütze für das Kreuz.

Nüchterne Tatsachen waren in einer restlos unbeholfenen Sprache zu Papier gebracht worden. Håkon Sand runzelte ärgerlich die Stirn. Angeblich wurden die Aufnahmebedingungen für die Polizeischule immer strenger. Die Fähigkeit, sich schriftlich auszudrücken, konnte unmöglich gefordert sein.

Er unterbrach sich am Ende der Seite.

»Anwesend bei der Tatortbegehung war die Zeugin Karen Borg. Sie fand den Verstorbenen bei einem Spaziergang mit Hund. Die Leiche war bekotzt. Zeugin Borg sagt, dass sie das war.«

Borgs Adresse und Berufsbezeichnung bestätigten, dass es sich um Karen handelte. Er fuhr sich durch die Haare und stellte fest, dass er sie morgens hätte waschen müssen. Er beschloss, Karen in den nächsten Tagen anzurufen. Wenn die Bilder die Wahrheit sagten, musste die Leiche schlimm ausgesehen haben. Er würde auf jeden Fall anrufen.

Er legte die Papiere zurück auf den Tisch und klappte die Mappe zu. Für einen Moment fiel sein Blick auf die Namen oben links: Sand / Kaldbakken / Wilhelmsen. Der Fall gehörte ihm. Kaldbakken war der verantwortliche Hauptkommissar, Hanne Wilhelmsen Chefermittlerin.

Zeit für die Geldbußen.

In der kleinen Holzkiste lag ein dicker Stapel Verhaftungsprotokolle. Rasch blätterte er sie durch, hauptsächlich Suff. Einer, der seine Frau misshandelt hatte, ein offenbar Geistesgestörter, der später an diesem Tag ans Psychiatrische Krankenhaus weitergereicht werden sollte, und ein gesuchter Betrüger. Die drei Letzteren überließ er vorerst sich selbst. Er wollte sich die Säufer vornehmen. Wozu ihnen Geldbußen auferlegt wurden, war ihm allerdings ziemlich unklar. Die wenigen, die bezahlt wurden, übernahm das Sozialamt. Solch ein Reigen der öffentlichen Gelder trug sicher zu einer Art Beschäftigungspolitik bei, war doch aber wohl kaum besonders vernünftig.

Ein Festnahmeprotokoll war noch übrig. Es wies keinerlei Namen auf.

»Was ist denn das?«

Er wandte sich an den Wachhabenden, einen übergewichtigen Burschen von Mitte fünfzig, der niemals mehr als die drei Streifen auf seinen Schulterklappen bekommen würde; Streifen, die niemand ihm verwehren konnte. Sie wurden nach dem Dienstalter vergeben, nicht nach Leistungen. Håkon Sand wusste längst, dass dieser Mann dumm war.

»Ein Idiot. Der saß schon hier, als ich gekommen bin. Arschloch. Hat sich geweigert, seine Personalien anzugeben.«

»Was hat er angestellt?«

»Nichts. Saß irgendwo im Weg rum. Blutüberströmt. Du
kannst ihm ein Knöllchen geben, weil er seine Personalien nicht
nennen will. Wegen Störung der öffentlichen Ordnung. Und weil
er ein Dreckskerl ist.«

Nach fünf Jahren bei der Truppe hatte Sand gelernt, bis zehn
zu zählen. Jetzt zählte er bis zwanzig. Er wollte keinen Ärger bekommen, bloß weil ein Dussel in Uniform nicht begriff, dass man
eine gewisse Verantwortung übernimmt, wenn man Menschen
ihrer Freiheit beraubt.

Zelle vier. Er nahm einen Kollegen mit. Der namenlose Mann
war wach. Er starrte sie mit resigniertem Gesicht an; offensichtlich wusste er, was sie von ihm wollten. Steif und starr saß er auf
der Pritsche und sagte seine ersten Worte in polizeilicher Obhut.

»Kann ich etwas zu trinken haben?«

Seine Sprache war Norwegisch und doch nicht Norwegisch.
Håkon Sand konnte sie nicht einordnen, der Mann sprach perfekt und doch nicht Norwegisch. Ob er Schwede war?

Natürlich bekam der Mann etwas zu trinken. Er bekam eine
Cola, die Håkon Sand selbst bezahlte. Er durfte sogar duschen.
Und er bekam ein sauberes T-Shirt und eine frische Hose. Alles
stammte aus Sands Schrank im Büro. Bei jeder Wohltat steigerte
sich das Murren des Arrestpersonals angesichts dieser Sonderbe-
handlung. Aber Håkon Sand ließ die blutigen Kleider in eine
Tüte stecken und sagte, als er die schwere Metalltür aufschloss:
»Diese Klamotten sind wichtiges Beweismaterial.«

Der junge Mann war wirklich wortkarg. Sein schlimmer Durst
nach den vielen Stunden in einer überheizten Zelle hatte zwar

seine Zunge gelockert, aber sein Mitteilungsbedürfnis schien doch äußerst temporär. Als sein Durst gelöscht war, verstummte er wieder.

Er saß auf einem unbequemen Holzstuhl. Im Grunde bot das acht Quadratmeter große Zimmer nur Platz für zwei Stühle, denn es enthielt auch noch einen klobigen doppelten Aktenschrank von allerstaatlichster Sorte, brandlackierte Bücherregale aus Leichtmetall voller nach Farben sortierter Ordner und einen Schreibtisch. Zur Wand hin trug der Schreibtisch kleine Stiefel aus Metall, deshalb war die Schreibplatte schräg. Und zwar, seit ein Amtsarzt auf die Idee gekommen war, den Angestellten einen Ergotherapeuten an den Hals zu jagen. Schiefe Schreibflächen sollten gut für den Rücken sein. Niemand wusste, warum; die meisten hatten sogar das Gefühl, dass ihre Rückenprobleme sich verschlimmerten, weil sie immer wieder auf dem Boden nach Gegenständen fahnden mussten, die die schräge Tischplatte hinabgekullert waren. Der zusätzliche Stuhl raubte das letzte bisschen Bewegungsfreiheit.

Das Büro gehörte Hanne Wilhelmsen. Sie war eine strahlende Schönheit und soeben verbeamtet worden. Nachdem sie die Polizeischule als Jahrgangsbeste absolviert hatte, war sie im Laufe von zehn Jahren zur Bilderbuchpolizistin geworden. Alle lobten Hanne Wilhelmsen, ein einzigartiger Erfolg an einem Arbeitsplatz, wo zehn Prozent des täglichen Einsatzes darin bestehen, schlecht über andere zu sprechen. Sie gab Vorgesetzten nach, ohne deshalb als Speichelleckerin zu erscheinen, trug aber auch ihre eigenen Meinungen vor. Sie war dem System gegenüber loyal, brachte aber auch Verbesserungsvorschläge, die zumeist umgesetzt wurden. Hanne Wilhelmsen hatte die Intuition, über die nur einer von hundert Polizisten verfügt; das Fingerspitzengefühl, das verrät, wann ein Verdächtiger verlockt und verleitet werden soll und wann man besser droht und auf den Tisch haut.

Sie wurde geachtet und bewundert und verdiente das auch. Und trotzdem kannte niemand in dem großen grauen Haus sie wirklich. Sie besuchte alljährlich Weihnachtsfeier, Sommerfest und die Geburtstagsfeiern der Abteilung, tanzte wunderbar, erzählte von der Arbeit, verbreitete strahlendes Lächeln und ging zehn Minuten nach dem Ersten nach Hause, weder zu früh noch zu spät. Sie betrank sich nie und blamierte sich nie. Und niemand kam näher an sie heran.

Hanne Wilhelmsen war mit sich und der Welt zufrieden, hatte aber zwischen ihren Beruf und ihr Privatleben einen tiefen Graben gezogen. Sie hatte keine einzige Freundin bei der Polizei. Hanne Wilhelmsen liebte eine andere Frau, ein Makel an diesem perfekten Menschen, dessen Entlarvung, davon war sie überzeugt, alles zerstören würde, was sie sich in so vielen Jahren aufgebaut hatte. Wenn sie ihre einen halben Meter langen braunschwarzen Haare nach hinten schleuderte, reichte das aus, um alle Fragen nach dem schmalen Trauring an ihrer rechten Hand, ihrem einzigen Schmuck, abzuwehren. Den Ring hatte ihre Liebste ihr geschenkt, als sie – sie war neunzehn gewesen – zusammengezogen waren. Es gab Gerüchte, es gibt schließlich immer Gerüchte. Aber sie war doch so schön. Und so weiblich. Und die Ärztin, die einige flüchtig über Bekannte kannten und die andere mehrmals zusammen mit Hanne Wilhelmsen gesehen hatten, war auch sehr schön. Fast schon lächerlich mädchenhaft. Es konnte einfach nicht stimmen. Und Hanne Wilhelmsen trug immer einen Rock, wenn Uniform angesagt war, das tat doch sonst fast keine, Hosen waren schließlich viel praktischer. Diese Gerüchte waren einfach üble Nachrede. So lebte sie ihr Leben in der Gewissheit, dass das, was nicht bestätigt wird, niemals wirklich wahr ist, und deshalb war es für Hanne Wilhelmsen wichtiger als für alle anderen in dem großen Haus, immer, immer gute Arbeit zu leisten. Die Perfektion umgab sie wie ein Schild. So wollte sie es, und da sie weder spitze Ellbogen noch einen anderen Ehrgeiz zeigte als den, gute Arbeit zu leisten, konnten auch Eifersucht oder Neid ihre Verteidigungsanlagen nicht zerstören.

Sie lächelte Håkon Sand, der auf dem zusätzlichen Stuhl Platz genommen hatte, an.

»Glaubst du, ich stelle nicht die richtigen Fragen?«

»Ach was. Das ist dein Gebiet, das weiß ich. Ich habe nur das Gefühl, dass das ein dickes Ding ist. Wie gesagt, wenn du nichts dagegen hast, möchte ich gern dabei sein. Das ist nicht gegen die Vorschriften«, fügte er rasch hinzu.

Er kannte ihr Bedürfnis, sich wenn möglich an die Regeln zu halten, und das respektierte er. Es kam nicht oft vor, dass die Polizeijuristen bei den Vernehmungen anwesend waren, aber gegen die Vorschriften war es nicht. Ab und zu hatte er es auch früher schon gemacht. Vor allem, um zu lernen, wie Vernehmungen überhaupt abliefen, manchmal aber auch, weil ihn ein Fall besonders interessierte. Normalerweise hatten die Kollegen nichts dagegen. Im Gegenteil, wenn er sich ruhig genug verhielt und sich nicht in die Vernehmung einmischte, schien es den meisten sogar zu gefallen.

Wie auf ein Signal hin wandten sie sich beide dem Häftling zu. Hanne Wilhelmsen stützte den rechten Ellbogen auf den Tisch und ließ glänzend lackierte lange Nägel auf den Tasten einer uralten elektrischen Schreibmaschine spielen. Es war eine IBM-Kugelkopf, die vor fünfzehn Jahren als avanciert gegolten hatte. Jetzt fehlte ihr das E. Es war so abgenutzt, dass das Farbband statt seiner einen schwarzen Fleck produzierte. Das war nicht weiter schlimm, alle begriffen, dass der Fleck ein E darstellen sollte.

»Ich glaube, das wird ein langer Tag, wenn du die ganze Zeit schweigen willst.«

Ihre Stimme war milde, fast nachsichtig.

»Ich werde dafür bezahlt. Herr Sand wird bezahlt. Du dagegen bleibst einfach nur sitzen. Früher oder später lassen wir dich vielleicht laufen. Vielleicht möchtest du dazu beitragen, dass das früher passiert?«

Zum ersten Mal wirkte der junge Mann verwirrt.

»Ich heiße Han van der Kerch«, sagte er nach zwei Minuten des Schweigens. »Ich bin Niederländer, aber ich habe eine Aufenthaltsgenehmigung. Ich studiere in Oslo.«

Nun hatte Håkon Sand eine Erklärung für die perfekte Sprache, die nicht ganz norwegisch war. Er dachte an den Helden seiner Jugend, Art Schenk, und ihm fiel ein, dass er schon als Dreizehnjähriger kapiert hatte, dass dieser Mann für einen Ausländer fantastisch gut Norwegisch gesprochen hatte. Und er dachte an die Leseerlebnisse seiner Jugend, an Holländer-Jonas von Gabriel Scott, ein Buch, das er geliebt hatte; bei den Fußballmeisterschaften hatte er immer zu der Mannschaft in Orange gehalten.

»Mehr sage ich nicht.«

Stille. Håkon Sand wartete auf Wilhelmsens nächsten Zug. Wie immer der auch aussehen mochte.

»Na, von mir aus. Das ist deine Entscheidung und dein Recht. Aber dann bleiben wir doch ziemlich lange hier sitzen.«

Sie spannte einen Bogen in die Schreibmaschine, als sei sie jetzt schon sicher, dass es doch etwas zu schreiben geben werde.

»Na gut, dann erzähle ich dir unsere Theorie.«

Die Stuhlbeine kratzten über das Linoleum, als sie ihren Stuhl zurückschob. Sie gab dem Niederländer eine Zigarette und steckte sich selbst eine an. Der Junge wirkte dankbar. Håkon Sand war weniger zufrieden, er wippte mit dem Stuhl und öffnete die

Tür, um für Durchzug zu sorgen. Das Fenster stand schon auf Kipp.

»Am Freitagabend haben wir eine Leiche gefunden«, sagte Hanne Wilhelmsen leise. »Sie war ziemlich übel zugerichtet. Es war ein Mann, und offenbar hatte er nicht sterben wollen. Zumindest nicht auf so schreckliche Weise. Das Blut muss ganz schön gespritzt haben. Du warst auch ganz schön bespritzt, als wir dich gefunden haben. Wir hier bei der Polizei sind vielleicht langsam. Aber trotzdem sind wir imstande, zwei und zwei zusammenzuzählen. In der Regel kommt vier dabei heraus, und ich glaube, das ist auch jetzt der Fall.«

Sie streckte die Hand nach einem Aschenbecher aus, der hinter ihr im Bücherregal stand. Es war ein geschmackloses Reiseandenken aus Griechenland, braunes Flaschenglas, geziert von einem Faun mit bösem Lächeln und einem riesigen strotzenden Phallus. Nicht ganz Hanne Wilhelmsens Stil, dachte Sand.

»Ich sage es lieber gleich.« Ihre Stimme klang jetzt schärfer. »Morgen bekommen wir eine vorläufige Analyse des Blutes an deinen Kleidern. Und das reicht – wenn das Blut zu unserem Freund ohne Gesicht passt – locker für längere Untersuchungshaft. Dann holen wir dich, ohne das anzukündigen, zur Vernehmung. Immer wieder. Vielleicht vergeht eine Woche, ohne dass du von uns hörst, und dann sind wir wieder da; vielleicht, wenn du gerade eingeschlafen bist. Wir sitzen einige Stunden lang bei der Vernehmung, du sagst nichts, wir bringen dich zurück und holen dich wieder. Das ist ziemlich anstrengend. Für uns auch, natürlich, aber wir können einander ablösen. Für dich ist es schlimmer.«

Håkon Sand zweifelte langsam daran, dass Hanne Wilhelmsen ihren Ruf als Regelfetischistin verdient hatte. Die Vernehmungsmethoden, die sie da skizzierte, standen nun wirklich nicht in den

Vorschriften. Und er war sich nicht sicher, ob es gestattet war, damit zu drohen.

»Du hast ein Recht auf einen Anwalt, den der Staat bezahlt«, warf er ein, um eventuelle Ungesetzlichkeiten auszugleichen.

»Kein Anwalt!« Das schrie der junge Mann geradezu. Er zog noch einmal an seiner Zigarette, dann drückte er sie energisch aus und wiederholte: »Ich will keinen Anwalt. Ich komme ohne besser zurecht.«

Ein fragender, fast bettelnder Blick richtete sich auf die Zigaretten auf dem Tisch. Hanne Wilhelmsen nickte und reichte ihm Zigarette und Streichhölzer.

»Ihr glaubt also, dass ich das war. Ja, das kann schon stimmen.« Das war's! Die Grundbedürfnisse des Mannes schienen befriedigt; die Dusche, ein Frühstück, etwas zu trinken und zwei Zigaretten. Er wirkte, als habe er alles gesagt, lehnte sich zurück und rutschte an die Stuhlkante. Dort blieb er mit seinem abwesenden Blick hängen.

»Ja, ja.«

Wilhelmsen schien die Lage unter Kontrolle zu haben.

»Vielleicht rede ich weiter«, sagte Hanne Wilhelmsen und blätterte in der ziemlich dünnen Mappe neben der Schreibmaschine. »Wir haben also diese übel zugerichtete Leiche gefunden. Der Tote hatte keine Papiere, sein Gesicht war schon mal vorausgelaufen, wohin immer er eigentlich wollte. Aber die Jungs von der Unruhepatrouille kennen sich ziemlich gut in der Drogenszene dieser Stadt aus. Haare und Kleidung reichten aus. Mord aus Rache, meinen die Jungs. Ich halte diese Annahme durchaus für plausibel.« Sie verschränkte die Hände hinter dem Kopf und massierte sich mit den Daumen den Nacken, während sie den Niederländer voll ansah. »Ich glaube, du hast ihn umgebracht. Morgen, wenn der Bericht der Gerichtsmedizin kommt, werden wir mehr wissen. Aber die Techniker können mir nicht verraten, warum. Dafür brauche ich deine Hilfe.«

Der Appell schien vergebens zu sein. Der Junge verzog keine Miene, er behielt sein abwesendes, leicht verächtliches Lächeln bei und schien sich noch immer als Herr der Lage zu fühlen. Das war er allerdings nicht.

»Um ganz ehrlich zu sein, ich glaube, es wäre klug von dir, mir zu helfen«, fuhr Wilhelmsen unverdrossen fort. »Vielleicht hast du das aus eigenem Antrieb gemacht. Vielleicht aber auch auf Bestellung. Vielleicht hast du sogar unter Druck gehandelt. Das alles kann von entscheidender Bedeutung für deine Zukunft sein.« Sie unterbrach ihren gleichmäßigen Wortstrom, steckte sich eine neue Zigarette an und blickte dem Mann in die Augen. Noch immer schien er nichts sagen zu wollen. Hanne Wilhelmsen seufzte demonstrativ und schaltete die Schreibmaschine aus. »Ich kann nicht entscheiden, wie hoch deine Strafe ausfällt. Falls du schuldig bist, meine ich. Aber es wäre für dich von Vorteil, wenn ich vor Gericht etwas Nettes über deine Kooperationsbereitschaft sagen könnte.«

Håkon Sand hatte dasselbe Gefühl wie als kleines Kind, wenn er ein seltenes Mal den Fernsehkrimi hatte sehen dürfen. Er musste aufs Klo, wagte aber nicht, das zu sagen, aus Angst, er könnte etwas Spannendes verpassen.

»Wo habt ihr ihn gefunden?«

Die Frage des Niederländers traf Håkon Sand völlig unerwartet, und zum ersten Mal konnte er auch im Gesicht seiner Kollegin einen Hauch von Unsicherheit erkennen.

»Da, wo du ihn umgebracht hast«, antwortete sie, übertrieben langsam.

»Beantworte meine Frage, wo habt ihr ihn gefunden?«
Beide zögerten.

»Bei der Hundertmannsbrücke über dem Fluss. Das weißt du«, sagte Wilhelmsen und fixierte ihn weiterhin, um nicht die geringste Nuance in seiner Miene zu übersehen.

»Wer hat ihn gefunden? Wer hat die Polizei verständigt?«

Wilhelmsens Zögern schien Håkon Sand eine Lücke zu sein, die gefüllt werden musste.

»Eine Spaziergängerin. Eine Anwältin, übrigens eine Freundin von mir. Sicher ein entsetzliches Erlebnis.«

Hanne Wilhelmsen war außer sich vor Zorn, was Håkon Sand aber zu spät bemerkte. Ihre abwehrende Handbewegung zu Beginn seiner Rede war ihm nicht aufgefallen. Er lief unter ihrem tadelnden Blick knallrot an.

Van der Kerch stand auf. »Ich will doch eine Anwältin«, sagte er. »Und zwar diese Frau. Wenn ihr sie mir besorgt, dann überlege ich mir zumindest, ob ich reden werde. Wenn ich sie nicht bekomme, dann will ich lieber zehn einsame Jahre im Knast.«

Unaufgefordert ging er zur Tür, stieg über Håkon Sands Beine und wartete höflich darauf, in seine Zelle zurückgebracht zu werden. Hanne Wilhelmsen folgte ihm, ohne den noch immer knallroten Polizeijuristen eines Blickes zu würdigen.

Der Kaffee war ausgetrunken. Er hatte nicht besonders gut geschmeckt, obwohl er frisch aufgebrüht war. Koffeinfrei, erklärte Håkon Sand. In einem scheußlich orange-braunen Aschenbecher lagen sechs Kippen.

»Sie war stocksauer auf mich. Aus gutem Grund. Es wird einige Zeit vergehen, bis ich bei der nächsten Vernehmung dabei sein darf. Aber der Typ ist unerschütterlich. Du oder keine.« Der Polizeijurist wirkte nicht weniger erschöpft als bei Karen Borgs Eintreffen. Er rieb sich die Schläfen und fuhr sich durch die Haare, die jetzt ganz trocken waren. »Ich habe Hanne gebeten, dem

Jungen zu sagen, was alles dagegenspricht. Sie sagt, er lässt sich nicht davon abbringen. Ich habe mich blamiert. Wenn ich dich überreden kann, uns zu helfen, stehe ich ein bisschen besser da.«

»Ich verspreche dir nicht mehr, als dass ich mit ihm reden werde«, sagte sie kurz und erhob sich.

Beide gingen hinaus, sie zuerst, er nach ihr. Wie in alten Zeiten.

Der junge Niederländer hatte unbedingt mit Karen Borg sprechen wollen und dabei eine gewisse Offenheit vorgespielt. Jetzt schien er das vergessen zu haben. Er war sauer wie ein Essigkrug. Karen Borg saß in Håkon Sands Schreibtischsessel, während Håkon sich diskret zurückgezogen hatte. Das Anwaltszimmer im Polizeigebäude war ein tristes Loch, und in seiner Angst, Karen Borg könne ihre Zusage, mit dem jungen Niederländer zu sprechen, zurückziehen, hatte er ihr sein Büro zur Verfügung gestellt.

Der Junge sah hübsch, aber langweilig aus. Athletischer Körper und dunkelblonde Haare, die vor drei oder vier Wochen über eine sicher teure Frisur hinausgewachsen waren. Seine Hände waren sehr fein, fast feminin. Ob er Klavier spielte? Die Hände eines Liebhabers, dachte Karen Borg ohne die geringste Ahnung, wie sie mit dieser Situation umgehen sollte. Karen Borg war an Sitzungszimmer gewöhnt, an Besprechungsräume mit Eichenmöbeln und an luftige Büros mit Vorhängen zu fünfhundert Kronen der Meter. Sie konnte mit Männern in Anzügen mit passenden und unpassenden Krawatten umgehen – und mit der einen oder anderen Frau mit Diplomatenkoffer. Sie wusste alles über Aktiengesetze und Gesellschaftsgründungen, und erst vor drei Wochen hatte sie hundertfünfzigtausend Kronen verdient, indem sie für einen ihrer wichtigsten Mandanten einen Vertrag durchgesehen hatte.

Sie hatte nur fünfhundert Seiten lange Verträge lesen, ihren Inhalt kontrollieren und O. K. auf den Umschlag schreiben müssen.

Fünfundsiebzigtausend pro Buchstabe. Die Worte ihres Gegenübers waren offenbar genauso wertvoll.

»Sie wollten mit mir sprechen«, sagte Karen Borg. »Ich weiß nicht, warum. Können wir anfangen?«

Er musterte sie, schwieg aber weiterhin. Sein Stuhl wippte, hin und her, hin und her. Davon wurde Karen Borg nervös.

»Ich bin nicht die Sorte Anwältin, die Sie brauchen. Ich kenne andere, die für Sie besser geeignet sind; ich könnte kurz telefonieren und Ihnen im Nu einen Spitzenverteidiger besorgen.«

»Nein!«

Die Stuhlbeine knallten auf den Boden. Er beugte sich vor, und sie blickte zum ersten Mal in seine Augen, wo sie ihr Spiegelbild entdeckte.

»Nein. Ich will dich. Ruf nirgendwo an.«

Plötzlich fiel ihr ein, dass sie hier allein mit einem Mann saß, der vermutlich ein Mörder war. Die gesichtslose Leiche verfolgte sie seit Freitagabend. Sie riss sich zusammen. Hierzulande ist noch keine Anwältin von ihrem Mandanten umgebracht worden. Jedenfalls nicht im Polizeigebäude. Das dachte sie dreimal und beruhigte sich. Die Zigarette half.

»Jetzt antworte schon! Warum ich?«

Noch immer keine Reaktion.

»Heute Nachmittag wirst du dem Untersuchungsrichter vorgeführt. Ich weigere mich mitzukommen, wenn ich keine Ahnung habe, was du sagen wirst.« Auch Drohungen brachten sie nicht weiter. Trotzdem glaubte sie in seinen Augen einen Hauch von Besorgnis zu ahnen. Sie machte einen letzten Versuch. »Und ich habe nicht mehr sehr viel Zeit.«

Rasch schaute sie auf die Rolex. Gereiztheit hatte ihre Angst verdrängt und nahm spürbar zu. Das schien er zu bemerken. Wieder wippte sein Stuhl.

»Hör auf zu wippen!«

Zum zweiten Mal knallten die Stuhlbeine auf den Boden. Er schien die Oberhand zu haben.

»Ich frage ja gar nicht nach der Wahrheit.« Ihre Stimme klang jetzt ruhiger. »Ich möchte nur wissen, was du vor Gericht sagen wirst. Und ich muss das jetzt wissen.«

Karen Borgs Erfahrung mit Kriminellen ohne blütenweißen Kragen und Seidenschlips beschränkte sich darauf, hinter einem Fahrraddieb und ihrem neuen Fünfzehn-Gänge-Rad hergeheult zu haben. Aber sie hatte schließlich ihren Fernseher. Matlock hatte gesagt: »Ich will nicht die Wahrheit wissen, ich will wissen, was du vor Gericht sagen wirst.« Aus ihrem Mund klang das nicht so fetzig. Eher zögerlich. Aber vielleicht konnte sie doch irgendetwas aus ihm herauslocken.

Einige Minuten waren vergangen. Ihr Gegenüber wippte nicht mehr auf und ab, sondern kratzte mit dem Stuhl auf dem Linoleum herum. Dieses Geräusch ging ihr auf die Nerven.

»Ich habe den Mann, den du gefunden hast, umgebracht.«

Karen Borg war eher erleichtert als überrascht. Sie hatte gewusst, dass er es gewesen war. Er sagt die Wahrheit, dachte sie und bot ihm eine Halspastille an. Der Junge rauchte gern mit einer Pastille im Mund, genau wie sie selbst. Sie hatte damit vor vielen Jahren angefangen, aus der Vorstellung heraus, dass es gegen Raucheratem half. Nach einer Weile hatte sie begriffen, dass das nicht der Fall war, aber da hatte sie Gefallen an ihrer Angewohnheit gefunden.

»Ich habe den Mann umgebracht.« Er schien jemanden überzeugen zu wollen. Das war nicht nötig. »Ich weiß nicht, wer er ist. War, meine ich. Das heißt, ich weiß, wie er heißt und wie er aussieht. Aussah. Aber ich habe ihn nicht gekannt. Kennst du noch andere Anwälte?«

»Sicher«, antwortete sie und lächelte erleichtert. Er erwiderte das Lächeln nicht. »Kennen ist vielleicht übertrieben, ich bin mit keinem befreundet, wenn du das meinen solltest, aber es wäre kein Problem, einen guten Verteidiger für dich zu finden. Schön, dass du einsiehst, was du brauchst.«

»Du sollst mir keinen neuen Verteidiger besorgen. Ich frage bloß, ob du einen kennst. Rein privat.«

»Nein. Doch, na ja, zwei von meinen früheren Kommilitonen haben sich darauf spezialisiert, aber keiner von ihnen spielt in der ersten Liga. Noch nicht.«

»Triffst du sie oft?«

»Nein, höchstens mal zufällig.«

Das war wahr. Karen Borg hatte nicht mehr viele Freunde. Einer nach dem anderen waren sie aus ihrem Leben getrottet, oder sie aus ihrem; ihre Wege führten in verschiedene Richtungen und kreuzten sich nur noch gelegentlich ein paar Höflichkeitsphrasen lang, bei einem Bier im Sommer oder einem Kinofilm in späten Herbststunden.

»Das ist gut. Dann will ich dich. Von mir aus können sie mich wegen dieses Mordes anklagen; ich bin mit der Untersuchungshaft einverstanden. Aber du musst die Polizei dazu bringen, mir eins zu versprechen: Ich will hier im Polizeigebäude sitzen bleiben. Ich will um keinen Preis ins Gefängnis!«

Der Mann überraschte sie immer wieder von Neuem. In unregelmäßigen Abständen brachten die Zeitungen große Artikel über die restlos unwürdigen Zustände in der Arrestabteilung des Polizeigebäudes. Die Zellen waren für einen vierundzwanzigstündigen Aufenthalt vorgesehen und selbst dafür kaum geeignet. Dieser Mann wollte hierbleiben. Wochenlang.

»Warum denn?«

Der Junge beugte sich zu ihr herüber. Sie spürte seinen Atem, unangenehm nach mehreren Tagen ohne Zahnbürste, und ließ sich im Sessel zurücksinken.

»Ich verlasse mich auf niemanden. Ich muss nachdenken. Wenn ich ein paar Tage nachgedacht habe, können wir weiterreden. Bitte, komm dann wieder her und sprich mit mir!«

Er wirkte angespannt, fast schon verzweifelt, und zum ersten Mal empfand sie Mitleid mit ihm. Sie wählte die Nummer, die Håkon auf einen Zettel gekritzelt hatte.

»Wir sind fertig. Du kannst uns holen kommen.«

Karen Borg brauchte zum Termin vor dem Untersuchungsrichter nicht zu erscheinen, und das war gut so. Sie war nur einmal bei einem solchen Termin zugegen gewesen. Und zwar während ihres Studiums, als sie noch glaubte, sie würde ihr Können einst für die Bedürftigen einsetzen. Sie hatte sich in Saal 17 auf die Zuhörerbank fallen lassen, hinter einer Schranke, die dazu zu dienen schien, die unschuldigen Zuhörer vor der brutalen Wirklichkeit im Raum zu beschützen. Alle halbe Stunde wurde jemand in Untersuchungshaft geschickt, und nur bei einem von elf Delinquenten ließ der Richter sich von dessen Unschuld überzeugen. Damals hatte sie kaum unterscheiden können, wer Staatsanwalt war und wer Verteidiger; sie hatten gelächelt und waren dicke Freunde gewesen, hatten einander Zigaretten angeboten und grobe Gerichtsanekdoten erzählt, bis der arme Festgenommene gebracht wurde und die beiden ihren Kampf aufnahmen. Die Polizei hatte zehn Runden gewonnen. In all ihrem jugendlichen Verteidigungseifer hatte sie sich eingestehen müssen, dass das Verhalten des Richters sie nicht sonderlich erstaunte. Auf sie hatten die Angeklagten gefährlich, ungepflegt, unsympathisch und wenig überzeugend gewirkt, wenn sie ihre Unschuld beteuerten und gegen den Richter wüteten, einige hatten geweint, viele geflucht.

Aber sie hatte verärgert auf die kumpelhafte Atmosphäre reagiert, die sich in dem Augenblick wieder einstellte, da der Häftling von zwei Polizisten hinausgeführt und in die Wartezellen im Keller zurückgebracht wurde. Die beiden Gegner, die einander eben noch jegliche Ehre abgesprochen hatten, griffen nicht nur ihre noch nicht beendete Anekdote wieder auf, sondern der Richter beugte sich auch noch zum Zuhören vor, schüttelte den Kopf und ließ eine scherzhafte Bemerkung fallen; und dann wurde das nächste arme Würstchen gebracht. Karen Borg fand, Richtern solle man aus dem Weg gehen und Freundschaften außerhalb des Gerichtssaals pflegen. Sie hatte sich dieses distanzierte Verhältnis zu Gerichten bewahrt. Deshalb war sie froh darüber, während ihrer acht Jahre in der Anwaltskanzlei nicht einmal einen Fuß in den Gerichtssaal gesetzt zu haben. Sie löste die Probleme bereits vorher.

Die Verhängung von U-Haft für Han van der Kerch wurde zum reinen Schreibtischjob. Er akzeptierte schriftlich acht Wochen mit Brief- und Besuchsverbot. Die Polizei akzeptierte voller Staunen seinen Wunsch, im Polizeigebäude bleiben zu dürfen. Der Mann war eben ein komischer Vogel.

Karen Borg blieb das Untersuchungsgericht also erspart, und sie kehrte in die Kanzlei zurück. Die fünfzehn Anwälte und ebenso viele Sekretärinnen und Referendare hausten auf Aker Brygge. Die exklusive Herrenboutique im Untergeschoss hatte schon dreimal Konkurs gemacht und war nun endlich einer gut laufenden Hennes & Mauritz-Filiale gewichen. Die gemütliche teure Imbissbar hatte McDonald's Platz machen müssen. Überhaupt hatten die Lokalitäten nicht gehalten, was sie versprochen hatten, aber ein Verkauf würde einen katastrophalen Verlust bedeuten. Und zentral lagen sie immerhin.

Greverud & Co stand an der Glastür, da der alte Greverud mit seinen zweiundachtzig Jahren noch immer jeden Freitag vorbeischaute. Er hatte die Firma gleich nach dem Krieg gegründet, nach seinem strahlenden Einsatz in den Prozessen gegen die Landesverräter. 1963 waren sie schon zu fünft gewesen, aber Greverud, Risbakk, Helgesen, Farmøy & Nilsen war den Frauen in der Telefonzentrale dann doch zu mühselig. Mitte der Achtzigerjahre hatten sie Büros in dem Haus gekauft, das alle als Oslos zukünftigen Kapitalpalast sahen. Sie gehörten zu den wenigen, die überlebt hatten.

Karen Borg hatte in dieser grundsoliden Firma ihren letzten Sommerjob gefunden. Greverud & Co wussten hartes Arbeiten und einen scharfen Verstand zu schätzen. Sie war die vierte Frau, die dort eine Chance bekommen hatte, und die erste, der das Glück hold gewesen war. Als sie ein Jahr später Examen gemacht hatte, waren ihr eine Anstellung, interessante Mandanten und ein unmoralisch hohes Gehalt angeboten worden. Es war unmöglich gewesen, abzulehnen. Sie hatte sich geschmeichelt gefühlt, hatte sich gefreut und es für verdient gehalten. Jetzt verdiente sie anderthalb Millionen Kronen im Jahr und hatte fast vergessen, warum sie einst ihr Jurastudium aufgenommen hatte. Ihre legeren Klamotten waren adretten Kostümen gewichen, die sie im Bogstadvei für ein Vermögen erstand.

Das Telefon klingelte. Ihre Sekretärin. Karen Borg drückte auf den Lautsprecherknopf. Für die Anrufenden war das unangenehm, ihre Stimme hatte ein Echo, das sie unklar machte. Karen hatte das Gefühl, dadurch im Vorteil zu sein.

»Da ist ein gewisser Anwalt namens Peter Strup, bist du da, bei einer Besprechung oder schon gegangen?«

»Peter Strup? Was will denn der von mir?«

Es war unmöglich, ihre Verblüffung zu vertuschen. Peter Strup war ein berühmter Anwalt und außerdem vor einigen Jahren zum schönsten Mann Norwegens gewählt worden. Er trat immer wieder in den Massenmedien auf, weil er zu jedem Thema eine Meinung hatte. Er war neunundsechzig, sah aus wie vierzig und brachte immer noch hervorragende Skizeiten. Außerdem galt er als enger Freund des Königshauses, auch wenn er das bewundernswerterweise vor der Presse nie bestätigte. Karen Borg war ihm nie begegnet, hatte auch noch nie mit ihm gesprochen. Aber natürlich hatte sie über ihn gelesen.

»Stell ihn durch«, sagte sie nach kurzem Zögern und nahm den Hörer ab, eine unbewusste, respektvolle Geste. »Karen Borg«, sagte sie tonlos.

»Guten Tag, hier spricht Peter Strup, der Anwalt. Ich will Sie gar nicht lange aufhalten. Ich habe gehört, dass Sie einen Niederländer vertreten, dem der Mord vom Freitagabend zur Last gelegt wird, trifft das zu?«

»Ja, im Grunde schon.«

»Im Grunde?«

»Nein, ich meine, es stimmt, dass ich ihn vertrete, aber bisher habe ich kaum mit ihm gesprochen.«

Unwillkürlich blätterte sie in den Papieren, die vor ihr lagen, ihrer Kopie des Protokolls. Sie hörte Strup lachen, ein charmantes Lachen.

»Seit wann arbeiten Sie denn für 495 Kronen die Stunde? Ich dachte, die vom Staat gezahlten Honorare könnten nicht mal Ihre Miete decken. Geht es Ihnen so schlecht, dass Sie uns ins Handwerk pfuschen müssen?«

Sie hielt das nicht für Bosheit. Ihr Stundenhonorar lag bei weit über zweitausend Kronen, je nachdem, wer der Mandant war. Sie musste selbst ein wenig lachen. »Wir kommen schon zurecht. Es ist purer Zufall, dass ich diesen Knaben übernommen habe.«

»Ja, das habe ich mir im Grunde schon gedacht. Ich habe

genug zu tun, aber einer seiner Kumpels hat mich gebeten, dem Kleinen zu helfen. Alter Mandant von mir, dieser Kumpel, und Sie wissen ja, wir Verteidiger müssen uns um unsere Mandanten kümmern, auch die sind feste Kunden, wissen Sie!« Wieder lachte er. »Mit anderen Worten: Ich übernehme den Job gern, und ich gehe davon aus, dass Sie nicht besonders scharf darauf sind.«

Karen Borg wusste nicht so recht, was sie sagen sollte. Die Versuchung, den Fall dem besten Verteidiger des Landes zu überlassen, war groß. Peter Strup würde zweifellos bessere Arbeit leisten als sie selbst. »Danke, das ist nett von Ihnen. Aber er will nun mal unbedingt mich, und eigentlich habe ich ihm das auch versprochen. Ich werde ihm natürlich von Ihrem Angebot erzählen, und wenn er seine Meinung ändert, rufe ich Sie an.«

»Na gut, dann ist das abgemacht. Aber Ihnen ist sicher klar, dass ich bald Bescheid wissen muss. Muss mich in den Fall einarbeiten, wissen Sie, herausfinden, ob sich etwas machen lässt.«

Sie beendeten ihr Gespräch.

Sie war ein wenig irritiert. Obwohl sie wusste, dass es unter Strafrechtlern durchaus üblich war, auf Mandantenklau zu gehen oder vernünftige Anwaltswechsel vorzunehmen, wunderte es sie, dass Peter Strup das nötig hatte. Erst kürzlich hatte sie in der Zeitung gelesen, dass Prozesse jahrelang aufgeschoben wurden, weil die bekannten Anwälte so viel zu tun hatten. In diesem Artikel war Peter Strup als Beispiel genannt worden. Andererseits war es sympathisch, dass er helfen wollte, vor allem, wo ein Kumpel von van der Kerch ihn darum gebeten hatte. Sofort sah sie das Positive in dieser Art Fürsorge. Sie selbst hielt sich sämtliche Mandanten auf Armeslänge vom Leibe.

Karen Borg klappte ihren Ordner zu, sah, dass es schon vier war, beschloss, Feierabend zu machen, und registrierte auf der Tafel über der Rezeption, dass sie heute die Erste war. Noch immer meldete sich ihr Gewissen, wenn vor ihr nicht schon mindestens zehn Namen in der Rubrik »Erst morgen wieder im Hause« eingetragen waren. Heute aber verdrängte sie das schnell, spazierte in den Regen hinaus und erwischte die überfüllte Straßenbahn nach Hause.

»Ich habe einen Strafprozess«, murmelte sie zwischen zwei Bissen Gefrierfisch.

Karen Borg kam aus Bergen. Sie aß in Oslo keinen frischen Fisch. Frischer Fisch durfte nicht länger tot sein als zehn Stunden. Der Achtundvierzigstundenfisch aus der Hauptstadt schmeckte wie Radiergummi, und da war die ehrlich tiefgefrorene Massenware doch vorzuziehen.

»Richtiger ist vielleicht, dass er mir aufgedrängt worden ist«, fügte sie hinzu, nachdem sie fertig gekaut hatte.

Nils lächelte. »Kannst du das denn? Du klagst doch so oft darüber, dass du alles vergessen hast, abgesehen von den Sachen, mit denen du dich seit acht Jahren beschäftigst«, sagte er und wischte sich mit dem Handrücken den Mund ab, eine irritierende Unsitte. In den sechs Jahren, die sie nun schon zusammenwohnten, hatte Karen immer wieder versucht, ihm das abzugewöhnen, indem sie ihn darauf hinwies und indem sie demonstrativ große Servietten neben seinen Teller legte. Die Serviette rührte er nicht an, aber er nahm sich noch einmal nach.

»Können ist vielleicht übertrieben«, murmelte sie, verwundert darüber, dass sie sich über seine Frage ärgerte, nachdem sie doch morgens noch genau dasselbe gedacht hatte. »Natürlich kann ich das, ich muss mein Wissen nur ein bisschen aufpolieren«, sagte sie und widerstand der Versuchung, ihre absolute Spitzennote in der letzten Strafrechtsprüfung zu erwähnen.

Sie erzählte die ganze Geschichte. Aus irgendeinem Grund ließ sie jedoch Anwalt Strups Anruf aus. Sie wusste selbst nicht warum. Vielleicht, weil ihr der Gedanke daran unangenehm war. Schon als Kind hatte Karen Borg nur ungern über Dinge gesprochen, die sie schwierig fand. Unheimliches behielt sie lieber für sich. Nicht einmal Nils kam dann richtig an sie heran. Der Einzige, der einem Durchbruch je nahegekommen war, war Håkon Sand. Seit er aus ihrem Leben verschwunden war, war sie Weltmeisterin darin, ihre eigenen Angelegenheiten in aller Stille in Ordnung zu bringen, die der anderen jedoch gegen Bezahlung.

Sie waren mit dem Essen fertig, als sie ihre Erzählung beendete. Nils fing an, den Tisch abzuräumen, er schien sich nicht besonders für ihren Bericht zu interessieren. Karen setzte sich in einen Sessel, kippte die Rückenlehne zurück und hörte zu, wie er sich an der Geschirrspülmaschine zu schaffen machte. Schließlich leistete das Gegurgel der Kaffeemaschine dem Scheppern Gesellschaft.

»Der scheint ja eine Todesangst zu haben«, rief er aus der Küche, warf einen Blick ins Wohnzimmer und wiederholte: »Ich glaube, er hat vor irgendetwas schreckliche Angst!«

Genial. Typisch Nils; sein Talent, mit Selbstverständlichkeiten um sich zu werfen, hatte sie viele Jahre lang entzückt, es wirkte fast wie eine Parodie, wie gewollt. Aber inzwischen war ihr aufgegangen, dass er wirklich glaubte, Dinge zu sehen, für die andere blind waren.

»Natürlich hat er Angst, aber wovor?« Nils erschien mit zwei Tassen Kaffee. »Vor der Polizei fürchtet er sich offenbar nicht«, sagte sie. »Er wollte ja verhaftet werden. Hat sich einfach auf eine verkehrsreiche Straße gesetzt und auf die Polizei gewartet. Aber warum wollte er nichts sagen, nicht zugeben, dass er den Mord am Akerselv begangen hat? Warum fürchtet er sich vor dem Gefängnis, aber nicht vor der Polizei? Und warum in aller Welt will er ausgerechnet von mir verteidigt werden?«

Nils zuckte mit den Schultern und griff nach einer Zeitung. »Das wirst du schon noch herausfinden«, sagte er und vertiefte sich in die Comicseite.

Karen schloss die Augen. »Das werde ich schon noch herausfinden«, wiederholte sie leise und gähnte, während sie ihren Hund hinter dem Ohr kraulte.

DIENSTAG, 29. SEPTEMBER

Karen Borg hatte eine unruhige Nacht hinter sich. Das war aber im Grunde nicht ungewöhnlich. Abends war sie immer müde und schlief sofort nach dem Zubettgehen ein. Das Problem war, dass sie wieder aufwachte. In der Regel passierte das gegen fünf Uhr morgens. Dann war sie schrecklich müde, fand aber keinen Weg zurück ins Land der Träume. Nachts nahmen alle Probleme Riesenausmaße an, selbst wenn sie tagsüber höchstens undeutliche Schatten waren. Dinge, die sich tagsüber so leicht bagatellisieren ließen – uninteressante, ungefährliche und lösbare kleine Unannehmlichkeiten –, wurden an der Schwelle zwischen Nacht und Tag zu gewaltigen, alles überschattenden Gespenstern, die sie verfolgten. Allzu oft drehte sie sich bis halb sieben von einer Seite auf die andere, dann folgte ein restlos unbrauchbarer, betäubungsähnlicher Schlaf, bis der Wecker sie eine halbe Stunde später hochjagte.

In dieser Nacht war sie um zwei Uhr wach geworden, schweißnass. Sie hatte in einem Flugzeug ohne Boden gesessen, alle Passagiere hatten ohne Sicherheitsgurte auf kleinen Auswüchsen des Flugzeugrumpfes balancieren müssen. Nachdem sie sich dort angeklammert hatte, bis sie todmüde war, hatte das Flugzeug steil auf den Boden zugehalten. Sie war erwacht, als sie auf den Boden prallten. Träume von Flugzeugabstürzen wiesen angeblich auf fehlende Kontrolle über das Leben hin. Sie fand sich davon nicht betroffen.

Es war ganz einfach ein strahlender Herbsttag. Eine Woche lang hatte es gegossen, aber nun war die Temperatur über Nacht auf fünfzehn Grad angestiegen, und die Sonne machte einen letzten Versuch, daran zu erinnern, dass der Sommer noch nicht so schrecklich lange her war. Das Laub der Bäume auf dem Olaf-Ryes-plass war schon gelbrot, und das Licht war so grell, dass sogar die Leute, die gerade Waren in die pakistanischen Kioske und den Lebensmittelladen brachten, blass wirkten. Der Verkehr auf der Toftes gate dröhnte, aber die Luft fühlte sich trotzdem erstaunlich frisch und sauber an.

Als Karen Borg vor fünf Jahren die jüngste und einzige Partnerin von Greverud & Co geworden war, hatten sie und Nils ernsthaft mit dem Gedanken gespielt, aus Grünerløkka wegzuziehen. Sie konnten sich das leisten, und das Viertel hatte sich nicht so entwickelt, wie alle es erwartet hatten – damals, als sie sich als Studentin eine Dreißig-Quadratmeter-Wohnung in einem Abbruchhaus erschlichen hatte, das dann doch der Abrissbirne entronnen war. Die Sanierung hatte aus einer, gelinde gesagt, elenden Renovierung zu einem wahnwitzigen Preis bestanden. Daraufhin hatte sich die Miete innerhalb von drei Jahren verfünffacht, die weniger betuchten Leute hatten ausziehen müssen. Karen Borg aber hatte ihre Wohnung rechtzeitig verkauft und dadurch eine akzeptable finanzielle Grundlage für ihr neues Projekt erwirtschaftet, einen Loft im Nachbarhaus. Dieses Haus war der Sanierung wie durch ein Wunder entkommen; die Bewohner hatten sich bereit erklärt, die für diesen Stadtteil vorgeschriebenen Sanierungsmaßnahmen selbst durchzuführen.

Karen und Nils hatten wirklich Umzugspläne geschmiedet. Aber an einem späten und wunderschönen Samstagabend vor einigen Jahren waren sie ihre Motive durchgegangen. Sie hatten eine Für-und-Wider-Liste aufgestellt. Am Ende waren sie zu dem Entschluss gekommen, für ihr Geld lieber ihre kleine Wohnung zu erweitern. Sie hatten den Rest des Dachbodens aufgekauft, an die zweihundert Quadratmeter. Die fertige Wohnung war schön und teuer. Bereut hatten sie das nie. Nachdem sie beide auf erstaunlich ruhige Weise eingesehen hatten, dass sie keine Kinder bekommen würden – sie hatten ohne irgendein Resultat vier bis fünf Jahre lang auf Verhütungsmittel verzichtet –, hatten sie nach und nach alle Argumente gegen Oslos dreckige Innenstadt vergessen. Sie hatten eine Dachterrasse mit Whirlpool und Grill, ihnen blieb die Gartenarbeit erspart, und sie konnten zum nächsten Kino zu Fuß gehen. Sie hatten zwar ein Auto gekauft, einen Ford Sierra – weil sie es blödsinnig fanden, viel Geld für ein Auto auszugeben, das doch überwiegend in der Garage stand –, aber meistens gingen sie zu Fuß oder nahmen die Straßenbahn.

Karen Borg war in Bergen aufgewachsen. Ihre Jugend war vom ausgefeilten Nachrichtendienst der Hausfrauen geprägt gewesen; Agentinnen, die hinter Gardinen hervorlugten und alles über jedes kleine Vergehen wussten, von ungeputzten Fußböden bis zu außerehelichen Beziehungen. Wenn Karen zweimal im Jahr zwei Tage lang zu Hause auf Besuch war, überkam sie stets eine unerträgliche Klaustrophobie, die sie sich nicht ganz zu erklären vermochte, zumal sie wirklich niemals etwas zu verbergen gehabt hatte. Deshalb empfand sie Grünerløkka als eine Freistätte. Nils und sie waren dort wohnen geblieben und hatten durchaus nicht mehr vor, daran etwas zu ändern. Sie blieb vor dem kleinen Kiosk an der Straßenbahnhaltestelle stehen. Die Boulevardpresse lag in dicken Stapeln in den Fächern.

Brutaler Drogenmord erschüttert die Polizei. Die Schlagzeile sprang ihr geradezu ins Gesicht. Sie packte ein Exemplar, verließ lesend den Kiosk und warf sieben Kronen auf den Tresen, ohne den Verkäufer auch nur anzusehen. Die Straßenbahn hielt gerade. Sie stempelte ihre Streifenkarte und setzte sich auf einen freien Klappsitz. Unter dem Bild der Leiche, die sie selbst vor knapp vier Tagen gefunden hatte, stand: »Der brutale Mord an einem bisher nicht identifizierten Mann von etwa 30 war vermutlich eine Racheaktion im Milieu, meint die Polizei.« Quellen waren nicht angegeben. Die Geschichte stimmte unangenehm mit der überein, die Håkon Sand ihr erzählt hatte.

Sie war wütend. Håkon hatte ihr eingeschärft, dass alles unter ihnen bleiben müsse. Diese Warnung war unnötig gewesen, Karen Borg hegte so gut wie keine Sympathie für die Presse. Umso mehr ärgerte sie sich über die Nachlässigkeit der Polizei. Sie dachte an ihren Mandanten. Durfte er in der Haft Zeitungen lesen? Nein, er hatte Brief- und Besuchsverbot akzeptiert, und Karen Borg glaubte sich zu erinnern, dass damit auch Zeitungen, Radio und Fernsehen verboten waren.

Das wird seine Angst sicher noch steigern, dachte sie und vertiefte sich in den Rest der Zeitung, während die Bahn im Stil moderner Straßenbahnen durch die Straßen wackelte und brummte.

In einer ganz anderen Gegend der Stadt saß ein Mann und hatte Angst vor dem Sterben.

Hans A. Olsen war genauso durchschnittlich wie sein Name. Die unverkennbaren Spuren von zu viel Alkohol in zu vielen Jahren prägten sein Gesicht. Seine Haut war aufgedunsen, fahl und großporig und wirkte immer ein bisschen feucht. Gerade jetzt schwitzte er heftig und sah älter aus als zweiundvierzig. Bitterkeit ging Hand in Hand mit dem hohen Alkoholkonsum und gab seinem Gesicht einen Ausdruck von Schroffheit und Missmut.

Hans A. Olsen war Rechtsanwalt. Zu Beginn seines Studiums hatte er vielversprechend gewirkt und sich deshalb etliche Freunde zugelegt. Seine Jugend in einem pietistischen Milieu in Südwestnorwegen aber hatte alles, was er je an Spontaneität und Lebensfreude gehabt haben mochte, in bleischwere Ketten gelegt. Seinen Glauben hatte er nach wenigen Monaten in der Hauptstadt über Bord geworfen, aber er hatte ihn durch nichts ersetzen können. Die Vorstellung eines rächenden und unversöhnlichen Gottes hatte ihn nie ganz losgelassen, und bei seinem Konflikt zwischen seinem ursprünglichen Ich und dem Traum von einem Studium mit Frauen, Wein und akademischen Leistungen hatte er allzu schnell Trost in den Verlockungen der Großstadt gesucht. Seine Kommilitonen hatten schon damals behauptet, dass Hans A. Olsen seine Geschlechtsorgane wirklich nur zum Pissen benutze. Das war jedoch nicht die ganze Wahrheit. Der Junge hatte früh gelernt, dass Sex gekauft werden konnte. Sein unbeholfenes und unsicheres Auftreten hatte ihm rasch die bittere Erkenntnis eingebracht, dass Frauen nicht in seiner Reichweite lagen. Deshalb hatte er häufig den Straßenstrich aufgesucht und mehr Erfahrung gesammelt, als seine Kommilitonen ihm zubilligen wollten.

Sein Alkoholkonsum, der sich rasch steigerte, bis er bereits mit fünfundzwanzig Jahren als Alkoholiker galt – was medizinisch gesehen nicht korrekt war –, hinderte ihn daran, ein Examen zu machen, das seinen Fähigkeiten entsprochen hätte. Er bestand mit einer Durchschnittsnote und fand eine Stelle im Landwirtschaftsministerium. Dort blieb er vier Jahre, dann absolvierte er zwei Jahre Praxis als Gerichtsreferendar in Nordnorwegen, eine

Zeit, auf die er mit Grausen zurückblickte und die nur ein notwendiges Übel auf dem Weg zur Anwaltskanzlei und zu der Freiheit gewesen war, die er immer gesucht hatte.

Er hatte drei weitere Anwälte gefunden, in deren Kanzlei ein Platz frei gewesen war. Sie hatten ihn als einen Sonderling mit unkontrollierbaren Wutausbrüchen kennen gelernt, aber sie akzeptierten ihn so, wie er war, nicht zuletzt, weil er, anders als alle anderen, Miete und andere gemeinsame Kosten immer pünktlich bezahlte. Sie schrieben das allerdings eher seinem geringen Geldverbrauch zu als einem besonderen Sinn fürs Geschäftliche. Hans A. Olsen war ganz einfach geizig. Er hatte eine Vorliebe für graue Anzüge. Davon besaß er drei. Zwei trug er schon seit über sechs Jahren, und das war ihnen anzusehen. Keiner seiner Kollegen hatte ihn jemals anders bekleidet gesehen. Er gab nur für eines Geld aus: für Alkohol.

Für kurze Zeit war er aufgeblüht, zur Überraschung aller. Diese Wende in seinem Leben kam dadurch zum Ausdruck, dass er sich öfter die Haare wusch, sich ein teures Rasierwasser leistete und dadurch vorübergehend den grauen, schlampigen Körpergeruch verdrängte, der sein Büro dominierte, und dass er eines Morgens mit neuen und, laut Sekretärin, sehr feschen italienischen Schuhen auftauchte. Die Ursache seiner Verwandlung war eine Frau, die sogar bereit war, ihn zu heiraten. Das passierte, nachdem sie sich drei Wochen gekannt hatten, was in Wirklichkeit an die fünfzig Halbe bedeutete. Die Frau war hässlich wie die Erbsünde, galt aber als lieb, warmherzig und intelligent. Sie war Diakonin, was jedoch auf ihrem Weg zu Scheidung und endgültiger Trennung kein Hindernis war.

Aber Hans A. Olsen verfügte über eine ganz klare Stärke: Kriminelle waren von ihm begeistert. Er setzte sich wie kaum jemand für seine Mandanten ein. Und da er so viel für sie empfand, hasste er die Bullen. Er hasste sie wild und machte nie einen Hehl daraus. Sein unbeherrschter Zorn hatte im Lauf der Jahre viele Polizisten irritiert und dafür gesorgt, dass die meisten seiner Mandanten viel länger in U-Haft sitzen mussten als andere. Olsen hasste die Polizei, die Polizei hasste ihn. Und darunter hatten die von ihm vertretenen Häftlinge natürlich zu leiden. Jetzt fürchtete Hans A. Olsen um sein Leben. Der Mann, der vor ihm stand, richtete eine Pistole auf ihn, die er mit seinen begrenzten Waffenkenntnissen nicht einordnen konnte. Aber sie sah gefährlich aus, und er hatte genug Filme gesehen, um den Schalldämpfer zu erkennen.

»Das war verdammt blöd von dir, Hansa«, sagte der Mann mit der Pistole.

Hans A. Olsen hasste seinen Spitznamen Hansa, auch wenn der die natürliche Folge seiner Angewohnheit war, sich immer mit dem A in seinem Namen vorzustellen.

»Ich wollte doch bloß mit dir darüber reden«, piepste der Anwalt aus dem Sessel, in den er befohlen worden war.

»Wir haben eine unverbrüchliche Abmachung, Hansa«, sagte der andere mit beherrschter Stimme. »Niemand steigt aus. Niemand singt. Wir müssen absolut sichergehen. Du darfst nicht vergessen, dass es hier nicht nur um uns geht. Du weißt, was auf dem Spiel steht. Bisher hattest du noch nie Einwände. Was du gestern am Telefon geäußert hast, waren Drohungen, Hansa. Drohungen lassen wir uns nicht bieten. Wenn einer hochgeht, gehen alle hoch. Das können wir uns nicht leisten, Hansa. Das kapierst du doch.«

»Ich habe Papiere!« Ein letzter, verzweifelter Versuch, sich ans Leben zu klammern. Das Zimmer füllte sich mit unverkennbarem Geruch von Kot und Urin.

»Du hast keine Papiere, Hansa. Das wissen wir beide. Ich muss es jedenfalls darauf ankommen lassen.«

Der Schuss hörte sich an wie ein kurzes, halbersticktes Husten. Die Kugel traf Anwalt Hans A. Olsen mitten in die Nase, die total deformiert wurde, bohrte sich weiter durch seinen Kopf und riss im Hinterkopf einen übergroßen Krater. Das gehäkelte Deckchen über der Sessellehne wurde rot und grau bespritzt, und auch die einen Meter dahinter liegende Wand bekam große Flecken ab.

Der Mann mit der Pistole zupfte an dem eng sitzenden Gummihandschuh an seiner rechten Hand und ging.

DONNERSTAG, 1. OKTOBER

Der Mord an Anwalt Hans A. Olsen wurde in den Zeitungen gebührend behandelt. Olsen war zu Lebzeiten nie auf der ersten Seite aufgetreten, obwohl er immer wieder wütende Versuche unternommen hatte. Seine Leiche wurde auf insgesamt sechs Titelseiten besprochen. Er wäre stolz gewesen. Seine Kollegen hatten sich voller Respekt geäußert, und obwohl die meisten ihn für ein Arschloch gehalten hatten, zeichnete die Presse das Bild eines hoch angesehenen und geschätzten Juristen. Mehrere Zeitungen kritisierten die Polizei, die immer noch und wieder einmal in einem üblen Mordfall keine brauchbaren Spuren hatte. Die meisten gingen davon aus, dass ein unzufriedener Mandant den Anwalt ins Jenseits befördert hatte. Bei Olsens ziemlich begrenztem Mandantenstamm dürfte die Verbrecherjagd also kurz und leicht ausfallen.

Hanne Wilhelmsen glaubte nicht an diese Theorie. Sie verspürte das Bedürfnis, mit Håkon Sand einige ziemlich wirre Gedanken zu erörtern.

Sie hatten ganz hinten in der Kantine einen Platz gefunden, einen Fenstertisch mit großartigem Blick auf Oslos weniger bebaute Gegenden. Sie hatten sich Kaffee geholt und beide die Untertasse bekleckert, sodass beim Trinken Kaffee von der Tasse tropfte.

Hanne Wilhelmsen sprach als Erste. »Ehrlich gesagt, Håkon, ich sehe einen Zusammenhang zwischen den beiden Morden.« Sie sah ihn an. Sie wusste nicht, wie ihr Versuchsballon aufgenommen werden würde, und war ehrlich gespannt. Håkon Sand tunkte ein Schokobonbon in den Kaffee, steckte es in den Mund und leckte sich sorgfältig die Finger ab. Es sah schweinisch aus. Dann blickte er sie an.

»Aber es gibt doch nicht die geringste Parallele«, sagte er leicht resigniert. »Unterschiedliche Waffen, unterschiedliches Vorgehen, unterschiedliche Tatorte, verschiedene Personen und unterschiedliche Zeiten. Du kriegst Probleme mit deiner Theorie.«

»Hör mal: Kleb nicht bloß an den Unterschieden! Lass uns mal betrachten, was die Fälle verbindet.« Sie war sehr eifrig und zählte die Argumente an den Fingern ab. »Erstens: Die Morde wurden im Abstand von fünf Tagen begangen.« Sie ignorierte Håkon Sands leicht spöttisches Lächeln und seine hochgezogenen Augenbrauen. »Zweitens: Wir haben bisher für keinen der beiden Morde eine Erklärung. Wir haben den Mann vom Akerselv identifiziert. Ludvig Sandersen. Seit vielen Jahren rauschgiftsüchtig und mit einem Vorstrafenregister so lang wie sein Arm. Er ist erst vor sechs Wochen aus dem Knast entlassen worden. Aber weißt du, wer ihn verteidigt hat?«

»Da du in diesem triumphierenden Ton fragst, tippe ich auf unseren verstorbenen Freund Olsen.«

»Genau! Das ist doch immerhin eine Art Zusammenhang.« Sie sprach jetzt leiser. »Und er war nicht nur Olsens Mandant, sondern er hatte auch an dem Tag, an dem er ermordet wurde, einen Termin bei seinem Anwalt. Olsens Terminkalender liegt bei Heidi, sie hat den Fall bekommen. Ludvig Sandersen hatte letzten Freitag einen Termin, für den zwei Stunden reserviert waren. Ein langes Gespräch also. Falls es stattgefunden hat. Das wissen wir ja nicht. Ich nehme an, Olsens Sekretärin kann uns das erzählen.«

Håkon Sand hatte in einem Affenzahn fast alle Schokobonbons verzehrt, seine Kollegin hatte nur wenige abbekommen. Jetzt faltete sie aus dem Goldpapier ein Schiffchen, während sie auf seine Reaktion wartete.

Plötzlich redeten beide los, und beide unterbrachen sich mit einem Lächeln.

»Du zuerst«, sagte Håkon Sand.

»Da ist noch was.« Sie sprach jetzt auffällig leise, obwohl die Kantine fast leer war und der nächste Nachbar fast sieben Meter entfernt saß. »Ich werde das nicht aufschreiben. Und ich erzähle es auch niemandem. Nur dir.« Sie steckte sich kurz die Finger in die Ohren, danach stützte sie die Ellbogen auf den Tisch. »Vor einer Weile musste ich in Verbindung mit einer Vergewaltigung einen Mann vernehmen. Er war auf puren Verdacht hin hergezerrt worden, sein Vorstrafenregister beschert ihm immer einen Besuch hier, wenn wir einen Sexfall nicht aufklären können. Wir konnten ihn rasch von unserer Liste streichen. Aber trotzdem war er verdammt nervös. Ich habe damals nicht weiter darauf geachtet, die sind immer nervös, weil sie irgendeinen Dreck am Stecken haben. Aber dieser Typ hatte wirklich Angst. Schon ehe er wusste, was wir von ihm wollten, deutete er ziemlich offen ein Geschäft an. Er hat etwas gesagt, bloß kriege ich den genauen Wortlaut nicht mehr zusammen, über einen Anwalt, der hinter ausgedehntem Rauschgifthandel steckt. Du weißt, wie diese Leute sind, sie lügen schneller, als sie ihre Verbrechen begehen, und scheuen vor wenig zurück, um sich aus einer Klemme zu retten. Deshalb habe ich damals nicht weiter darauf geachtet.«

Hanne Wilhelmsen senkte ihre Stimme weiter. Håkon Sand musste sich über den Tisch beugen und den Kopf schräg legen, um sie zu verstehen. Für andere konnte das aussehen wie ein Rendezvous.

»Ich bin heute Nacht aufgewacht und musste immer an diesen Knaben denken«, sagte sie. »Als Erstes habe ich mir heute Morgen diesen alten Vergewaltigungsfall herausgesucht und seinen Namen nachgesehen. Rat mal, wer sein Anwalt war!«

»Olsen.«

»Genau.«

Beide blickten auf das diesige Bild der Stadt. Håkon Sand holte einige Male tief Luft und saugte nachdenklich an seinen Schneidezähnen. Er wusste, dass das unappetitlich war, und hörte sofort wieder auf.

»Was haben wir denn«, sagte er, zog ein leeres A4-Blatt hervor und notierte Zahlen. »Wir haben einen toten Rauschgiftsüchtigen. Einen bekannten und verhafteten Täter, der sich weigert, sein Motiv zu nennen.« Der Kugelschreiber kratzte über das Papier, und in seinem Eifer riss Håkon ein Loch in den Bogen. »Er ist so gründlich umgebracht worden, dass er auch dann nicht überlebt hätte, wenn er neun Leben gehabt hätte. Dann haben wir einen toten Anwalt, der ein bisschen eleganter umgebracht worden ist. Wir wissen, dass die beiden Ermordeten einander gekannt haben. Sie waren an dem Tag verabredet, an dem der Erste von ihnen den Löffel abgegeben hat. Was haben wir sonst noch?« Er machte weiter, ohne auf Antwort zu warten. »Einige vage und höchst unzuverlässige Gerüchte über den Rauschgifthandel eines unbekannten Anwalts. Der Anwalt unseres Gerüchteschmiedes war unser Wiedergänger Olsen.«

Wilhelmsen bemerkte ein scheinbar krampfhaftes Zucken in Håkon Sands Mundwinkel.

»Ich glaube, du bist da auf einer Fährte, Hanne. Ich glaube, das könnte ein dickes Ding werden. Aber was machen wir jetzt?«

Zum ersten Mal in diesem Gespräch lehnte Hanne Wilhelmsen sich zurück. Sie schlug mit den Fingern auf dem Tisch einen kleinen Trommelwirbel. »Wir umgeben uns mit dem allertiefsten Schwaaaaigen«, erklärte sie. »Das ist die vageste Spur, mit der ich je gearbeitet habe. Ich halte dich auf dem Laufenden. Okay?«

Die Unruhepatrouille war das schwarze Schaf und zugleich der große Stolz der Polizei. Diese jeanstragenden, teilweise langhaarigen und bisweilen überwältigend ungepflegten Polizisten hatten sich noch nie an Kleiderordnungen gebunden gefühlt. Das war auch gar nicht nötig. Aber ab und zu pfiffen sie auch auf andere unabdingbare Regeln. In unregelmäßigen Abständen wurden sie vom Personalchef oder sogar dem Polizeipräsidenten zusammengestaucht. Sie sagten Ja und Amen und versprachen Besserung, hoben aber heimlich den Finger, wenn sie das Zimmer verließen. Nur wenige waren irgendwann einmal dermaßen zu weit gegangen, dass sie in einen mordsöden Schreibtischjob versetzt werden mussten. Denn die Polizei liebte ihre Jeanstruppe. Die Unruhepatrouille war effektiv, arbeitete hart und erhielt ab und zu sogar Besuch von Kollegen aus Schweden und Dänemark, die mit unklaren Vorstellungen eintrafen und außer sich vor Bewunderung wieder abreisten.

Erst vor einer Woche, als Besuch aus Stockholm da war, hatte für einen Abend auch ein schwedisches Fernsehteam mitgemacht. Zwei Jungs gingen mit den Fernsehleuten zum Haus einer Prostituierten, bei der immer ein paar Gramm von irgendwas herumlagen. Die Tür aufzubrechen war kein Problem, von der war von früheren Besuchen her nicht mehr viel übrig. Mit den Fernsehleuten im Schlepptau stürmten sie in das dunkle Wohnzimmer. Auf dem Boden lag ein Mann mittleren Alters, bekleidet mit einem dekolletierten knallroten Kleid und einem Hundehalsband. Er brach in krampfhaftes Schluchzen aus, als er die Gäste entdeckte. Die Polizisten trösteten ihn und versicherten, dass sie es doch nicht auf ihn abgesehen hätten. Nachdem sie im Bücherregal, in dem übrigens keine Bücher standen, sondern nur Nippes in allen Formen und Materialien, vier Gramm Hasch und eine Tagesration Heroin gefunden hatten, verlangten sie doch den Ausweis des Mannes. Schluchzend zog er eine tarnfarbene Brieftasche hervor. Seinem militärischen Dienstausweis konnten die überaus belustigten Polizisten entnehmen, dass der Mann Berufsoffizier war. Seine Verzweiflung war durchaus verständlich. Solche Verhältnisse, die allerdings nicht strafbar waren, mussten den hohen Herren im 7. Stock hinterbracht werden, dem Überwachungsdienst der Polizei. Was seither mit dem Mann passiert war, wusste niemand von der Unruhe, aber das schwedische Fernsehteam hatte sich mit den Aufnahmen, die aus purem Anstand nie gesendet worden waren, köstlich amüsiert.

Die Aufgabe der Unruhepatrouille verriet schon der Name. Sie sollte Unruhe in der Drogenszene erregen, um den Handel zu behindern und zu ahnden und um Neurekrutierungen für die Szene zu verhindern. Sie waren keine Spitzel nach US-Muster. Deshalb machte es ihnen nichts aus, wenn sie als Polizisten erkannt wurden. Die schmuddelige Erscheinung, die die meisten sich zugelegt hatten, sollte es einfacher machen, mit der Szene ins Gespräch zu kommen, aber sie sollte die Männer kaum als etwas anderes erscheinen lassen, als sie waren. Sie wussten Bescheid über fast alles, was sich in Oslos Unterwelt abspielte. Das

Problem war, dass sie zu selten etwas beweisen konnten, auch wenn sie den meisten anderen Abteilungen im Polizeigebäude an Erkenntnissen in der Regel um einiges voraus waren.

Hanne Wilhelmsen hörte, lange bevor sie die Tür erreicht hatte, laute Reden und schallendes Lachen aus dem großen Aufenthaltsraum der Unruhepatrouille. Sie klopfte mehrmals kräftig an, ohne gehört zu werden. Schließlich wurde die Tür geöffnet. Im Türspalt stand ein sommersprossiger Mann mit unwahrscheinlich fettigen Haaren und einem dicken Klumpen Kautabak unter der Oberlippe und grinste sie so breit an, dass sie zwischen den Zähnen auf der linken Seite den Tabaksaft sehen konnte.

»Hallo, Hanne, was willst du?« Er war überaus freundlich, obwohl sein mächtiger Körper noch immer die Tür versperrte.

Hanne erwiderte das Lächeln und versetzte der Tür einen Stoß. Widerwillig gab der Sommersprossige nach. Essensreste, Abfall und Massen von Papier, Zeitschriften und Semipornos, waren überall in dem großen Zimmer verstreut. In einer Ecke hockte ein Mann mit rasiertem Schädel, einem umgedrehten Kreuz in einem Ohr, Stiefeln und einem Islandpullover, der wahrscheinlich vor Dreck hätte stehen können. Der Mann lief unter dem Namen Billy T. Er hatte zusammen mit Hanne Wilhelmsen die Polizeischule besucht und galt als eines der effektivsten und klügsten Mitglieder der Patrouille. Billy T. hatte ein freundliches und munteres Wesen, war sanft wie ein Lamm und musste mit einem Appetit auf Frauen leben, der ihm, kombiniert mit einer beneidenswerten Fruchtbarkeit, bisher nicht weniger als vier Kinder von ebenso vielen Müttern eingebracht hatte. Er hatte mit keiner je zusammengelebt, liebte aber seine Söhne, von denen zwei nur drei Monate auseinander waren. Und an jedem Monatsende bezahlte er mit nur leisem Fluchen seine Alimente.

Hanne war auf der Suche nach Billy T. Sie stieg über Kleider und andere Gegenstände hinweg, die den Weg versperrten. Er ließ das Motorradheft sinken, in das er vertieft gewesen war, und musterte sie mit mildem Erstaunen.

»Kannst du kurz mit in mein Büro kommen?« Eine vielsagende Bewegung mit Arm und Kopf verriet, wie sie die Möglichkeiten eines vertraulichen Gesprächs in diesem Zimmer einschätzte.

Billy T. nickte, warf seine Zeitung beiseite, die begehrlich vom nächsten Leser geschnappt wurde, und folgte seiner Kollegin in den zweiten Stock hinunter.

Hanne Wilhelmsen beugte sich über ihren Schreibtisch und riss eine maschinegeschriebene Liste so heftig von der Wand, dass die Reißzwecken auf den Boden fielen.

»Das ist eine Liste der festen Verteidiger hier in der Stadt sowie von einigen anderen, die nicht fest sind, aber trotzdem Strafprozesse übernehmen. Ungefähr dreißig insgesamt.«

Billy T. legte seinen kugelrunden Kopf schräg und sah sich interessiert die Liste an. Er kniff leicht die Augen zusammen, die Schrift war sehr klein, damit alle Namen auf einer Seite Platz fanden.

»Was sagst du zu denen?«, fragte Hanne.

»Was ich zu denen sage? Wie meinst du das?« Er ließ seinen Finger über das Blatt gleiten. »Der ist in Ordnung, der ist okay, der ist ein Arsch, die ist sehr in Ordnung«, fing er an. »Ist es das, was du hören möchtest?«

»Im Grunde nicht«, murmelte sie zögernd. »Wer von denen hat die meisten Rauschgiftsachen?«, fragte sie kurz darauf.

Billy T. nahm sich einen Kugelschreiber und malte ein Kreuzchen neben sechs Namen. Hanne ließ sich die Liste zurückgeben und starrte sie an. Dann legte sie sie beiseite und schaute aus dem Fenster.

Dann fragte sie. »Hast du irgendein Gerücht gehört, dass sie selbst in Rauschgiftgeschäfte verwickelt sind?«

Billy T. schien über diese Frage nicht erstaunt zu sein. Er biss sich in den Daumen. »Das ist ernst gemeint, nicht wahr? Wir hören schließlich verdammt viel, und nur ein Bruchteil davon ist zu glauben. Aber du möchtest wissen, ob *mir* je so ein Verdacht gekommen ist, oder?«

»Ja, genau das.«

»Um es mal so zu sagen: Wir haben schon ab und zu Grund zu dieser Frage gehabt. In den letzten zwei Jahren ist irgendetwas mit dem Markt passiert. Etwas Undefinierbares, das wir nicht ordentlich zu fassen kriegen. Eine Sache ist das ewige Problem mit Stoff im Knast. Das kriegen wir nicht in den Griff. Die Kontrollen werden dauernd verschärft, aber das bringt nichts. Aber auch auf der Straße passiert irgendwas. Die Preise sinken. Das bedeutet reichliches Angebot. Die reine Marktwirtschaft, weißt du. Ich höre ja Gerüchte. Aber die sind schrecklich widersprüchlich. Wenn du also fragst, ob ich je einen von diesen Anwälten verdächtigt habe, dann muss ich vor dem Hintergrund meines Wissens mit Nein antworten.«

»Und wenn ich nach deinen geheimsten Gedanken und Instinkten frage und du mir keinen Grund zu nennen brauchst, wie fällt deine Antwort dann aus?«

Billy T. von der Unruhepatrouille fuhr sich über seinen glatten Schädel, griff nach dem Papier und tippte mit seinem schmutzigen Zeigefinger auf einen Namen. Sein Mittelfinger glitt über die Seite und kam bei einem zweiten zum Stillstand.

»Wenn ich wüsste, dass etwas anliegt, dann würde ich mich als Erstes um diese beiden kümmern«, sagte er. »Vielleicht, weil es Klatsch gegeben hat, vielleicht, weil ich sie nicht leiden kann. Mach daraus, was du willst. Ich habe nichts gesagt, okay?«

Hanne Wilhelmsen beruhigte ihren Kollegen. »Du hast das nie gesagt, und wir beide haben nur kurz über alte Zeiten geplaudert.«

Billy T. nickte, lächelte und transportierte seinen zwei Meter langen Körper zurück ins Bereitschaftszimmer im vierten Stock.

FREITAG, 2. OKTOBER

Karen Borg erhielt im Zusammenhang mit ihrem neuen, unerwünschten Mandat weitere Anrufe. An diesem Vormittag meldete sich ein Journalist. Er wirkte aufdringlich nett und nervig. Sie war den Umgang mit Journalisten nicht gewöhnt und reagierte mit untypischer Schroffheit. Im Grunde antwortete sie ausschließlich mit einsilbigen Wörtern. Erst brachte er ein Vorpostengefecht, in dem er sie mit seinem gewaltigen Wissen über diesen Fall beeindrucken zu wollen schien – was ihm auch gelang. Dann fing er an zu fragen.

»Hat er gesagt, warum er Sandersen umgebracht hat?«

»Nein.«

»Hat er gesagt, woher sie einander gekannt haben?«

»Nein.«

»Hat die Polizei eine Theorie zu diesem Fall?«

»Weiß nicht.«

»Stimmt es, dass dieser Niederländer nur von Ihnen verteidigt werden will?«

»Im Grunde.«

»Haben Sie den ermordeten Anwalt, Hansa Olsen, gekannt?«

Sie teilte ihm mit, dass sie ihm mit mehr wohl nicht dienen könne, verabschiedete sich höflich und legte auf.

Hansa Olsen? Warum hatte er nach dem gefragt? Sie hatte

die blutrünstigen Einzelheiten in der Tagespresse gelesen, hatte sich den Fall aber einfach nur gemerkt. Er ging sie nichts an, und der Mann war ihr völlig unbekannt. Sie war nicht auf die Idee gekommen, dass dieser Fall etwas mit ihrem Mandanten zu tun haben könnte. Streng genommen brauchte es auch gar keinen Zusammenhang zu geben, der Journalist konnte einfach einen Schuss ins Blinde abgegeben haben. Leicht gereizt gab sie sich damit zufrieden. Der Bildschirm vor ihr teilte ihr mit, dass an diesem Tag bereits neun Personen versucht hatten, sie zu erreichen, und die Namensliste machte ihr klar, dass sie den Rest des Tages ihrem wichtigsten Mandanten widmen würde, der Ölgesellschaft Norsk Oljeproduksjon. Nachdem sie sich eine Tasse Kaffee geholt hatte, setzte sie sich ans Telefon. Wenn sie rechtzeitig fertig wurde, konnte sie noch einen Besuch im Polizeigebäude schaffen. Es war Freitag, und sie hatte ein schlechtes Gewissen, weil sie ihren dortigen Mandanten noch nicht wieder besucht hatte. Sie wollte das vor dem Wochenende unbedingt noch erledigen.

Auch eine Woche U-Haft hatte Han van der Kerch nicht redseliger gemacht. Ihm waren eine uringetränkte Matratze und eine Filzdecke in die Zelle gereicht worden. In einer Ecke der pritschenhaften Erhöhung hatte er zerfledderte Taschenbücher aufgestapelt. Er durfte jeden Tag duschen und gewöhnte sich langsam an die Hitze. Sowie er in seine Zelle zurückkam, zog er sich aus und saß meistens in Unterhose da. Nur wenn er ein seltenes Mal an die Luft oder zu einem Vernehmungsversuch gebracht wurde, machte er sich die Mühe, sich anzuziehen. Eine Streife hatte aus seinem Zimmer im Studentenheim saubere Unterhosen, Toilettenartikel und sogar einen kleinen Ghettoblaster geholt.

Jetzt war er angezogen. Karen Borg saß mit ihm in einem Büro im zweiten Stock. Sie führten kein Gespräch; es war ein Monolog mit gemurmelten Einlagen des Gegenübers.

»Peter Strup hat mich Anfang der Woche angerufen. Er kennt einen Freund von Ihnen, hat er gesagt, und deshalb möchte er Ihnen helfen.«

Keine Reaktion, nur blickte van der Kerch jetzt noch düsterer und mürrischer vor sich hin.

»Kennen Sie Anwalt Strup? Wissen Sie, von welchem Freund er redet?«

»Ja. Ich will Sie.«

»In Ordnung.« Sie war verzweifelt. Eine Viertelstunde lang hatte sie versucht, etwas aus dem Mann herauszubekommen; jetzt war sie kurz vor dem Aufgeben.

Plötzlich beugte der Niederländer sich vor. Mit einer hilflosen Bewegung schlug er die Hände vors Gesicht und stützte die Ellbogen auf seine gespreizten Knie. Er rieb sich den Kopf, hob den Blick und sagte: »Mir ist klar, dass Sie verwirrt sind. Ich bin selbst scheißverwirrt. Ich habe letzten Freitag den Patzer meines Lebens gebaut. Es war ein kalter, vorsätzlicher und grausamer Mord. Ich habe Geld dafür bekommen. Das heißt, mir ist Geld versprochen worden. Gesehen habe ich von der Kohle noch nichts, und ich werde mein Guthaben in den nächsten Jahren wohl kaum eintreiben können. Ich liege jetzt seit einer Woche in dieser Zelle und frage mich, was in mich gefahren war.«

Plötzlich brach er in Tränen aus. Das geschah so unerwartet und abrupt, dass Karen Borg davon restlos umgeworfen wurde. Der Junge – jetzt sah er wirklich wie ein Junge aus – presste den Kopf gegen seine Knie, als ob er das Verhalten beim Flugzeugabsturz übte, und sein Rücken bebte. Nach einigen Sekunden richtete er sich auf, um besser Luft holen zu können, und sie sah, dass sein Gesicht von roten Recken übersät war. Der Rotz rann, und weil Karen nicht wusste, was sie sagen sollte, fischte sie Papiertaschentücher aus ihrem Diplomatenkoffer und hielt sie ihm hin. Er wischte sich die Nase und die Augen, hörte aber nicht auf zu weinen. Karen wusste nicht, wie sie einen reuigen Mörder trösten sollte. Dennoch zog sie ihren Stuhl näher an den des Jungen heran und nahm seine Hand.

So saßen sie über zehn Minuten lang. Uns kommt es wahrscheinlich beiden vor wie eine Stunde, dachte Karen Borg. Endlich atmete der junge Mann etwas regelmäßiger. Sie ließ seine Hand sinken und schob lautlos ihren Stuhl zurück, als wollte sie den kurzen Moment von Nähe und Vertraulichkeit austilgen.

»Vielleicht hast du jetzt mehr zu sagen«, ermunterte sie ihn leise und bot ihm noch eine Zigarette an. Er nahm sie mit zitternder Hand, wie ein schlechter Schauspieler. Sie wusste, dass sein Zittern echt war, und gab ihm Feuer.

»Ich weiß einfach nicht, was ich sagen soll«, stammelte er. »Ich habe einen Mann umgebracht. Aber ich habe auch so viel anderes getan, und ich würde mir ungern Lebenslänglich an den Hals reden. Aber mir ist nicht klar, wie ich das eine erzählen soll, ohne das andere zu verraten.«

Karen Borg war verwirrt. Sie war daran gewöhnt, Auskünfte mit der größten Diskretion und Vertraulichkeit zu behandeln. Ohne diese Eigenschaft hätte sie kaum einen Mandanten gehabt. Aber bisher hatte sich die Geheimhaltung auf Geld, Industriegeheimnisse und Taktiken im Geschäftsleben bezogen. Ihr war niemals etwas einwandfrei Strafbares anvertraut worden, und sie wusste nicht, was sie verschweigen durfte, ohne selbst mit den Gesetzen in Konflikt zu kommen. Noch ehe sie sich diese Problematik richtig überlegt hatte, tröstete sie den Niederländer.

»Was du mir erzählst, bleibt unter uns. Ich bin deine Anwältin und stehe unter Schweigepflicht.«

Er seufzte noch zwei-, dreimal, dann putzte er sich heftig die Nase und erzählte: »Ich war in einer Art Liga. Ich sage *eine Art*, weil ich ehrlich gesagt nicht viel darüber weiß. Ich weiß von zwei anderen, die mitmachen, aber das sind Leute auf meiner Ebene, wir holen und bringen und verkaufen ab und zu ein bisschen. Meine Kontaktperson hat eine Gebrauchtwagenfirma in Sagene. Aber die Liga ist ziemlich groß. Glaube ich wenigstens. Es war nie ein Problem, das Geld für meine Jobs zu bekommen. Einer wie ich kann oft in die Niederlande fahren. Das erregt keinen Verdacht. Ich habe jedes Mal meine Mutter besucht.« Beim Gedanken an seine Mutter heulte er wieder los. »Ich habe nie etwas mit der Polizei zu tun gehabt, weder zu Hause noch hier«, schluchzte er. »Ach verdammt. Wie lange muss ich sitzen?«

Karen Borg wusste sehr gut, was einem Mörder blühte. Und was einem Rauschgiftkurier. Aber sie sagte nichts, sie zuckte nur leicht mit den Schultern.

»Ich habe vielleicht zehn, fünfzehn Touren gemacht«, fuhr der Mann fort. »Unglaublich einfache Arbeit eigentlich. Im Voraus wird mir ein Treffpunkt in Amsterdam genannt, jedes Mal ein neuer. Die Ware ist immer schon verpackt. In Gummi. Ich habe die Päckchen hinuntergeschluckt, ohne wirklich zu wissen, was sie enthalten.« Er unterbrach sich einen Moment und korrigierte sich dann: »Na ja, ich habe es für Heroin gehalten. Im Grunde wusste ich das wohl. Ungefähr hundert Gramm jedes Mal. Mehr als zweitausend Verbrauchermengen. Alles ist gut gegangen; ich habe pro Lieferung zwanzigtausend bekommen. Und alle Ausgaben wurden ersetzt.«

Seine Stimme klang gepresst, aber er erklärte alles sehr gut. Er zerpflückte das in Auflösung begriffene Taschentuch und starrte ununterbrochen seine Hände an, als müsse er voller Staunen erkennen, dass just diese vor genau einer Woche auf so brutale Weise einen Menschen umgebracht hatten.

»Ich glaube, sehr viele machen da mit. Obwohl ich nur von zwei oder drei Leuten weiß. Der Laden ist einfach zu groß. Ein Dussel aus Sagene schafft das nicht allein. Der kommt mir nicht clever genug vor. Aber ich habe nicht gefragt. Ich habe meine Arbeit gemacht, mein Geld bekommen und die Klappe gehalten. Bis vor zehn Tagen.«

Karen Borg war ganz matt. Sie sah sich in einer Situation gefangen, über die sie keinerlei Kontrolle hatte. Ihr Gehirn registrierte die gelieferte Information, während sie fieberhaft mit der Frage rang, was sie damit anfangen sollte. Sie spürte, wie ihre Wangen rot anliefen und wie der Schweiß aus ihren Achselhöhlen strömte. Sie wusste, dass sie nun etwas über Ludvig Sandersen hören würde, den Mann, den sie am letzten Freitag gefunden hatte; ein Fund, der sie seither nachts heimsuchte und tagsüber quälte. Sie umklammerte die Armlehnen ihres Stuhls.

»Am letzten Dienstag war ich bei diesem Autoheini«, fuhr Han van der Kerch fort. Er war jetzt ruhiger und hatte endlich die Reste des Taschentuchs in den Papierkorb fallen lassen. Er sah sie zum ersten Mal an diesem Tag an. »Ich hatte seit Monaten keinen Job mehr gemacht. Rechnete jeden Moment mit einer Anfrage. Ich habe mir Telefon legen lassen, damit ich nicht auf das Gemeinschaftstelefon angewiesen bin. Ich nehme immer erst ab, wenn es viermal geklingelt hat. Wenn es zweimal klingelt, dann eine Pause macht, dann noch mal zweimal klingelt und aufhört, weiß ich, dass ich am nächsten Mittag um zwei erwartet werde. Cleveres System. Von meinem Telefon aus ist kein einziges Gespräch zwischen uns gespeichert, und trotzdem kann er mich erreichen. Also, ich bin dann letzten Dienstag hingegangen. Aber diesmal war nicht die Rede von Drogen. Ein Mann im System war zu frech geworden. Wollte von den großen Jungs Geld erpressen. Oder so. Viel habe ich nicht erfahren, nur, dass er eine Bedrohung für uns alle darstellte. Ich hatte schreckliche Angst.« Han van der Kerch grinste selbstironisch. »In den zwei Jahren, die ich das mache, habe ich nie ernsthaft an die Möglichkeit gedacht, erwischt zu werden. Irgendwie habe ich mich unverletzlich gefühlt. Verdammt, ich bin in Panik geraten, als mir aufging, dass alles in den Teich gehen könnte. Dass irgendwer im System eine Bedrohung darstellen könnte, ist mir einfach nie eingefallen. Eigentlich habe ich den Auftrag aus Angst vorm Auffliegen angenommen. Zweihundert Riesen sollte ich kriegen. Verdammte Versuchung. Es ging nicht nur um seinen Tod. Die ganze Szene sollte einen Schreckschuss verpasst bekommen. Deshalb hab ich sein Gesicht zermatscht.« Wieder brach der Junge in Tränen aus, diesmal jedoch weniger heftig. Er konnte reden, während seine Tränen strömten. Ab und zu legte er Pausen ein, atmete schwer, rauchte, überlegte. »Aber als ich es getan hatte, bin ich total ausgerastet. Ich habe es sofort bereut und bin einen Tag lang durch die Stadt geirrt. Viel weiß ich davon nicht mehr.«

Sie hatte den Jungen kein einziges Mal unterbrochen. Und sie hatte sich keine Notizen gemacht. Aber nun drängten sich zwei Fragen auf.

»Warum wolltest du mich?«, fragte sie leise. »Und warum willst du nicht ins Gefängnis?«

Han van der Kerch musterte sie eine Ewigkeit lang. »Du hast die Leiche gefunden, obwohl sie gut versteckt war.«

»Ja, ich hatte meinen Hund bei mir. Wieso?«

»Ich weiß zwar nur wenig über den Rest der Organisation, aber man schnappt ja immer mal was auf. Einen Versprecher, eine Andeutung. Ich glaube, ja, ich glaube, ich weiß es nicht, dass irgendein Anwalt die Hand im Spiel hat. Ich weiß nicht, wie er heißt. Ich kann mich auf niemanden verlassen. Aber es sollte einige Zeit dauern, bis die Leiche gefunden wurde. Je mehr Zeit, desto kälter die Spur. Du musst ihn schon eine Stunde später gefunden haben. Du konntest also nichts damit zu tun haben.«

»Und das Gefängnis?«

»Ich weiß, dass die Gruppe dort Kontakte hat. Häftlinge, glaube ich, aber es kann sich auch um Angestellte handeln. Sicherer ist es hier, bei unserem Freund und Helfer. Auch wenn es verdammt heiß ist.«

Er wirkte erleichtert. Karen Borg dagegen war niedergeschlagen, als sei die Last, die den Jungen eine Woche lang gequält hatte, jetzt auf ihre Schultern geladen worden. Er fragte, was sie nun unternehmen werde. Sie antwortete ehrlich: Sie wisse es noch nicht genau. Sie müsse überlegen.

»Aber du hast versprochen, dieses Gespräch für dich zu behalten«, erinnerte er sie.

Karen Borg gab keine Antwort, sondern malte sich mit dem Zeigefinger ein unsichtbares Kreuz vor den Hals. Sie klingelte nach einem Polizisten, und der Niederländer wurde in seine schreckliche mattgelbe Zelle zurückgeführt.

Obwohl es Freitagabend nach sechs Uhr war, saß Håkon Sand noch in seinem Büro. Karen Borg stellte fest, dass sein müdes Aussehen, das sie am Montag einem anstrengenden Wochenende zugeschrieben hatte, offenbar dauerhaft war. Sie wunderte sich darüber, dass er so spät noch arbeitete, wusste sie doch, dass Überstunden bei der Polizei nicht bezahlt wurden.

»Es ist übel, so viel zu schuften«, gab er zu. »Aber noch schlimmer ist es, wenn du nachts aufwachst und an all das denken musst, was du nicht geschafft hast. Ich versuche freitags immer so ziemlich alles zu erledigen. Dann wird das Wochenende angenehmer.«

Es war still in dem großen grauen Haus. Die beiden saßen dort in einem Zustand wunderlicher Zusammengehörigkeit. Ein Martinshorn zerriss plötzlich die Stille, im Hinterhof wurde ein Streifenwagen ausprobiert. Es verstummte so plötzlich, wie es eingesetzt hatte.

»Hat er etwas gesagt?«

Sie hatte diese Frage erwartet, gewusst, dass sie kommen musste, aber nach einigen Minuten der Entspannung fühlte sie sich trotzdem unvorbereitet. »Nicht sehr viel.«

Sie merkte, wie schwer es ihr fiel, ihn zu belügen. Sie spürte, dass ihr Nacken rot anlief, und hoffte, dass ihr Gesicht davon verschont bleiben würde. Er durchschaute sie.

»Anwaltliche Schweigepflicht«, grinste er, hob die Arme und verschränkte die Hände hinter dem Kopf. Sie sah die Schweißringe unter seinen Armen, fand sie aber nicht abstoßend. Eher natürlich, nach einem Arbeitstag von zehn Stunden.

»Das respektiere ich«, fuhr er fort. »Ich selbst darf ja auch nicht viel sagen.«

»Ich dachte, eine Verteidigerin hätte Anspruch auf Information und Unterlagen«, wandte sie ein.

»Nicht, wenn wir glauben, dass die Ermittlungen darunter leiden.« Er grinste noch breiter, so als ob ihre beruflichen Widersprüche ihn amüsierten. Er stand auf und holte zwei Tassen Kaffee. Der schmeckte noch schlimmer als am Montag, so als hätte dieselbe Kanne die ganze Zeit vor sich hingeköchelt.

Karen begnügte sich mit einem Schluck und stellte mit einer Grimasse die Tasse weg. »Das Zeug wird dich noch umbringen«, warnte sie.

Er ignorierte diese Warnung und behauptete, über einen Ledermagen zu verfügen.

Aus unerfindlichen Gründen fühlte sie sich wohl. Zwischen ihnen bestand ein seltsamer und erstaunlicherweise angenehmer Konflikt, den es früher nicht gegeben hatte. Nie zuvor hatte Håkon über ein Wissen verfügt, das ihr fehlte. Sie sah ihn an und bemerkte das Funkeln in seinen Augen. Der graue Schimmer an den Schläfen und der höhere Haaransatz ließen ihn nicht nur älter aussehen, sondern auch spannender, stärker. Im Grunde war er ziemlich hübsch geworden.

»Du bist schön geworden, Håkon«, entfuhr es ihr.

Er errötete nicht einmal, er sah ihr nur direkt in die Augen. Sofort bereute sie; sie hatte eine Lücke in ihrem Panzer geöffnet und wusste doch längst, dass sie sich das nicht leisten konnte, bei niemandem. Blitzschnell wechselte sie das Thema.

»Na, wenn du nichts erzählen kannst und ich auch nicht, dann machen wir doch Feierabend«, schloss sie, erhob sich und zog ihre Regenjacke an.

Er bat sie, wieder Platz zu nehmen. Sie gehorchte, behielt jedoch die Jacke an.

»Ehrlich gesagt, der Fall ist ernster, als ich dachte. Wir arbeiten mit verschiedenen Theorien, aber die sind reichlich vage, und wir können nichts konkret belegen. Ich kann dir nur sagen, dass alles auf Drogenhandel in großem Stil hinweist. Ich überschaue noch nicht, wie tief dein Mandant darin verwickelt ist. Aber durch den Mord steckt er tief genug drin. Wir halten den Mord für vorsätzlich. Wenn ich nicht mehr sagen kann, dann ist das kein böser Wille. Wir wissen einfach nichts, und ich muss, selbst bei einer alten Freundin wie dir, mit vagen Behauptungen und Spekulationen sehr vorsichtig sein.«

»Hat es etwas mit Hans A. Olsen zu tun?«

Karen hatte Håkon Sand kalt erwischt. Er starrte sie mit halb offenem Mund an und schwieg fast dreißig Sekunden lang. »Woher, zum Teufel, weißt du das?«

»Ich weiß gar nichts«, antwortete sie. »Aber mich hat heute ein Journalist angerufen. Ein Fredrik Myhre oder so. Er wollte wissen, ob ich diesen ermordeten Anwalt gekannt habe. Mitten in einer Reihe Fragen zu meinem Mandanten. Die Journalisten scheinen ja ziemlich gut über die Arbeit der Polizei informiert zu sein, deshalb wollte ich dich fragen. Aber ich weiß nichts. Müsste ich etwas wissen?«

»Dieser Arsch.« Håkon stand auf. »Wir reden nächste Woche weiter.«

Als sie das Zimmer verlassen wollten, streckte Håkon den Arm aus, um das Licht auszumachen. Diese Bewegung führte seinen Arm über ihre Schulter, und gänzlich ohne Vorwarnung beugte er sich vor und küsste sie. Es war ein vorsichtiger, jungenhafter Kuss. Sie sahen einander einige Sekunden lang an, dann löschte er das Licht, schloss die Tür ab und lotste sie wortlos aus dem großen, fast leeren Haus.

Das Wochenende hatte begonnen.

MONTAG, 5. OKTOBER

Der Journalist Fredrick Myhreng fühlte sich unwohl. Nervös zupfte er an seinen aufgekrempelten Ärmeln herum, dann machte er sich an einem Kugelschreiber zu schaffen. Der fiel plötzlich auseinander, und die Farbe schmierte seine Hände blau. Er hielt Ausschau nach etwas, womit er sie hätte abwischen können, musste sich aber mit dem steifen Papier seines Notizblocks begnügen. Das brachte nicht viel. Außerdem beschmierte er nun auch seinen feschen Anzug. Er hatte die Ärmel aufgekrempelt, er schien nicht begriffen zu haben, dass aufgekrempelte Ärmel mit »Miami Vice« aus der Mode gekommen waren. Und zwar schon längst. Er hatte das Etikett am rechten Ärmel nicht abgeschnitten, sondern den Stoff so aufgekrempelt, dass das Warenzeichen wie ein kleines Adelsprädikat erstrahlte. Das nützte auch nichts; er kam sich klein vor und rutschte auf seinem Stuhl in Håkon Sands Büro herum.

Er war freiwillig hier erschienen. Sand hatte ihn früh am Morgen angerufen, zu einer Zeit, als das Blauer-Montag-Gefühl nach einem lebhaften Wochenende sich noch nicht gelegt hatte. Der Polizeijurist war korrekt, aber auch ziemlich energisch gewesen; er hatte ihn für den nächstmöglichen Termin zu sich bestellt. Es war zehn, und ihm war schlecht.

Sand bot ihm Drops aus einer Holzschale an, und der Journalist nahm dankend an. Er bedauerte das sofort, sein Bonbon war so groß, dass er es unmöglich lutschen konnte, ohne zu schmatzen. Sand selbst hatte sich keins genommen, und Myhreng wusste warum. Es war schwer, mit dem Klumpen im Mund zu reden, und er fand es zu kindisch, darauf herumzubeißen.

»Sie arbeiten mit unseren Mordfällen, wie ich höre«, sagte der Polizeijurist, nicht ohne eine gewisse Arroganz.

»Ja, ich bin Kriminalreporter«, antwortete Myhreng sauer und mit schlecht verhohlenem Stolz auf seine Berufsbezeichnung. In seinem Eifer, selbstsicher zu wirken, wäre ihm fast der Drops aus dem Mund gefallen. Er saugte ihn rasch wieder zurück und verschluckte ihn aus Versehen. Nun durfte er die langsame und quälende Reise des Bonbons in seinen Magen miterleben.

»Was wissen Sie eigentlich?«

Der junge Journalist wusste nicht so recht, was er tun sollte. Seine sämtlichen Instinkte mahnten zur Vorsicht, während er gleichzeitig den dringenden Wunsch verspürte, mit seinem Wissen zu brillieren.

»Ich glaube, ich weiß dasselbe wie ihr«, erklärte er und glaubte, auf diese Weise zwei Fliegen mit einer Klappe geschlagen zu haben. »Und vielleicht noch ein bisschen mehr.«

Håkon Sand seufzte. »Hören Sie mal. Ich weiß, dass Sie mir nichts von woher und wie sagen werden. Ich weiß, dass Sie Ihre angelaufene Ehre darin sehen, niemals Quellen zu verraten. Das verlange ich also nicht. Ich mache Ihnen ein Angebot.« Ein Funken von Interesse leuchtete in Myhrengs Augen auf, aber der Polizeijurist wusste nicht, wie weit das reichte. »Ich kann bestätigen, dass Sie auf einer Spur sind«, fuhr er fort. »Ich habe erfahren, dass Sie zwei Morde miteinander in Verbindung bringen. Ich habe registriert, dass Sie darüber noch nicht geschrieben haben. Das ist gut. Für unsere Ermittlungen wäre es gelinde gesagt schädlich, wenn darüber etwas gedruckt würde. Ich könnte natürlich dafür sorgen, dass Ihr Chef von uns unter Druck gesetzt wird. Aber vielleicht muss ich das gar nicht.« Der Blonde wirkte immer interessierter. »Ich verspreche Ihnen, dass Sie als Erster erfahren, was wir haben – wenn ich etwas verraten kann. Aber im Gegenzug muss ich mich auf Sie verlassen können, wenn ich Ihnen einen Maulkorb verordne. Kann ich das?«

Fredrick Myhreng freute sich über diese Wendung des Gesprächs. »Kommt drauf an«, antwortete er lächelnd. »Erzählen Sie doch noch ein bisschen mehr.«

»Warum bringen Sie die beiden Morde miteinander in Verbindung?«

»Warum tun Sie das?«

Håkon Sand atmete schwer. Er erhob sich, drehte sich zum Fenster um und blieb so eine halbe Minute lang stehen. Plötzlich fuhr er herum.

»Jetzt versuche ich es im Guten«, sagte er laut und hart. »Ich kann Sie auch zur Vernehmung einbestellen. Vielleicht verpasse ich Ihnen eine Klage, weil Sie wichtiges Beweismaterial zurückhalten. Ich kann Ihnen vielleicht Ihre Informationen nicht entreißen, aber ich kann Ihnen die Hölle heißmachen. Muss ich das?«

Seine Worte zeitigten eine gewisse Wirkung. Myhreng rutschte hin und her. Er wollte noch einmal hören, dass er als Erster Zugang zu neuen Informationen haben würde. Er hörte es.

»An dem Tag, an dem Sandersen ermordet wurde, war ich im Gamle Christiania einen trinken. Das war so gegen drei Uhr nachmittags. Da saßen Anwalt Olsen und Sandersen. Sie sind mir aufgefallen, weil sie allein waren. Olsen sumpft, ich meine, sumpfte sonst immer mit einer ganzen Bande. Die anderen waren auch da, saßen aber an einem anderen Tisch. Damals habe ich nicht weiter darüber nachgedacht, aber als die Morde dann aufeinanderfolgten wie die Perlen an einer Kette, fiel es mir natürlich wieder ein. Ich habe keine Ahnung, worüber sie gesprochen haben. Aber es war doch ein seltsamer Zufall. Mehr als das weiß ich wirklich nicht. Ich habe so meine Ahnungen, aber ich weiß nichts.«

Schweigen senkte sich über das Zimmer. Sie hörten das Dröhnen des Verkehrs im Akebergvei. Eine Krähe ließ sich auf der Fensterbank nieder und brach in wüste Beschimpfungen aus. Håkon Sand achtete nicht darauf.

»Vielleicht besteht eine Verbindung. Aber das wissen wir nicht. Vorläufig gibt es hier im Haus nur zwei, die in dieser Richtung denken. Haben Sie mit irgendwem darüber gesprochen?«

Myhreng sagte nein. Er werde es auf jeden Fall für sich behalten. Aber er habe sich schon ein wenig umgehört, erzählte er. Habe hier und da einige Fragen gestellt, keine jedoch, die Verdacht erregen könnten. Alles, was er bisher erfahren habe, sei ihm ohnehin schon bekannt gewesen. Hansa Olsens Verhältnis zum Alkohol, seine Liebe zu seinen Mandanten, seine wenigen Freunde und seine vielen Zechkumpane. Was denn die Polizei unternehme?

»Bisher wenig«, sagte Håkon Sand. »Aber jetzt fangen wir an. Wir beide reden Ende der Woche weiter. Und Sie werden es bereuen, wenn Sie sich nicht an unsere Abmachung halten. Kein Wort in der Zeitung, und ich rufe Sie an, wenn ich Neues weiß. Sie können jetzt gehen.«

Fredrick Myhreng war das alles recht. Er hatte an diesem Tag gute Arbeit geleistet und lächelte breit, als er das Polizeigebäude verließ. Das Blauer-Montag-Gefühl war wie weggeblasen.

Das große Zimmer war viel zu dunkel. Schwere braune Vorhänge aus Velours mit Troddeln an den Kanten schluckten das spärliche Licht, das überhaupt noch den Weg ins Untergeschoss des alten Mietshauses fand. Alle Möbel waren aus dunklen Holzarten. Mahagoni, wie Hanne Wilhelmsen annahm. Es roch muffig, und alles war mit einer dicken Staubschicht bedeckt. Sie konnte unmöglich im Laufe einer knappen Woche entstanden sein, was bedeutete, dass Hansa Olsen die Sauberkeit nicht so schrecklich wichtig genommen hatte. Aber es war aufgeräumt. Ein Bücherregal bedeckte die eine Wand, es war dunkelbraun, hatte unten Schrankfächer und an einer Seite einen Barschrank mit Beleuchtung und Bleiglastür. Håkon Sand ging über den dicken Teppich zum Bücherregal. Er hatte das Gefühl, im Teppich zu versinken, und das einzige Geräusch, das seine Schritte verursachten, war ein leises Knirschen des Schuhleders. Im Regal stand keinerlei Belletristik; stattdessen verfügte der Anwalt über eine beeindruckende Sammlung juristischer Fachliteratur. Sand legte den Kopf schräg und las die Buchtitel. Hier standen Bücher, die bei einer eventuellen Auktion mehrere tausend Kronen einbringen würden. Er zog eines davon aus dem Regal, betastete das gute Leder des Einbandes und schnupperte den charakteristischen Geruch, als er vorsichtig darin blätterte. Hanne Wilhelmsen hatte sich auf den riesigen Marmortisch mit Löwenfüßen gesetzt und starrte den Ledersessel an. Über der Nackenlehne lag ein vollständig mit dunklem geronnenen Blut vollgesogenes Häkeldeckchen. Sie glaubte, einen leichten Eisengeruch wahrnehmen zu können, hielt das aber für Einbildung. Auch der Sitz war blutbefleckt.

»Wonach suchen wir eigentlich?«

Håkons Frage war angemessen, blieb aber unbeantwortet. »Du bist doch die Ermittlerin, warum hast du mich hierhergeschleift?«

Noch immer erhielt er keine Antwort. Hanne erhob sich, ging zum Fenster und tastete mit den Händen unter der Fensterbank herum.

»Die Techniker haben ja schon alles durchgekämmt«, sagte sie schließlich. »Aber sie haben nach Spuren in einem Mordfall gesucht und waren vielleicht blind für das, worum es uns geht. Ich glaube, dass hier irgendwo irgendwelche Dokumente versteckt sind. Irgendwo in dieser Wohnung muss es etwas geben, das uns verrät, was dieser Bursche getrieben hat – neben seiner Kanzlei, meine ich. Seine Bankkonten, die, die wir kennen zumindest, haben wir uns schon angesehen. Da gibt's nichts Verdächtiges.« Sie tastete die Wände ab und fuhr fort: »Wenn unsere ausgesprochen dürre Theorie zutrifft, dann muss der Mann wohlhabend gewesen sein. Er hat sich wohl kaum getraut, in der Kanzlei Papiere aufzubewahren. Da ist doch den ganzen Tag Durchgangsverkehr. Ein absolutes Hin und Her. Wenn er nicht noch ein anderes Versteck hat, müssen die Sachen hier sein.«

Håkon folgte ihrem Beispiel und ließ seine Finger über die

Wand gegenüber wandern. Er kam sich idiotisch vor, er hatte keine Ahnung, wie sich ein Geheimversteck anfühlte. Dennoch machten sie schweigend weiter, bis sie das ganze Zimmer ausgiebig befingert hatten. Ohne ein anderes Ergebnis als sechzehn verdreckte Fingerspitzen.

»Was ist mit dem Nächstliegenden?«, fragte Håkon und öffnete die Schranktüren des geschmacklosen Bücherregals.

Im ersten Fach fanden sie nichts. Die verstaubten Bretter verrieten, dass es schon lange leer stand. Das nächste war vollgestopft mit Pornofilmen, sorgfältig nach Sparten geordnet. Hanne Wilhelmsen zog eine Schachtel heraus und öffnete sie. Sie enthielt genau das, was die busenstarken Verheißungen des Etiketts versprachen. Sie legte den Film zurück und griff nach dem nächsten.

»Alle Neune!«

Ein Zettelchen war auf den Boden gefallen. Sie hob es auf, ein sorgfältig zusammengefaltetes A4-Blatt. Oben stand in Handschrift »Flügel«. Darunter standen Zahlen, in Dreiergruppen mit Bindestrichen: 2-17-4, 2-19-3, 7-29-32, 9-14-3. So ging es über das ganze Blatt weiter. Lange starrten sie den Zettel an.

»Das ist sicher ein Code«, sagte Håkon Sand und bereute das sofort.

»Ach, meinst du wirklich?« Hanne Wilhelmsen lächelte, faltete das Blatt sorgfältig zusammen und schob es in eine Plastiktüte mit Druckverschluss. »Dann müssen wir eben versuchen, ihn zu knacken«, sagte sie nachdrücklich und steckte die Tüte in ihre Aktentasche.

Der Anwalt Peter Strup war ein rastloser Mensch. Er hatte ein Tempo, das bei einem Mann seines Alters bei den Ärzten sämtliche Warnlampen in hektische Tätigkeit versetzt hätte, wäre er nicht von so beeindruckender physischer Konstitution gewesen.

Dreißig Wochen im Jahr stand er vor Gericht. Außerdem nahm er an Aktionen, Fernsehprogrammen und Podiumsdiskussionen teil. In den letzten fünf Jahren hatte er drei Bücher veröffentlicht, zwei über seine vielen Heldentaten im Gerichtssaal und eine Biographie. Sie hatten sich durchaus gut verkauft, schließlich waren alle drei rechtzeitig vor Weihnachten erschienen.

Er war mit dem Fahrstuhl unterwegs zu Karen Borgs Kanzlei. Sein Anzug war geschmackvoll, dunkler rotbrauner Wollflanell. Seine Socken passten zu einem Streifen im Schlips. Er betrachtete sich in dem riesigen Spiegel, der eine Wand des Fahrstuhls bedeckte, fuhr sich mit der Hand durch die Haare, rückte seinen Kragen zurecht und ärgerte sich über die Andeutung eines braunen Streifens am Kragenrand.

Als sich die mit Holz beschlagenen Metalltüren öffneten und er den ersten Fuß in den Gang setzte, kam eine junge Frau durch eine der großen Glastüren, deren weiße Beschriftung ihm verriet, dass er in der richtigen Etage war. Die Frau war blond, mittelhübsch und trug ein Kostüm aus fast dem gleichen Stoff und in fast der gleichen Farbe wie sein Anzug. Als sie ihn sah, blieb sie überrascht stehen.

»Peter Strup?«

»Mrs. Borg, I presume«, sagte er und streckte eine Hand aus, die sie nach kurzem Zögern ergriff.

»Wollten Sie gerade gehen?«, fragte er überflüssigerweise.

»Ja, aber ich muss nur kurz etwas holen, dann können wir zu mir gehen«, antwortete Karen Borg und blieb stehen. »Sie wollten doch zu mir?«

Er sagte ja, und zusammen gingen sie in ihr Büro.

»Ich komme wegen Ihres Mandanten«, sagte er, nachdem er sich in einen der tiefen Sessel an dem kleinen Glastisch gesetzt hatte.

»Ich würde ihn wirklich gern übernehmen. Haben Sie ihm das gesagt?«

»Ja. Er will nicht. Er will mich. Möchten Sie eine Tasse Kaffee?«

»Nein, ich will Sie nicht lange aufhalten«, wehrte Peter Strup ab. »Aber wissen Sie, warum er auf Sie besteht?«

»Nein, eigentlich nicht«, log sie, erstaunt darüber, wie leicht es war, diesen Mann zu belügen. »Vielleicht möchte er einfach lieber eine Frau.«

Sie lächelte. Er lachte ein kurzes, charmantes Lachen.

»Das soll keine Beleidigung sein«, beteuerte er. »Aber bei allem Respekt: Haben Sie überhaupt Ahnung von Strafrecht? Wissen Sie, was in einem Gerichtssaal abläuft?«

Sie blieb ihm die Antwort schuldig und war äußerst irritiert. Im Laufe der letzten Wochen hatten die Kollegen sich über sie lustig gemacht, Nils hatte sie ausgelacht, und ihre eingebildete Mutter hatte ihr Vorwürfe gemacht, weil sie einen Strafprozess übernommen hatte. Sie hatte das alles zum Kotzen satt. Und Peter Strup sollte bezahlen. Sie schlug mit beiden Händen auf ihren Schreibtisch.

»Ehrlich gesagt, ich habe genug davon, dass andere mich auf meine Inkompetenz hinweisen. Ich habe acht Jahre Anwaltserfahrung – nach einem glänzenden Examen. Und um bei Ihrer Formulierung zu bleiben: Bei allem Respekt, aber wie schwer ist es eigentlich, einen Mann zu verteidigen, der den Mord schon gestanden hat? Geht das nicht fast wie von selbst, mit schönen Worten über sein hartes Leben, wenn das Strafmaß festgesetzt wird?«

Sie protzte sonst nicht gern, und wütend wurde sie auch so gut wie nie. Trotzdem war es ein gutes Gefühl. Sie sah, dass Anwalt Strup in Verlegenheit geriet.

»Aber natürlich, sicher schaffen Sie das«, sagte er beruhigend

wie ein wohlwollender Prüfer. »Ich wollte Sie nicht verletzen.«
Auf dem Weg zur Tür drehte er sich lächelnd noch einmal um
und fügte hinzu: »Aber mein Angebot steht weiterhin.«

Als er die Tür hinter sich geschlossen hatte, wählte Karen Borg
die Nummer des Polizeigebäudes. Schließlich meldete sich eine
vergrätzte Frau in der Telefonzentrale, und sie bat darum, mit
Polizeijurist Sand verbunden zu werden.

»Hier ist Karen.«

Er schwieg, und für den Bruchteil einer Sekunde spürte sie die
seltsame Spannung, die vor dem Wochenende zwischen ihnen
entstanden war und die sie schon fast vergessen hatte. Vielleicht,
weil sie das wollte.

»Was weißt du über Peter Strup?«

Diese Frage zerriss die Spannung, und sie hörte sein Erstaunen,
als er antwortete.

»Peter Strup? Einer von Norwegens tüchtigsten Verteidigern,
vielleicht der tüchtigste überhaupt; er macht das schon seit Ewigkeiten und ist eigentlich verdammt sympathisch. Fähig, berühmt
und ohne einen Kratzer im Lack. Seit fünfundzwanzig Jahren
mit derselben Frau verheiratet, drei erfolgreiche Kinder und eine
bescheidene Villa in Nordstrand. Letzteres weiß ich aus der Regenbogenpresse. Was ist mit ihm?«

Karen Borg erzählte ihre Geschichte. Sie blieb nüchtern, fügte
nichts hinzu und ließ nichts weg. Schließlich sagte sie: »Hier
stimmt irgendwas nicht. Ihm fehlt es doch unmöglich an Auf-
trägen. Und dass er sich in mein Büro bemüht hat! Er hätte doch
noch einmal anrufen können!«

Sie wirkte fast beleidigt. Håkon Sand war in Gedanken versunken und schwieg.

»Huhu!«

Er riss sich zusammen.

»Ja, ich bin noch da. Nein, ich kapier das nicht, aber sicher wollte er nur mal vorbeischauen. Vielleicht hatte er in der Nähe zu tun.«

»Ja, vielleicht, aber wieso hatte er dann keine Aktentasche oder so was bei sich?«

Håkon fand das auch seltsam, sagte aber nichts. Rein gar nichts. Aber er dachte so wild nach, dass es kein Wunder gewesen wäre, wenn Karen das gehört hätte.

MITTWOCH, 7. OKTOBER

»Das ist ein Buchcode. So viel steht immerhin fest.« Der alte Herr war sich seiner Sache sicher. Er saß zusammen mit Hanne Wilhelmsen und Håkon Sand in der Kantine im sechsten Stock. Er war ein schöner Mann, schlank und für seine Generation überraschend groß. Sein Haar war dünner als früher, aber noch immer bildete es eine imponierende grauweiße Mähne, nach hinten gekämmt und frisch geschnitten. Er hatte ein markantes Gesicht mit gerader nordeuropäischer Nase, auf deren Spitze elegant seine Brille für Weitsichtige balancierte. Er war gut angezogen, trug einen dunkelroten Pullover und eine klassische blaue Hose. Seine Hände, die das Papier hielten, waren ruhig. Am rechten Ringfinger saß wie festgewachsen ein schmaler Trauring.

Gustav Løvstrand war ein pensionierter Polizist. Nach einigen Jahren im Nachrichtendienst, während des Krieges und der ersten Zeit danach, hatte er auf eine publikumsorientiertere Karriere bei der Polizei gesetzt. Er war ein grundsolider Mann, von den Kollegen gemocht und respektiert. Später war er zum Überwachungsdienst versetzt worden, wo er als Sonderberater seine Karriere abgeschlossen hatte. Ihm waren die große Freude und Befriedigung zuteilgeworden, seine drei Kinder in polizeiverwandten Berufen zu sehen. Gustav Løvstrand liebte seine Frau und seine Rosen, mochte sein Rentnerdasein und half allen, die glaubten, er könne noch nützlich sein.

»Das ist klar, es ist ein Buchcode. Schaut mal«, sagte er und legte den Bogen auf den Tisch. Er zeigte auf die Zahlenkolonnen: 2-17-4, 2-19-3, 7-29-32, 9-14-3, 12-2-29, 13-11-29, 16-11-2. »Schrecklich banal«, fügte er lächelnd hinzu.

Die beiden konnten ihm nicht ganz folgen. Hanne traute sich zu fragen: »Was ist ein Buchcode, und warum ist es so klar, dass das hier einer ist?«

Løvstrand sah sie kurz an, dann zeigte er auf die oberste Zahlenreihe. »Drei Zahlen pro Gruppe. Seitenzahl, Zeilenzahl und Buchstabenzahl. Wie ihr seht, stehen nur die ersten Zahlen in jeder Gruppe in einem logischen Zusammenhang. Entweder sind sie dieselben wie bei der letzten Gruppe, oder höher: zwei, zwei, sieben, neun, zwölf, dreizehn, sechzehn und so weiter, Die höchste Zahl in Gruppe zwei ist dreiundvierzig, kaum ein Buch hat viel mehr als vierzig Zeilen pro Seite. Wenn man das betreffende Buch hat, kann man das Rätsel sofort lösen.« Er fügte hinzu, dass der Code sicher von Amateuren stamme, Buchcodes seien immer leicht zu erkennen. »Aber es ist unglaublich schwer, sie zu knacken«, sagte er dann. »Wir müssen ja wissen, um welches Buch es geht! Und wenn auch das Buch durch einen Code bezeichnet wird, muss man einiges Glück haben, um das richtige zu finden. Ich war mit dem Zettel in der Stadtbücherei; der Computer hat mir eine Liste von über tausendzweihundert Büchern ausgedruckt, in deren Titel das Wort *Flügel* vorkommt. Prost Mahlzeit! Aber auch dieses Wort kann ja ein Code sein, und dann kommen wir auch nicht weiter. Ohne das richtige Buch können wir den Code nicht knacken.«

Er faltete das Papier zusammen und reichte es der niedergeschlagen wirkenden Hanne. Er wollte es nicht behalten, obwohl es eine Kopie war. Die vielen Geheimdienstjahre hatten ihre Spuren hinterlassen.

»Aber da der Code so banal ist, würde ich nach dem Nächstliegenden suchen. Seht euch in der nächsten Nähe nach dem Buch um. Vielleicht stolpert ihr darüber. Große Anteile guter Polizeiarbeit sind reinem Glück zu verdanken. Viel Glück also!«

Schweigend blieben die beiden sitzen.

»Nimm's nicht so schwer, Håkon«, sagte Hanne schließlich. »Immerhin wissen wir, dass wir auf der Spur sind. Anwalt Olsen brauchte seine Protokolle ja wohl kaum zu kodieren. Also muss er versucht haben, etwas anderes zu verbergen.«

»Aber was?«, seufzte Håkon. »Sollen wir noch mal durchgehen, was wir haben?«

Das brauchte seine Zeit. Aber nach einer Stunde waren sie beide beträchtlich besser gelaunt. Sicher bestand die Möglichkeit, das Buch zu finden. Außerdem wussten sie inzwischen, dass Anwalt Olsen an jenem Tag seinen Mandanten tatsächlich getroffen hatte. Dieses Treffen hatte allerdings nicht in der Kanzlei stattgefunden, und sie fragten sich, warum es in ein so viel besuchtes Lokal wie das Gamle Christiania verlegt worden war.

»Vielleicht war es ja eine ganz harmlose Besprechung«, sagte Håkon ein wenig düster.

»You never know«, sagte Hanne und zog ihre Jacke über.

»Warum redest du so oft Englisch?«

»USA-Freak.« Sie lächelte leicht verlegen. »Ich weiß, dass das eine Unsitte ist.«

Sie schlürften den Rest Kaffee, und dann trennten sich ihre Wege.

Später an diesem Nachmittag saßen zwei Spaziergänger auf einem umgestürzten Baum im Wald und unterhielten sich. Der ältere hatte sich als Schutz gegen die Feuchtigkeit eine Plastiktüte unter den Hintern geschoben. Der Herbst benahm sich ganz typisch, in der Luft hingen winzige Tropfen Feuchtigkeit, im Grenzland zwischen Regen und Nebel. Sie konnten nicht weit sehen, aber sie waren auch nicht hergekommen, um die Aussicht zu genießen. Einer warf einen Stein in den blanken Waldsee, und beide schwiegen, während die Ringe sich formschön nach den Gesetzen der Physik ausbreiteten, bis der See wieder still dalag.

»Geht die Sache jetzt hoch?«

Der Jüngere fragte, ein Mann in den Dreißigern. Seine Stimme klang angestrengt ruhig. Er hatte Angst, das war klar, obwohl er sich alle Mühe gab, entspannt zu wirken.

»Nein, kein bisschen«, beruhigte der Ältere ihn. »Das System ist hieb- und stichfest aufgebaut. Wir haben einen Ast abgesägt. Schade im Grunde, der war durchaus einträglich. Aber nötig. Es steht zu viel auf dem Spiel.«

Er warf noch einen Stein, diesmal mit größerer Kraft, als wollte er unterstreichen, was er gerade gesagt hatte.

»Aber, ehrlich gesagt«, ereiferte sich der Jüngere, »bisher war die Sache auch sicher und ungefährlich, wir sind niemals Risiken eingegangen, und die Polizei hat sich auch nicht um uns gekümmert. Zwei Morde werden ernster genommen als unsere bisherigen Aktivitäten. So geldgeil wie Olsen war, kapiere ich nicht, warum wir ihn nicht ausbezahlen konnten. Verdammt, mir ist ganz schön mulmig!«

Der Ältere erhob sich und stellte sich vor ihn. Er sah sich in alle Richtungen um, wie um sich zu vergewissern, dass sie allein waren. Der Nebel hatte sich verdichtet, und sie konnten nur noch zwanzig bis dreißig Meter weit sehen. Innerhalb dieses Radius war alles menschenleer.

»Also, hör mir jetzt zu«, fauchte er. »Wir haben immer gewusst, dass die Sache riskant ist. Einige wenige Operationen sind einfach nötig, um zu verhindern, dass ein allzu offensichtlicher Zusammenhang zwischen Drogenvorräten und Morden besteht. Wir werden aussteigen, solange das Spiel noch läuft. Aber die Voraussetzung dafür ist, dass du einen klaren Kopf behältst und in den nächsten zwei, drei Monaten keinen Fauxpas begehst. Du hast hier schließlich die Kontakte. Aber wir haben ein kleines Problem, das uns über den Kopf wachsen kann«, fuhr er fort. »Han van der Kerch. Wie viel weiß der?«

»Im Grunde nichts. Er kennt Roger in Sagene. Darüber hinaus dürfte er nicht sonderlich viel wissen. Andererseits ist er schon seit einigen Jahren im System und hat sicher irgendwas aufgeschnappt. Von mir kann er unmöglich etwas wissen. Ich war nicht so unvorstellbar blöd wie Hansa, der einen von den Laufburschen eingeweiht hat. Ich habe mich an Codes und schriftliche Nachrichten gehalten.«

»Aber er kann ein Problem werden«, sagte der Ältere. »Dein Problem.« Er schwieg vielsagend, ohne seinen jüngeren Kollegen aus den Augen zu lassen. Seine Haltung wirkte bedrohlich, ein Fuß stand auf dem Baumstamm, der andere gleich neben den Füßen des Jüngeren. »Und außerdem darfst du eins nicht vergessen. Außer dir weiß niemand von mir, jetzt, da Hansa das Handtuch geworfen hat. Keiner von den Jungs weiter unten im System weiß von meiner Existenz. Nur du. Das macht dich ziemlich verletzlich, mein Freund.«

Das war eine unumwundene Drohung. Der Jüngere stand auf, und sein Gesicht war nur Zentimeter von dem des anderen entfernt. »Danke gleichfalls«, sagte er kalt.

SONNTAG, 11. OKTOBER

Hanne Wilhelmsen hatte dasselbe Verhältnis zur Polizei wie ein Fischer zum Meer, so stellte sie es sich in ihren romantischeren Momenten vor. Sie war unauflöslich mit der Polizei verbunden und konnte sich keine andere Beschäftigung vorstellen. Als sie sich mit zwanzig Jahren für die Polizeischule entschied, hatte sie gründlich mit den schweren akademischen Traditionen ihrer Familie gebrochen. Es war ein Aufruhr gegen ihre professoralen Eltern, gegen ihren gutbürgerlichen Hintergrund überhaupt gewesen. Die Entscheidung war bei ihrer Familie auf ohrenbetäubendes Schweigen getroffen, nur ihre Mutter hatte sich bei einem Sonntagsessen zweimal nervös geräuspert. Aber die Familie hatte einigermaßen Haltung bewahrt. Jetzt war Hanne eine Art Original für alle; diejenige, die bei den Weihnachtsfesten die unterhaltsamsten Anekdoten erzählen konnte. Sie war das wirklichkeitsnahe Alibi der Familie und liebte ihre Arbeit.

Gleichzeitig machte sie ihr Angst. Sie merkte inzwischen, wie die Seele darauf reagierte, jeden Tag mit Morden, Vergewaltigungen, Misshandlungen und Gewalt konfrontiert zu werden. Das alles klebte an ihr wie ein nasses Laken. Obwohl sie immer duschte, wenn sie von der Arbeit nach Hause kam, glaubte sie ab und zu, nach Tod zu riechen, so wie die Hände eines Fischers immer nach Fischabfällen stinken. Und so, wie sie sich vorstellte, dass der Fischer ständig nach Anzeichen für Fang Ausschau hält, ließ Hanne Wilhelmsen ihr Unterbewusstsein ständig an allen ihren Fällen gleichzeitig arbeiten. Es gab keine Information, die nicht zu etwas führen konnte. Die Gefahr lag in der ewigen Überarbeitung. Oslos Kriminalität entwickelte sich schneller, als der Polizei per Haushaltsplan Geld zugeführt wurde.

Sie versuchte, nie mehr als zehn Fälle gleichzeitig zu bearbeiten, eine Grenze, die gar zu oft überschritten wurde. Die unterschiedlich dicken grünen Ordner lagen jetzt als bedrohlich hoher Stapel auf der einen Seite ihres Schreibtischs. Selbst in den extrem hektischen Wochen, die hinter ihr lagen, hatte sie sich in unregelmäßigen Abständen immer wieder Zeit genommen, um möglichst viele Fälle mit dem kleinen A5-Zettel mit der Aufschrift »Zur Einstellung empfohlen« versehen zu können. Mit einem Gefühl der Unzulänglichkeit und in der heiligen Überzeugung von der Schuld des Verdächtigten ließ sie sich dann entsetzlich schuldbewusst von einem Juristen den notwendigen Stempel verpassen: Code 058, »Eingestellt wegen Mangels an Beweisen«.

So kam wieder ein Verbrecher ungestraft davon, und sie hatte einen Fall weniger, der ihre Zeit fraß; und sie konnte nur hoffen, dass sie in der Regel richtig entschied. Noch schuldbewusster fühlte sie sich, weil die Juristen ihr nie widersprachen. Sie verließen sich auf sie, blätterten nur pflichtschuldig in den Unterlagen und folgten dann ausnahmslos ihren Empfehlungen. Hanne Wilhelmsen wusste, dass die grünen Ordner auch für die Juristen einen Albtraum darstellten.

Es war Sonntag, und vor ihr lagen einundzwanzig Ordner. Sie hatte sie nach Strafmaßen sortiert. Angesichts der Fülle fühlte sie sich wie gelähmt, aber schließlich konnte sie sich doch aufraffen. Keine Akte sah nach Archiv aus. Aber im Stapel für Paragraph 228/229, Körperverletzung, lagen elf Fälle. Vielleicht konnte sie für einige davon Bußgelder vorschlagen, eine einfache und legitime Methode, Fälle aus der Welt zu schaffen.

Drei Stunden später hatte sie das in sieben Fällen getan, bei denen es sich um mehr oder weniger ernste Handgreiflichkeiten zwischen betrunkenen Restaurantgästen und brutalen Türstehern handelte. Zwei Fälle ließen sich mit äußerstem Wohlwollen als ausermittelt charakterisieren, auch wenn weitere Zeugen-aussagen von Vorteil gewesen wären. Sie ging davon aus, dass die Richter in der Lage waren, einen Verbrecher zu erkennen, und schlug Anklage vor.

Sonntags war gutes Arbeiten. Keine Anrufe, keine Bespre-chungen, und nur wenige Kollegen im Haus, mit denen man ein paar selbstzufriedene Worte wechselte, in der gegenseitigen Bewunderung dafür, dass man einen freien Tag mit Arbeit füllte, ohne Bezahlung und ohne anderen Dank als den eigenen, weil nun der Montag nicht gar so schlimm ausfallen würde.

Hanne Wilhelmsen hörte Stimmen aus dem Hinterhof und schaute aus dem Fenster. Sie sah eine ansehnliche Menge von Pressefotografen, und ihr fiel ein, dass der Justizminister zu Be-such war. »Warum am Sonntag?«, hatte der Abteilungsleiter bei der Ankündigung dieser Visite gefragt. Als Antwort war ihm nur empfohlen worden, sich um seine eigenen Angelegenheiten zu kümmern.

Hanne Wilhelmsen hatte den Verdacht, dass die Montagszei-tungen viel Platz für die Berichterstattung hatten, jetzt, da Nor-wegen von Sonntagszeitungen überflutet wurde. Die Montags-zeitungen waren seither dünner, und es war leichter geworden, darin zu erscheinen. Der Besuch des Justizministers war die Folge von wiederholten Artikeln über die schlimmen Arrestbedingun-gen; gleichzeitig wollte er die Gelegenheit nutzen und sich mit der Polizeipräsidentin über den bedrohlichen Anstieg von Oslos Straßenkriminalität unterhalten, jener Form von Kriminalität, die die Zeitungen gern als »blinde Gewalt« bezeichneten, was im Grunde falsch war, wenn man sich die Unterlagen ansah. Aber das taten die Journalisten in der Regel nicht. Deshalb be-griffen sie auch nicht, dass nicht ein Mangel an Provokationen das Problem war, sondern die Tatsache, dass auf Provokationen jetzt mit Messern und Fäusten geantwortet wurde, und nicht mit Pöbeleien wie in alten Zeiten.

Jetzt hatte sie nur noch zwölf unerledigte Fälle. Sie näherte sich ihrem Ziel, und ihre Laune besserte sich. Sie nahm sich den dicksten Ordner vor. Sie war der Antwort, warum Ludvig Sandersen so abrupt in die angeblich bessere nächste Welt hatte übersiedeln müssen, noch nicht sehr viel nähergekommen. Hanne Wilhelmsen hoffte für Ludvig Sandersen, dass sie sich irrte, wenn sie die andere Welt nicht für besser hielt; dass er jetzt in weißem Gewande auf einer Wolke saß und sich nach Herzenslust mit dem weißen Pulver amüsieren konnte, das sein Leben auf Erden so verdorben hatte.

Der Fall war noch nicht mit dem Mord an Anwalt Olsen zusammengeschlagen worden. Sie hatte am Freitag mit Håkon Sand darüber gesprochen; sie hatte das Gefühl, hinreichend Gründe für eine offizielle Verbindung zu haben. Er hatte widersprochen. »Wir warten noch ein bisschen«, hatte er entschieden. Aber sie fand, es sei an der Zeit, sich beide Fälle gleichzeitig anzusehen. Sie legte die Ordner beiseite und nahm die Füße vom Tisch. Ihre Stiefel knallten auf den Boden, und sie wühlte in ihrer Tasche nach den Schlüsseln, die auch die anderen Büros ihrer Abteilung öffneten. Der Fall lag bei Heidi Rørvik, zwei Türen weiter.

Auf dem Flur war niemand zu sehen, als Hanne Wilhelmsen ihr Büro verließ. Es war so still, wie sich das für Sonntagnachmittag gehörte. Als sie Rørviks Tür aufschließen wollte, glaubte sie Schritte zu hören. Sie fuhr herum, aber zu spät. Der Schlag, geführt mit einem Gegenstand, den sie auch nicht erkannt hatte, traf sie mit Wucht an der Schläfe. Ihr Kopf explodierte in einem gewaltigen Lichtwirbel, und sie konnte gerade noch registrieren, dass sie heftig blutete, als sie zu Boden ging. Ihr Körper war völlig kraftlos, und deshalb konnte sie sich nicht abstützen. Ihr Kopf wurde noch einmal getroffen, als ihre linke Schläfe auf den Boden prallte, aber Hanne Wilhelmsen merkte das nicht. Sie war schon bewusstlos; zutiefst erstaunt hatte sie noch registrieren können, dass ihr Leben vorüber war, dann war sie in einer Dunkelheit verschwunden, die ihr die Schmerzen ersparte, mit denen die Haut an ihrer Stirn oberhalb ihrer geschlossenen Augen zu einem klaffenden, höhnischen Grinsen zerfetzt wurde.

Sie wurde von einer intensiven Übelkeit geweckt. Sie lag auf dem Bauch, den Kopf auf schmerzhafte Weise verzerrt. Ihr Bedürfnis, sich zu erbrechen, war so groß, dass es für kurze Zeit das Gefühl, ihr Kopf müsse zerspringen, verdrängte. Ihr ganzer Körper tat weh. Mit vorsichtigen Fingern ertastete sie zwei große blutende Wunden, eine auf der Stirn und eine über dem rechten Ohr, und mit schwacher Verblüffung stellte sie fest, dass sie nicht schlimmer wehtaten als der glühende intensive Schmerz irgendwo tief in ihrem Kopf. Hanne Wilhelmsen kämpfte einige Minuten lang mit der Übelkeit, dann musste sie sich geschlagen geben. Wie aus einem Instinkt heraus fand sie Kraft und Geistesgegenwart genug, sich auf die Ellbogen zu stützen wie ein Kind vor dem Fernseher. So konnte sie sich erbrechen, ohne etwas davon zu verschlucken. Das half ein wenig.

Sie wischte sich über die Stirn, aber trotzdem strömte ihr das Blut in ein Auge und erschwerte das Sehen. Sie versuchte aufzustehen. Der blaue Flur drehte sich, und sie musste das Kunststück in mehreren Etappen vollbringen.

Irgendwann war sie schließlich auf den Beinen. Sie lehnte sich gegen die Wand, und erst jetzt versuchte sie zu verstehen, was passiert war. Sie konnte sich an nichts erinnern. Panik überkam sie. Sie wusste nicht, warum sie hier war, begriff aber, dass sie sich im Polizeigebäude befand. Wo waren die anderen? Sie schwankte in ihr Arbeitszimmer und bespritzte das Telefon mit Blut, als sie ihre eigene Nummer wählte. Sie musste mehrere Anläufe machen, sie konnte die richtigen Tasten nicht finden. Das Licht vom Fenster quälte sie, traf ihre Augen wie Hammerschläge.

»Cecilie, du musst mich holen kommen. Ich bin krank.«

Sie ließ den Hörer fallen und verlor wieder das Bewusstsein.

Die Finsternis war angenehm. Ihr Kopf tat noch immer weh, aber wo vorhin blutende Fetzen gewesen waren, ertastete sie jetzt breite, weiche Verbände. Die Wunden spürte sie überhaupt nicht mehr; sie nahm an, dass sie das einer örtlichen Betäubung zu verdanken hatte. Ihr Bett war aus Metall, und nachdem sie die Verbände betastet hatte, entdeckte sie, dass in ihrer einen Hand eine Kanüle steckte, durch die Kochsalzlösung rann. Hanne Wilhelmsen lag im Krankenhaus, und Cecilie saß auf ihrer Bettkante.

»Jetzt hast du sicher ziemliche Schmerzen«, sagte Hannes Lebensgefährtin und nahm ihre kanülenlose Hand. Sie lächelte. »Ich hatte schreckliche Angst, als ich dich gefunden habe«, fügte sie hinzu. »Aber alles ist gut gegangen. Ich habe dich selbst geröntgt, es scheint nichts gebrochen zu sein. Du hast eine kräftige Contumatio oder Gehirnerschütterung, wenn du so willst. Die Wunden haben schlimm ausgesehen, aber jetzt sind sie genäht und werden gut verheilen.«

»Ich kann mich an nichts erinnern, Cecilie«, flüsterte sie.

»Nur eine kleine Amnesie. Gedächtnisverlust«, teilte Cecilie ihr lächelnd mit. »Das ist immer so. Mach dir keine Sorgen, du musst hier ein paar Tage liegen, dann kannst du dir schön zwei Wochen freinehmen. Ich pass schon auf dich auf.«

Hanne weinte immer noch. Cecilie beugte sich über sie, vorsichtig, vorsichtig, und lehnte ihr Gesicht an den bandagierten Kopf, sodass ihr Mund gleich neben Hannes Ohr lag.

»Du kriegst eine total geile Narbe auf der Stirn«, flüsterte sie. »Wirklich supergeil.«

MONTAG, 12. OKTOBER

»Das geht einfach nicht, verdammte Pest!« Håkon Sand fluchte nur, wenn er wütend war. »Dass wir, zum Teufel, nicht mal im Büro sicher sind! Und das an einem Scheißsonntag!« Er spuckte die Wörter aus; Vorwürfe der absoluten Unfähigkeit an unbekannte Adresse. Er stand mitten im Zimmer und stampfte im Takt seiner Beschimpfungen mit den Füßen auf. »Was bringen schon abgeschlossene Türen und Sicherheitsvorschriften, wenn jeder Idiot uns jederzeit überfallen kann?«

Der Abteilungschef von A 2.11, ein Stoiker in den Fünfzigern, hörte und verfolgte diesen Auftritt, ohne eine Miene zu verziehen. Er sagte erst etwas, als der Polizeijurist sich müde gewütet hatte.

»Es hat keinen Zweck, irgendwen Bestimmtes dafür verantwortlich zu machen. Wir sind keine Festung, und wir wollen auch keine sein. In einem Haus mit fast zweitausend Angestellten kann jeder sich dranhängen, wenn jemand den Personaleingang benutzt. Man braucht bloß das Tempo zu koordinieren. Man kann sich bei der Kirche hinter einem Baum verstecken und dann jemandem mit Türkarte folgen. Du hast doch sicher auch schon Leuten die Tür aufgehalten, ob du sie nun gekannt hast oder nicht.«

Håkon Sand gab keine Antwort, was der Abteilungsleiter korrekt als Eingeständnis auffasste.

»Außerdem kann man sich theoretisch im Haus verstecken, solange es offen ist, in den Toiletten oder sonst wo. Raus kommt man immer wieder. Statt zu fragen, wie, sollten wir uns lieber fragen, warum.«

»Das ist ja wohl verdammt klar«, tobte Håkon Sand weiter. »Der Fall, zum Henker! Der Fall! Der ist aus Hannes Büro verschwunden. An sich keine Tragödie, wir haben mehrere Kopien, aber offenbar will irgendwer herausfinden, was wir wissen.« Er unterbrach sich und sah auf die Uhr. Seine Wut ebbte zu peinlicher Verlegenheit ab. »Ich muss los. Bin um neun Uhr zur Chefin bestellt. Tu mir einen Gefallen. Ruf im Krankenhaus an und erkundige dich, ob Hanne Besuch empfangen kann. Leg mir einen Zettel hin, sowie du etwas weißt.«

Frau Justitia war prachtvoll. Sie ragte auf der Tischplatte fünfunddreißig Zentimeter hoch auf, und die oxydierte Bronze schien auf ein beträchtliches Alter hinzuweisen. Die Binde um ihre Augen war fast grün, das Schwert in ihrer Rechten rötlich. Aber die beiden flachen Waagschalen waren noch ganz blank. Håkon Sand sah, dass es sich um eine echte Waage handelte, sie bewegte sich schwach im Zug, als er das Zimmer betrat. Er konnte sich nicht beherrschen und berührte die Figur.

»Schön, nicht?« Die uniformierte Frau hinter dem Schreibtisch stellte eher eine Tatsache fest, als dass sie gefragt hätte. »Die hat mir mein Vater letzte Woche zum Geburtstag geschenkt. Sie hat ewig in seinem Büro gestanden. Ich habe sie schon als Kind bewundert. Mein Urgroßvater hat sie in den USA gekauft. Irgendwann um 1890. Vielleicht ist sie wertvoll. Prachtvoll ist sie auf jeden Fall.«

Sie war Oslos erste Polizeipräsidentin. Sie hatte diesen Posten von einem stattlichen Bergenser übernommen. Der war umstritten gewesen und hatte dauernd mit seinen Angestellten im Clinch gelegen. Dennoch verfügte er über eine Integrität und eine Tatkraft, die im Haus Mangelware gewesen waren, bis er vor sieben Jahren seine Stellung angetreten hatte. Er hatte einen weitaus besseren Arbeitsplatz verlassen, als er vorgefunden hatte, und das hatte seinen Preis gehabt. Seine Familie war erleichtert gewesen, als er in Pension gehen konnte, etwas verfrüht zwar, aber in allen Ehren.

Die fünfundvierzigjährige Frau, die jetzt auf seinem Stuhl saß, war von ganz anderem Kaliber. Håkon Sand konnte sie nicht ausstehen. Sie war stinkfein, intriganter als irgendwer geahnt hatte. Sie hatte sich im Laufe vieler Dienstjahre zielsicher in diese Stellung manövriert, hatte sich an die richtigen Personen gehalten, die richtigen Gesellschaften besucht und bei allen beruflichen Terminen den richtigen Leuten zugeprostet. Ihr Mann arbeitete im Justizministerium, was durchaus nicht zu ihrem Nachteil war. Außerdem war sie unbestreitbar tüchtig. Wenn ihr Vorgänger nicht unbedingt in Pension hätte gehen wollen, hätte sie sicher eine Zwischenstation als Staatsanwältin eingelegt. Håkon Sand wusste nicht, was schlimmer gewesen wäre.

Er brachte seine Erklärungen so nüchtern wie möglich vor, aber sie waren alles andere als vollständig. Nach kurzem Überlegen kam er zu dem Schluss, dass es eine echte Frechheit wäre, seiner obersten Vorgesetzten nicht von dem Zusammenhang zu erzählen, den sie zwischen den Fällen sahen. Zu seinem Ärger begriff sie alles sofort, stellte einige angemessene Fragen, nickte zu seinen Schlussfolgerungen und sprach ihm zuletzt ihre Anerkennung für seine bisherige Arbeit aus. Sie bat darum, auf dem Laufenden gehalten zu werden, am liebsten schriftlich. Dann fügte sie noch hinzu:

»Nicht zu viel spekulieren, Håkon. Nimm dir einen Mord nach dem anderen vor. Der Sandersen-Fall ist klar. Die technischen Beweise reichen für die Verurteilung. Such nicht nach

Gespenstern, wo es keine gibt. Das kannst du übrigens als Befehl auffassen.«

»Streng genommen ist doch wohl der Staatsanwalt in einer Ermittlungsfrage mein Vorgesetzter«, parierte er.

Als Antwort wurde er entlassen.

Als er aufstand, fragte er: »Warum hat sie eigentlich die Augen verbunden?« Er nickte zur Göttin der Gerechtigkeit hinüber, die auf der riesigen Tischplatte stand und nur zwei Telefone zur Gesellschaft hatte.

»Sie soll sich von keiner Seite beeinflussen lassen. Sie soll blinde Gerechtigkeit üben«, belehrte die Polizeipräsidentin ihn.

»Aber mit verbundenen Augen kann sie doch nichts sehen«, sagte Håkon Sand, ohne eine Reaktion zu provozieren. Der König, der neben seiner Gemahlin in einem Goldrahmen über der Schulter der Polizeipräsidentin hing, schien ihm dagegen zuzustimmen. Håkon beschloss, das unergründliche Lächeln Seiner Majestät als Antwort zu betrachten, und verließ das Büro im sechsten Stock. Er war gereizter als bei seinem Eintreffen.

Hanne Wilhelmsen freute sich, als sie ihn sah. Selbst mit dem Verband über dem Auge und einer rasierten Kopfhälfte war sie überwältigend schön. Die Blässe ließ ihre Augen größer wirken, und zum ersten Mal, seit er von dem Überfall gehört hatte, wurde ihm klar, wie sehr er sich um sie gesorgt hatte. Er traute sich nicht, sie zu umarmen. Vielleicht hielt der Verband ihn davon ab, aber bei genauerem Nachdenken ging ihm auf, dass es auch sonst nicht natürlich gewesen wäre. Hanne hatte über das berufliche Vertrauen, das sie ihm entgegenbrachte, hinaus nie zu Nähe eingeladen. Aber offenbar freute sie sich über seinen Besuch. Er wusste nicht so recht, wohin mit seinem Blumenstrauß, und nach einigen verwirrten Sekunden legte er ihn auf den Boden.

Der Nachttisch war bereits überfüllt. Er zog einen Stahlrohrstuhl an die Bettkante.

»Mir geht's gut«, sagte Hanne, noch ehe er fragen konnte. »Ich komm so schnell wie möglich zurück. Und auf jeden Fall ist das hier der endgültige Beweis dafür, dass wir einer großen Sache auf der Spur sind.«

Der Galgenhumor passte nicht zu ihr, und er sah, dass es ihr wehtat, als sie zu lächeln versuchte.

»Komm erst dann zurück, wenn du wieder richtig gesund bist. *Das* ist ein Befehl.«

Er versuchte ein Lächeln, nahm sich aber zusammen. Das würde sie nur verleiten, es ihm gleichzutun, trotz ihrer Schmerzen. Ihre ganze Kieferpartie färbte sich langsam blaugelb.

»Die Originalpapiere sind aus deinem Büro verschwunden. Haben wir von irgendwas keine Kopie?«

Das war eher eine hoffnungsvolle Feststellung als eine Frage, aber Hanne musste ihn enttäuschen.

»Ja«, antwortete sie leise. »Ich hatte eine Notiz geschrieben, einfach so zum Privatgebrauch. Ich weiß ja, was darin stand, ein Verlust ist es also nicht. Aber es ist ein Scheiß, dass andere das jetzt lesen können.«

Håkon Sand merkte, dass ihm heiß wurde, und er wusste, dass seine Wangen jeden Moment unkleidsam rot anlaufen würden. »Ich habe die unangenehme Befürchtung, dass Karen Borg für den Mann, der mich überfallen hat, ziemlich interessant ist. Wir haben ja schon darüber gesprochen, dass sie wahrscheinlich mehr weiß, als sie uns sagt. Ich habe darüber ein paar Überlegungen angestellt. Und ich habe einiges über die Verbindung zwischen den beiden Fällen notiert.« Sie sah ihn mit einer Grimasse an und fasste sich vorsichtig an den Kopf. »Nicht sehr gut, was?«

Håkon Sand stimmte zu. Das war überhaupt nicht gut. Fredrick Myhreng war ziemlich anspruchsvoll. Andererseits hatte er recht, wenn er behauptete, seinen Teil der Abmachung eingehalten zu haben. Jetzt saß er da wie ein eifriger Schulbube und notierte alles, was Håkon Sand ihm erzählen konnte. Der Gedanke, als Erster die Nachricht bringen zu können, dass die Polizei es hier nicht mit zwei zufälligen Fällen in der langen – und dauernd wachsenden – Kette von mehr oder minder motivierten Morden zu tun hatte, sondern mit einem Doppelmord, dessen Fäden in den Rauschgifthandel und vielleicht auch in die organisierte Kriminalität hineinreichten – dieser Gedanke sorgte dafür, dass ihm der Schweiß ausbrach und seine fesche Brille trotz der praktischen Sportbügel immer wieder von seiner Nase zu rutschen drohte. Die Tinte spritzte nur so, als er schrieb. Håkon Sand überlegte sich, dass der Junge Ölzeug tragen müsste, so, wie er sein Schreibgerät misshandelte. Er bot dem Journalisten als Ersatz für den zerbrochenen Kugelschreiber einen Bleistift an.

»Wie schätzen Sie die Möglichkeiten der Aufklärung ein?«, fragte Myhreng, nachdem er sich die zensierte, aber dennoch sehr interessante Darstellung des Polizeijuristen angehört hatte. Sein Nasenrücken war inzwischen gänzlich blau vom vielen Brilleschieben.

Håkon Sand fragte sich, ob er den Mann auf sein wenig vorteilhaftes Aussehen aufmerksam machen müsste. Er kam zu dem Schluss, dass es dem Journalisten nicht schaden konnte, sich lächerlich zu machen, und deshalb sagte er: »Wir glauben immer an eine Aufklärung. Aber das kann dauern. Wir haben viele Spuren. Das können Sie gern zitieren.«

Mehr konnte Fredrick Myhreng an diesem Tag aus Håkon Sand nicht herausholen. Aber er war mehr als zufrieden.

DIENSTAG, 13. OKTOBER

Das Titelbild fiel dramatisch aus. Die Leute im Bildarchiv hatten eines der schon früher veröffentlichten Fotos von Ludvig Sandersens Leichnam herausgesucht und mit einem alten Archivbild von Hansa Olsen zusammenmontiert. Es war sicher über zehn Jahre alt, unscharf und offenbar eine Vergrößerung aus einem ursprünglichen Gruppenbild. Olsen sah überrascht aus und schien zwinkern zu wollen, weswegen seine Augen träge und geistesabwesend blickten. Die Schlagzeile war hellrot und zog sich teilweise über die Bildmontage.

»Mafia steht hinter zwei Morden!«, lautete die gewaltige Botschaft. Håkon Sand erkannte sich kaum wieder. Er las die drei Seiten, die die Zeitung dem Artikel spendiert hatte. Oben auf jeder Seite stand weiß in einem schwarzen Streifen: »Der Mafia-Fall«. Er knirschte vor Ärger mit den Zähnen, musste bei genauerem Hinsehen jedoch zugeben, dass Myhreng keine direkten Unwahrheiten brachte. Die Tatsachen waren gedehnt worden, die Spekulationen grob und so gut getarnt, dass sie möglicherweise als Wahrheit durchgehen konnten. Aber Håkon war korrekt zitiert und durfte sich nicht beklagen.

»Nun gut. Es hätte schlimmer sein können«, sagte er und reichte die Zeitung an Karen Borg weiter, die sein Büro inzwischen gut genug kannte, um sich selbst aus dem Vorzimmer kalten Kaffee zu holen. »Höchste Zeit, dass du etwas über deinen Mandanten erzählst«, verkündete er. »Der Knabe sitzt noch immer in der Unterhose da und weigert sich, den Mund aufzumachen. Und wo wir nun schon so viel wissen, musst du anstandshalber weiterhelfen.«

Sie musterten sich gegenseitig. Karen griff zu einer stillen

Kampfstrategie aus alten Zeiten. Sie fing seinen Blick auf und hielt ihn so lange fest, bis alles außer ihren graugrünen Augen zu einem Nebel zerfloss. Er konnte die winzigen braunen Sprenkel in der Iris erkennen, im rechten Auge mehr als im linken; er zwinkerte nicht, traute sich nicht, aus Angst, dass sich dabei sein Blick unrettbar senken würde. Verdammt, es war ihm nie gelungen, dieses Spiel zu gewinnen. Immer starrte sie ihn so lange an, bis er verlegen den Blick senkte, der Verlierer, der Kleinere von beiden.

Diesmal musste sie aufgeben. Er sah, dass sich ihre Augen mit Wasser füllten, dass sie zwinkern musste und dass schließlich ihr Blick seitlich auswich, begleitet von einer schwachen Röte, die sich über die linke Wange zog. Der Sieger triumphierte nicht. Er war verblüfft von seiner Haltung. Ihre Flanken lagen offen, aber er fasste einfach ihre Hände.

»Ich habe ein bisschen Angst«, sagte er aufrichtig. »Wir wissen nicht viel über diese Bande – oder Mafia, wie sie jetzt heißt. Aber wir wissen, dass das keine Sonntagsschüler sind. Die Zeitung hat sicher Grund zu ihrer Behauptung, dass diese Leute über Leichen gehen, um ihre Interessen zu wahren. Wir haben Grund zu der Annahme, dass sie wissen, dass du etwas weißt. Jedenfalls haben sie den Verdacht.«

Er erzählte ihr von Hanne Wilhelmsens auf Abwege geratener Notiz. Das machte sichtlich Eindruck. Ihre Haltung war ihm völlig fremd, sie schien bei ihm Schutz zu suchen, bei Håkon, den sie ein ganzes Studium hindurch beschützt und getriezt hatte.

»Wir können dich nicht beschützen, wenn du uns nicht erzählst, was du weißt!« Er merkte, dass er ihre Hände zu fest presste. Dort, wo er sie gehalten hatte, waren sie jetzt weiß und rot gefleckt. Er ließ sie los.

»Han van der Kerch hat mir einiges erzählt. Nicht viel, er will nicht, dass es sich herumspricht. Aber eins darf ich euch sagen.

Ich weiß nur nicht, was das wert ist.« Sie hatte sich gefasst. Ihre Schultern waren wieder straff, und ihr Kostüm saß, wie es sich gehörte. »Er sollte Geld für eine Lieferung holen. Als er die Scheine durchzählte, hat er gemerkt, dass einer mit Kugelschreiber beschrieben war. Eine Telefonnummer. Die hat er vergessen, aber daneben standen drei Buchstaben, die ihm vorkamen wie Anfangsbuchstaben; zwischen ihnen standen Punkte. Er erinnert sich an die Buchstaben, weil sie ein Wort ergaben. J. U. L.«

»JUL?«

»Ja, mit Punkten dazwischen. Er hat gegrinst und dem Typen gesagt, er wolle keine beschmierten Geldscheine. Der Typ schnappte sich den Schein und war ziemlich sauer.«

»Hast du dir überlegt, was das bedeuten könnte?«

»Ja, allerdings.«

Es wurde ganz still, und sie waren in ein vertrautes Muster zurückgefallen.

»Was hast du dir überlegt, Karen?«, bat Håkon leise.

»Ich habe mir überlegt, dass es in Oslo nur einen Anwalt mit diesen Initialen gibt. Nur einen, ich habe in der Anwaltsliste nachgesehen.«

»Jørgen Ulf Lavik.«

Håkon Sands Tipp war nicht sehr beeindruckend. Sie hatten mit Lavik studiert; er war schon damals eine bekannte Gestalt gewesen. Begabt, umschwärmt und politisch engagiert. Håkon hatte Karen lange verdächtigt, in ihn verliebt zu sein, was sie bei jeder kleinsten Anspielung kategorisch bestritten hatte. Lavik war ziemlich konservativ, und Karen hatte für die Soz. Front im Fachschaftsrat gesessen. Damals waren solche Schranken fast unüberwindbar gewesen, und Karen hatte ihren Kommilitonen oft in aller Öffentlichkeit als reaktionäres Arschloch bezeichnet. Nur zweimal hatten sie miteinander geredet, unter anderem, weil sie sich gemeinsam gegen die Einführung des Numerus clausus gewehrt hatten. Er war sogar einmal in der Hütte ihrer Eltern gewesen, zu einem Wochenendseminar, das sich zur puren Sause entwickelt hatte. Danach war Lavik ihr auch nicht sympathischer gewesen.

»Ich kapier das alles nicht. In der Zeitung steht ja, dass Juristen hinter dieser Bande stecken könnten. Ich kann mir Jørgen Lavik zwar nicht als Bandenchef vorstellen, aber nimm dir diese Information zu Herzen.« Håkon Sand nahm sich diese Information in der Tat zu Herzen. Um so mehr, als Karen gleich darauf hinzufügte: »Du wirst es noch selbst herausfinden. Aber um dir die Mühe zu ersparen: Jørgen hat seine Karriere bei einem von den ganz Großen angefangen. Errätst du, bei wem?«

»Peter Strup«, antwortete Håkon Sand prompt, und sein Gesicht öffnete sich zu einem riesigen Lächeln.

Ehe Karen Borg an diesem Nachmittag das Polizeigebäude verließ, überreichte er ihr ein Walkie-Talkie. Ihr kam das Gerät altmodisch vor, viel klobiger als ein Mobiltelefon. Sie drehte an einem Knopf, und dann knisterte und rauschte es wie in einem amerikanischen Kriminalfilm. Danach musste sie auf einen anderen Knopf drücken, um direkten Kontakt mit der polizeilichen Operationszentrale aufnehmen zu können. Sie hieß WT 04. Die Zentrale war WT 01.

»Das musst du immer bei dir haben«, befahl Håkon. »Benutz es, sowie etwas ist. Die Operationszentrale weiß Bescheid. In fünf Minuten kann die Polizei bei dir sein.«

»Fünf Minuten können lang sein«, erklärte Karen Borg.

DONNERSTAG, 15. OKTOBER

Vor langer, langer Zeit hatte sie einmal hemmungslos mit ihm geflirtet. Damals war sie noch keine Polizeipräsidentin gewesen, sondern Polizeirätin und ganz neu bei den Anklagebehörden. Sie hatten im Rahmen einer Alkoholschmuggelaffäre zur Beweisaufnahme nach Spanien reisen müssen, ihre erste dienstliche Auslandsreise. Der Mann, der jetzt vor ihr im Gästesessel saß, hatte sie damals als Verteidiger begleitet. Die Beweisaufnahme hatte drei Stunden gedauert, die Reise drei Tage. Sie hatten gut gegessen und noch besser getrunken. Der Mann hatte alles verkörpert, was sie bewunderte; er war beträchtlich älter als sie, strotzte nur so vor Geld, war höflich und erfolgreich. Jetzt war er Staatssekretär im Justizministerium – auch nicht schlecht. Während ihrer Reise vor zehn Jahren war es nicht zu mehr gekommen als zu kurzen Schmusereien. An ihr hatte das nicht gelegen. Deshalb war sie jetzt leicht verlegen.

»Eine Tasse Kaffee, Tee?«

Er bat um Kaffee und lehnte eine Zigarette ab. »Habe aufgehört«, sagte er und lächelte abweisend.

Sie merkte, dass ihre Hände feucht waren, und bedauerte, sich keinen Ordner zum Blättern hingelegt zu haben. Stattdessen konnte sie nur Däumchen drehen. Sie wippte unruhig in ihrem riesigen Sessel hin und her.

»Herzlichen Glückwunsch zur Beförderung«, brummte er. »Nicht schlecht.«

»Das kam total unerwartet«, log sie. In Wirklichkeit war sie aufgefordert worden, sich zu bewerben. Von ihrem Vorgänger. Der Staatssekretär schaute auf die Uhr und kam gleich zur Sache. »Der Minister macht sich Sorgen wegen dieser Anwaltsgeschichte«, erklärte er. »Sehr große Sorgen. Was ist da eigentlich los?!«

Sie hatte diesem Mann gegenüber zwar vor vielen Jahren unverhohlene Annäherungsversuche unternommen, und sie interessierte sich noch immer für ihn, seine Ernennung zum Staatssekretär hatte nichts daran geändert, aber sie war bis in die Fingerspitzen hinein professionell. »Es ist ein schwieriger und bisher noch recht unklarer Fall«, antwortete sie vage. »Ich kann nicht viel mehr sagen als das, was in den Zeitungen gestanden hat. Einiges davon trifft zu.«

Der Mann zog seinen Seidenschlips gerade. Er räusperte sich vielsagend, um sie darauf hinzuweisen, dass der engste politische Mitarbeiter des Ministers wohl das Recht habe, Genaueres zu erfahren als mehr oder minder – und eher Letzteres – zuverlässige Boulevardblätter. Es half ihm nichts.

»Unsere Ermittlungen befinden sich in einem sehr frühen Stadium, die Polizei kann jetzt noch keine Auskünfte erteilen. Sollte sich während unserer Nachforschungen etwas ergeben, von dem wir annehmen, dass die politische Leitung des Ministeriums es wissen muss, lasse ich natürlich sofort von mir hören. Das kann ich versprechen.«

Mehr war nicht aus ihr herauszuholen. Der Mann war alt genug, um das zu begreifen, also unternahm er erst gar keinen Versuch. Als er ihr Büro verließ, fiel ihr auf, dass die zusätzlichen Kilos seinen Hintern weniger anziehend machten. Als die Tür ins Schloss fiel, lächelte sie noch einmal, höchst zufrieden mit sich selbst. Trotz seines Hängehinterns: Der Mann war noch immer attraktiv. Sie würde schon noch eine Chance bekommen. Ein graues Haar schwebte langsam auf ihren Schreibtisch nieder, und sie las es sofort auf. Danach wählte sie die Nummer ihrer Sekretärin.

»Mach einen Termin bei meinem Friseur«, befahl sie. »So bald wie irgend möglich, bitte.«

Han van der Kerch verlor sein Zeitgefühl. Freilich wurde das Licht gelöscht, um den Untersuchungshäftlingen zu erzählen, dass Nacht war. Außerdem wurde das ungenießbare, in Plastikfolie gewickelte Essen pünktlich serviert, was das Dasein in tagesablaufähnliche Teilchen zerschnitt. Aber ohne Sonne oder Regen, Wetter oder Wind und mit allzu viel Zeit, die er nur schlafend verbringen konnte, war der junge Niederländer in einen apathischen Zustand des Nicht-Seins versunken. Eines Nachts, als fünf Stunden Tagesschlaf ihm unerträgliche Nachtstunden beschert hatten – er hörte wehes Kinderweinen aus der Nachbarzelle und von weiter weg die entsetzlichen Schreie eines Marokkaners auf Entzug –, war ihm aufgegangen, dass er langsam verrückt wurde. Er betete zu einem Gott, an den er zuletzt als Knabe in der Sonntagsschule geglaubt hatte, betete, dass die grelle Deckenlampe wieder eingeschaltet werden sollte. Gott hatte ihn offenbar vergessen, so wie er Gott vergessen hatte; der Morgen kam einfach nicht. In seiner Verzweiflung warf er seine Armbanduhr, die er nach den ersten Tagen in der Zelle zurückerhalten hatte, an die Wand, und sie zerbrach. Jetzt konnte er nicht einmal mehr der Zeit auf ihrer unerträglichen Wanderung in eine Zukunft ohne jeglichen Inhalt folgen.

Die üppige, kurzsichtige Frau, die den Wagen mit dem Häftlingsfraß vor sich herschob, steckte ihm ab und zu ein Stück Schokolade zu. Das war jedes Mal wie Heiligabend. Er zerbrach die Schokolade in winzige Stückchen, die er eins nach dem anderen auf der Zunge zergehen ließ. Die Schokolade konnte nicht verhindern, dass er abnahm, in drei Wochen U-Haft hatte er sieben Kilo eingebüßt. Das stand ihm nicht, war aber egal;

er saß ohnehin entweder splitternackt oder in der Unterhose herum.

Außerdem hatte er Angst. Die Angst, die wie ein wachsender Kaktus in seinem Bauch gesessen hatte, als er sich über Ludvig Sandersens misshandelten Leichnam bückte, hatte sich in seinem ganzen Leib ausgebreitet. Seine Hände zitterten schlimm, er kleckerte beim Trinken jedes Mal. In der ersten Zeit hatte er sich in die Bücher vertiefen können, die sie ihm geliehen hatten, aber inzwischen ließ ihn seine Konzentrationsfähigkeit im Stich. Die Buchstaben hüpften und tanzten über die Seite. Er hatte Pillen bekommen. Das heißt, die Wärter hatten Pillen bekommen, die sie ihm nach Anweisung des Arztes mit lauwarmem Wasser in einem Plastikbecher verabreichten. Abends winzige hellblaue Pillen, die ihm auf den Zug ins Traumland halfen. Dreimal täglich waren die Pillen groß und weiß. Sie brachten ihm eine Art Atempause, in der der Kaktus für kurze Frist seine Stacheln einzog. Aber die Gewissheit, dass sie bald wieder zum Vorschein kommen würden, frisch gewetzt und gewachsen, war fast genauso schlimm. Han van der Kerch verlor sein Dasein langsam aus dem Griff.

Er glaubte, es sei Tag. Er war sich nicht sicher, aber es brannte Licht, und er hörte viele Geräusche. Soeben war eine Mahlzeit serviert worden, er wusste nicht, ob das das Mittag- oder das Abendessen sein sollte. Vielleicht das Abendessen? Nein, es war zu früh, zu viel Krach.

Zuerst begriff er nicht, was es war. Als das Zettelchen durch das Gitter fiel, dachte er noch lange nicht darüber nach. Er beobachtete es, es war leicht und klein und brauchte eine Ewigkeit, um den Boden zu erreichen. Es flatterte wie ein Schmetterling, hin und her, und näherte sich langsam dem Beton. Er lächelte, das Geflattere sah lustig aus, und er hatte nicht das Gefühl, dass ihn das etwas anginge.

Da lag es. Han van der Kerch ließ es liegen und hob den Blick, um wieder die Schatten an der Wand zu beobachten, die verrieten, was auf dem Flur geschah. Er hatte eben eine weiße Pille bekommen und fühlte sich besser als vor einer Stunde. Nach einer Weile versuchte er aufzustehen. Ihm war schwindelig, und er hatte so lange in derselben Stellung dagelegen, dass ihm Arme und Beine eingeschlafen waren. Es prickelte arg, und sehr steif legte er die wenigen Schritte zur Tür zurück. Er bückte sich und hob den Zettel auf, ohne ihn anzusehen. Er brauchte mehrere Minuten, um sich so hinzusetzen, dass seine Glieder sich nicht allzu sehr beklagten.

Der Zettel war von Postkartengröße, zweimal gefaltet. Er breitete ihn auf seinem Oberschenkel aus. Die Nachricht betraf offenbar ihn. Mit breitem Filzstift waren wenige Wörter in Blockbuchstaben geschrieben: »SCHWEIGEN IST GOLD, REDEN DER TOD.« Das war ziemlich melodramatisch, und er prustete los. Er lachte schrill und so laut, dass er zusammenfuhr und verstummte. Gleich darauf überwältigte ihn die Angst. Wenn ein Zettel den Weg durch die Gittertür fand, dann war das auch einer Kugel möglich.

Wieder lachte er, genauso laut und schrill wie vorhin. Das Lachen hallte zwischen den Mauern wider, wurde hin- und hergeworfen, umtanzte seinen Urheber und verschwand dann durch die Gitterstäbe – zusammen mit dem letzten Rest Vernunft aus dem Kopf des Niederländers.

FREITAG, 16. OKTOBER

»Zwei Tote und zwei Leute im Krankenhaus. Und alles, was wir haben, sind Initialen und vage Vermutungen.«

Das gelbe Ahornlaub hatte seine erste Frostnacht hinter sich, und es hörte sich an, als wanderten sie durch knisternde neue Geldscheine. Hier und dort lag etwas Neuschnee, der erste. Sie standen oben auf St. Hanshaugen, und die Stadt lag herbstlich und verfroren vor ihnen. Sie schien von der plötzlichen Kälte ebenso überrascht zu sein wie die Autofahrer im Geitemyrsvei, die auf blockierten Sommerreifen kollidierten. Der Himmel hing tief. Nur die Kirchtürme, der hohe von Uranienborg und zwei kleinere näher an St. Hanshaugen, hinderten ihn am Absturz.

Hanne Wilhelmsen war aus dem Krankenhaus entlassen, aber noch kaum imstande zu Waldwanderungen. Sie hätte ihr gemartertes Gehirn auch nicht mit Problemen belasten dürfen, aber Håkon Sand hatte der Versuchung nicht widerstehen können, als sie anrief und einen Waldspaziergang vorschlug. Noch immer war sie bleich und deutlich zerschlagen. Ihre Kieferpartie hatte sich von blau zu grün verfärbt, und die riesigen Verbände waren durch große Pflaster ersetzt worden. Ihre Haare waren absolut asymmetrisch, und das überraschte ihn. Er hatte angenommen, sie würde sie schneiden lassen, um ihren ganzen Kopf in Harmonie mit dem rasierten Teil zu bringen, einem großen Bereich über dem einen Ohr. Als sie sich trafen, mit verlegener Wiedersehensfreude und verlegenem Lächeln, hatte sie sofort erklärt, dass sie den Rest ihrer langen Haare nicht auch noch opfern wolle. Obwohl sie unleugbar seltsam aussah.

»Einer im Krankenhaus«, korrigierte sie. »Ich bin doch wieder auf den Beinen.«

»Ja, darin hast du mehr Glück als unser niederländischer Freund. Der Bursche ist total ausgerastet. Retroaktive Psychose, sagt der Arzt, was immer das heißen soll. Knastverrückt, nehme ich an. Jetzt liegt er in der Psychiatrie. Wir haben jedenfalls keinen Grund zu der Annahme, dass ihn das redseliger werden lässt.

Im Moment liegt er in Embryostellung da und lallt. Hat eine Sterbensangst vor allem und jedem.«

»Eigentlich seltsam«, sagte Hanne und setzte sich auf eine Bank. Sie klopfte auf den Platz neben sich, und er gehorchte. »Ich meine, wir wissen ja, wie die U-Haft ist. Nicht gerade eine Sommerfrische. Aber es gibt doch eine Menge Leute, die zu lange da bleiben müssen. Und ist vielleicht deshalb schon jemals irgendwer verrückt geworden?«

»Nein, aber er hat sicher bessere Gründe, Angst zu haben, als die meisten anderen Ausländer, fühlt sich einsam und so.«

»Aber trotzdem…«

Håkon hatte gelernt zuzuhören, wenn Hanne Wilhelmsen sprach. Er selbst hatte sich keine weiteren Gedanken über Han van der Kerchs Gemütszustand gemacht, hatte ihn nur resigniert zur Kenntnis genommen; noch ein Tor, das sich schloss in einer Ermittlung, die sowieso kaum von der Stelle kam.

»Kann jemand das hingetrickst haben? Kann ihm irgendwer in der Zelle was getan haben?«

Håkon gab keine Antwort, und auch Hanne schwieg. Håkon fühlte sich wie immer in Hannes Anwesenheit seltsam wohl. Er empfand etwas Neues, anders als bei anderen Frauen, eine Art Kameradschaft, kollegiale Gemeinschaft, ein tiefes Wissen darum, dass sie einander mochten und respektierten. Er ertappte sich bei dem Gedanken, dass sie befreundet sein könnten, aber instinktiv begriff er, dass sie die Initiative ergreifen musste, falls sie mehr sein wollte als seine Kollegin. Wie er hier so auf einer eiskalten Bank oben auf St. Hanshaugen saß, an einem Oktobertag mit hellgrauer Luft, war er mehr als zufrieden damit, mit dieser Frau zusammenzuarbeiten; einer Frau, die nahe und fern zugleich war und so tüchtig und entscheidend für die Arbeit, an der er sich versuchen sollte. Er hoffte, dass sie genug Zeit haben würde.

»Ist in der Zelle irgendetwas Interessantes gefunden worden?«

»Nicht, dass ich wüsste, und was könnte das auch sein?«

»Aber es ist doch gesucht worden?«

Er blieb die Antwort schuldig. Sie fehlte ihm bei der Arbeit, und langsam begriff er, warum. Er hatte nicht genug Erfahrung, was die direkte Ermittlungsarbeit anging; obwohl er formell für alles verantwortlich war, engagierten sich nur wenige Juristen auf dieselbe Weise wie er.

»Genau diesen Punkt muss ich wohl übersehen haben«, gab er schließlich zu.

»Es ist noch nicht zu spät«, tröstete sie ihn. »Du kannst die Zelle immer noch untersuchen.«

Er ließ sich trösten, und um seinen angeknacksten Ruf als Leiter der Ermittlung wieder aufzupolieren, erzählte er von seinen Untersuchungen über Jørgen Ulf Lavik. Lavik hatte einigen Erfolg gehabt. In ziemlich kurzer Zeit. Nach zwei Jahren bei Peter Strup hatte er sich zusammen mit zwei Frischetablierten seines Alters selbständig gemacht. Sie waren in fast allen Bereichen tätig. Lavik arbeitete zu ungefähr fünfzig Prozent mit Strafrecht, die anderen fünfzig Prozent verteilten sich auf handelsrechtliche Fälle von mittlerer Größe. Er hatte sich Gattin Nummer zwei zugelegt und mit ihr in kurzen Abständen drei Kinder bekommen. Die Familie wohnte in einem brauchbaren Reihenhaus, in einem mittelvornehmen Stadtteil. Auf den ersten Blick schien ihr Geldverbrauch nicht die Summen zu übersteigen, die ein Mann wie Lavik verdienen konnte. Zwei Autos, ein einjähriger Volvo und ein Toyota von sieben Jahren (für die Gattin). Keine Hütte, kein Boot. Die Gattin war Nur-Hausfrau, sicher nötig bei drei Jungen von einem, zwei und drei Jahren.

»Hört sich an wie der Osloer Normalanwalt«, sagte Hanne Wilhelmsen resigniert. »Tell me something I don't know.«

Sie kam Håkon erschöpft vor, ihr weißer Atem jagte, obwohl sie doch ganz still saßen. Er stand auf, fuhr sich mit den Händen über den Hintern, wie um imaginären Schnee wegzuwischen, und streckte die Hand aus, um Hanne hochzuhelfen. Obwohl es unnötig war, nahm sie sie.

»Sieh dir seinen Geschäftskram genauer an«, befahl sie ihrem Vorgesetzten. »Und lass eine Liste der Strafprozesse erstellen, in denen er während der letzten beiden Jahre aufgetreten ist. Ich wette, dass wir da irgendwas finden. Und außerdem«, fügte sie hinzu, »fasst die Fälle jetzt endlich zusammen. Und zwar gehören sie beide zu mir; ich hatte den ersten.« Sie wirkte fast glücklich über diesen Gedanken.

MONTAG, 19. OKTOBER

Hanne Wilhelmsens Begegnung mit ihrem brutalen Angreifer lag erst gut eine Woche zurück. Sie hätte noch mindestens eine weitere Woche krankgeschrieben werden sollen. Wenn sie ehrlich war, musste sie zugeben, dass das vernünftig klang. Noch immer hatte sie leichte Kopfschmerzen, ihr war schwindelig und übel, wenn sie sich überanstrengte. Allen anderen, Cecilie inbegriffen, versicherte sie jedoch, sich ausgezeichnet zu fühlen. Nur ein bisschen müde. Sie akzeptierte fünfzig Prozent Krankschreibung für eine Woche.

Als sie das kombinierte Besprechungs- und Frühstückszimmer betrat, applaudierten alle, was sie entsetzlich verlegen machte. Dennoch lächelte sie und schüttelte alle Hände, die sich ihr entgegenstreckten. Einige Witze galten ihrer Frisur; sie erwiderte die freundliche Neckerei mit Selbstironie, und alle lachten. Sie war noch immer zugepflastert, und ihre untere Gesichtshälfte wies alle Schattierungen von Gelb und Grün auf. Das schützte sie vor Umarmungen – bis der Abteilungsleiter ins Zimmer kam, ihre Schultern packte und sie energisch an sich drückte.

»Starke Frau«, sagte er ihr ins Ohr. »Verdammt, Hanne, du hast uns vielleicht einen Schrecken eingejagt!«

Hanne musste erneut beteuern, dass mit ihr alles in Ordnung sei, und versprechen, dem Abteilungsleiter alle Erklärungen zu liefern, auf die er Anspruch zu haben glaubte. Sie verabredeten Ort und Zeit, und Hauptkommissar Kaldbakken schloss sich an.

Plötzlich stand Billy T. in der Tür. Mit seinen zweihundertundzwei Zentimetern plus Boots stieß er oben am Türrahmen an. Er lächelte breit und bot einen beängstigenden Anblick.

»Knockout in der ersten Runde, Hanne? Ich dachte, du könntest dich besser verteidigen«, sagte er mit aufgesetzter Enttäuschung in der Stimme. Er hatte selbst mit Hanne Wilhelmsen Selbstverteidigung trainiert. »Willst du dir den ganzen Tag huldigen lassen, oder hast du ein paar Minuten für die Arbeit übrig?«

Die hatte sie. Ihren Schreibtisch dominierte ein kolossaler Blumenstrauß. Er war schön, aber die Vase sah unmöglich aus. Sie war nicht groß genug, und als sie sie vorsichtig zur Fensterbank hinüberschieben wollte, verlor das ganze Arrangement das Gleichgewicht. Die Vase fiel auf den Boden und zerbrach. Blumen und Wasser überall. Billy T. lachte.

»Da sieht man, was passiert, wenn man hier in diesem Haus mal nett ist«, sagte er.

Er schob Hanne Wilhelmsen beiseite, fegte mit einer Riesenfaust die Blumen zusammen und versuchte, das Wasser mit den Stiefeln an die Wand zu schieben. Das klappte nicht. Er setzte sich und warf die Blumen in eine Ecke.

»Ich glaube, ich hab was für dich«, erklärte er und zog zwei Blätter aus der Hosentasche. Sie waren von seinem Hintern abgerundet wie eine vielbenutzte Brieftasche. Offenbar trug er sie schon länger bei sich. »Beschlagnahmung«, erklärte er, während Hanne Wilhelmsen die Bögen auseinanderfaltete. »Haben letzte Woche eine Wohnung hochgenommen. Wiedergänger, und wir haben Schwein gehabt. Zwanzig Gramm Heroin, vier Gramm Kokain. Sauschwein, bisher hatte der Typ immer nur Kleinkram. Jetzt sitzt er hier hinten und klappert mit den Zähnen.« Er streckte den Arm in Richtung Fenster aus und wollte damit wohl auf den Hinterhof zeigen. »Bleibt sitzen, weißt du, bis zur Hauptverhandlung, und das kann noch eine Weile dauern«, fügte er zufrieden hinzu.

Was auf den beiden Bögen stand, hatte große Ähnlichkeit mit dem Code aus dem Pornofilm im Anwaltsbüro. Nichts als Zahlenkolonnen, in Dreiergruppen. Alles handgeschrieben; oben stand auf einem der Bögen »Borneo«, auf dem anderen »Afrika«.

»Der Mann ist wirklich das reine Singvögelchen, behauptet aber steif und fest, keine Ahnung zu haben, was diese Zahlen bedeuten. Wir haben ihn ganz schön durch die Mangel gedreht, und er hat uns einige brauchbare Informationen geliefert. Mehr als notwendig, streng genommen. Deshalb frage ich mich allmählich, ob er vielleicht tatsächlich nicht weiß, was die Zahlen bedeuten.«

Sie starrten die Bögen an, als ob sie etwas verbargen, das ihnen ins Auge springen könnte, wenn sie sie nur lange genug anstarrten.

»Hat er gesagt, wo er die herhat?«

»Ja, er behauptet, sie zufällig gefunden und als eine Art Versicherung behalten zu haben. Mehr kriegen wir nicht aus ihm heraus, auch nicht, was das für ein Zufall war.«

Hanne Wilhelmsen fiel die seltsame Konsistenz des Papiers

auf. Es hatte einen pulverartigen Belag, und vereinzelte Fingerabdrücke zeichneten sich schwachlila ab.

»Ich hab die Abdrücke schon untersuchen lassen. Da ist nichts zu holen«, kommentierte Billy T. Er packte die Papiere, verließ das Büro, war nach zwei Minuten wieder da und reichte ihr zwei noch warme Kopien. »Die Originale behalte ich. Wenn du sie brauchst, kriegst du sie.«

»Vielen Dank, Billy T.«

Die Dankbarkeit war echt, trotz des müden Lächelns.

Als Erstes wurde ihm mitgeteilt, dass er Zeuge sei, kein Verdächtiger. Für ihn machte das kaum einen Unterschied, die Anklage in seinem eigenen Fall war schlimm genug. Danach wurde ihm eine Cola serviert, die er sich gewünscht hatte. Vorher hatte er duschen dürfen. Hanne Wilhelmsen war freundlich, entgegenkommend, und sie konnte ihm zwischen den Zeilen klarmachen, dass es für einen Angeklagten von Vorteil war, wenn er in einem anderen Fall als guter Zeuge fungierte. Das schien ihn nicht weiter zu beeindrucken. Sein Geplauder drehte sich um Belanglosigkeiten. Es war nett, der öden Zelle zu entkommen, er schien sich richtig wohl zu fühlen. Hanne Wilhelmsen ging es anders. Ihre Kopfschmerzen hatten sich verschlimmert, und ihre Wundnähte schrien auf, wenn sie eine Grimasse gegen die Schmerzen zog.

»Ich kriege für die Sache ein paar Jahre, weißt du.« Er wirkte kesser, als Billy T. angedeutet hatte.

»Ich muss das wohl wiederholen: Dein Fall interessiert mich nicht. Das ist deine Sache. Ich möchte mit dir über die beiden Dokumente reden, die bei dir gefunden worden sind.«

»Dokumente? Das waren doch keine Dokumente. Das waren Zettel mit Zahlen. Dokumente haben Stempel und Unterschriften und so, oder?«

Er hatte seine Cola schon getrunken und bat um eine zweite. Hanne Wilhelmsen drückte auf den Knopf der Sprechanlage und gab die Bestellung weiter.

»Zimmerservice. Find ich scharf! Echt, in meiner Lage, Mensch!«

»Diese Dokumente – oder Zettel«, Hanne machte noch einen Versuch, wurde aber unterbrochen.

»Keine Ahnung. Echt nicht. Hab sie mal gefunden. Hab sie nur als eine Art Versicherung behalten. In meiner Branche kann man nie vorsichtig genug sein, echt.«

»Versicherung wogegen?«

»Bloß Versicherung. Gegen nix Besonderes. Hat dich wer verprügelt, oder was?«

»Nein, ich bin so geboren.«

Nach drei Stunden Arbeit begriff Hanne allmählich, warum die Ärzte so auf ihrer Krankschreibung bestanden hatten. Cecilie hatte sie gewarnt, vor den Kopfschmerzen, der Übelkeit, hatte Schreckensbilder entworfen und gesagt, diese Symptome könnten chronisch werden, wenn sie sich keine Ruhe gönnte. Hanne Wilhelmsen fürchtete jetzt, ihre Liebste könnte recht haben. Sie rieb sich vorsichtig die Schläfe ohne Pflaster.

»Kann nix sagen, echt.«

Plötzlich kam er ihr zahmer vor. Seine schlaksige Gestalt bebte leicht, und er kleckerte, als er versuchte, aus der neuen Colaflasche zu trinken.

»Entzug, weißt du. Muss sehen, dass ich ins Gefängnis rüberkomme. Da gibt's Dope genug. Kannst du nicht dafür sorgen?«

Hanne Wilhelmsen musterte den Mann. Klapperdürr, totenblass. Sein spärlicher Bart konnte die vielen Pickel nicht verdecken, für einen Mann hoch in den Dreißigern hatte er ungewöhnlich schlechte Haut. Irgendwann hatte er sicher gut ausgesehen. Sie stellte ihn sich als Fünfjährigen vor, mit blonden Locken, im Matrosenanzug, fein gemacht für den Besuch beim Fotografen. Vermutlich war er niedlich gewesen. Sie hatte die Juristen im Haus voller Verachtung über das Gefasel der Verteidiger klagen hören. Elende Kindheit, von der Gesellschaft im Stich gelassen, Väter, die sich zu Tode soffen, Mütter, die weniger tranken, die zumindest so weit am Leben blieben, dass sie vernünftige Fürsorgemaßnahmen verhindern konnten, bis das Kind mit dreizehn vollständig unlenkbar war, jenseits aller Hilfsangebote von Jugendamt und anderen wohlwollenden Seelen. Das konnte doch nicht gut gehen. Hanne Wilhelmsen wusste, dass diese Verteidiger recht hatten. In zehnjähriger Ohnmacht war ihr längst aufgegangen, dass niemand ohne Grund zum Taugenichts wurde. Sie alle hatten Schreckliches durchgemacht. Dieser Typ hier sicher auch.

Wie ein Gedankenleser jammerte er mit dünner Stimme: »Ich hab Schreckliches durchgemacht, echt.«

»Ja, das weiß ich«, antwortete sie vage. »Da kann ich dir jetzt auch nicht helfen. Echt. Ich kann versuchen, dich heute noch ins Gefängnis überführen zu lassen, wenn du mir sagst, woher du die Dokumente hast.« Das war offenbar eine geeignete Lockspeise. Sie sah, dass er an imaginären Knöpfen abzählte. Wenn er überhaupt zählen konnte.

»Ich hab sie gefunden. Mehr kann ich nicht sagen. Ich glaub, ich weiß, wem sie gehören. Das sind miese Burschen, echt. Die kriegen dich, egal wo. Nein, ich halte die Papiere noch immer für eine Versicherung. Ich bleibe im Hinterhof, ich stehe sowieso weit oben auf der Liste, bin doch schon seit fünf Tagen hier.«

Hanne Wilhelmsen hatte keine Kraft mehr. Sie befahl ihm, den Rest Cola zu trinken. Er trank auf dem ganzen Weg in die Untersuchungszelle weiter. Bei seiner Zellentür gab er ihr die leere Flasche.

»Ich hab von dir gehört, echt. Die Frau ist in Ordnung, das sagen alle. Danke für die Cola.«

Der Mann wurde noch am selben Tag ins Gefängnis überführt. Hanne Wilhelmsen war nicht zu müde, um noch ein paar Fäden zu ziehen, ehe sie Feierabend machte. Sie konnte zwar keinen Platz im überfüllten Gefängnis aus dem Ärmel schütteln, aber sie konnte die Reihenfolge auf der Dringlichkeitsliste beeinflussen. Der Klapperdürre war glücklich, als er noch am selben Tag, gut untergebracht in einer Zelle mit Fenster, in der etwas stand, das mit einem Bett zumindest verwechselt werden konnte, von seinem Anwalt besucht wurde. Sie saßen allein in einem Zimmer, der Jurist im Anzug und der vom Entzug gequälte Mann. Von dem Zimmer führte eine Tür in einen großen Saal, in dem die Glücklicheren unter den Häftlingen von Familie oder Freunden besucht wurden, ein öder, unfreundlicher Raum, der vergeblich versuchte, dadurch einen guten Eindruck zu machen, dass eine Spielecke für die Kleinsten eingerichtet worden war.

Der Anwalt blätterte in Papieren. Sein Diplomatenkoffer lag auf dem Tisch. Er war offen, und der Deckel erhob sich zwischen den Männern wie ein Schild. Der Anwalt wirkte nervöser als der Häftling, was der in seinem Zustand aber nicht registrierte. Der Anwalt klappte den Koffer zu, zog ein Taschentuch hervor, faltete es auseinander und bot seinem Gegenüber den Inhalt an.

Dort lag der Segen, alles, was der erschöpfte Mann zu einigen Stunden wohlverdienten Rausches benötigte. Er griff danach – vergebens. Der Anwalt zog blitzschnell die Hand zurück.

»Was hast du gesagt?«

»Hab nix gesagt! Du kennst mich doch! Sagt nur ja oder nein, dieser Knabe hier, echt!«

»Gibt's irgendwas auf deiner Bude, was der Polizei etwas verraten könnte? Überhaupt irgendwas?«

»Nein, nein, nix. Nur den Stoff. Verdammtes Pech, echt, dass sie gekommen sind, als ich gerade ausliefern wollte. War echt nicht meine Schuld.«

Wenn sein Gehirn nicht nach zwanzig Jahren Missbrauch künstlicher Stimulanzien so tranig gewesen wäre, dann hätte er etwas anderes gesagt. Wenn der Rettungsanker im Koffer des Anwalts nicht den letzten Rest Urteilsvermögen, auf den er noch zurückgreifen konnte, geschwächt hätte, dann hätte er vielleicht behauptet, auf kompromittierendem Material zu sitzen, auf Papieren, die er nach einem Besuch in einem anderen Besuchszimmer, nach einer anderen Festnahme, auf dem Boden gefunden hatte. Im Vollbesitz seines Verstandes wäre ihm vermutlich klar gewesen, dass er offiziell in ihrem Besitz sein musste, wenn die Dokumente ihre Rolle als Versicherungspapiere spielen sollten. Er hätte sich sogar eine Geschichte ausdenken können, etwa, dass irgendwer alles der Polizei erzählen würde, falls ihm etwas zustieße. Irgendetwas hätte er jedenfalls daraus machen können. Vielleicht hätte ihm das das Leben gerettet, vielleicht nicht. Aber er war zu tranig.

»Halt weiterhin die Klappe«, sagte der Advokat, und der Häftling durfte sich vom Inhalt des Taschentuchs bedienen.

Dort lag auch ein zigarrenförmiger Zylinder, und mit eifrigen und immer stärker zitternden Händen konnte der Rauschgiftsüchtige seinen Vorrat in das längliche Behältnis füllen. Hemmungslos ließ er seine Hose sinken und stopfte sich, eine Grimasse ziehend, das Ganze ins Rektum.

»Die durchsuchen mich, ehe sie mich in die Zelle sperren, aber nach einem Besuch von meinem Anwalt lassen sie zumindest meinen Arsch in Ruhe«, grinste er zufrieden.

Fünf Stunden später wurde der Mann in seiner Zelle tot aufgefunden. Die Überdosis hatte ihn mit einem seligen Lächeln auf den Lippen in den Tod geschickt. Die Hilfsmittel lagen auf dem Boden, winzige Heroinreste in einem Fetzen Plastikfolie. Im herbstnassen Gras zwei Stock unterhalb des Gitterfensters seiner Zelle lag ein zigarrenförmiges Etui. Niemand suchte danach, und es blieb in Wind und Wetter liegen, bis anderthalb Jahre später ein Wärter es auflas.

Die alte Mutter des Mannes wurde zwei Tage später von seinem Tod unterrichtet. Sie weinte bitterlich und trank zum Trost eine ganze Flasche Eau de Vie. Sie hatte getrauert, als der Junge ungewünscht das Licht der Welt erblickt hatte, sie hatte sich durch sein Leben geweint. Jetzt betrauerte sie seinen Fortgang. Außer ihr würde niemand, absolut niemand Jacob Frøstrup vermissen.

Bei ihrer letzten Begegnung hatte der ältere Mann bedrohlich gewirkt, jetzt aber war er bis zur Unkenntlichkeit von Wut entstellt. Die beiden Männer hatten sich auf einem Parkplatz tief in Maridalen getroffen. Sie hatten ihre respektablen Wagen auf entgegengesetzten Seiten des Platzes abgestellt, was aufgesetzt wirkte, da weit und breit nur drei weitere Autos standen, brav nebeneinander. Sie hatten sich getrennt in den Wald begeben, der Ältere in Sportbekleidung wie beim letzten Mal, der Jüngere frierend, in Anzug und schwarzen Schuhen.

»Wieso, zum Teufel, kreuzt du hier in dieser Verkleidung auf?«, fauchte der Ältere, als sie einige hundert Meter hinter der Baumgrenze zusammenstießen. »Willst du Aufmerksamkeit erregen, oder was?«

»Reg dich ab, niemand hat mich gesehen.« Er klapperte mit den Zähnen. Seine dunklen Haare waren schon nass, und der Regen hatte seine Schultern schwarz gefärbt. Er hatte Ähnlichkeit mit Dracula, und seine spitzen Eckzähne verstärkten diesen Eindruck; selbst bei geschlossenem Mund waren sie noch zu sehen. Seine Lippen zogen sich in der Kälte zusammen.

Nicht weit entfernt hörten sie einen Traktor brummen. Rasch suchten sie hinter zwei Baumstämmen Schutz, eine absolut unnötige Sicherheitsmaßnahme; sie waren mindestens hundert Meter vom Weg entfernt. Das Motorengebrumm ebbte ab.

»Wir haben die klare Richtlinie, uns nie zu treffen«, kläffte der Wütende weiter. »Jetzt habe ich dich innerhalb kurzer Zeit zweimal treffen müssen. Sind dir die Dinge total aus dem Ruder gelaufen?«

Diese Frage war überflüssig. Der nasse Mann schien völlig außer sich zu sein. Sein erbärmliches und verwirrtes Aussehen bildete einen herben Kontrast zu dem teuren Anzug und der modegerechten Frisur. Beide gingen gerade in Auflösung über. Er gab keine Antwort.

»Reiß dich zusammen, Mann!« Er verlor die Beherrschung und packte den Jüngeren am Revers. Er schüttelte ihn, und der Mann leistete keinerlei Widerstand. Sein Kopf wurde wie der einer Flickenpuppe hin- und hergeworfen. »Hör zu, hör mir doch zu!« Der Ältere wechselte seine Taktik. Er ließ sein Gegenüber los und redete langsam und betont, wie mit einem kleinen Kind. »Wir hören auf. Wir pfeifen auf die drei Monate, von denen ich gesprochen habe. Wir packen zusammen. Hörst du? Aber du musst mir sagen, woran wir sind. Weiß dein Knastbruder etwas über uns?«

»Ja. Über mich. Über dich natürlich nicht.«

Der pädagogische Tonfall war verschwunden, der Ältere schrie geradezu: »Warum, zum Teufel, hast du mir erzählt, du seist nicht so bescheuert gewesen wie Hansa? Du hast gesagt, du hättest keinen Kontakt zu den Laufburschen!«

»Ich habe gelogen«, antwortete der andere apathisch. »Wie, zum Teufel, sollte ich sie denn sonst rekrutieren? Ich habe sie im Gefängnis mit Stoff versorgt. Nicht viel, aber genug, um sie in der Hand zu haben. Die rennen dem Stoff nach wie die Köter läufigen Hündinnen.«

Der Ältere hob die Hand zum Schlag, so langsam jedoch, dass es nicht überraschend kam. Der Jüngere trat voller Angst einen Schritt zurück, rutschte im nassen Laub aus und kippte rückwärts um. Er stand nicht wieder auf. Voller Verachtung stieß der andere seine Beine mit dem Fuß an.

»Das bringst du in Ordnung!«, befahl er.

»Schon geschehen«, piepste es aus dem verfaulenden Laub. »Das ist ja schon geschehen!«

FREITAG, 23. OKTOBER

Er fühlte sich nicht einsam, aber vielleicht ein bisschen allein. Die Frauenstimme der Radionachrichten, hart und gewöhnlich, war als Gesellschaft in Ordnung. Den Sessel hatte er von seiner Großmutter geerbt. Er war bequem, deshalb hatte er ihn übernommen, obwohl der Großmutter just in diesem Sessel der Erlöser begegnet war. Noch immer zierten zwei Blutflecken die eine Armlehne; vermutlich war die alte Frau nach ihrem Herzversagen mit dem Kopf gegen das Bücherregal geprallt. Die Flecken ließen sich einfach nicht entfernen, es war, als wollte die Großmutter aus ihrem Dasein im Jenseits halsstarrig ihr Eigentumsrecht geltend machen. Håkon Sand fand es gut so. Die Großmutter war ihr Leben lang ein zähes Biest gewesen, und die bleichen Blutreste auf dem hellblauen Veloursbezug erinnerten ihn an die tolle Frau, die ganz allein den Krieg gewonnen und sich um alle Schwachen und Hilflosen gekümmert hatte, die Heldin seiner Kindheit, die ihn zum Jurastudium überredet hatte, obwohl ihm das Lernen alles andere als leicht gefallen war.

Die Wohnung war geschmacklos eingerichtet, ohne Konsequenz oder auch nur den Versuch, einen einheitlichen Stil zu erreichen. Die Farben bissen sich, und trotzdem prägten Freundlichkeit und Gemütlichkeit die kleinen Räume. Jeder Gegenstand hatte seine Geschichte; manches waren Erbstücke, anderes auf dem Flohmarkt gekauft, Wohn- und Esszimmer hatte Ikea beigesteuert. Eine Männerwohnung, aber sauberer und ordentlicher; Håkon Sand hatte als einziger Sohn einer Putzfrau sein Handwerk früh gelernt. Hausarbeit machte ihm Spaß.

Der Generalstaatsanwalt empörte sich darüber, wie die Presse über Strafprozesse berichtete. Die Moderatorin konnte die Debattierenden nur mit Mühe im Zaum halten, und Håkon Sand hörte mit geschlossenen Augen und mäßigem Interesse zu. Die Presse lässt sich ja doch keine Vorschriften machen, dachte er und war kurz davor einzuschlafen, als das Telefon klingelte. Es war Karen Borg. Er nahm das Echo seines eigenen Ohrensausens im Hörer wahr und versuchte mehrmals zu schlucken. Das half nichts. Sein Mund war ausgedörrt wie nach einem Zechgelage.

Sie meldete sich, er meldete sich, und dann kamen sie nicht weiter. Es war peinlich, stumm an einem lautlosen Telefon zu sitzen, und er räusperte sich hektisch, um das Vakuum auszufüllen.

»Ich bin allein hier«, sagte Karen endlich. »Könntest du vielleicht mal rüberkommen? Ich hab ein bisschen Angst«, fügte sie hinzu, um ihren Wunsch nach Gesellschaft zu legitimieren.

»Und Nils?«

»Seminar. Ich kann uns was Gutes kochen. Und ich habe Wein da. Wir können über den Fall reden. Wie in alten Zeiten.«

Er hätte mit ihr über jegliches Thema gesprochen. Er war hingerissen, glücklich, erwartungsvoll und voller Todesangst. Nach einer langen Dusche und einer Taxifahrt von zwanzig Minuten erreichte er Grünerløkka und eine Wohnung, wie er noch keine gesehen hatte.

Die flatternden Nachtschwärmer unter seinem Hemd begaben sich rasch und enttäuscht zur Ruhe. Karen war nicht sonderlich entgegenkommend; sie umarmte ihn nicht einmal zur Begrüßung, sondern gönnte ihm nur eines der kurzen Lächeln, von denen sie viel zu viele hatte. Bald fielen sie in einen ruhigen Gesprächsrhythmus, und sein Puls beruhigte sich. Håkon Sand war an Enttäuschungen gewöhnt. Das Essen war nicht besonders gut. Er hätte es viel besser machen können. Die Lammkoteletts waren zu lange angebraten worden, sie waren zäh. Er kannte das Rezept und wusste, dass die Soße Weißwein enthielt. Karen Borg aber hatte zu viel Wein genommen, er dominierte den Geschmack. Aber der Rotwein in den Gläsern war edel. Sie redeten viel zu lange über Wind und Wetter und alte Kommilitonen. Beide waren auf der Hut. Ihr Gespräch floss leicht dahin, folgte aber streng einer schmalen Spur. Karen legte die Richtung fest.

»Seid ihr eigentlich schon weitergekommen?«

Sie hatten gegessen. Der Nachtisch war ziemlich missraten, ein Zitronensorbet, das um keinen Preis länger als dreißig Sekunden steif bleiben mochte. Håkon hatte das überspielt und die kalte Zitronensuppe mit einem Lächeln und scheinbar gutem Appetit verzehrt.

»Wir glauben ja, eine Menge zu wissen, aber wir sind Lichtjahre von irgendeinem Beweis entfernt. Jetzt langweilen wir uns. Haufenweis Routinescheiß. Wir sammeln alles, was unter Umständen wertvoll sein könnte, und versuchen händeringend herauszufinden, ob irgendwas verwertbar ist. Vorläufig haben wir nichts über Jørgen Lavik, aber wir rechnen damit, in einigen Tagen einen besseren Überblick über sein Leben zu haben.« Karen unterbrach ihn, indem sie ihr Glas zu einem Prost hob. Er nahm einen zu großen Schluck und musste husten. Der Rotwein bildete auf der Tischdecke Flecken, und verzweifelt packte er den Salzstreuer, um seine Blamage zu verdecken. Sie nahm seine Hand, sah ihm in die Augen und beruhigte ihn.

»Keine Panik, Håkon. Das mache ich morgen. Erzähl lieber weiter.«

Er stellte den Salzstreuer beiseite und entschuldigte sich noch zweimal, ehe er weitersprach. »Wenn du wüsstest, wie öde das ist! Fünfundneunzig Prozent der Arbeit an einer Mordsache sind absolut unfruchtbar. Lauter Bagatellen müssen abgeklopft werden. Ich brauche das zum Glück nicht. Mich mit dem rein Praktischen zu befassen, meine ich. Aber ich muss ja alles lesen. Bisher haben wir zweiundzwanzig Zeugen vernommen. Zweiundzwanzig! Nicht einer hat etwas beizusteuern! Die wenigen technischen Spuren sagen uns nichts. Die Kugel, die Hansa Olsen erledigt hat, kam aus einer Waffe, die hierzulande nicht einmal im Handel ist. Also kommen wir auch da nicht weiter. Wir glauben, irgendwo ein Muster zu sehen, aber wir finden den gemeinsamen Nenner nicht, das Teilchen, das uns den Zusammenhang liefert, mit dem wir weiterarbeiten können.« Mit stumpfem Zeigefinger versuchte er, Salz auf der Tischdecke zu verreiben, in der Hoffnung, dass das Hausmittel dann größere Wirkung zeigen würde. »Vielleicht irren wir uns ja total«, sagte er resigniert. »Wir dachten, wir hätten etwas gefunden, als die Protokolle ergaben, dass Lavik im Arrest war an dem Tag, als dein Mandant ausgerastet ist. Ich habe gebohrt und gefragt, aber die zuständigen Kollegen erinnerten sich an jedes Detail seines Besuches und beschwören, dass er nur mit seinem Mandanten gesprochen hat. Er durfte ja keinen Schritt allein machen, wie überhaupt kein Besucher.«

Håkon Sand wollte nicht länger über den Fall sprechen. Es war Freitag, hinter ihm lag eine lange, anstrengende Woche, und der Wein stieg ihm langsam zu Kopf. Er fühlte sich leichter; Wärme breitete sich in ihm aus und verlangsamte seine Bewegungen. Er griff nach ihrem Teller, kratzte ihre Essensreste sorgfältig auf seinen, legte darauf beider Besteck und wollte aufstehen, um alles in die Küche zu bringen.

Und da passierte es. Sie sprang auf, umrundete den gediegenen Kieferntisch, stieß mit der Hüfte gegen die abgerundete Kante; das musste wehgetan haben. Sie ließ sich nichts anmerken. Stattdessen setzte sie sich auf seinen Schoß. Er hockte stumm und hilflos da. Seine Hände hingen wie dumpfe Bleigewichte an seinen Armen, willenlos und schlaff; wo sollte er damit hin?

Schrecken und Sehnsucht trieben ihm das Wasser in die Augen, und noch mehr ängstigte er sich, als sie ihm geschickt die Brille abnahm. In seiner Verwirrung zwinkerte er, und eine unfreiwillige Träne kullerte über seine linke Wange, klein und allein, aber sie bemerkte sie, legte ihre Hand an seine Wange und strich die Träne mit dem Daumen fort.

Sie legte ihren Mund auf seinen und küsste ihn unendlich lange. Dies hier war etwas ganz anderes als das leichte Streifen in seinem Büro; es war ein Kuss voller Begehren und Sehnsucht. Es war der Kuss, von dem Håkon Sand fantasiert hatte, nach dem er sich gesehnt und den er sich schon längst wie einen süßen Traum aus dem Kopf geschlagen hatte. Es war genau so, wie er es sich vorgestellt hatte. Ganz anders als alle Küsse, die er in seinem fünfzehnjährigen Junggesellendasein gesammelt hatte. Es war die Vergütung, der Lohn dafür, eine und nur eine geliebt zu haben, seit sie einander vor vierzehn Jahren in einer Vorlesung kennen gelernt hatten. Vor vierzehn Jahren! Er erinnerte sich klarer daran als an das gestrige Mittagessen. Fünf Minuten verspätet war er in den Hörsaal gestolpert und vor einer hübschen Blonden auf einen Klappstuhl gefallen. Beim Herunterklappen des Sitzes hatte er die Zehen der Frau eingeklemmt, sie hatte ihre Füße auf dem Stuhl gehabt. Sie hatte aufgequietscht, und Håkon hatte sich stotternd entschuldigt, hatte sich in Lachen und Applaus der anderen gekrümmt. Als er sich dann sein Opfer ansah, hatte eine Verliebtheit von ihm Besitz ergriffen, aus der er sich nie mehr hatte befreien können. Kein einziges Mal hatte er etwas gesagt. Sein geduldiges Warten war weh und traurig gewesen, er hatte Karens Liebhaber kommen und gehen sehen. Und seine Resignation hatte ihn zu der Erkenntnis gebracht, dass er Frauen ein oder zwei Monate lang interessieren konnte, solange der Reiz des Neuen die Spiele im Bett einigermaßen witzig machte. Mehr war nicht möglich. Nicht mit anderen Frauen.

Passiv saß er einige Sekunden da, aber nach und nach wurde der endlos lange Kuss zu einer gegenseitigen Angelegenheit. Sein Mut wuchs, und seine Hände waren nicht mehr hilflos; er streichelte ihren Rücken und sie spreizte die Beine, damit sie besser sitzen konnte.

Sie liebten sich stundenlang. Eine seltsam nahe, dichte Leidenschaft, zwei alte Freunde mit einer jahrelangen gemeinsamen Geschichte; nie hatten sie einander berührt, nie auf diese Weise. Es war wie eine Wanderung durch eine liebe, vertraute Landschaft in einer ungewohnten Jahreszeit. Vertraut und fremd zugleich, alles, wohin es gehörte, aber in anderem Licht, unerforschte und fremde Landschaft.

Sie flüsterten süße Worte und Vertraulichkeiten und fühlten sich aus der Wirklichkeit herausgerissen. In der Ferne schepperte die Straßenbahn. Der Lärm durchdrang ihre Nähe auf dem Fußboden, packte den nächsten Tag mit den Zähnen und entfernte sich wie ein guter Freund, der ihnen das Beste gönnte. Karen und

Håkon lagen still nebeneinander – sie verwirrt, erschöpft und glücklich, er nur, nur froh.

Hanne Wilhelmsen war an diesem Freitagabend auf ganz andere Weise beschäftigt. Sie saß mit Billy T. in einem zivilen Dienstwagen, der mit ausgeschalteten Scheinwerfern in einer Seitenstraße in Grefsenkollen am Straßenrand parkte. Die Straße war schmal, und um den spärlichen Verkehr des Spätabends nicht zu behindern, standen sie so weit am Rand, dass das Auto Schlagseite hatte. Ihr Rücken protestierte dagegen, dass eine Hinterbacke mehrere Zentimeter tiefer saß als die andere. Sie versuchte, sich gerade zu setzen, aber es gelang ihr nicht.

»Hier«, sagte Billy T., griff nach einer Jacke auf dem Rücksitz und gab sie ihr. »Leg dir die unter den halben Hintern!«

Das half, jedenfalls vorübergehend. Sie aßen ihre mitgebrachten, sorgfältig in Plastikfolie eingewickelten Brote, sechs für Billy, zwei für Hanne.

»Pausenbrot!« Billy T. war hellauf begeistert und versorgte sich mit Kaffee aus der Thermoskanne.

»Für den gemütlichen Freitagabend«, lachte Hanne mit vollem Mund. Sie saßen nun schon drei Stunden hier. Seit drei Abenden bezogen sie regelmäßig Posten vor dem Reihenhaus, in dem Jørgen Lavik mit seiner Familie wohnte. Das Haus war braun und langweilig, aber in den Fenstern waren hübsche Vorhänge und ein gemütliches, warmes Licht zu sehen. Die Familie ging spät zu Bett, Hanne und Billy T. hatten nun schon mehrfach beobachtet, dass die Lichter erst gegen Mitternacht ausgingen. Bisher war die Warterei im kalten Auto unfruchtbar gewesen. Familie Lavik benahm sich anödend normal. Das blaue Licht eines Fernsehers flackerte von der Kinderstunde bis zu den Spätnachrichten durch eines der Fenster. Im ersten Stock wurde in zwei Zimmern das

Licht gegen acht Uhr ausgeknipst, die beiden im Dienstwagen nahmen an, dass es sich um die Kinderzimmer handelte. Nur einmal war jemand aus der naturweißen Tür gekommen, auf der zwei Gänse in altmodischen Lettern willkommen hießen. Frau Lavik, vermutlich, und sie wollte bloß den Abfall loswerden. Sie hatten sie nicht besonders gut sehen können, aber auf beide hatte sie den Eindruck einer eleganten Frau gemacht, schlank und gut gekleidet, selbst an einem Abend zu Hause.

Sie langweilten sich. Radio und Kassettenrekorder waren in Dienstwagen verboten. Der Polizeifunk mit seinen Meldungen der Freitagskriminalität in der Hauptstadt war auch nicht sonderlich unterhaltsam. Aber die beiden hatten Geduld.

Es schneite. Die Schneeflocken waren groß und trocken, und das Auto stand schon so lange, dass es ausgekühlt war und der Schnee nicht mehr darauf schmolz. Bald war es ganz eingeschneit. Billy T. ließ die Scheibenwischer zweimal schwenken, um die Sicht zu verbessern.

»Jetzt heißt's gute Nacht«, sagte er und wies auf das Haus, wo in einem Zimmer nach dem anderen das Licht erlosch. Hinter einem Fenster im ersten Stock brannte es noch einige Minuten, aber bald waren nur noch die Umrisse des dunklen Hauses zu erkennen, im Schein der matten Außenbeleuchtung.

»Werden ja sehen, ob unser Freund Jørgen noch was anderes zu tun hat, als sich am Freitagabend im Bett zu fläzen«, sagte Hanne, wirkte aber nicht besonders optimistisch.

Eine Stunde verging. Noch immer fiel Schnee, geduldig und lautlos. Hanne hatte gerade den Gedanken angesprochen, es aufzugeben, und Billy T. hatte verächtlich geschnaubt. Machte sie das vielleicht zum ersten Mal? Er fand, sie könnten gut noch zwei Stunden bleiben.

Jemand verließ das Haus. Die beiden im Auto hätten es fast

nicht mitbekommen, weil ihnen vor Müdigkeit die Augen zuzufallen drohten. Der Mann schien zu frösteln und machte sich unnötig lange am Reißverschluss seines dunklen Mantels zu schaffen. Er krempelte die Ärmel hoch und verschränkte die Hände vor der Brust. Er lief auf die Garage zu, die unten an der Straße lag. Die Garagentür öffnete sich, noch ehe er sie erreicht hatte. Automatik, schlossen die beiden im Dienstwagen.

Der Volvo war dunkelblau und, da er mit Licht fuhr, leicht zu verfolgen. Billy T. hielt auf Distanz, es war um diese Zeit so wenig Verkehr, dass die Gefahr, das Auto aus den Augen zu verlieren, minimal war.

»Wahnsinn, mit nur einer Einheit zu beschatten«, murmelte Billy T. »Die Jungs sind doch paranoid. Wir brauchten mindestens zwei Wagen.«

»Geld, Geld«, antwortete Hanne. »Der hier ist das Spiel nicht gewöhnt. Er schaut sich nicht mal um.«

Sie fuhren zur Storo-Kreuzung hinunter. Gelb und gedankenleer wie einfältige Zyklopen leuchteten die Ampeln und lockten die Autofahrer ins Unglück. Zwei Wagen standen quer über dem Store Ringvei, einer vorn ziemlich übel mitgenommen. Hanne und Billy T. konnten sich davon nicht aufhalten lassen und fuhren weiter nach Sandaker.

»Er hält an!«, sagte Hanne plötzlich.

Der Volvo stand mit laufendem Motor neben einer Telefonzelle in Torshov. Lavik bekam die Tür nicht auf, Frost und Schnee waren dagegen. Als er einen ausreichend breiten Spalt zustande gebracht hatte, quetschte er sich hinein. Billy T. fuhr ruhig weiter und machte hinter der nächsten Ecke schlitternd kehrt. Er fuhr zurück zur Kreuzung und hielt etwa fünfzig Meter von dem Mann in der Telefonzelle entfernt. Dem war offenbar das Licht in der Zelle unangenehm, er krümmte sich, um sein Gesicht zu schützen. Er kehrte den beiden im Dienstwagen den Rücken zu.

»Anruf aus einer Zelle. Aha. Freitagnacht. Unser Verdacht ist sicher richtig«, sagte Billy T. mit unverhohlener Zufriedenheit. »Vielleicht hat er ja eine Geliebte.« Hanne goss Schierling in den Becher, ohne jedoch die Begeisterung ihres Kollegen dämpfen zu können.

»Eine Geliebte, die er um zwei Uhr nachts aus einer Telefonzelle anruft? Nein, ehrlich gesagt«, tadelte er, nicht ohne fachliches Gewicht.

Das Gespräch dauerte eine Weile. Die Straße war fast menschenleer, nur der eine oder andere beschwipste Nachtschwärmer torkelte durch den Schnee nach Hause, der jetzt alles bedeckte und schon im Oktober für Weihnachtsstimmung sorgte. Plötzlich warf der Mann den Hörer auf die Gabel. Noch immer hatte er es eilig. Er ließ sich ins Auto fallen, dessen Reifen sich zunächst im Leerlauf drehten, ehe es sich losriss und davonjagte.

Der Dienstwagen glitt aus der Kreuzung und beschleunigte. Wieder hielt der Volvo abrupt an. In einer Nebenstraße in Grünerløkka schlingerte er in eine Parklücke. Der Dienstwagen hielt hundert Meter weiter weg. Jørgen Lavik verschwand hinter einer Hausecke. Hanne und Billy T. tauschten einen Blick, einigten sich stumm und stiegen aus. Billy T. nahm seine Kollegin in den Arm, flüsterte, sie seien ein Liebespaar, und eng umschlungen schlenderten sie zu der Straße, in die der Anwalt eingebogen war. Es war glatt, und Hanne musste sich mehrmals an Billy T. anklammern, damit er nicht ausrutschte. Seine Stiefel hatten Ledersohlen.

Sie bogen um die Ecke und sahen sie sofort, Lavik diskutierte leise mit einem Mann, wobei seine heftige Gestik einiges über den Inhalt des Gespräches verriet. Sie schienen einander nicht freundlich gesinnt. Hanne und Billy T. waren hundert Meter von ihnen entfernt. Hundert lange Meter.

»Jetzt holen wir sie uns«, flüsterte Billy T. eifrig wie ein englischer Setter, der ein Schneehuhn wittert.

»Nein, nein!!«, fauchte Hanne, »Spinnst du? Mit welchem Grund denn? Sich nachts zu unterhalten ist nicht verboten.«

»Grund? Was, zum Teufel, ist das? Wir nehmen doch jeden verdammten Tag Leute aus purem Instinkt fest!«

Sie merkte, wie es in dem Riesen neben ihr zuckte, und hielt krampfhaft seine Jacke fest. Die beiden Männer hatten sie inzwischen entdeckt. Hanne und Billy T. konnten jetzt ihre Stimmen hören, die einzelnen Wörter jedoch nicht verstehen. Lavik schlug seinen Mantelkragen hoch und ging langsam, aber zielbewusst zu seinem Auto zurück. Hanne und Billy T. tarnten sich durch eine heiße Umarmung und hörten die Schritte in Richtung des dunklen Volvos verklingen. Der andere Mann war stehen geblieben. Plötzlich riss Billy T. sich aus Hannes Umarmung los und stürzte auf den Fremden zu. Lavik war schon um die Ecke gebogen und nicht mehr zu sehen. Der Unbekannte rannte los, und Hanne blieb verwirrt stehen.

Billy T. war durchtrainiert, er näherte sich seiner Beute von Sekunde zu Sekunde mehr. Nach fünfzig Metern stürzte der Fremde in einen Eingang; Billy T. war nur noch zehn Meter hinter ihm. Er erreichte das Tor eine Sekunde bevor es ins Schloss fiel. Die Holztür war schwer und groß und kostete Billy T. Zeit. Als er sie endlich geöffnet hatte, war der Mann nicht mehr zu sehen.

Er stürmte durch den Eingang, der in einen abgeschlossenen Hinterhof mündete. Der Hof war nicht sehr groß, vielleicht zehn Quadratmeter, und von drei Meter hohen Mauern umgeben. Eine der Mauern wirkte wie die Rückwand einer Garage oder eines Lagerhauses, ein schräges Blechdach ragte über den Rand. In der Ecke stand ein großer Blumenkasten; die zerzausten Reste der Blumenpracht lugten traurig aus dem Schnee. Ganz hinten erhob sich ein selbst gezimmertes Spalier. Es war kahl, die Ranken hatten kaum die unterste Querleiste erreicht. Ganz oben kletterte gerade ein Mann über die Mauer.

Billy T. durchquerte den Hof mit zehn Schritten. Er erwischte gerade noch einen Stiefel. Der Fliehende trat wild um sich, und der Absatz traf den Polizisten mit einem Knall an der Stirn. Trotzdem lockerte sich sein Griff nicht, er versuchte, weiter oben die Hose zu fassen zu bekommen. Er hatte Pech; gerade als er zupacken wollte, riss sich der andere mit aller Kraft los. Billy T. stand da, den Stiefel in der Hand, und kam sich ausgesprochen dämlich vor, als ein dumpfer Knall verriet, dass der andere jenseits der Mauer auf den Boden gesprungen war. Der Polizist brauchte drei Sekunden für die Mauer, aber der Fliehende hatte seine Zeit gut genutzt. Er hielt schon auf einen weiteren Eingang zu, der ihn zurück auf die Straße führen würde. Als er das bogenförmige Tor erreichte, drehte er sich zu Billy T. um. Er hielt eine Waffe in der rechten Hand und zielte auf den Polizisten.

»Polizei!«, heulte Billy T. »Hier ist die Polizei!«

Er blieb stehen. Und das war zu viel für seine Ledersohlen. Sie rutschten weiter. Der Riese machte fünf, sechs Tanzschritte, um sein Gleichgewicht wiederzufinden, und seine Windmühlenarme dirigierten ein Riesenorchester. Nichts half. Er stürzte rückwärts in den Schnee, und nur der verhinderte eine ernsthafte Verletzung. Immerhin trug Billy T.s Stolz einen Kratzer davon, und er fluchte verbissen, als er hörte, wie das Tor hinter dem Flüchtigen ins Schloss fiel.

Er stand auf und hatte sich gerade den Schnee abgewischt, als Hanne hinter ihm von der Mauer sprang.

»Idiot!«, sagte sie bewundernd und vorwurfsvoll zugleich.

»Weshalb hättest du den Typen festnehmen können, wenn du ihn erwischt hättest?«

»Illegaler Waffenbesitz«, murmelte der kahlköpfige Polizist und klopfte den Schnee von seiner Jagdtrophäe, einem groben ledernen Herrenstiefel, Größe 44. Er blies zum Rückzug. Ziemlich vergrätzt.

MONTAG, 26. OKTOBER

Im Postfach im Vorzimmer lag ein ganzer Stapel von Klebezetteln. Hanne Wilhelmsen hasste telefonische Nachrichten. Sie war zu pflichtbewusst, um die Mitteilungen wegzuwerfen, aber sie wusste, dass mindestens die Hälfte der elf Anrufer nichts Wichtiges zu erzählen hatte. Der nervigste Teil ihrer Aufgabe war es, Fragen von außerhalb des Polizeigebäudes beantworten zu müssen: von ungeduldigen Opfern, die nicht einsahen, warum es über ein halbes Jahr dauerte, in einem Vergewaltigungsfall mit bekanntem Täter zu ermitteln; von auffahrenden Verteidigern, die über anklagerelevante Entscheidungen informiert werden wollten; von irgendwelchen Zeugen, die sich für wichtiger hielten, als die Polizei zu begreifen schien. Zwei Zettel kamen von derselben Person. »Askhaug, Ullevål anrufen«, stand darauf, zusammen mit einer Telefonnummer. Besorgt dachte Hanne Wilhelmsen an die vielen Untersuchungen, die mit ihrem Kopf angestellt worden waren, und wählte diese Nummer. Askhaug war zur Stelle, auch wenn Hanne zunächst dreimal weitergereicht werden musste, ehe sie die Dame an der Strippe hatte. Hanne stellte sich vor.

»Ja, schön, dass Sie anrufen«, zwitscherte die Frau am anderen Ende der Leitung. »Ich arbeite hier in der psychiatrischen Abteilung.«

Hanne atmete erleichtert auf. Es war also nicht ihr Kopf, der Probleme machte.

»Wir hatten hier einen Patienten, einen Untersuchungshäftling«, fuhr die Krankenschwester fort. »Ein Niederländer, glaube ich. Ich habe gehört, Sie seien für seinen Fall zuständig. Stimmt das?«

Das stimmte.

»Als er hier ankam, war er psychotisch, und wir haben ihm tagelang Psychopharmaka gegeben, ehe eine Besserung zu erkennen war«, erklärte die Krankenschwester. »Schließlich haben wir eine Art Ordnung in sein Seelenleben gebracht, auch wenn wir nicht wissen, wie lange die vorhalten wird. An den ersten beiden Tagen mussten wir dem Jungen Windeln anlegen, es wäre sonst zu mühsam gewesen, verstehen Sie.« Ihr weicher südnorwegischer Akzent hörte sich an, als wolle sie um Entschuldigung bitten, als sei sie allein für die finanziellen Engpässe im Gesundheitswesen verantwortlich. »Normalerweise wechseln die Schwesternhelferinnen die Windeln, verstehen Sie. Aber er war total verstopft, bis ich vor anderthalb Tagen Nachtwache hatte. Wir packen dann auch mit zu, bei den Patienten, meine ich. Also habe ich seine Windeln gewechselt. Eigentlich ist das die Aufgabe der Schwesternhelferinnen, verstehen Sie.«

Hanne verstand.

»Und dabei ist mir in seinem Stuhl ein weißer, unverdauter Klumpen aufgefallen. Ich war neugierig und habe ihn herausgefischt. Wir tragen natürlich Plastikhandschuhe.« Kichern.

Hanne Wilhelmsen verlor langsam die Geduld. Sie fuhr sich nervös mit dem Zeigefinger über die Stoppeln an ihrer Schläfe. Ihre Haare wuchsen nach und piksten.

»Es war ein Zettel. Postkartengroß, zusammengeknüllt, aber die Schrift war noch lesbar. Selbst nach einer kleinen Katzenwäsche. Ich dachte, das könnte Sie interessieren, verstehen Sie, deshalb habe ich angerufen. Sicherheitshalber.«

Hanne Wilhelmsen lobte sie überschwänglich und hoffte, die Dame werde bald zur Sache kommen.

Schließlich erfuhr sie, was auf dem Zettel stand. »Ich bin in einer Viertelstunde bei Ihnen« sagte sie blitzschnell. »In zehn Minuten.«

Inzwischen war ein Bereitschaftsraum eingerichtet worden. Das klang großartig – bis man das Zimmer betrat. Zwanzig Quadratmeter waren nach der Raumverteilung der A 2.11 übriggeblieben, hinten im Nordwestflur. Der Raum war unpersönlich und ziemlich unbrauchbar. Bei größeren Fällen nannten sie ihn »Bereitschaftszimmer« und sammelten dort Papiere und Personal. Im Grunde funktionell. Zwei Telefone, eins auf jedem der Schreibtische, die einander gegenüber unter dem Fenster standen, die gleichen kleinen Metallstiefel wie bei allen Tischen im Haus, die Tischplatten waren abgeschrägt und bildeten ein Dach. Ein Tablett mit angeknabberten Bleistiften, Radiergummis und Wegwerfkugelschreibern balancierte auf dem Giebel. Die Wände hinter den Schreibtischen waren von Bücherregalen bedeckt. Die waren leer und erinnerten alle daran, wie wenig sie hatten. Ein viel zu alter Kopierer in einem kleinen Nebenzimmer summte enervierend und monoton.

Hauptkommissar Kaldbakken leitete die Besprechung. Er war mager und redete mit einem Akzent, bei dem die Hälfte aller Wörter in einem undeutlichen Gemurmel unterging. Das war nicht weiter schlimm. Alle Anwesenden waren an ihn gewöhnt und konnten erraten, was er sagte. Viel war es nicht.

Hanne Wilhelmsen trug vor. Sie ging alles durch, was sie hatten, trennte Tatsachen von Spekulationen, Fakten von Gerüchten.

Leider hatten sie vor allem Spekulationen und Gerüchte. Trotzdem machte es einen gewissen Eindruck. Die technischen Funde waren spärlich und kaum geeignet, irgendwen zu beeindrucken.

»Anwalt Lavik festnehmen«, forderte ein junger Polizist mit Sommersprossen und Stupsnase. »Alles auf eine Karte setzen. Der platzt!«

Das peinliche Schweigen machte dem Rothaarigen klar, dass er sich blamiert hatte. In seiner Verlegenheit fing er an, Nägel zu kauen.

»Was sagst du, Håkon, womit können wir eigentlich weitermachen?«

Hanne hatte diese Frage gestellt. Sie sah inzwischen besser aus, hatte sich den Tatsachen gebeugt und sich die Haare schneiden lassen. Es war eine klare Verbesserung, ihre schiefe Frisur hatte komisch gewirkt. Håkon Sand schien geistesabwesend, riss sich aber zusammen.

»Wenn wir Lavik zu einer freiwilligen Aussage bringen könnten, wären wir vielleicht ein Stück weiter. Das Problem ist, dass wir einen Grund für eine Vernehmung brauchen. Wir wissen ja …« Er unterbrach sich und fing den Satz noch einmal an. »Wir glauben ja, dass der Mann schuldig ist, es sind einfach zu viele Zufälle im Spiel. Dieses Treffen mitten in der Nacht mit dem bewaffneten Flüchtling, die Initialen auf dem Geldschein, der Besuch im Hinterhof an dem Tag, an dem der Warnzettel Han van der Kerch in eine Scheißpanik versetzt hat. Und noch eine Tatsache: Er war bei Jacob Frøstrup, nur wenige Stunden bevor der arme Mann seinen Hut genommen hat.«

»Gerade das bedeutet eigentlich nichts«, behauptete Hanne Wilhelmsen. »Wir wissen alle, dass die Gefängnisse von Rauschgift nur so überlaufen. Die Wärter zum Beispiel gehen frei aus und ein, ohne eine einzige Kontrolle; sie können sogar von draußen kommen und direkt in eine Zelle gehen, wenn sie wollen. Ziemlich unglaublich«, fügte sie nach einem Moment des Nachdenkens hinzu. »Ziemlich seltsam, dass alle Warenhausangestellten es hinnehmen müssen, durchsucht zu werden, nur damit Ladendiebstähle verhindert werden, während die Gefängnisangestellten sich nicht einmal Kontrollen wegen Rauschgift unterziehen müssen!«

»Gewerkschaften, Gewerkschaften, Gewerkschaften«, murmelte Kaldbakken.

»Außerdem muss Han van der Kerchs Gefängnisangst nicht unbedingt damit zusammenhängen. Vielleicht hat er Angst vor Leuten im Gefängnissystem«, fuhr Hanne Wilhelmsen fort, ohne sich von den gewerkschaftspolitischen Betrachtungen des Hauptkommissars anfechten zu lassen. »Mir kommt es unwahrscheinlich vor, dass Lavik das Risiko eingehen soll, mit einem Koffer voller Narkotika erwischt zu werden. Frøstrups Tod ist wohl eher ein Hinweis darauf, dass van der Kerchs Gefängnisangst berechtigt ist. Aber dieser Zettel hier ist Laviks Werk. Da bin ich sicher«, fügte sie hinzu und legte die Plastiktüte mit der unverdauten Warnung auf den Tisch.

Die Schrift war undeutlich und schwach, aber niemandem machte es Probleme, die Botschaft zu lesen.

»Das sieht aus wie ein mieser Scherz«, wagte der Rothaarige sich wieder vor. »Solche Zettel gehören in den Fernsehkrimi, nicht zu uns.« Er kicherte. Als Einziger.

»Kann so eine Nachricht wirklich eine Psychose auslösen?«, fragte Kaldbakken skeptisch. In dreißig Jahren hatte er so etwas noch nie erlebt.

»Ja, sie haben ihn wirklich damit um den Verstand gebracht«, sagte Hanne Wilhelmsen. »Es ging ihm ja ohnehin schon ziemlich schlecht. Der Zettel hat ihm den Rest gegeben. Übrigens geht es ihm inzwischen besser, er sitzt wieder in der Zelle. Na ja, besser ist vielleicht übertrieben, er hockt in einer Ecke und weigert sich, überhaupt etwas zu sagen. Soviel ich weiß, kommt auch Karen Borg nicht an ihn heran. Er gehört in ein Krankenhaus, wenn ihr mich fragt. Aber sowie einer sich an seinen Namen erinnern kann, wird er wieder dem Gefängniswesen aufs Auge gedrückt.«

Das wussten sie alle nur zu gut. Die Gefängnispsychiatrie war ein perpetuum mobile, hin und her, hin und her. Kein Häftling wurde je geheilt. Es wurde immer nur noch schlimmer.

»Wie wäre es, wenn wir Lavik um ein Gespräch bäten«, schlug Håkon Sand vor. »Wir gehen davon aus, dass er nicht Nein sagt, und sehen dann, wie weit wir damit kommen. Vielleicht ist das das Blödeste, was wir überhaupt machen können. Aber andererseits: Hat irgendjemand einen besseren Vorschlag?«

»Was ist mit Peter Strup?« Zum ersten Mal hatte der Abteilungsleiter das Wort ergriffen.

Hanne antwortete: »Bisher liegt gegen den nichts vor, auf meinem Zettel ist er nur ein großes Fragezeichen.«

»Leg ihn aber noch nicht ab«, riet der Chef und beendete die Besprechung. »Holt Lavik, aber um Himmels willen, versucht es im Guten. Wir wollen nicht gleich die ganze Anwaltskammer am Hals haben. Jedenfalls noch nicht. Inzwischen machst du ...« – er zeigte auf den Knaben mit der Stupsnase und ließ seinen Finger weiterhüpfen – »... und du und du die ganze Drecksarbeit. Kommt mit, dann kriegt ihr Aufgaben zugeteilt. Da muss sehr viel überprüft werden. Ich will alles über unsere beiden Anwälte wissen. Was sie zu Mittag essen und welches Deo sie benutzen. Politische Richtung und Frauengeschichten. Sucht vor allem nach Gemeinsamkeiten.«

Der Abteilungsleiter nahm den Rothaarigen und zwei weitere Burschen mit, die während der ganzen Besprechung die Klappe gehalten hatten. Das hatte ihnen auch nicht geholfen. Die Routinearbeit wurde immer den Jüngsten aufgedrückt.

Hanne Wilhelmsen und Håkon Sand verließen das Zimmer als Letzte. Sie bemerkte, dass er trotz der Lage der Dinge froh und zufrieden wirkte.

»Mir geht es wirklich gut«, antwortete er auf ihre freundliche, überraschte Frage. »Mir geht es eigentlich verdammt gut.«

Håkon Sand quengelte so lange, bis er dabei sein durfte. Kommissarin Wilhelmsen stand dem alles andere als positiv gegenüber. Sein Patzer bei der Vernehmung von Han van der Kerch war noch nicht vergessen.

»Ich kenne den Typen«, argumentierte er. »Vielleicht würde meine Anwesenheit ihn beruhigen. Du hast ja keine Ahnung, wie sehr die guten Juristen sich den schlechten überlegen fühlen. Vielleicht steigt ihm das zu Kopf.«

Schließlich gab sie nach, aber Håkon musste ausdrücklich versprechen, die Klappe zu halten. Auf ein Signal hin durfte er etwas sagen, aber er sollte nur Floskeln und leere Phrasen bringen und sich über den Inhalt des Falles ausschweigen.

»Let's take the good-guy-bad-guy-routine«, sagte sie schließlich lächelnd. Sie wollte herumpöbeln, er durfte freundschaftlich auf die Schulter klopfen.

»Aber übertreib die Pöbeleien nicht«, warnte der Polizeijurist. »Sonst steht er auf und geht, und wir haben nichts, womit wir ihn zurückhalten könnten.«

Lavik kam freiwillig, ohne Aktentasche, ansonsten elegant und seinem Beruf angemessen gekleidet, in Anzug und feschen Schuhen; zu fesch für den Matsch in Oslos Straßen. Seine Füße waren nass, das mittelbraune Leder wies oberhalb der Sohlen einen mehrere Zentimeter breiten Rand auf, der eine unangenehme Herbsterkältung erwarten ließ. Die Schultern seines Tweedmantels waren nass, und Håkon Sand registrierte das exklusive Warenzeichen, als Anwalt Lavik den Mantel auszog und kurz schüttelte, ehe er sich nach einem Haken oder einem Kleiderbügel umsah. Er fand weder noch und hängte den Mantel schließlich über die Stuhllehne. Er war freundlich und entgegenkommend und zeigte keinerlei Anzeichen von Nervosität.

»Jetzt bin ich aber gespannt«, sagte er lächelnd und strich sich die vollen Haare aus der Stirn. Sie fielen sofort wieder zurück. »Stehe ich unter irgendeinem Verdacht?«, fragte er mit noch breiterem Grinsen.

Hanne Wilhelmsen beruhigte ihn. »Vorläufig nicht.«

Håkon Sand fand das kühn. Aus Schaden klug geworden, sagte er trotzdem nichts. Weder er noch die Kommissarin hatte etwas zum Schreiben. Sie wussten beide, dass das Mundwerk beim Anblick von Tonbandgeräten oder Schreibutensilien leicht stecken blieb.

»Wir gehen im Zusammenhang mit Fällen, die uns Kopfzerbrechen machen, verschiedenen Theorien nach«, gab sie zu. »Wir haben das Gefühl, dass du uns vielleicht helfen kannst. Nur einige Fragen. Du kannst gehen, wann immer du willst.«

Das brauchte sie ihm nicht zu sagen.

»Das ist mir durchaus bewusst«, sagte er freundlich, aber sie hörte den gewissen Unterton. »Ich bleibe hier, bis ich Lust habe zu gehen. Okay?«

»Okay«, antwortete Håkon und hoffte, dass das zu seinen Befugnissen gehörte. Er hatte das Bedürfnis, irgendwas zu sagen, um sein Gefühl, nicht vonnöten zu sein, zu dämpfen. Es half nichts.

»Hast du Hans A. Olsen gekannt? Den Anwalt, der kürzlich ermordet worden ist?« Hanne kam sofort zur Sache, aber Anwalt Lavik hatte offenbar damit gerechnet.

»Nein, das kann ich nicht behaupten«, antwortete er ruhig. Nicht zu schnell, nicht zu zögernd. »Ich habe ihn nicht gekannt, aber ich habe einige Male mit ihm gesprochen. Wir operieren ja auf demselben Markt, als Verteidiger, meine ich. Bin ihm sicher im Gericht und vielleicht auch bei Besprechungen unter Verteidigern begegnet. Aber gekannt habe ich ihn nicht. Wie gesagt.«

»Was denkst du über den Mord?«

»Den Mord an Hansa Olsen?«

»Ja.«

»Nein, was ich denke ...« Sein Zögern war natürlich, er wirkte nachdenklich, als ob er sich anstrengte, entgegenkommend zu sein, wie jeder Unschuldige, der der Polizei etwas zu sagen hat. »Ehrlich gesagt habe ich nicht weiter darüber nachgedacht! Hab mir wohl überlegt, es könnte ein unzufriedener Mandant gewesen sein, diese Erklärung wird in unserer Szene jedenfalls gehandelt, um das mal so zu sagen.«

»Was ist mit Jacob Frøstrup?«

Hanne und Håkon behaupteten später, einen Hauch von Unsicherheit bemerkt zu haben, als der unglückselige Mandant des Anwalts erwähnt wurde. Sie konnten ihr Gefühl aber nicht konkretisieren und gaben deshalb zu, dass es vielleicht eher ihren Hoffnungen als ihrer Urteilskraft entsprungen war.

»Das mit Jacob war schlimm. Er hatte seit seiner Geburt immer nur Pech. Er war seit vielen Jahren mein Mandant, aber er ist nie wegen einer richtig großen Sache bestraft worden. Ich begreife nicht, warum er sich in solche Geschäfte eingemischt hat. Er hatte nicht mehr lange zu leben; soviel ich weiß, hatte er schon seit über drei Jahren Aids.« Er starrte aus dem Fenster, als er das sagte. Das war die einzige klare Veränderung seit Gesprächsbeginn. Er riss sich zusammen und wandte sich wieder seinen Gesprächspartnern zu.

»Ich habe gehört, er ist am Tag meines Besuchs gestorben. Schlimm. Er kam mir sehr niedergeschlagen vor. Er sprach von Selbstmord, konnte das Leben nicht mehr ertragen, die Schmerzen, die Demütigungen – und dann auch noch die neue Geschichte. Ich habe versucht, ihm ein bisschen Mut zu machen, habe ihn getröstet und gebeten durchzuhalten. Aber ich muss zugeben, dass sein Tod für mich nicht unerwartet kam.«

Anwalt Lavik schüttelte langsam und mitfühlend den Kopf. Er wischte sich nicht vorhandene Schuppen von den Schultern; seine Haare waren dicht und glänzten, und die Kopfhaut sah gesünder aus als die, mit der Håkon Sand prunken konnte. Der Polizeijurist fühlte sich getroffen, musterte seine eigene schwarze Jacke und fegte rasch die weißen Flocken weg, die sich auf dieser Unterlage peinlich scharf abzeichneten. Der Anwalt bedachte ihn mit einem mitfühlenden und unendlich herablassenden Lächeln.

»Hat er gesagt, warum er im Besitz so großer Mengen Drogen war?«

»Ehrlich gesagt«, tadelte Lavik. »Er ist zwar tot, aber ich finde es trotzdem höchst unnatürlich, hier zu sitzen und der Polizei zu erzählen, was er mir anvertraut hat.«

Hanne und Håkon nahmen das schweigend zur Kenntnis.

Hanne Wilhelmsen sammelte sich, ehe sie ihre letzte Karte ausspielte. Sie fuhr sich mit dem Finger über ihre rasierte Schläfe, eine Unsitte, die sie sich in den letzten Tagen zugelegt hatte. Es war so still im Zimmer, dass sie sich einbildete, die anderen könnten das kratzende Geräusch ihrer Finger hören. »Warum hast du dich in der Nacht zum letzten Samstag um drei Uhr in Grünerløkka mit einem Mann getroffen?«

Ihre Stimme klang scharf, als ob sie sich Mühe gäbe, sich dramatischer anzuhören, als die Lage eigentlich war. Er war darauf vorbereitet.

»Ach, das war ein Mandant. Hat ziemlichen Ärger und brauchte sofort Hilfe. Die Polizei ist noch nicht im Spiel, aber er hat Angst davor. Er brauchte einfach meinen Rat.« Lavik lächelte beruhigend. Es schien nicht ungewöhnlich für ihn zu sein, dass er mitten in der Nacht aus dem Bett stieg, um in den weniger bemittelten Stadtvierteln Besprechungen mit Mandanten abzuhalten. Alltäglich fast, sagte sein Gesichtsausdruck. Allnächtlich.

Hanne beugte sich zu ihm vor und trommelte mit den Fingern der linken Hand auf der Tischplatte. »Und das soll ich dir glauben«, sagte sie leise. »Das soll ich dir glauben.«

»Für mich spielt es keine Rolle, was du glaubst«, sagte Lavik und lächelte erneut. »Entscheidend ist, dass ich die Wahrheit sage. Wenn du anderer Meinung bist, kannst du ja versuchen, das zu beweisen.«

»Genau das werde ich«, antwortete Hanne Wilhelmsen. »Du kannst gehen. Für heute.«

Anwalt Lavik zog seinen Mantel wieder an, verabschiedete sich freundlich und schloss vorsichtig und höflich die Tür hinter sich.

»Du hast ja sehr viel gesagt«, blaffte Hanne ihren Kollegen an. »Sehr ergiebig, dich hier zu haben.«

Ihre Kopfschmerzen hatten sie reizbarer gemacht. Håkon hörte nicht hin. Ihre Wut hing mit Laviks ausgezeichneten Abwehrmaßnahmen bei der Vernehmung zusammen. Sie war enttäuscht. Das wusste Håkon, und deshalb lächelte er nur.

»Besser zu wenig sagen als zu viel«, verteidigte er sich. »Außerdem wissen wir jetzt eins: Der Stiefelbesitzer muss nach der Episode von Freitagnacht mit Lavik gesprochen haben. Er war auf deine Frage vorbereitet. Warum hast du übrigens den Zettel nicht erwähnt?«

»Das wollte ich mir aufsparen«, sagte sie nachdenklich. »Ich geh nach Hause und leg mich hin. Ich habe Kopfschmerzen.«

»Sie wissen nichts!«

Er war ausgesprochen zufrieden und selbst bei der Stimmverzerrung des Telefons konnte der Ältere Laviks Begeisterung hören. Er hatte sich um seinen jüngeren Kollegen Sorgen gemacht, der Mann hatte bei ihrem letzten Treffen in Maridalen ausgesehen wie am Rande des Zusammenbruchs. Eine Konfrontation mit der Polizei konnte katastrophale Folgen haben. Aber Lavik war sich ganz sicher. Die Polizei wusste nichts. Eine geschorene Kommissarin und ein dummer Kommilitone hatten hilflos gewirkt; sie hatten kein Trumpf-As. Natürlich war die Episode von Freitagnacht ein bisschen unglücklich, aber seine Erklärung hatte sie überzeugt, da war er sich sicher. Lavik war richtig glücklich.

»Ich schwöre dir, dass sie nichts wissen«, wiederholte er. »Und jetzt, wo Frøstrup tot, van der Kerch verrückt und die Polizei ohne Anhaltspunkt ist, haben wir ja wohl Ruhe!«

»Du hast einen Faktor vergessen«, sagte der andere. »Du hast Karen Borg vergessen. Wir wissen nicht, was sie weiß, aber vermutlich weiß sie etwas. Das glaubt jedenfalls die Polizei. Wenn du recht hast und sie nichts wissen, dann bedeutet das lediglich, dass sie noch nicht geplaudert hat. Wir wissen nicht, wie lange sie das durchhält.«

Lavik hatte nicht viel dazu zu sagen, und seine kindliche Begeisterung verpuffte ein wenig. »Sie können sich irren«, meinte er zaghaft. »Vielleicht irrt sich die Polizei. Vielleicht weiß sie gar nichts. Sie und der Polizeijurist haben während des ganzen Studiums aneinander geklebt wie Hemd an Arsch. Ich wette, dass sie ihm alles erzählt hätte, wenn es etwas zu erzählen gäbe. Da bin ich mir fast sicher.«

Er fühlte sich schon wieder obenauf, aber der Ältere war nicht überzeugt.

»Karen Borg ist ein Problem«, erklärte er nachdrücklich. »Sie ist und bleibt ein Problem.«

Sie schwiegen einige Sekunden, dann beendete der Ältere das Gespräch. »Ruf mich nie mehr an. Nicht aus einer Zelle, nicht per Mobiltelefon. Ruf nicht an. Geh den üblichen Weg. Ich werde jeden zweiten Tag nachsehen.«

Er warf den Hörer auf die Gabel. Lavik zuckte am anderen Ende der Leitung zusammen, der Knall tat ihm im Ohr weh. Sein Magengeschwür meldete sich. Er zog eine Portionspackung von seinem Magenmittel aus der Tasche, biss den Verschluss ab und saugte den Inhalt auf. Ein weißer Belag zog sich über seine Lippen und würde für den Rest des Tages dort bleiben.

Schon nach zehn Sekunden fühlte er sich besser. Er sah sich nach beiden Seiten um und verließ die Telefonzelle. Die Freude über den Erfolg bei der Polizei hatte sich gelegt, und er rülpste auf dem ganzen Weg zurück in seine Kanzlei.

DONNERSTAG, 29. OKTOBER

Gier, dachte er. Gier ist die ärgste Feindin des Verbrechens. Mäßigung ist der Weg zum Erfolg.

Es war bitterkalt, und hier oben in den Bergen lag schon seit Wochen Schnee. Er hatte in Dokka die Winterreifen montiert, nachdem er zweimal auf die Gegenspur geschlittert war. Trotzdem machte ihm der steile, lang gezogene Hang auf dem letzten Kilometer bis zur Hütte Probleme. Solche Schwierigkeiten hatte er bisher erst einmal gehabt, und dabei befand die Hütte sich schon seit über zwanzig Jahren im Familienbesitz. Lag es an der Glätte, oder spielten seine Nerven ihm einen Streich? Auf dem kleinen Parkplatz stand kein Auto, er konnte die Umrisse der vier Hütten nur ahnen. Keine menschliche Lichtquelle war zu sehen, aber der Mond half ihm, als er die zweihundert Meter vom Parkplatz zur Hütte auf Schneetellern zurücklegte. Seine Hände waren eiskalt, und ihm fiel zweimal der Schlüssel in den Schnee, ehe er endlich die Tür öffnen konnte.

Es roch muffig und eingesperrt. Er schloss hinter sich ab, obwohl er einsah, dass das nicht nötig war. Es war schwierig, den Docht der Petroleumlampe zum Brennen zu bringen, offenbar war kein Petroleum mehr da, und der Docht war in der klammen Luft feucht geworden. Nach einigen Versuchen wurde es endlich hell, aber die Rußflocken wurden in bedrohlichen Mengen zur Decke hochgewirbelt. Das Sonnenenergieaggregat lieferte keinen Strom, und er begriff nicht, wieso nicht. Er befestigte die Taschenlampe an der Decke, zog seine Jacke aus und streifte sich einen dicken Isländerpullover über den Kopf.

Eine Stunde später war alles in Ordnung. Der Petroleumbrenner verweigerte den Dienst, und schließlich machte er sich stattdessen ein gutes altmodisches Kaminfeuer. Es war zwar alles andere als warm im Zimmer, vor allem, weil er eine halbe Stunde lang gelüftet hatte. Aber das Feuer prasselte, und der Schornstein schien damit fertig zu werden. Der Gasherd tat seine Pflicht, und er gönnte sich eine Tasse Kaffee. Er beschloss, seine wichtige Aufgabe aufzuschieben, bis es in der Hütte warm genug war. Seine Arbeit würde nass und kalt sein. In einem Korb lag ein ganzer Stapel Comics aus den Sechzigerjahren, er fischte einen heraus und blätterte mit klammen Fingern darin herum. Er hatte ihn schon hundertmal gelesen, aber zum Zeitvertreib war er immer noch geeignet. Die Unruhe quälte ihn.

Es wurde Mitternacht, ehe er sich wieder anzog. Er suchte sich im Kabuff einen Overall, und die alten derben Stiefel saßen noch immer gut; es war dreißig Jahre her, dass er sie vom Militär hatte mitgehen lassen. Der Mond hing hochschwanger am Himmel, und vorerst war seine Taschenlampe überflüssig, über einer Schulter trug er ein aufgerolltes Seil, in der Hand hielt er eine Schneeschaufel aus Aluminium. Die Schneeteller lehnten an der Hüttenwand, die vierzig Meter zum Brunnen schaffte er auch ohne.

Das Brunnenhaus ragte wie ein Wegweiser unterhalb der Hütte über einem Gelände auf, das fast schon als Moor bezeichnet werden musste. Sie waren vor dem Wasser gewarnt worden, hatten aber niemals Probleme damit gehabt. Das Wasser war immer frisch und süß und änderte je nach Jahreszeit seinen Geschmack. Vier dicke Stöcke waren wie zu einem spitzen, vereinfachten Samizelt zusammengebunden. Darauf waren zu einem A zurechtgeschnittene Furnierplatten genagelt, eine davon hatte eine Öffnung. Eine schlichte Tür war mit einem kleinen Hängeschloss versperrt. Ursprünglich war sie so klein gewesen, dass nur der Eimer hindurchpasste, aber vor vier Jahren hatte er sie erweitert. Jetzt konnte ein Mann zur Not in das kleine Brunnenhaus kriechen, was die Familie immer für unnötig gehalten hatte. Aber es war jetzt unleugbar leichter, das Wasser hochzuziehen.

Er brauchte fast eine Viertelstunde, um die Tür so weit vom Schnee zu befreien, dass sie sich öffnen ließ. Der Mann schwitzte und keuchte. Er sicherte die offene Tür mit Schnee, dann robbte er ins Brunnenhaus. Dessen unterer Rand umgrenzte etwas über einen Quadratmeter, nach oben hin spitzte sich das Holzwerk so rasch zu, dass er nicht aufrecht stehen konnte. Mit einiger Mühe konnte er die Taschenlampe aufs Wasser richten. Es war stockfinster und still. Eine alte Schulterverletzung klagte über seine gebückte Haltung, und vor Anstrengung entschlüpften ihm ein Furz und ein Stöhnen. Schließlich gelang es ihm, den schmalen Lichtkegel auf den kleinen Vorsprung fünfzig Zentimeter tiefer gleich bei der Wasseroberfläche zu richten. Vorsichtig setzte er den Fuß darauf und fand schließlich Halt. Er wiederholte diese Übung auf der gegenüberliegenden Seite, und endlich stand er da, breitbeinig, aber einigermaßen sicher und aufrecht. Er zog die Handschuhe aus und legte sie auf einen Querbalken gegenüber. Danach krempelte er sich so weit wie möglich die Ärmel des Overalls hoch. Das war schwierig, der Overall war zu dick, seine Finger waren klamm. Schließlich pfiff er darauf. Er hockte sich hin und streckte den rechten Arm in das eiskalte Wasser, während er sich mit der Linken an der Eimeraufhängung anklammerte. Nach wenigen Sekunden war sein Arm taub, und er spürte, wie sein Herz härter schlug, es tat ihm weh in der Brust. Seine Finger tasteten über die Brunnenwand eine Elle unter der Wasseroberfläche. Er fand das Gesuchte nicht. Er fluchte und musste den Arm zurückziehen. Es half ein wenig, den Ärmel herunterzukrempeln, er rieb sich über die Hand und hauchte die erfrorene Haut an. Nach einigen Minuten fasste er Mut zu einem weiteren Versuch.

Nun hatte er mehr Glück. Schon nach wenigen Sekunden bekam er einen losen Stein zu fassen und zog ihn vorsichtig aus dem Wasser. Sein schweißnasser Rücken, sein eiskalter Arm und sein schwer hämmerndes Herz versuchten vereint, ihn zum Aufgeben zu überreden. Er biss die Zähne zusammen und steckte noch einmal die Hand in den Brunnen. Diesmal wusste er den Weg, und behutsam zog er einen Gegenstand heraus, der so groß war wie ein kleiner, aber dicker Diplomatenkoffer. Ein Handgriff an einem Ende ragte ins Wasser, und der Mann vergewisserte sich, ob er alles im Griff hatte, ehe er den Koffer vorsichtig aus seinem Versteck zog.

Als der Koffer, der sich als große Schatulle entpuppte, sich der Oberfläche näherte, konnten seine tauben Finger nicht mehr. Der Mann verlor das Behältnis aus dem Griff und machte einige verzweifelte Armbewegungen, um es wieder zu fassen zu kriegen. Dadurch verlor er die Balance, und sein linker Fuß glitt vom Vorsprung. Der Mann verschwand ungefähr gleichzeitig mit der Schatulle im Wasser.

Er sah nichts; Ohren, Mund und Nase füllten sich mit Wasser. Sein schwerer Overall saugte sich rasch voll, und er spürte, wie Kleider und Stiefel ihn nach unten zogen. Er war völlig außer sich. Seine Angst galt nicht ihm selbst, sondern seiner Beute, überraschend schnell bekam er die Schatulle, die durch seinen Körper am Sinken gehindert wurde, zu fassen. Mit gewaltiger Kraftanstrengung konnte er sich zum anderthalb Meter höher gelegenen Türrahmen ausstrecken und die Schatulle in den Schnee werfen. Dann überkam ihn wirklich die Angst. Er fuchtelte mit den Armen, merkte jedoch schon, dass seine Bewegungen träge wurden, Arme und Beine gehorchten seinen Befehlen nicht mehr. Trotzdem konnte er endlich die Aufhängung packen und drückte innerlich die Daumen, dass die Bolzen in der dünnen Furnierwand halten würden. Er zog sich aufwärts und kam hoch genug, um einen Arm über den Rand der Türöffnung auszustrecken. Er fasste den Mut, die Aufhängung loszulassen, und konnte seinen Oberkörper durch die Öffnung ziehen. Eine Minute später stand er triefnass und keuchend im Mondschein. Sein Herz protestierte jetzt noch heftiger, und er fasste sich an die Brust. Es tat unerträglich weh, und er schloss die Brunnentür nicht ab, sondern griff nach der Schatulle und schwankte zur Hütte zurück.

Er kämpfte sich aus seinen Kleidern und stellte sich nackt vor den Kamin. Es schien verlockend, ganz hineinzukriechen, er krümmte sich auf dem kleinen Vorsprung nur zwanzig Zentimeter vor dem Feuer zusammen. Schließlich kam er auf die Idee, sich eine Decke zu holen. Die war klamm und kalt, aber schon nach wenigen Minuten wusste er, dass er nicht erfrieren würde. Die

Kralle in seiner Brust hatte losgelassen, seine Haut prickelte und brannte. Seine Zähne klapperten wie besessen, aber das erschien ihm als gutes Zeichen. In der Hütte waren es bereits mindestens fünfzehn Grad, und nach einer halben Stunde hatte er sich so weit erholt, dass er einen alten Trainingsanzug, den Isländer, Wollsocken und Filzpantoffeln anziehen konnte. Er kochte sich noch eine Tasse Kaffee, und dann setzte er sich hin und öffnete die Schatulle. Sie war aus Metall, mit Gummibeschichtung und wasserdichtem Schloss.

Alles war vorhanden. Dreiundzwanzig Zettel mit Codes, ein neunseitiges zusammengeheftetes Dokument und eine Liste mit siebzehn Namen. Alles lag in einer Plastiktüte, eine unnötige Sicherheitsmaßnahme, die Schatulle war schließlich wasserdicht. Er hob die Tüte hoch. Den restlichen Inhalt machten sieben Bündel Geldscheine aus, zweihunderttausend jeweils. Fünf lagen quer, die anderen längs. Eine Million und vierhunderttausend Kronen.

Er nahm sich auf gut Glück ein Viertel von einem Bündel. Den Rest ließ er liegen. Sorgfältig schloss er die Schatulle und stellte sie auf den Boden.

Die Papiere waren ganz trocken. Erst warf er einen Blick auf die Namensliste, dann hielt er sie ins Feuer, bis er sie loslassen musste, um sich nicht seine tauben Finger zu verbrennen. Danach blätterte er in dem Dokument.

Es war eine einfach strukturierte Organisation. Er selbst fühlte sich als unbekannter Pate im Hintergrund. Er hatte seine beiden Helfer sorgfältig ausgesucht. Hansa Olsen, weil der sich mit Kriminellen auskannte, ausgeprägtes Interesse an Geld und ein vages Verhältnis zum Gesetz hatte. Jørgen Lavik, weil er scheinbar der genaue Gegensatz zu Olsen war, tüchtig, erfolgreich, nüchtern und eiskalt. Die Hysterie des jungen Mannes in letzter Zeit bewies allerdings, dass der Alte sich geirrt hatte. Er hatte sich Schritt für Schritt vorgetastet, ungeheuer vorsichtig, als wollte er eine Jungfrau verführen. Hier eine zweideutige Bemerkung, dort ein Wort mit doppeltem Boden. Schließlich hatte er beide bekommen. Niemals – zu keinem Zeitpunkt – war er selbst in die Arbeit verwickelt gewesen. Er war das Gehirn, er hatte das Startkapital gebracht. Er kannte alle Namen, plante alle Züge. Nach zahllosen Mandaten als Verteidiger wusste er, wo die Fallen lagen. Gier. Die Gier brachte sie zur Strecke. Drogen zu schmuggeln war leicht. Er hatte gelernt, woher sie kamen, auf welche Verbindungen Verlass war. Zahlreiche Mandanten hatten ihm kopfschüttelnd von dem kleinen Fehlgriff erzählt, der sie erledigt hatte: übertriebene Gier. Es war wichtig, jede Operation in Grenzen zu halten. Nicht zu hart zuzulangen. Ein begrenztes, aber regelmäßiges Einkommen war besser, als sich von zwei Erfolgen zum großen Wurf verlocken zu lassen.

Nein, der Import war nicht das Problem. Beim Verkauf lag das Risiko. In einer Szene voller Informanten, zugedröhnter Käufer und geldgeiler Dealer musste man vorsichtig auftreten. Deshalb hatte er sich nie mit den unteren Ebenen der Organisation befasst.

Nur zweimal war es schiefgegangen. Die Kuriere hatten das büßen müssen, aber die Operationen waren so klein gewesen, dass die Polizei keine Organisation im Hintergrund geahnt hatte. Die Jungs hatten die Klappe gehalten, ihr Urteil wie ein Mann getragen und sich über das eingeschmuggelte Versprechen gefreut, dass ihnen eine schöne Belohnung zuteilwürde, wenn sie in nicht allzu ferner Zukunft das Gefängnis verließen. Vier Jahre waren die Höchststrafe gewesen. Aber die Männer wussten, dass sie hinter Gittern ein gutes Jahresgehalt verdienten. Doch selbst wenn die Kuriere geredet hätten, hätten sie nicht viel zu erzählen gehabt. Das hatte er jedenfalls bis vor Kurzem geglaubt, ihm war nicht klar gewesen, dass seine beiden Kronprinzen ihre Befugnisse überschritten hatten.

Er hatte bedeutende Beträge eingesackt. Zusätzlich zu einem stattlichen legalen Jahreseinkommen, weshalb er in sehr guten Verhältnissen lebte. Einiges hatte er nach und nach vorsichtig ausgegeben, aber immer so, dass es angesichts seines offiziellen Einkommens vertretbar war. Das Brunnengeld gehörte ihm. Außerdem hatte er einen entsprechenden Betrag auf ein Schweizer Konto eingezahlt. Der größere Teil des Ertrages jedoch befand sich auf einem Konto, über das er nicht selbst verfügte. Er konnte Geld einzahlen, aber nicht abheben. Dieses Konto galt dem ZIEL. Er war stolz darauf. Die Freude, zum Erreichen des Ziels beitragen zu können, hatte seine Skrupel gegenüber einem Leben zwischen Recht und Unrecht, Verbrechen und Gesetzestreue verdrängen können. Er war der Erwählte und tat das Richtige. Das Schicksal, das über so viele Jahre hinweg seine schützende Hand über die Operationen gehalten hatte, war auf seiner Seite. Die wenigen Fehler waren berechenbar, die Ereignisse der letzten Zeit nur eine Mahnung ebendieses Schicksals, das Geschäft nun abzuwickeln. Der grau melierte Mann betrachtete das Schicksal als guten Freund und hörte auf die Signale, die es ihm schickte. Er hatte zahllose Millionen verdient. Nun sollten andere übernehmen.

Der Bonus für die unglückseligen Kuriere hatte das Kapital ein wenig verringert, war aber sinnvoll angelegt. Nur die beiden Kollegen hatten gewusst, wer er war. Olsen war tot. Lavik hielt die Klappe. Bis auf Weiteres jedenfalls. Er würde sich später darum kümmern, er hatte für alle denkbaren Probleme einen Plan.

Hansa Olsen war das erste Mordopfer in Friedenszeiten. Es war erstaunlich einfach gewesen. Es hatte sein müssen, und im Grunde war es auch nicht viel anders als damals, als zwei deutsche

Soldaten mit blutigen Löchern in ihren Uniformen vor ihm im Schnee gelegen hatten. Er selbst war damals, siebzehnjährig, nach Schweden unterwegs gewesen. Die Pistolenschüsse hatten in seinen Ohren noch nachgehallt, als er die beiden nach Wertgegenständen abgesucht hatte; danach war er, erfüllt von nationalen Gefühlen, weiter nach Schweden und in Richtung Freiheit gestapft. Es war kurz vor Weihnachten 1944 gewesen, und er hatte gewusst, dass er auf der Siegerseite stand. Er hatte zwei Feinde getötet und empfand deswegen keinerlei Reue. Auch der Mord an Hansa Olsen hatte ihm keine Schuldgefühle beschert. Es hatte schließlich sein müssen. Er hatte eine Art Erregung verspürt, eine Freude, die verwandt war mit dem Siegesgefühl nach einer gelungenen Apfelklauaktion vor über fünfzig Jahren in Nachbars Garten. Die Waffe war alt gewesen, nicht registriert, in bestem Zustand, gekauft von einem längst verstorbenen Mandanten.

Er hatte das Dokument gelesen. Nun rollte er es zu einer Fackel zusammen und warf es ins Feuer. Die dreiundzwanzig Codezettel nahmen denselben Weg. Zehn Minuten später gab es auf der ganzen Welt kein Dokument mehr, das ihn mit anderem als ehrsamer Arbeit hätte in Verbindung bringen können. Keine Unterschrift, nichts Handschriftliches, keine Fingerabdrücke. Keine Beweise.

Er fröstelte und holte trockene Kleider aus dem Kabuff. Es war einfacher, die Schatulle wieder im Brunnen zu verstecken, als sie zu holen. Er kippte den Kaffeesatz in den Kamin, dann zog er sich die trockenen Sachen an, hängte die nassen in den Schuppen und schloss die Hütte ab. Es war zwei Uhr, er konnte gerade noch rechtzeitig in der Stadt sein, um frisch geduscht zur Arbeit zu erscheinen. Erkältet und müde zwar, aber daran war sicher ein neues Virus schuld. Das meinte jedenfalls seine Sekretärin.

DIENSTAG, 3. NOVEMBER

Fredrick Myhreng war in Spitzenform. Lebendig hatte Hans A. Olsen ihm gegen ein paar Bier zu einigen brauchbaren Dreispaltern verholfen. Der Mann war den Zeitungsleuten hintergerannt wie ein kleiner Junge den Pfandflaschen. Tot war er Myhreng dennoch lieber. Der hatte jetzt das volle Vertrauen des Redakteurs, konnte sich ganz und gar auf den Mafiafall konzentrieren, und die Kollegen, die begriffen, dass der Junge hier gerade seine Marktlücke fand, nickten ihm aufmunternd zu. »Kontakte, weißt du, Kontakte«, grinste er, wenn Fragen kamen.

Er steckte sich eine Zigarette an; ihr Rauch vermischte sich mit den Auspuffgasen, die bleischwer drei Meter hoch über dem Asphalt lagen. Er lehnte sich an eine Laterne, schlug den Kragen seiner Lammfelljacke hoch und kam sich vor wie James Dean in seinen besten Zeiten. Eine Tabakflocke geriet ihm beim Inhalieren in den falschen Hals. Er hustete heftig und lange, und seine Augen tränten. Seine Brille beschlug, er konnte nichts mehr sehen. Von James Dean keine Spur.

Er schüttelte den Kopf und riss die Augen auf, um wieder einen klaren Blick zu bekommen.

Auf der anderen Seite der viel befahrenen Straße lag Jørgen Ulf Laviks Kanzlei. Eine gediegene Messingtafel verriet, dass Lavik, Saetre und Villesen im zweiten Stock des gewaltigen Steingebäudes residierten. Zentrale Lage, nur einen guten Steinwurf vom Gericht entfernt. Praktisch.

Lavik war interessant. Myhreng hatte eine Reihe von Leuten unter die Lupe genommen, ein wenig herumtelefoniert, alte Steuererklärungen durchgesehen, die Kneipen aufgesucht und war jovial gewesen. Er hatte mit zwanzig Namen auf seinem

Block angefangen, jetzt waren noch fünf übrig. Das Aussortieren war schwierig gewesen, er war vor allem seinem Instinkt gefolgt. Lavik stand inzwischen ganz oben auf dem Block. Dick unterstrichen. Er gab verdächtig wenig Geld aus. Vielleicht war er ja genügsam, aber es musste doch Grenzen geben. Hütten- und bootslos war er auch, obwohl seine Steuererklärungen der letzten Jahre bewiesen, dass sein Laden sehr gut lief. Er hatte viel verdient an einem Hotelprojekt in Bangkok, an dem er noch immer beteiligt war. Offenbar handelte es sich um eine besonders gute Investition für seine norwegischen Mandanten, die zu weiteren Projekten im Ausland geführt hatte, die meisten mit gutem Profit für die Investoren und für Lavik selbst.

Als Verteidiger konnte er durchaus als erfolgreich gelten. An der Gerüchtebörse stand er nicht schlecht im Kurs, die Statistik der Freisprüche überzeugte, und es war schwer, jemanden zu finden, der schlecht über ihn sprach. Myhreng war nicht aufsehenerregend intelligent, aber er war clever genug, das zu erkennen. Außerdem war er erfinderisch und verfügte über gute Intuition. Und er war bei einem routinierten Lokalredakteur in eine gute Schule gegangen und wusste, dass ermittelnder Journalismus vor allem aus Schüssen ins Blaue und harter Arbeit bestand.

»Die Wahrheit ist immer gut versteckt, Fredrick, immer gut versteckt«, hatte ihm der alte Zeitungsmann eingeschärft. »Du musst ganz schön viel Mist beiseiteschaufeln, bis du sie gefunden hast. Zieh dich gut an, gib niemals auf und wasch dich gründlich, wenn du fertig bist.«

Ein Plausch mit Anwalt Lavik konnte nicht schaden. Es war besser, keinen Termin abzumachen. Überraschender. Er drückte seine Zigarette aus, spuckte aus und ging im Zickzack zwischen hupenden Autos und einem parkenden Lkw hindurch über die Straße.

Die Frau am Empfang war überraschend hässlich. Sie war alt und sah aus wie eine Bibliothekarin in einem amerikanischen Jugendfilm. Empfangsdamen sollten schön und freundlich sein. Diese sah aus, als wollte sie »pst!« sagen, als er über die Schwelle stolperte und ins Vorzimmer fiel. Aber überraschenderweise lächelte sie. Ihre Zähne waren auffallend gleichmäßig und grau. Einwandfrei ein Gebiss.

»Diese Schwelle ist einfach zu hoch«, klagte sie. »Das habe ich schon so oft gesagt. Ein Wunder, dass noch nichts Schlimmes passiert ist. Womit kann ich dem Herrn behilflich sein?«

Myhreng lächelte sein Alte-Damen-für-sich-einnehmen-Lächeln. Sie durchschaute ihn, und ihr Mund nahm einen strengen Zug an, der kleine wütende Pfeile auszusenden schien.

»Ich würde gern mit Rechtsanwalt Lavik sprechen«, sagte er, ohne sein missratenes Lächeln abzulegen.

Die Frau blätterte in einem Buch, fand ihn nicht. »Kein Termin?«

»Nein, aber es ist ziemlich wichtig.«

Fredrick Myhreng stellte sich vor, und der Mund der Dame zog sich noch mehr zusammen. Wortlos betätigte sie ein Telefon. Sie gab seinen Wunsch weiter, vermutlich an den Adressaten. Erst nach einer Weile legte sie auf. Sie machte mit der Hand eine seltsame Bewegung zu einer Sitzgruppe hinüber und bat ihn um Geduld. Anwalt Lavik werde ihn empfangen, es könne jedoch noch einige Minuten dauern.

Es dauerte eine halbe Stunde.

Laviks Büro war hell und geräumig. In dem quadratischen Zimmer mit Parkettboden hingen nur drei Bilder an der Wand. Die Akustik war unangenehm, mehr Wandschmuck hätte vielleicht etwas gedämpft. Der Schreibtisch war bemerkenswert aufgeräumt, nur drei oder vier Ordner lagen darauf. Ein gediegener

Aktenschrank aus Edelholz ragte in einer Ecke neben einem kleinen Safe auf. Der Mandantensessel war bequem, aber Myhreng wusste, wo er gekauft worden war und dass er billiger war, als er aussah. Er hatte auch so einen. Die Bücherregale waren nicht sonderlich gut gefüllt. Fredrick Myhreng ging davon aus, dass es irgendwo in der Kanzlei noch eine Bibliothek gab. Mit einem Lächeln registrierte er einen Regalmeter alter Jungenbücher, den Buchrücken nach zu schließen in beneidenswert gutem Zustand.

Wieder stellte er sich vor. Der Anwalt wirkte neugierig, und der Schweiß auf seiner Oberlippe war sicher einem defekten Thermostat zu verdanken. Myhreng schwitzte selbst, er zog seinen Wollpullover aus.

»Ist das ein Interview?«, fragte der Anwalt recht freundlich.

»Nein, du kannst es als kleine Anfrage betrachten.«

»In welchem Zusammenhang?«

»Es geht mir um deine Verbindung zu Hansa Olsen und den Rauschgifthandel, in den er verwickelt war, wie die Polizei glaubt.«

Er hätte schwören können, dass Anwalt Lavik darauf reagierte. Eine leichte, kaum wahrnehmbare Röte überzog seinen Hals, und seine Unterlippe saugte eine Schweißperle von der Oberlippe.

»Meine Verbindung?« Er lächelte, aber es sah nicht besonders hübsch aus.

»Ja, deine Verbindung.«

»Ich hatte doch nichts mit Olsen zu tun! Und er war in Rauschgiftgeschäfte verwickelt? Verwickelt? Nach der Lektüre deiner Zeitung hatte ich den Eindruck, dass er Drogenkriminellen zum Opfer gefallen ist, und nicht, dass er in irgendwas verwickelt war ...«

»Bisher können wir auch nichts anderes behaupten, aber wir haben unsere Theorien. Und die Polizei auch, glaube ich.«

Lavik riss sich jetzt zusammen. Wieder lächelte er, diesmal etwas hübscher. »Na, das ist einfach ein Schuss in den Ofen, wenn du mich da mit reinziehst. Ich habe den Mann doch kaum gekannt. Bin ihm natürlich hier und da mal begegnet, aber ich kann nicht behaupten, ihn gekannt zu haben. Tragischer Tod übrigens. Aber Kinder hatte er wohl nicht?«

»Nein, das nicht. Was machst du eigentlich mit deinem Geld, Lavik?«

»Mit meinem Geld?« Er wirkte aufrichtig überrascht.

»Ja, du verdienst doch dick, wenn du ein braver Junge warst und das Finanzamt nicht belogen hast. 1,4 Millionen im letzten Jahr. Wo stecken die?«

»Das geht dich nun wirklich nicht das Geringste an. Wenn du es genau wissen willst: Ich habe ein absolut reines Gewissen, und wie ich mein legal verdientes Geld anlege, ist nicht deine Angelegenheit.« Er unterbrach sich, sein Wohlwollen war aufgebraucht. Er schaute auf die Uhr und teilte mit, er müsse sich jetzt auf eine Besprechung vorbereiten.

»Aber ich habe noch weitere Fragen, Lavik, sehr viele sogar«, protestierte der Journalist.

»Ich dagegen habe keine Antworten mehr«, sagte Lavik energisch und zeigte auf die Tür.

»Kann ich denn wiederkommen, wenn du mehr Zeit hast?«, quengelte Myhreng auf dem Weg zur Tür.

»Ruf lieber an. Ich bin ein sehr beschäftigter Mann«, sagte der Anwalt und schloss die Tür hinter ihm.

Fredrick Myhreng war allein mit der Bibliothekarin. Sie schien von der abweisenden Haltung ihres Arbeitgebers angesteckt und machte den Eindruck, als würde sie am liebsten Nein sagen, als Myhreng bat, die Toilette benutzen zu dürfen. Anstandshalber sagte sie schließlich: »Bitte sehr.«

Ihm war schon im Flur ein fünfzig Zentimeter von der Tür entferntes Fenster aus Mattglas aufgefallen. Als er im Vorzimmer saß, hatte er sich überlegt, dass es zur Toilette gehören musste. Das stimmte nicht ganz. Hinter der Tür mit dem Porzellanherzen befand sich ein kleiner Vorraum mit Waschbecken, die Toilettenzelle lag hinter einer Schwingtür mit Schloss.

Er klapperte ein wenig mit der Schwingtür, fischte aber, statt hineinzugehen, ein dickes Messer aus der Tasche. Es hatte drei Schraubenzieher, und es war kein Problem, die sechs Schrauben zu lockern, die das Fenster hielten. Fredrick Myhreng wusste genug von der Tischlerei, um darüber zu lächeln, dass das Fenster angeschraubt war. Es hätte verkeilt werden müssen; so würde es sich unweigerlich verziehen. Das war allerdings noch nicht passiert, wahrscheinlich, weil es nicht nach draußen ging und kaum Feuchtigkeit abbekam. Er achtete darauf, dass die Schrauben noch ein paar Drehungen übrig hatten, ging in die Klozelle und zog ab. Danach wusch er sich die Hände und lächelte die Frau, die nicht einmal auf Wiedersehen sagte, als er die Kanzlei verließ, freundlich an. Er machte sich nichts daraus.

Es war spät und saukalt, aber Fredrick Myhreng sehnte sich nicht ins Warme. Er grauste sich. Der Übermut des Vormittags war einer zögernden Nachdenklichkeit gewichen. Auf der Journalistenschule hatte er nichts über Einbrüche und andere Ungesetzlichkeiten gelernt. Im Gebäude befanden sich in drei Etagen Büros und in zwei weiteren Wohnungen, wenn die Klingelleiste stimmte. Im Film schellten die Einbrecher immer bei allen und sagten: »Hi, it's Joe«, in der Hoffnung, dass irgendwer einen Joe kannte und die Tür aufmachte. Hier würde das wohl kaum klappen. Die Haustür war verschlossen. Er entschied sich für die zweitbeste Lösung und zog ein Brecheisen aus seiner Lederjacke.

Es war ziemlich einfach. Nach zweimal Drücken gab die Tür nach. Die Angeln quietschten nicht einmal, als er die Tür gerade weit genug öffnete, um ins Haus zu schlüpfen. Zur Linken erblickte er eine weitere Tür und davor drei schmale Granittreppenstufen. Fredrick Myhreng rechnete mit einem neuen Hindernis, dann fasste er doch sicherheitshalber an die Klinke, ehe er mit dem Brecheisen auf diese zweite Tür losging. Irgendwer hatte vergessen, abzuschließen, die Tür öffnete sich. Das kam so unerwartet, dass er unfreiwillig einen Schritt zurücktrat, in die Luft; sein Fuß prallte tiefer und später, als seine Reflexe berechnet hatten, auf den Boden. Er jammerte, doch der Schmerz konnte seiner Freude darüber, wie glatt alles ging, nichts anhaben.

Er jagte in der Hälfte der Zeit, die er vor einigen Stunden dafür benötigt hatte, die Treppe hinauf. Bei dem matten Fenster blieb er bewegungslos stehen, um wieder zu Atem zu kommen – und um zu lauschen, ob irgendjemand ihn entdeckt hatte. Er hörte nur sein eigenes Ohrensausen, und nach einer Minute zog er eine kleine Plastikdose mit Knetgummi aus der Tasche. Er drückte die weiche Masse vorsichtig gegen das Glas und presste sie am Rand mit dem Daumen platt. Es war schwer einzuschätzen, wie fest er drücken musste, um das Fenster zum Fallen zu bringen, aber nach einer Weile war er zufrieden und wiederholte die Operation weiter unten mit einem neuen Klumpen. Als auch der an Ort und Stelle saß, legte er die Hände gegen beide Klumpen und drückte zu. Das Fenster rührte sich nicht.

Ihm brach der Schweiß aus, und er hätte gern die Jacke ausgezogen. Sie behinderte seine Bewegungen, und nach dem zweiten Versuch legte er sie schließlich ab. Seine Finger bekamen die Knetmasse jetzt trotz der Handschuhe gut zu fassen. Als er beim dritten Versuch sein gesamtes Körpergewicht einsetzte, merkte er, dass die Schrauben nachgaben. Zum Glück lockerte sich das

Fenster zuerst unten. Er wippte den Rahmen hoch und machte gleichzeitig einen Schritt über die Einfassung in das kleine Zimmer. Das Fenster saß ganz lose, es war unversehrt. Er schnappte sich seine Jacke, dann entfernte er die Knetmasse und setzte das Glas wieder an seinen Platz.

Vorsichtig öffnete er die Tür zum Vorzimmer. Fredrick Myhreng war klug genug, mit einer Alarmanlage zu rechnen. Vermutlich war sie nicht besonders ausgefeilt. Über dem Fenster entdeckte er einen kleinen Behälter, an dem ein rotes Lämpchen glühte. Er legte sich auf den Bauch und robbte zu Laviks Arbeitszimmer. Er hatte die Taschenlampe hinten unter seinen Gürtel geschoben, und sie zerkratzte ihm den Rücken, als er sich ziemlich unbeholfen vorwärts bewegte. Die Tür war offen. Er ließ den Lichtkegel nach einer entsprechenden Alarmanlage wie der im Vorzimmer suchen. Es gab keine. Jedenfalls konnte die Taschenlampe keine finden. Er ging das Risiko ein und erhob sich.

Natürlich wusste er nicht, was er suchte. Er hatte sich das nicht überlegt und kam sich ziemlich blöd vor, als er in einem Büro stand, zu dem er keinen legalen Zugang hatte; sein erstes Verbrechen, und das ohne Sinn und Ziel. Der Safe war abgeschlossen, das war kaum verdächtig. Der Aktenschrank dagegen stand offen; Myhreng zog die Schubladen heraus und fand diverse Ordner, alle mit einem kleinen Aktenreiter in einer Ecke, auf den mit eleganter, leicht lesbarer Schrift jeweils ein Name geschrieben war. Die Namen sagten ihm nichts.

Die Schreibtischschublade enthielt, was zu erwarten gewesen war. Gelbe Notizzettel, rosa Marker, eine Menge Kugelschreiber und zwei Büroklammern. Alles auf einer Einlage mit Fächern für diese Dinge, darunter war in der Schublade noch Platz für Papiere und Dokumente. Er hob die Einlage heraus, aber die Dokumente waren uninteressant. Star Tours' Winterkatalog, ein A4-Block mit vorgedruckten Honorarabrechnungen, ein normaler Block mit Kästchenpapier. Er legte die Einlage zurück und schloss die Schublade. Darunter stand ein kleiner Rollschrank. Auch der war abgeschlossen.

Er tastete mit seinen behandschuhten Fingern unter dem Schreibtisch herum. Die Unterseite der Platte war glatt und poliert, nirgends stießen seine Finger auf Widerstand. Enttäuscht wandte er sich wieder dem Aktenschrank in der Ecke zu. Er ging durch das Zimmer, bückte sich und tastete unter dem Schrank herum. Nichts. Er legte sich auf den Bauch und ließ die Taschenlampe systematisch von einer Seite zur anderen wandern. Fast hätte er den Schlüssel übersehen, sicher, weil er nicht damit rechnete, etwas zu finden. Der Lichtkegel war schon weitergewandert, als sein Gehirn registrierte, was er gesehen hatte, und in seiner Verwirrung ließ er die Lampe fallen. Sie lag so, dass er den kleinen dunklen Flecken noch immer sehen konnte. Er riss ihn ab und erhob sich. Die Straßenlaternen füllten das Zimmer mit einem bleichen Licht, genug, um den Gegenstand sofort zu erkennen. Ein Schlüssel, ziemlich klein, der mit Klebeband unter dem Schrank befestigt gewesen war.

Fredrick Myhreng war außer sich vor Glück. Er wollte den Schlüssel eben in die Tasche stecken, als ihm eine viel bessere Idee kam. Er fischte ein wenig Knetgummi aus der Dose in seiner Tasche, wärmte es an seiner Wange und formte zwei ovale Mulden daraus. Dann drückte er den Schlüssel fest in die erste. Fredrick Myhreng musste die Handschuhe ausziehen, um den Schlüssel von der Knetmasse zu lösen, ohne den Abdruck zu zerstören. Danach wiederholte er das Manöver mit der anderen Seite. Zum Schluss machte er noch einen Abdruck der Dicke.

Das Klebeband war noch verwendbar, und er glaubte, den Schlüssel ungefähr an der Stelle wieder zu befestigen, an der er ihn gefunden hatte. Er zog seine Jacke an, zwängte sich durch das Fenster und konnte die Fensterscheibe wieder befestigen, ohne sichtbare Schraubenzieherspuren zu hinterlassen. Rasch strich er über den Rahmen, um eventuelle Splitter zu entfernen, und blieb in der Vorzimmertür stehen, um nach seinem großen Wurf wieder zu Atem zu kommen. Er zählte von zehn abwärts, und bei null jagte er wie eine Rakete auf die Eingangstür zu, öffnete sie und hatte die Treppe schon halb hinter sich, als er den schrillen Alarm hörte. Er war schon einen Block weiter, als die ersten Bewohner des großen Hauses in ihre Pantoffeln gestiegen waren.

Jetzt haben sie was, worüber sie sich den Kopf zerbrechen können, dachte er triumphierend. Kein Anzeichen für einen Einbruch, nichts gestohlen, nichts angerührt. Nur eine unverschlossene Tür. Fredrick Myhreng war daran gewöhnt, mit sich zufrieden zu sein. Aber das hier übertraf fast alles. Er summte und tänzelte wie ein Kind nach einem gelungenen Streich und erwischte mit feistem Grinsen, Müh und Not gerade noch die letzte Straßenbahn nach Hause.

FREITAG, 6. NOVEMBER

Es war ihr inzwischen zur Gewohnheit geworden, freitagsnachmittags bei ihrem armen Mandanten vorbeizuschauen. Er sagte nichts, schien sich jedoch auf seltsame Weise über ihre Besuche zu freuen. Zusammengekrümmt und abgemagert starrte er noch immer leer vor sich hin, aber sie glaubte, die Spur eines Lächelns ahnen zu können, wenn er sie sah. Obwohl Han van der Kerch sich so energisch gegen eine Überführung ins Gefängnis gewehrt hatte, als er noch imstande gewesen war zu sagen, was er meinte, befand er sich jetzt im Osloer Kreisgefängnis. Karen Borg durfte ihn in der Zelle besuchen; es hatte einfach keinen Zweck, den Jungen in ein Besuchszimmer zu schleifen. Es war heller hier, und die Wärter wirkten redlich und so fürsorglich, wie ihre Arbeitsmenge es überhaupt zuließ. Bei jedem Besuch wurde die Tür hinter ihr verschlossen, und es gefiel ihr merkwürdig gut, eingeschlossen zu sein; dasselbe Gefühl hatte sie als kleines Mädchen zu Hause in Bergen in das Kabuff unter der Treppe getrieben, wenn die Welt ihr übel wollte. Die Besuche im Gefängnis boten ihr eine Gelegenheit zur Kontemplation. Sie saß vor dem stummen Jungen und hörte auf dem Flur den Essenwagen scheppern, das Echo von obszönen Rufen und Gelächter, das schwere Schlüsselklirren, wenn ein Wärter an der Tür vorüberging.

Heute kam er ihr nicht ganz so bleich vor. Seine Augen ließen nicht von ihr ab, während sie sich neben ihn auf die Pritsche setzte. Als sie seine Hand nahm, spürte sie, dass er zudrückte, fast unmerklich, aber sie war sicher, die kleine Geste bemerkt zu haben. Mit zögerndem Optimismus beugte sie sich vor und strich ihm die Haare aus der Stirn. Sie waren inzwischen zu lang und fielen augenblicklich zurück. Wieder streichelte sie seine Stirn und fuhr ihm dabei durch die Haare. Das gefiel ihm offenbar, er schloss die Augen und rutschte näher an sie heran. So saßen sie mehrere Minuten lang.

»Roger«, murmelte er, seine Stimme klang belegt und rau, nachdem er sie so lange nicht benutzt hatte.

Karen Borg zuckte nicht einmal zusammen. Sie streichelte ihn weiter und stellte keine Fragen.

»Roger«, wiederholte der Niederländer, diesmal etwas lauter. »Der Typ aus Sagene, der mit den Gebrauchtwagen.«

Dann schlief er ein. Sein Atem ging regelmäßiger, und sein Körper drückte schwerer gegen ihren. Vorsichtig stand sie auf, legte ihn hin und musste ihm einfach einen Kuss auf die Stirn geben.

»Roger aus Sagene«, wiederholte sie leise, klopfte vorsichtig an die Tür und wurde nach zwei Minuten hinausgelassen.

»Nichts. Rein gar nichts.« Polizeijurist Håkon Sand packte den dicken Stapel und schlug damit auf seinen Schreibtisch. Er verlor ihn aus dem Griff, und die Papiere rutschten aus dem Umschlag. »Verdammt«, sagte er nachdrücklich und bückte sich, um in dem Elend Ordnung zu schaffen. Hanne Wilhelmsen sank auf alle viere, um ihm zu helfen. Sie knieten da und starrten einander an.

»Ich werde mich nie daran gewöhnen! Nie!« Er redete laut und schnell.

»Woran denn?«

»Dass wir so oft wissen, dass etwas nicht stimmt, dass jemand etwas verbrochen hat, wer etwas verbrochen hat, was sie verbrochen haben, wir wissen so verdammt viel. Aber können wir es beweisen? Nein, wir sitzen da wie die Eunuchen, handlungsunfähig und chancenlos. Wir wissen und wir wissen, aber wenn wir uns mit unserem Wissen vor Gericht wagen würden, dann würde irgendein Verteidiger, der für jedes einzelne Glied unserer Indizienkette eine natürliche Erklärung heraushusten kann, uns alles zerpflücken. Sie pflücken und pflücken, und am Ende wird unser ganzes Wissen zu einem Brei aus unklaren Fakten, den alle einfach nur anzweifeln können. Schwupp, schon ist der Vogel frei, und die Rechtssicherheit hat gesiegt. Wessen? Meine jedenfalls nicht. Die Rechtssicherheit ist verdammt noch mal zu einem effektiven Werkzeug für die Schuldigen geworden. Sie bedeutet im Grunde, dass wir so wenig Leute wie möglich ins Gefängnis stecken. Das ist doch keine Rechtssicherheit, zum Kranich! Was ist mit all denen, die umgebracht, vergewaltigt, als Kinder sexuell misshandelt, ausgeraubt und bestohlen werden? Teufel auch, lieber wäre ich Sheriff im Wilden Westen. Würde ein Seil an den nächsten Baum hängen und dem Banditen das Genick brechen. Ein Stern und ein Cowboyhut würden jedenfalls den meisten Leuten eine viel bessere Rechtssicherheit bieten als sieben Jahre Juristenschule und zehn blöde Geschworene. Die Inquisition! Das war noch was! Richter, Staatsanwalt und Verteidiger in einer Person! Da gab's Äktschen, und kein Gefasel über Rechtssicherheit für Ganoven und Banditen.«

»Das meinst du doch nicht ernst, Håkon«, sagte Hanne ruhig und las die letzten Blätter auf. Sie musste sich fast platt auf den Bauch legen, um ein Protokoll zu erwischen, das sich unter dem Rollschrank verkeilt hatte. »Das meinst du nicht ernst«, wiederholte sie halb erstickt.

»Na ja, nicht ganz, aber fast.«

Sie waren beide frustriert. Es war ein sehr später Freitagnachmittag. Es hatte zu viele sehr späte Nachmittage gegeben. Sie kam damit allerdings besser zurecht als er. Sie sortierten die Papiere wieder in ihre ursprüngliche Reihenfolge.

»Jetzt erzähl mir alles«, kommandierte er, als sie fertig waren.

Das dauerte nicht lange. Er kannte die wenigen technischen Funde, und die taktischen Ermittlungen kamen nicht von der Stelle. Insgesamt zweiundvierzig Zeugen waren vernommen worden. Nicht einer hatte eine Information beisteuern können, die Licht in die Sache gebracht hätte oder die es wenigstens wert gewesen wäre, näher untersucht zu werden.

»Hat die Beschattung von Lavik irgendwas erbracht?«

Håkon legte die Papiere beiseite, zog eine lauwarme Bierflasche aus einer Einkaufstüte und öffnete sie an der Tischkante. Das Holz splitterte, und er schlug eine kleine Kerbe in den Flaschenhals. »Es ist doch Wochenende«, entschuldigte er sich und setzte die Flasche an den Mund. Da deren Inhalt temperiert war, schäumte er über, und Håkon ließ sich zurücksinken und spreizte die Beine, um sich nicht zu bekleckern. Er wischte sich über den Mund und wartete auf Antwort.

»Nein, bei unserer Kapazität ist es unmöglich, den Typen rund um die Uhr zu beschatten. Es ist das pure Glücksspiel. Beschatten macht keinen Sinn, wenn es nicht effektiv ist. Dann ist es nur noch frustrierender.«

»Was ist mit den Geschäftsleuten unter Laviks Kundschaft?«

»Das herauszufinden würde eine enorme Arbeit bedeuten. Er hat einige Hotelprojekte im Fernen Osten. Bangkok. Nicht weit weg von den Heroinmärkten. Aber die Investoren, für die er gearbeitet hat, scheinen seriös zu sein, und die Hotels existieren wirklich. Also ist mit dem Auftrag alles in Ordnung. Wenn du die Kohle auftreibst, kannst du gern nach Thailand fahren und dich selbst davon überzeugen.« Sie hob die Augenbrauen zu einer Grimasse, die deutlich sagte, wie sie die Chancen einer solchen etatmäßigen Extravaganz einschätzte. Draußen war es inzwischen dunkel, und die Müdigkeit, die sie beide empfanden, ließ, zusammen mit dem leichten Biergeruch, das kleine Büro fast gemütlich wirken. »Sind wir jetzt im Dienst?«

Er wusste, was sie meinte, lächelte verneinend und reichte ihr eine Bierflasche, nachdem er sie auf dieselbe Weise geöffnet hatte wie die erste. Die Tischplatte ächzte, aber diesmal gelang es ihm, den Flaschenhals nicht zu beschädigen. Sie nahm das Bier, stellte die Flasche aber plötzlich auf den Tisch und verschwand wortlos. Zwei Minuten später gab sie sich alle Mühe, zwei Kerzen auf seinem Tisch zum Stehen zu bringen. Nachdem sie ziemlich mit Stearin herumgekleckert hatte, standen sie schließlich, leicht schief, jede in eine andere Richtung. Sie knipste das Deckenlicht aus, während Håkon die Schreibtischlampe zur Wand drehte, sodass sie nur ein vages Licht ins Zimmer schickte.

»Wenn wir jetzt überrascht werden, kommt Bewegung in die Gerüchteküche.«

Er nickte zustimmend. »Aber das wäre doch zu meinem Vorteil«, grinste er.

Sie stießen, etwas zu hart, mit ihren Flaschen an.

»Das war wirklich eine gute Idee. Ist das erlaubt?«

»Ich mache am Freitagabend um halb sieben in meinem Büro, was ich will. Ich werde für meine Anwesenheit hier nicht bezahlt, ich fahre mit der Bahn nach Hause, und da wartet niemand auf mich. Wie ist das bei dir? Wartet auf dich jemand?«

Er hatte das freundschaftlich gemeint. Es war ein gedankenloser und gut gemeinter Versuch gewesen, die ungewöhnliche Stimmung auszunutzen, und er war wirklich nicht zu weit gegangen. Trotzdem erstarrte sie, setzte sich gerade hin und stellte die Bierflasche beiseite. Er spürte ihre Veränderung und bereute bitterlich.

»Was ist mit Peter Strup?«, fragte er nach einer drückenden Pause.

»Den haben wir uns nicht so genau angesehen. Vielleicht sollten wir das noch tun. Ich weiß nur nicht so ganz, wonach wir da suchen sollten. Ich interessiere mich eher für das, was Karen Borg wahrscheinlich weiß.«

Er nahm seine Brille ab, ein Ablenkungsmanöver, und wischte mit dem Saum seines Sweatshirts an den Gläsern herum.

»Sie weiß mehr, als sie sagt. Das ist klar. Vermutlich geht es um andere strafbare Geschichten als die, die wir schon über Han van der Kerch haben. Wir haben den Mord. Die technischen Untersuchungen sind ja abgeschlossen, und die brechen ihm den Hals. Aber wenn wir uns nicht irren, steckt er noch dazu bis über beide Ohren im Drogenhandel. Das ist nicht gerade günstig für das Strafmaß bei vorsätzlichem Mord. Sie unterliegt der Schweigepflicht. Karen Borg ist eine Frau von Prinzipien, das kannst du mir glauben. Ich kenne sie verdammt gut. Zumindest habe ich sie gekannt.«

»Sieht nicht so aus, als ob meine Notiz Konsequenzen für sie gehabt hätte«, sagte Hanne. »Ihr ist nichts Ungewöhnliches oder Beunruhigendes aufgefallen?«

»Nein.« Er war sich da nicht so sicher, wie er vorgab. Seit zwei Wochen hatte er nicht mehr mit ihr gesprochen. Nicht, dass er es nicht versucht hätte. Obwohl sie ihn so lange geküsst hatte, bis er versprochen hatte, sie nicht anzurufen, hatte er sein Versprechen schon zwei Tage, nachdem er in aller Herrgottsfrühe ihre Treppe hinuntergestolpert war, gebrochen. Am Montagmorgen hatte er es im Büro versucht, war aber von einer freundlichen Empfangsdame abgewimmelt worden. Frau Borg habe zu tun, sicher, sein Anruf werde notiert. Die Frau hatte seither vier weitere Anrufe notiert, aber keiner war beantwortet worden. Er hatte sich in gewohnter Resignation damit abgefunden, war aber doch jedes Mal enttäuscht, wenn das Telefon schellte und er in der intensiven und alles verzehrenden Hoffnung abnahm, sie könnte es sein, nur um dann feststellen zu müssen, dass sie standhaft war in ihrem Entschluss, mindestens einen Monat lang nicht mit ihm zu sprechen. Machte also noch zwei Wochen. »Nein«, wiederholte er. »Ihr ist nichts Ungewöhnliches aufgefallen.«

Die Kerzen hatten den Tisch in zwei großen Kreisen beträufelt. Håkon legte beschützend und unnötig die Hand hinter die Flammen und blies sie aus. Er erhob sich und schaltete das Deckenlicht ein.

»Das war der Auftakt«, sagte er mit aufgesetzter Munterkeit. »Das Fest feiern wir dann getrennt!«

SAMSTAG, 7. NOVEMBER

Obwohl der Winter kräftig mit dem Säbel gerasselt hatte, war er von einem normalen, windigen Herbst aus dem Feld geschlagen worden. Die Spuren des einleitenden Geplänkels waren noch einige Tage lang als grauweiße Schneeflecken liegengeblieben, inzwischen waren aber auch sie verschwunden. Der Regen war drei oder vier Grad vom Schnee entfernt, war aber viel unangenehmer. Der Asphalt, der noch vor wenigen Tagen in der nächtlichen Dunkelheit geglitzert hatte, besetzt von Millionen von schwarzen Diamanten, lag nun da wie ein flaches, sabberndes Ungeheuer und verschluckte jedes Licht in dem Moment, in dem es auf den Boden auftraf.

Hanne und Cecilie kamen von einem recht netten Fest. Cecilie hatte zu viel getrunken und nahm flirtend Hannes Hand. So gingen sie zwischen zwei Laternen einige Meter, aber Hanne ließ los, als sie in das schwache Licht traten.

»Feigling!«, neckte Cecilie.

Hanne lächelte nur und schob die Hände in ihre Jackenärmel, wo sie vor einem weiteren Anlauf zu Intimität geschützt waren.

»Wir sind bald zu Hause«, sagte sie.

Ihre Haare waren schon nass, und Cecilie beklagte sich, weil ihre Brille beschlagen war.

»Dann schaff dir doch Kontaktlinsen an.«

»Das ist im Moment schwierig! Und gerade jetzt kann ich doch nichts sehen! Darf ich wenigstens deinen Arm nehmen? Sonst falle ich hin und breche mir das Genick, und dann bist du ganz allein auf der weiten Welt.«

Arm in Arm gingen sie weiter. Hanne wollte nicht ganz allein auf der weiten Welt sein.

Vor ihnen lag der Park, ziemlich leer. Beide hatten im Dunkeln Angst, aber der Weg durch den Park war fünf Minuten kürzer. Sie wagten es.

»Du bist eigentlich total witzig, Hanne. Du bist riesig witzig«, brabbelte Cecilie, als ob Menschenstimmen alle Mächte der Finsternis verjagen könnten, die möglicherweise an diesem späten Herbstabend unterwegs waren. »Ich lach mich kringelig über deine Witze. Erzähl von dem Theater in Gryllefjord. Das ist jedes Mal von Neuem witzig. Und so schön lang. Erzähl!«

Und Hanne erzählte bereitwillig. Als sie beim zweiten Gastspiel im Bürgerhaus von Gryllefjord angekommen war, blieb sie unvermittelt stehen. Sie hielt Cecilie mit einer abwehrenden und aggressiven Handbewegung zurück und zog ihre Freundin hinter einen riesigen Ahornbaum. Cecilie verstand das falsch und bot ihren Mund zum Kuss dar.

»Lass das, Cecilie, nimm dich zusammen und beweg dich nicht!« Sie befreite sich aus der Umarmung, lehnte sich an den Baum und lugte hervor.

Die beiden Männer waren unvorsichtig genug gewesen, sich unter eine der beiden Laternen in dem großen, dunklen Park zu stellen. Die Frauen waren dreißig Meter von ihnen entfernt und konnten kein Wort verstehen. Hanne Wilhelmsen sah nur den Rücken des einen Mannes, er hatte die Hände in den Taschen und trat von einem Fuß auf den anderen. Das konnte bedeuten, dass er schon eine Weile dort stand. Sie blieben ziemlich lange stehen, die Männer im leisen Gespräch, die Frauen hinter dem Baum. Cecilie hatte endlich den Ernst der Lage begriffen und sich damit abgefunden, dass Hanne ihr Benehmen später erklären würde.

Der Mann, der ihnen den Rücken zukehrte, war ganz normal angezogen. Seine Jeans steckten in schief getretenen Snowjoggern, seine Jeansjacke war mit Kunstpelz gefüttert, das Futter lugte grauweiß aus dem Kragen. Seine Haare waren kurz, es war fast schon ein Bürstenschnitt.

Der Mann, dessen Gesicht Hanne Wilhelmsen gut sehen konnte, trug einen hellbeigen Mantel und war ebenfalls barhäuptig. Er sagte nicht viel, schien sich aber auf den Redefluss des anderen zu konzentrieren. Nach einigen Minuten gab der ihm eine kleine Mappe, es konnte sich um Dokumente handeln. Rasch blätterte er die Papiere durch und stellte offenbar Fragen zum Inhalt. Mehrmals zeigte er auf bestimmte Papiere und drehte die Mappe so, dass sie beide hineinschauen konnten. Schließlich faltete er sie der Länge nach zusammen und mühte sich damit ab, sie in seiner Manteltasche zu verstauen.

Das Licht kam von oben, wie von einer schwachen Sonne im Zenit. Das ließ sein Gesicht aussehen wie eine Karikatur, fast diabolisch. Aber das spielte keine Rolle, Hanne Wilhelmsen hatte ihn sofort erkannt. Als die beiden Männer einander die Hand reichten und sich trennten, ließ Hanne den Ahornbaum los und drehte sich zu ihrer Freundin um.

»Ich weiß, wer der Kerl ist«, teilte sie ihr zufrieden mit.

Der Mann im Mantel lief mit hochgezogenen Schultern zu einem Auto, das am anderen Ende des Parks stand.

»Das ist Peter Strup«, sagte Hanne Wilhelmsen. »Der Anwalt Peter Strup.«

MONTAG, 9. NOVEMBER

Die Bilder hingen dicht an dicht an den Wänden. Das machte einen gemütlichen Eindruck, auch wenn sie sich gegenseitig erschlugen. Sie erkannte einige Signaturen.

Anerkannte Künstler. An einem feuchten Abend hatte sie dem Besitzer eine nette Summe für ein fast einen Quadratmeter großes Bild des Olav-Ryes-plass angeboten. Wasserfarben, allerdings kein Aquarell, die Farbe war auf glattes graues Papier aufgetragen worden, das sie nicht aufgesogen hatte. Die Bilder waren brutal und hart, erfüllt von Stadtleben und Dreck. Im Hintergrund konnte man das Mietshaus ahnen, in dem Karen Borg wohnte. Das Bild war unverkäuflich.

Die Tische standen zu dicht beieinander, das war das Einzige, was sie an diesem Lokal störte. Es war schwer, ein vertrauliches Gespräch zu führen, wenn der Nachbartisch nur wenige Zentimeter entfernt war. Montags war hier allerdings nicht viel los. Es war so still, dass sie gegen den ihnen höflich angewiesenen Tisch protestiert und auf einen Platz auf der anderen Seite des Restaurants bestanden hatten. An den Nachbartischen saß bisher noch niemand.

Das schwarze Wachstuch wirkte zusammen mit den weißen Stoffservietten elegant, die Weingläser waren perfekt, ohne jeden Schnickschnack. Der Wein war fantastisch, sie musste ihn zu dieser Wahl beglückwünschen.

»Sie geben sich also nicht geschlagen«, sagte sie, nachdem sie den ersten Schluck getrunken hatte.

»Nein, dafür bin ich nicht bekannt; das lasse ich mir nicht nachsagen, jedenfalls nicht bei schönen Frauen.«

Aus dem Mund eines anderen hätte das banal und sogar ziemlich frech geklungen. Bei Peter Strup wirkte es wie ein Kompliment. Sie registrierte – nicht ohne sich deshalb Vorwürfe zu machen –, dass es ihr gefiel.

»Ich konnte doch eine schriftliche Einladung nicht ablehnen«, sagte Karen Borg. »So eine Anfrage habe ich seit Jahr und Tag nicht erhalten.«

Die Karte hatte morgens ganz oben auf ihrem Poststapel gelegen. Eine gelbbraune Büttenkarte mit einem dünnen Aufdruck oben in einer Ecke: *Peter Strup, Anwalt beim Obersten Gericht.* Die Karte war handgeschrieben, in einer männlichen, aber eleganten und gut lesbaren Schönschrift. Es war eine höfliche Einladung, mit ihm abends in einem bestimmten Restaurant zu essen, rücksichtsvollerweise nur zwei Blocks von Karens Wohnung entfernt. Abschließend hatte er geschrieben:

»Diese Einladung erfolgt in den allerbesten Absichten. Da ich Ihre höfliche Ablehnung noch in frischer Erinnerung habe, überlasse ich es Ihnen, ob Sie kommen. Sie brauchen nicht Bescheid zu sagen, ich bin jedenfalls um 19.00 Uhr dort. Sollten Sie nicht kommen, verspreche ich, dass Sie nichts mehr von mir hören werden – jedenfalls nicht im Zusammenhang mit diesem Fall.«

Er hatte mit seinem Vornamen unterschrieben. Das Ganze wirkte ein wenig aufdringlich, aber das lag nur an der Sache mit dem Namen. Der Brief an sich war elegant und ließ ihr wirklich die Wahl. Sie konnte hingehen, wenn sie wollte. Sie wollte. Aber ehe sie sich endgültig entschied, rief sie doch noch bei Håkon an. Sie hatte ihn vor über zwei Wochen gebeten, sich zurückzuhalten. Seither wechselte bei ihr ein wilder Drang, ihn anzurufen, mit Panik angesichts dessen, was passiert war. Es war die beste Nacht in Karen Borgs Leben gewesen. Diese Nacht bedrohte alles, was sie hatte, sie hatte ihr gezeigt, dass es etwas in ihr gab, das sie aus dem sicheren Dasein herauslockte, von dem sie so abhängig war. Sie wollte kein Verhältnis nebenbei. Und sie wollte sich unter keinen Umständen scheiden lassen. Die einzige vernünftige Entscheidung war also, sich Håkon vom Leibe zu halten. Aber gleichzeitig sehnte sie sich grausam nach ihm, sie hatte auf dem Weg zu einer Entscheidung, von deren Ausgang sie noch keine Ahnung hatte, vier Kilo eingebüßt.

»Hier ist Karen«, verkündete sie, als sie ihn beim dritten Versuch endlich erwischt hatte.

Er schluckte so heftig, dass er husten musste. Sie hörte, dass er den Hörer beiseitelegen musste. Was sie nicht mitbekam, war, dass Husten und Aufregung zur Folge hatten, dass er sich erbrechen musste. Er konnte gerade noch den Papierkorb schnappen. Sein Gaumen brannte, als er endlich antworten konnte. »Tut mir leid«, hüstelte er. »Ich hab etwas in den falschen Hals gekriegt. Wie geht's dir?«

»Darüber will ich jetzt nicht sprechen, Håkon. Wir werden darüber reden. Später. Ich muss nachdenken. Ich muss nachfühlen. Du bist ein lieber Junge. Du lässt mir noch ein bisschen Zeit.«

»Und warum rufst du an?« Eine Mischung aus Verzweiflung und schwacher Hoffnung machte seine Stimme unnötig mürrisch. Das hörte er selbst, aber er hoffte, die Telefonleitung werde das Schlimmste vertuschen.

»Peter Strup hat mich zum Essen eingeladen.«

Schweigen. Håkon Sand war aufrichtig überrascht und hemmungslos eifersüchtig.

»Ach.« Was sollte er sonst noch sagen? »Ach«, wiederholte er. »Hast du zugesagt? Und hat er erklärt, warum er dich einlädt?«

»Eigentlich nicht«, antwortete sie. »Aber ich glaube, es hängt mit unserem Fall zusammen. Ich würde gern hingehen. Soll ich?«

»Nein, natürlich nicht! Er ist Verdächtiger in einem wichtigen Fall! Hast du denn völlig den Verstand verloren? Die Götter mögen wissen, was dem alles zuzutrauen ist. Nein, du darfst nicht hingehen! Hörst du?«

Sie seufzte und begriff, welch ein Fehler dieser Anruf war. »Er ist doch kein Verdächtiger, Håkon. Jetzt übertreibst du aber wirklich. Ihr habt überhaupt nichts gegen den Mann vorliegen! Dass er ein seltsames Interesse an meinem Mandanten an den Tag legt, kann doch unmöglich ausreichen, um ihn für die Polizei spannend zu machen. Ehrlich gesagt bin ich ein bisschen neugierig darauf, woher sein Interesse eigentlich stammt, und bei diesem Essen klärt sich das vielleicht auf. Das müsste doch auch für euch von Vorteil sein, oder? Ich verspreche dir, ich erzähle dir, was dabei herauskommt.«

»Wir haben einiges über den Mann«, widersprach Håkon voller Pathos. »Wir haben mehr als nur Mandantenklau. Aber ich kann nichts darüber sagen. Du musst mir einfach glauben.«

»Ich glaube, du bist eifersüchtig, Håkon.«

Er hörte geradezu, dass sie lächelte; das hätte er schwören können, verdammt. »Ich bin nicht die Spur von eifersüchtig«, brüllte er und würgte eine weitere Portion Magensäure hervor. »Mir geht es wirklich und rein professionell um deine Sicherheit!«

»Na gut«, sagte sie. »Wenn ich heute Abend verschwinden sollte, dann kannst du Peter Strup verhaften. Ich gehe jedenfalls hin. Mach's gut.«

»Warte! Wo trefft ihr euch?«

»Geht dich nichts an, Håkon, aber wenn du es unbedingt wissen willst: Markveien Mat- und Vinhus. Ruf mich nicht an. Ich rufe dich an. Bald. In ein paar Tagen oder Wochen.«

Das Telefon klickte, und Karen wurde von einem höhnischen, monotonen Summton abgelöst.

»Verdammt«, murmelte Håkon Sand, dann kotzte er in den Papierkorb, zog die Plastiktüte heraus und verknotete sie, ehe er sich des stinkenden Bündels entledigte.

Das Essen war fantastisch. Karen Borg freute sich sehr über eine gute Mahlzeit. Ihre eigenen Versuche am Kochtopf gingen immer daneben, ein Regalmeter Kochbücher hatte ihr auch nicht weitergeholfen. Im Laufe der Jahre hatte Nils nach und nach die Küche übernommen. Er konnte aus Suppenwürfeln Feinschmeckermahlzeiten herstellen, sie konnte ein Filetsteak ruinieren.

Peter Strup sah besser aus als auf den Zeitungsbildern. Laut Zeitung war er fünfundsechzig Jahre alt. Auf Bildern sah er viel jünger aus, aber das lag wohl daran, dass die vielen kleinen Runzeln nicht zu sehen waren. Jetzt, als sie weniger als einen Meter von ihm entfernt saß, sah sie, dass das Leben ihn nicht so schonend behandelt hatte, wie sie bisher angenommen hatte. Trotzdem machten die Falten in seinem Gesicht ihn glaubwürdiger, lebenserfahrener. Seine imponierenden dunkelgrauen Haare schlossen sich wie ein Stahlhelm um seinen Kopf. Ein Wikingerhäuptling mit Eisaugen.

»Wie fühlen Sie sich denn als Verteidigerin?«, fragte er, nach Portwein und drei Gängen samt Käsekuchen lächelnd.

»Ganz gut«, antwortete sie und hatte damit nicht zu viel und nicht zu wenig gesagt.

»Und ist Ihr Mandant noch immer so psychotisch?«

Wieso war er über den Gesundheitszustand des Niederländers informiert? Sie vergaß die Frage so rasch, wie sie aufgetaucht war.

»Ja. Der Junge tut mir leid, wirklich. Sie kommen einfach nicht weiter mit der Sache, er ist zu durchgedreht. Er gehört in eine Klinik! Aber Sie kennen ja die Verhältnisse ... frustrierend. Ich kann nicht viel für ihn tun.«

»Besuchen Sie ihn?«

»Ja, das schon. Jeden Freitag. Er scheint es schön zu finden in seiner Nebelwelt. Komisch.«

»Nein, das ist überhaupt nicht komisch«, sagte Peter Strup mit einer leichten Handbewegung, die den Rauch von Karen Borgs Zigarette vertreiben sollte.

»Stört Sie das?«, fragte sie und drückte die halbgerauchte Prince aus.

»Nein, um Himmels willen«, versicherte er, griff nach der Packung, fischte eine neue Zigarette heraus und bot sie ihr an. »Es stört mich überhaupt nicht.«

Sie lehnte die Zigarette trotzdem ab und steckte die Packung in die Handtasche.

»Es ist nicht komisch, dass er sich über Ihre Besuche freut. Das ist immer so. Sicher sind Sie die Einzige, die sich um ihn kümmert. Das ist ein Lichtpunkt im Dasein, etwas, worauf er sich vorher freuen kann und woran er sich bis zu Ihrem nächsten Besuch klammert. Egal, wie psychotisch er ist, er registriert doch, was passiert. Redet er?«

Es war eine ganz unschuldige und in diesem Zusammenhang natürliche Frage. Dennoch wurde Karen hellwach, trotz der entspannten Atmosphäre und des angenehmen leichten Rauschs nach drei Glas Wein. »Nur sinnloses Gemurmel«, wehrte sie ab. »Aber er lächelt, wenn ich komme. Jedenfalls schneidet er eine Grimasse, die Ähnlichkeit mit einem Lächeln hat.«

»Er sagt also nichts«, stellte Peter Strup leichthin fest und blickte sie über den Rand seines Weinglases hinweg an. »Und was murmelt er so?«

Karen Borg biss die Zähne zusammen. Sie wurde ausgefragt, und das gefiel ihr nicht. Bisher hatte sie das Essen genossen und sich in der Gesellschaft eines höflichen, gebildeten und charmanten Mannes wohl gefühlt. Er hatte Anekdoten aus dem Gerichtssaal und vom Sport erzählt, Witze mit dreifachem Boden, und alles mit einer Aufmerksamkeit gekrönt, von der sich auch attraktivere Frauen als Karen Borg geschmeichelt gefühlt hätten. Auch sie hatte sich geöffnet, mehr, als sie es gewöhnlich tat, und ihm erzählt. Wie frustrierend sie ihr Leben als Anwältin für die

Reichen und Schönen fand. Jetzt horchte er sie aus. Das ließ sie sich nicht gefallen.

»Ich rede nicht über konkrete Fälle. Schon gar nicht über diesen. Ich unterliege der Schweigepflicht. Außerdem finde ich, Sie sind mir langsam mal eine Erklärung für Ihre auffällige Neugier schuldig.« Sie hatte die Arme verschränkt, wie immer, wenn sie wütend oder verletzlich war. Jetzt war sie beides.

Peter Strup stellte sein Glas beiseite und saß da wie ihr maskulines Spiegelbild; er verschränkte die Arme und blickte ihr in die Augen. »Die Sache interessiert mich, weil ich die Konturen von etwas ahne, das mich angeht. Als Anwalt, als Mensch. Ich habe die Möglichkeit, Sie vor etwas zu beschützen, das gefährlich sein *kann*. Lassen Sie mich die Verteidigung übernehmen.«

Er ließ seine Arme sinken und beugte sich zu ihr vor. Sein Gesicht war höchstens dreißig Zentimeter von ihrem entfernt, und unwillkürlich versuchte sie, ein Stück zurückzuweichen. Es gelang ihr nicht, ihr Hinterkopf schlug mit einem dumpfen Geräusch gegen die Wand.

»Nehmen Sie das als Warnung. Entweder überlassen Sie den Niederländer mir, oder Sie müssen die Konsequenzen tragen. Ich kann Ihnen eins versichern: Es wäre absolut zu Ihrem Besten, aus der Sache auszusteigen. Wahrscheinlich ist es noch nicht zu spät.«

Im Lokal war es plötzlich zu heiß. Karen merkte, wie die Röte in ihre Wangen stieg und wie eine schwache Rotweinallergie ihren Hals mit Flecken überzog. Ihre BH-Bügel bohrten sich in ihre schweißnasse Haut, und sie sprang auf, um der Situation zu entkommen.

»Und ich kann *Ihnen* eins versichern«, sagte sie leise, während sie nach ihrer Handtasche griff, ohne ihn aus den Augen zu lassen. »Ich gebe den Jungen um nichts in der Welt her. Er hat um meine

Hilfe gebeten. Das Gericht hat mich ernannt. Ich werde ihm helfen. Vollständig unabhängig von irgendwelchen Drohungen, ob sie nun von Schurken oder von Staranwälten stammen!«

Obwohl sie leise gesprochen hatte, hatte ihr Auftritt eine gewisse Aufmerksamkeit erregt. Die wenigen Gäste im anderen Teil des Lokals verstummten und blickten sie beide voller Interesse an.

Sie dämpfte ihre Stimme noch weiter und flüsterte geradezu: »Tausend Dank für die Einladung. Es hat sehr gut geschmeckt. Ich rechne damit, nichts mehr von Ihnen zu hören. Noch ein Wort von Ihnen über diesen Fall, und ich werde ich mich bei der Anwaltskammer beklagen.«

»Da bin ich nicht Mitglied«, lächelte er und wischte sich mit einer großen weißen Serviette über den Mund.

Karen Borg stampfte in die Garderobe, warf ihren Mantel über und brauchte für den Heimweg eine Minute und fünfundvierzig Sekunden. Sie war außer sich vor Wut.

Die Nacht befand sich noch in der Pubertät, als sie aufwachte. Die digitalen Ziffern des Radioweckers warfen ihr den Zeitpunkt hitzig rot an den Kopf: 02.11. Nils atmete langsam und regelmäßig und stieß bei jedem vierten Atemzug ein leises Schnarchen aus. Sie versuchte, sich diesem Rhythmus anzupassen, sich an die Ruhe des großen, schlafenden Menschen neben ihr anzuhängen, wie er zu atmen, ihrer kurzatmigen Lunge dasselbe Tempo aufzuzwingen. Die Lunge protestierte, indem sie ihr einen Schwindelanfall verpasste, aber Karen wusste aus Erfahrung, dass nach dem Schwindel in der Regel der Schlaf von seinem nächtlichen Fluchtversuch heimkehrte.

Heute Nacht jedoch nicht. Ihr Herz weigerte sich ganz einfach, das Tempo zu drosseln, und ihre Lunge schrie in wildem Protest gegen eine andere Geschwindigkeit. Was hatte sie geträumt? Sie wusste es nicht mehr, aber das Gefühl von Trauer, Hilflosigkeit und undefinierbarer Angst war so stark, dass es ein schlimmer Traum gewesen sein musste.

Vorsichtig drehte sie sich zum Bettrand und tastete mit der Hand nach dem Stecker des Telefonanschlusses auf dem Nachttisch. Sie zog ihn heraus, behutsam und ohne Nils zu wecken, das hatte sie in unzähligen Nächten trainiert. Dann stieg sie aus dem Bett und schlich sich aus dem Schlafzimmer. Bei der Tür blieb sie stehen und griff nach ihrem Bademantel.

Nur ein Lämpchen über dem Telefontisch machte es ihr möglich, auf dem Flur etwas zu sehen. Leise nahm Karen das schnurlose Telefon aus der Halterung. Danach ging sie in den Raum, den sie beide Arbeitszimmer nannten und der hinter dem Wohnzimmer lag. Hier brannte Licht; auf der riesigen Tischplatte aus dickem Kiefernholz, die schräg auf zwei viereckigen Säulen ruhte, lag psychologische Fachliteratur ausgebreitet. Vom Boden bis zur Decke umgaben Bücherregale das gesamte Zimmer. Aber sie reichten nicht aus, an mehreren Stellen türmten sich meterhohe Bücherstapel auf dem Boden. Das Zimmer war das gemütlichste in der Wohnung, in einer Ecke stand ein Sessel mit Fußbank, daneben eine Leselampe. Karen setzte sich.

Sie wusste seine Nummer auswendig, obwohl sie sie in ihrem Leben erst einmal gewählt hatte, vor etwas über zwei Wochen. Sie wusste auch seine Nummer aus der Unizeit noch; sie hatte sie sechs Jahre lang mindestens einmal täglich gewählt. Aus irgendeinem Grunde wirkte es wie ein schlimmerer Verrat, ihn anzurufen, während Nils im Nebenzimmer schlief, als sich auf dem Wohnzimmerboden mit ihm zu lieben, während Nils verreist war. Sie starrte das Telefon mehrere Minuten lang an, ehe ihre Finger schließlich fast wie von selbst die richtige Ziffernkombination tippten.

Nach zweieinhalbmal Klingeln hörte sie ein halbersticktes Hallo.

»Hallo, ich bin's.« Etwas Originelleres fiel ihr nicht ein.

»Karen! Was ist los!« Er wirkte plötzlich hellwach.

»Ich kann nicht schlafen.«

Ein Rascheln und Knistern wies darauf hin, dass er sich im Bett aufsetzte.

»Ich hätte dich aber trotzdem nicht anrufen dürfen«, bat sie um Entschuldigung.

»Ach, das ist schon in Ordnung. Ehrlich gesagt, ich freue mich natürlich über deinen Anruf. Das ist doch klar. Du musst mich immer anrufen, wenn du das Bedürfnis hast. Egal wann. Wo bist du?«

»Zu Hause.«

Stille.

»Nils schläft«, erklärte sie, um seiner Frage zuvorzukommen. »Ich hab den Telefonstecker im Schlafzimmer rausgezogen. Außerdem schläft er um diese Zeit immer wie ein Stein. Er ist daran gewöhnt, dass ich aufwache und ein bisschen herumwandere. Das macht ihm sicher nichts aus.«

»Wie war das Essen?«

»Bis zum Kaffee sehr nett. Dann fing er wieder an rumzunerven. Ich begreife einfach nicht, was er von dem Jungen will. Er war ziemlich frech, ich musste ihm eins auf die Finger geben. Ich glaube, ich werde nichts mehr von ihm hören.«

»Ja, du hast ziemlich wütend ausgesehen, als du gegangen bist.«

»Als ich gegangen bin? Woher weißt du das?«

»Du hast das Lokal Punkt 22.04 Uhr verlassen und bist wütend nach Hause gelaufen.« Er lachte kurz, wie um sich zu entschuldigen.

»Du Schurke, hast du mir nachspioniert?« Karen war empört und fühlte sich dennoch geschmeichelt.

»Nein, spioniert nicht, ich habe auf dich aufgepasst. Es war ein kaltes Vergnügen. Drei Stunden in einem Torweg in Grünerløkka sind nicht gerade lustig.« Er legte eine unfreiwillige Pause ein und nieste zweimal heftig. »Ja, verdammt, da hab ich mich wohl erkältet. Du solltest mir dankbar sein.«

»Warum hast du mich nicht angesprochen, als ich aus dem Restaurant gekommen bin?«

Håkon gab keine Antwort.

»Hast du gedacht, ich würde böse werden?«

»Ich habe diese Möglichkeit in Betracht gezogen, ja. So, wie du heute am Telefon warst!«

»Du bist süß. Du bist wirklich süß. Ich wäre sicher stocksauer gewesen. Aber es ist ein schöner Gedanke, dass du die ganze Zeit da gestanden und auf mich aufgepasst hast. Warst du dabei der Polizist oder Håkon?«

In dieser Frage verbarg sich eine Einladung. Tagsüber hätte er sich geschickt herausgeredet, und das wäre ihr auch am liebsten gewesen, das wusste er. Aber jetzt war schwarze Nacht. Ohne es eigentlich zu wollen, sagte er die Wahrheit. »Ein Polizeijurist betätigt sich nicht als Leibwächter, Karen. Ein Polizeijurist sitzt in seinem Büro und kümmert sich nur um Papiere und Prozesse. *Ich* habe da gestanden. Ich war eifersüchtig, und ich habe mir Sorgen gemacht. Ich liebe dich. Deshalb.«

Er war zufrieden und ruhig, ihre Reaktion mochte ausfallen, wie sie wollte. Sie fiel überraschend aus und warf ihn restlos um.

»Ich bin wohl auch ein bisschen in dich verliebt, Håkon.«

Plötzlich weinte sie. Håkon war verunsichert.

»Nicht weinen!«

»Doch, ich weine, wann ich will«, schluchzte sie. »Ich weine, weil ich nicht weiß, was ich machen soll.«

Jetzt schluchzte sie heftig. Håkon konnte kaum hören, was sie sagte. Deshalb ließ er sie in Ruhe weinen. Es dauerte zehn Minuten.

»Auch eine Methode, Einheiten zu vertelefonieren«, schniefte sie schließlich.

»Nachts dauert eine Einheit ewig. Das kannst du dir schon leisten.«

Sie war jetzt ruhiger. »Ich will ein bisschen verreisen«, sagte sie. »Allein, in die Hütte. Ich nehme den Hund und Bücher mit. Ich kann hier in der Stadt einfach nicht denken. Jedenfalls nicht hier, in der Wohnung, und im Büro habe ich nur Zeit für meine Arbeit. Und auch die schaffe ich kaum.« Wieder schniefte sie los.

»Wann fährst du?«

»Weiß ich nicht. Ich werde dich auf jeden Fall vorher anrufen. Es kann noch ein oder zwei Wochen dauern. Du musst mir versprechen, nicht bei mir anzurufen. Du hast das bisher so toll gemacht!«

»Versprochen, Ehrenwort. Aber du, kannst du das noch mal sagen?«

»Ich bin vielleicht ein bisschen verliebt, Håkon. Gute Nacht.«

DIENSTAG, 10. NOVEMBER

»Was für eine Zeitverschwendung!«

Hanne Wilhelmsen hatte zwei dicke Gummibänder um die Papiere geschlungen. Jetzt sahen sie wie ein wenig verlockendes Weihnachtsgeschenk aus. Das Paket konnte geworfen werden. Peng.

»Jetzt sind wir Olsen und Lavik durchgegangen. Nichts.«

»Nichts? Rein gar nichts?« Håkon Sand war überrascht. Dass sie nichts Interessantes fanden, war auffälliger, als wenn sie irgendwelche Kleinigkeiten entdeckt hätten. Nur wenige konnten die kritischen Scheinwerfer der Polizei ertragen, ohne dass sich irgendwo am Stecken doch ein verborgener Rest Dreck zeigte.

»Mir ist übrigens eine Sache aufgefallen«, sagte Hanne. »Wir haben keinen Zugang zu Laviks Bankkonten, weil wir keine Anklage gegen ihn erhoben haben. Aber sieh dir seine Steuererklärungen der letzten Jahre an!«

Ein Blatt voller nichtssagender Zahlen wurde vor Håkon hingelegt. Er begriff nichts. Nur, dass der Bursche über ein Jahreseinkommen verfügte, das jeden Vertreter der Anklagebehörden veranlassen konnte, vor Neid grün anzulaufen.

»Da scheint Geld verschwunden zu sein«, erklärte Hanne.

»Verschwunden?«

»Ja, sein angegebenes Einkommen stimmt einfach nicht mit seinem Vermögen überein. Entweder hat der Typ einen gewaltigen täglichen Verbrauch, oder er hat irgendwo Geld versteckt«

»Aber warum sollte er ehrlich verdientes Geld beiseiteschaffen?«

»Dafür kann es nur einen guten Grund geben: Er will sich der Vermögenssteuer entziehen. Aber so niedrig, wie hierzulande die Vermögenssteuern sind, wäre das blödsinnig und unwahrscheinlich. Ich kann mir einfach nicht vorstellen, dass er für ein paar miese Kronen zum Steuerhinterzieher wird. Seine Bilanzen sind in Ordnung und jedes Jahr von den Wirtschaftsprüfern bestätigt. Also verstehe ich das alles nicht so ganz.«

Sie sahen einander an. Håkon stopfte sich eine Prise Tabak unter die Oberlippe.

»Hast du mit dieser Sauerei angefangen?«, fragte Hanne voller Abscheu.

»Nur ein Versuch, um zu verhindern, dass ich wieder auf Zigaretten reinfalle. Nur vorübergehend«, entschuldigte er sich und spuckte die Tabakreste aus.

»Das ist schädlich fürs Zahnfleisch. Und es stinkt.«

»An mir soll ja auch niemand riechen«, erwiderte er. »Werfen wir uns doch mal Bälle zu. Wann würdest du Geld beiseiteschaffen?«

»Wenn ich schwarzes oder durch und durch illegales Geld hätte. Schweiz vielleicht. Wie in den Kriminalromanen. Den Schweizer Banken gegenüber sind wir ohnmächtig. Die Konten brauchen ja nicht einmal auf Namen eingetragen zu sein, eine Nummer reicht völlig aus.«

»Haben wir irgendwelche Schweizreisen registriert?«

»Nein, aber er braucht auch nicht hinzufahren. In etlichen der Länder, die er besucht hat, gibt es Filialen von Schweizer Banken. Außerdem werde ich den Gedanken nicht los, dass hinter seinem Engagement in Asien noch mehr steckt. Drogen. Das passt gut zu unserer Theorie. Nur schade, dass er für seine Reisen eine hervorragende, legitime Erklärung hat. Seine Hotels existieren schließlich.«

Es klopfte an die Tür, und ein blonder Polizist trat ein, noch ehe irgendwer herein gesagt hatte. Das ärgerte Håkon, aber er schwieg.

»Hier sind die Unterlagen, die du haben wolltest«, sagte der Blonde und reichte Hanne vier Seiten Computerausdrucke; dann ging er, ohne die Tür hinter sich zuzumachen. Håkon stand auf und erledigte das für ihn.

»Hat einfach keine Manieren, die heutige Jugend.«

»Aber Håkon, hör mal: Wenn ich nun haufenweise illegales

Geld hätte und mir ein Schweizer Konto zulegte und wenn ich geizig wäre – würde ich dann nicht vielleicht auch etwas von meinem legalen Geld, das ich nicht dringend brauche, nehmen und hinterherschicken?«

»Geizig? Ja, so könnten wir Lavik vielleicht nennen.«

»Sieh dir doch mal an, wie nüchtern er lebt! Solche Leute haben eine ganz spezielle Freude an dem Geld auf ihrem Sparbuch. Er hat alles auf dasselbe Konto gepackt.«

Es war keine besonders gute Theorie, aber solange sie keine bessere hatten, war sie in Ordnung. Aus Geldgier begehen selbst die Besten Fehler. Fehler war hier vielleicht zu viel gesagt, man konnte es wirklich nicht als Gesetzesbruch bezeichnen, wenn jemand weniger Geld hatte, als seine Honorarrechnungen behaupteten.

»Von jetzt an gehen wir davon aus, dass Lavik Kohle in der Schweiz deponiert hat. Wir werden ja sehen, wohin uns das bringt. Nicht sehr weit, fürchte ich. Was ist mit Peter Strup? Hast du nach diesem geheimnisvollen Gespräch im Sofienbergpark seinetwegen etwas unternommen?«

Sie reichte ihm einen dünnen Umschlag. Der Polizeijurist sah, dass keine Registriernummer darauf stand. »Mein ganz privates Material«, erklärte sie. »Die Kopien sind für dich. Nimm sie mit nach Hause und bewahr sie an einer sicheren Stelle auf.«

Er blätterte in den Papieren. Strups Lebensgeschichte war beeindruckend. Im Krieg aktiv im Widerstand, obwohl er bei der Befreiung gerade erst achtzehn gewesen war. Schon damals Mitglied der Sozialdemokratischen Partei, hatte er sich dort in den folgenden Jahren nicht hervorgetan. Aber er war mit seinen Kampfgefährten aus dem Widerstand in Kontakt geblieben und verfügte heute über einen Freundeskreis, der auf imponierende Positionen verteilt war. Enger Freund mehrerer früherer Parteispitzen, auf gutem Fuße mit dem König, mit dem er übrigens früher zusammen gesegelt war (die Götter mochten wissen, wie er zu all dem Zeit fand), regelmäßig in Kontakt mit dem Staatssekretär im Justizministerium, mit dem er früher auch zusammengearbeitet hatte. Freimaurer zehnten Grades und damit Besitzer einer Eintrittskarte für die meisten Korridore der Macht. Er hatte eine frühere Mandantin geheiratet, eine Frau, die nach zweijähriger Hölle ihren Mann umgebracht hatte und nach anderthalb Jahren Haft zu Hochzeitsglocken in ein Leben auf der Sonnenseite entlassen worden war. Die Ehe war offenbar glücklich, niemand hatte Strup jemals eine Frauengeschichte anhängen können. Er verdiente sehr gut, obwohl seine Honorare zumeist vom Staat bezahlt wurden. Er bezahlte seine Steuern gern, wie er in den Zeitungen immer wieder betonte, und dabei war von nicht unbedeutenden Beträgen die Rede.

»Das war ja nicht gerade das Porträt eines Großverbrechers«, sagte Håkon und klappte den Ordner zu.

»Nein, aber es wirkt auch nicht besonders gesetzestreu, sich nachts in finsteren Parks mit irgendwelchen Leuten zu treffen.«

»Nächtliche Mandantengespräche werden in diesem Fall ja zur puren Gewohnheit«, stellte er ironisch fest und schob seinen Tabak mit der Zunge an Ort und Stelle.

»Wir müssen vorsichtig sein. Zu Peter Strups vielen Freunden gehören auch Leute vom Überwachungsdienst.«

»Vorsichtig? Wir sind doch so vorsichtig, dass es schon fast an Handlungsunfähigkeit grenzt.« Håkon gab den Kampf mit dem Tabaksaft auf und spuckte in den Papierkorb. Er war einfach aus der Übung.

Es war spitze und der einzige Luxus in Hanne Wilhelmsens Leben. Wie fast jeder Luxus war es vom Gehalt einer Kommissarin eigentlich nicht zu bezahlen. Aber mit dem Zuschuss einer Ärztin konnte sie sechs Monate im Jahr auf einer Harley Davidson, Baujahr 1972, die Freiheit spüren. Die Harley war rosa. Ganz rosa. Cadillacrosa mit blankem, glänzendem Chrom. Jetzt stand sie demontiert im Keller, in einem Hobbyraum mit gelben Wänden, einem alten Ofen in der Ecke, wo Hanne sich, ohne die Wohnungsgenossenschaft um Erlaubnis zu fragen, eine Verbindung zum Schornstein geschlagen hatte. An der Wand standen IKEA-Regale mit einer reichhaltigen Auswahl an Werkzeug. Im obersten Fach stand ein schwarz-weißer Reisefernseher.

Der Motor lag in Einzelteilen vor ihr, und sie reinigte ihn mit Q-tips. Nichts war gut genug für eine Harley. Bis März dauert es viel zu lange, dachte sie, und sie freute sich schon jetzt auf die erste Frühlingstour. Es würde fantastisches Wetter und riesige Pfützen geben. Cecilie würde hinter ihr sitzen, und der Motor würde ohrenbetäubend, aber gleichmäßig dröhnen. Wenn bloß dieser verdammte Helm nicht wäre. Hanne Wilhelmsen war vor vielen Jahren in den USA von Küste zu Küste gefahren, da hatte sie ein Stirnband mit der Aufschrift »Fuck helmet laws« getragen. Hier war sie Polizeibeamtin und fuhr mit Helm. Das war nicht dasselbe. Ein Teil der Freiheit ging dabei verloren, etwas von der Freude an der Gefahr, der Kontakt mit dem Wind und die vielen Gerüche.

Sie riss sich aus ihren Träumen und schaltete den Fernseher ein, um sich die Abendnachrichten anzusehen. Die Sendung hatte schon angefangen, und es ging ziemlich hitzig zu. Journalisten hatten ein Buch über die Beziehungen der Regierungspartei zu den Geheimdiensten veröffentlicht, und einige ihrer Behauptungen schienen bestimmten Politikern gewaltig auf den Magen zu schlagen. Nur einer der drei Autoren war anwesend, er bekam sein Teil ab. Vorwürfe, es handele sich um Spekulationen und unbegründete Behauptungen, um Amateurjournalismus und Schlimmeres, hagelte nur so auf den Mann herab. Der Journalist, ein gut aussehender grauhaariger Mann von Mitte vierzig, antwortete mit so ruhiger Stimme, dass Hanne nach wenigen Minuten davon überzeugt war, dass er recht hatte. Nachdem sie die Sendung eine Viertelstunde lang verfolgt hatte, machte sie sich wieder an den Motor. Die Ventile waren nach einer langen Saison verdreckt.

Plötzlich erweckte die Sendung wieder ihre Aufmerksamkeit. Der Moderator schien auf der Seite des Autors zu stehen und stellte einem der Kritiker eine Frage. Er verlangte eine Garantie dafür, dass der Nachrichtendienst keine Arbeiten durchführte oder Ausrüstungsgegenstände einkaufte, die nicht aus dem staatlichen Haushalt bezahlt wurden. Der Mann breitete die Arme aus und garantierte nach Herzenslust.

»Woher in aller Welt sollten wir das Geld denn sonst nehmen?«, war seine rhetorische Frage.

Das brachte das Gespräch ins Schlingern, und Hanne ging wieder an die Arbeit, bis Cecilie in der Tür erschien.

»Jetzt würde ich wirklich sehr, sehr gern ins Bett gehen«, sagte sie lächelnd.

MITTWOCH, 11. NOVEMBER

Er war stocksauer und unzufrieden. Sein Fall, *der große Fall*, schien im Sande zu verlaufen. Aus der Polizei konnte er nichts herausholen. Das lag sicher daran, dass die stecken geblieben waren. Ihm ging es auch nicht anders. Sein Redakteur war unzufrieden und hatte ihn in den normalen Dienst zurückbeordert. Es ödete ihn an, bei Gericht herumzulungern und wortkargen Polizeiräten nichtssagende Informationen zu entlocken, mit denen sich höchstens ein Einspalter füllen ließ.

Er hatte die Füße auf den Tisch gelegt und sah aus wie ein vergrätzter Dreijähriger in der Trotzphase. Sein Kaffee war bitter und kalt. Sogar seine Zigarette schmeckte zum Kotzen. Sein Notizblock war leer.

Er fuhr so plötzlich auf, dass er seine Kaffeetasse umwarf. Ihr schwarzer Inhalt ergoss sich über Zeitungen, Notizen und ein Taschenbuch. Fredrik Myhreng sah sich den Dreck einige Sekunden lang an, dann beschloss er, darauf zu scheißen. Er schnappte sich seine Jacke und eilte aus der Redaktion, ehe irgendjemand ihn aufhalten konnte.

Ein alter Schulkamerad betrieb den kleinen Laden. Myhreng schaute ab und zu vorbei, um neue Schlüssel für die jeweils neue Dame zu besorgen – sie gaben sie ja nie zurück – oder weil er neue Absätze für seine Stiefel brauchte. Was Schlüsselmachen mit Schuhmacherei zu tun hatte, war ihm unbegreiflich, aber sein Schulkamerad war nicht der Einzige in der Stadt, der beides kombinierte.

Sie begrüßten einander absolut überschwänglich. Fredrik Myhreng hatte das unangenehme Gefühl, dass der Mann in dem kleinen Laden stolz darauf war, einen Hauptstadtjournalisten zu kennen, behielt dieses Ritual aber bei. Der winzige Laden war leer, und der Inhaber war mit einem abgelatschten schwarzen Winterstiefel beschäftigt.

»Schon wieder eine Neue, Fredrik! Du hast doch bald an die hundert Schlüssel zu deiner Wohnung in der Stadt verstreut!« Der Mann grinste breit und grob.

»Nein, immer noch dieselbe, Mann. Ich wollte dich wegen etwas ganz anderem um Hilfe bitten.« Der Journalist fischte eine kleine Metalldose aus einer seiner geräumigen Taschen. Er öffnete sie und zog vorsichtig die beiden Knetgummiabdrücke heraus. Soweit er sehen konnte, waren sie beide unbeschädigt. Er hielt sie seinem Schulkameraden hin.

»Aber Fredrick, bist du unter die Gauner gegangen?« In seiner Stimme lag ein Hauch von Ernst, und er fügte hinzu: »Ist das von einem nummerierten Schlüssel? Davon mache ich keine Kopien. Nicht einmal für dich, alter Kumpel.«

»Nein, der ist nicht nummeriert. Das siehst du doch am Abdruck.«

»Der Abdruck ist keine Garantie. Schließlich kannst du den Abdruck der Nummer entfernt haben. Aber ich glaub dir mal.«

»Heißt das, du kannst eine Kopie machen?«

»Ja, aber das dauert seine Zeit. Ich hab hier nicht das richtige Werkzeug. Normalerweise benutze ich fertig gegossene Rohlinge, das machen wir fast alle. Die schleife ich mit diesem feschen Gerät hier zurecht.« Er streichelte ein Ungetüm von einem Apparat mit Knöpfen und Schaltern. »Du kannst in einer Woche mal vorbeischauen. Dann müsste ich so weit sein.«

Fredrick Myhreng nannte ihn einen Engel und war schon fast draußen, als er sich noch einmal umdrehte. »Hast du eine Ahnung, was das für ein Schlüssel sein kann?«

Der Schlüsselmann zögerte. »Er ist klein. Vielleicht für einen Schrank? Vielleicht auch für ein Schließfach. Ich werd's mir durch den Kopf gehen lassen.«

Myhreng stapfte zu seiner Redaktion zurück, er war jetzt ein wenig besser gelaunt.

Vielleicht hatte der Junge im Nebelheim Lust auf einen kleinen Spaziergang. Hanne Wilhelmsen jedenfalls war bereit, einen neuen Versuch zu wagen. Die Nachrichten aus dem Gefängnis ließen vermuten, dass es dem Niederländer etwas besser ging. Was nicht viel hieß.

»Nehmt ihm die Ketten ab«, befahl sie, während sie sich im Stillen fragte, ob junge Polizisten unfähig zum Selberdenken waren. Die apathische, abgemagerte Gestalt vor ihr hätte sich gegen zwei kräftige Polizisten nun wirklich nicht wehren können. Es war sogar die Frage, ob er überhaupt rennen konnte. Sein Hemd umschlotterte ihn, sein dünner Hals ragte wie der eines hungernden Kriegsgefangenen daraus hervor. Die Hose hatte ihm sicher irgendwann einmal gepasst; jetzt wurde sie nur von einem strammen Gürtel gehalten, in den irgendwer viele Zentimeter neben dem letzten ein neues Loch gemacht hatte. Das Loch war schief angebracht, und das lose Gürtelende ragte nach oben, um dann unter seinem eigenen Gewicht abzuknicken, wie eine misslungene Erektion. Der Mann trug keine Socken. Er war blass, ungepflegt und sah zehn Jahre älter aus als bei ihrer letzten Begegnung. Sie bot ihm eine Zigarette und eine Halspastille an. Er hustete. Sie erinnerte sich an seine Vorlieben, er lächelte schwach.

»Wie geht es dir?«, fragte sie freundlich, ohne ernsthaft eine Antwort zu erwarten. Sie bekam auch keine. »Möchtest du irgendetwas? Cola, etwas zu essen?«

»Schokolade.«

Seine Stimme war leise und rau. Wahrscheinlich hatte er seit Wochen kaum ein Wort gesagt. Hanne bat über die Sprechanlage um drei Schokoriegel. Und zwei Tassen Kaffee. Sie hatte kein Papier in die Schreibmaschine gespannt. Die Maschine war nicht einmal eingeschaltet.

»Kannst du mir überhaupt irgendetwas erzählen?«

»Schokolade«, antwortete er leise.

Sie warteten sechs Minuten. Niemand sagte etwas. Eine Schreibkraft brachte Schokolade und Kaffee und schien leicht verärgert, weil sie hier als Kellnerin eingesetzt wurde. Die Dankesbezeugungen der Kommissarin stimmten sie wieder milde.

Der schokoladeessende Niederländer bot einen seltsamen Anblick. Zuerst wickelte er die Schokolade vorsichtig aus, ohne das Papier einzureißen. Dann zerbrach er sie penibel an den markierten Stellen. Er breitete das Papier auf dem Schreibtisch aus und legte die Schokoladenstücke in exakten Millimeterabständen darauf.

Danach arbeitete er sich in einem Zickzackmuster aufwärts, fing mit einer Ecke an, aß dann das Stück, das schräg darüber lag und machte weiter, bis er in dieser Zickzacklinie oben angekommen war. Dann fing er von oben an und aß sich im selben Muster abwärts, bis er die ganze Schokolade vertilgt hatte. Das dauerte fünf Minuten. Schließlich leckte er sorgfältig das Papier ab, strich es mit den Fingern glatt und faltete es zu einem komplizierten Muster.

»Ich hab doch gestanden«, sagte er schließlich.

Hanne fuhr zusammen. »Nein, streng genommen hast du das noch nicht«, sagte sie. Heftige Bewegungen vermeidend, spannte sie das Papier, das sie schon mit den vorgeschriebenen persönlichen Angaben versehen hatte, in die Maschine. »Du brauchst keine Aussage zu machen«, sagte sie ruhig. »Und außerdem hast du Anspruch auf Anwesenheit deiner Anwältin.«

Damit hatte sie sich an die Vorschriften gehalten. Sie erahnte ein Lächeln in seinem Gesicht, als sie seine Anwältin erwähnte. Ein gutes Lächeln. »Du magst Karen Borg«, stellte sie freundlich fest.

»Die ist lieb.«

Er hatte sich jetzt an den zweiten Schokoriegel gemacht und folgte derselben Prozedur wie beim ersten.

»Soll sie herkommen, oder geht es in Ordnung, wenn wir beide uns allein unterhalten?«

»Das geht in Ordnung.«

Sie wusste nicht, welche Alternative er meinte, aber sie interpretierte seine Bereitwilligkeit zu ihrem Vorteil. »Du hast also Ludvig Sandersen umgebracht.«

»Ja«, sagte er und interessierte sich viel mehr für das Schokoladenmuster. Er hatte offenbar ein Stück angestoßen und das Muster gestört, und das machte ihm zu schaffen.

Hanne Wilhelmsen seufzte und überlegte sich, dass diese Vernehmung vielleicht weniger wert war als das Papier, auf dem es protokolliert wurde. Aber es war den Versuch wert. »Warum hast du das gemacht, Han?«

Er sah sie nicht einmal an.

»Willst du mir nicht sagen, warum?«

Noch immer gab er keine Antwort. Die Schokolade war halb gegessen.

»Möchtest du mir vielleicht etwas anderes erzählen?«

»Roger«, sagte er laut und deutlich, und sein Blick schien für den Bruchteil einer Sekunde anwesend zu sein.

»Roger? Hat Roger dir aufgetragen, ihn umzubringen?«

»Roger.« Er verschwand schon wieder, seine Stimme klang greisenhaft. Oder wie die eines Kindes.

»Wie heißt Roger denn weiter?«

Aber es war Schluss mit seinem Mitteilungsbedürfnis. Sein Tausendmeterblick hatte übernommen. Die Kommissarin rief die beiden Breitschultrigen, verbot Handschellen und gab dem Niederländer den letzten Schokoriegel als Proviant mit. Er war glücklich und verschwand lächelnd.

Der Zettel mit der Telefonnummer hing an der Pinnwand. Sofort wurde abgenommen, und sie stellte sich vor. Karen Borg hörte sich freundlich, aber überrascht an. Sie redeten einige Minuten lang, ehe Hanne zur Sache kam.

»Du brauchst das nicht zu beantworten. Ich frage aber trotzdem. Hat Han van der Kerch dir gegenüber je den Namen Roger erwähnt?« Volltreffer. Die Anwältin verstummte. Auch Hanne schwieg.

»Alles, was ich weiß, ist, dass er irgendwo in Sagene wohnt. Versuch's mal da. Ich glaube, du kannst dich nach einem Autohändler umsehen. Ich dürfte das nicht sagen. Ich habe es nicht gesagt.«

Hanne versicherte, es nie gehört zu haben, bedankte sich überschwänglich, brach das Gespräch ab und wählte eine dreiziffrige Nummer auf der Hausanlage.

»Ist Billy T. da?«

»Der hat frei, wollte aber noch mal reinschauen, glaube ich.«

»Dann sag ihm, er soll sich bei Hanne melden.«

»Alles klar!«

Hinter den Autofenstern sah es aus wie wütende, schiefe Bleistiftstriche. Trotz aller Bemühungen der Scheibenwischer klebte der Schneematsch an der Scheibe. Der Herbst war seltsam gewesen, Eiseskälte, Schnee sowie Regen und acht Grad plus hatten einander immer wieder abgewechselt. Im Moment hatte sich das Thermometer irgendwo auf halber Höhe eingependelt, das Wetter war seit Tagen übel.

»Du nutzt eine alte Freundschaft wirklich ganz schön aus, Hanne.« Er war nicht sauer, er zierte sich nur ein bisschen. »Ich arbeite bei der Unruhe. Und nicht als Laufbursche für Ihre Hoheit Wilhelmsen. Heute habe ich noch dazu frei. Mit anderen Worten: Du schuldest mir einen freien Tag. Vergiss das nicht.«

Er musste seinen riesigen Körper ganz nahe zur Windschutzscheibe vorbeugen, um überhaupt etwas zu sehen. Wenn er nicht so groß und so kahl gewesen wäre, hätte er in dieser Haltung für eine vierzigjährige Dame aus dem Villenviertel mit einem zwei Jahre alten Führerschein gehalten werden können.

»Ich bin dir zu ewigem Dank verpflichtet«, beteuerte sie und fuhr zusammen, als er vor einem plötzlich auftauchenden Schatten bremste, der sich als unvorsichtiger Teenie entpuppte.

»Scheiße, ich seh ja nichts«, sagte er und versuchte wütend, die beschlagene Fensterscheibe sauberzuwischen, aber sie beschlug genauso schnell, wie sie freigewischt wurde.

Hanne drehte die Heizung höher, ohne irgendeine Wirkung zu erzielen. »Öffentliches Eigentum«, murmelte sie und prägte sich die Wagennummer ein, damit sie diesen Dienstwagen künftig meiden konnte. »Ich habe in Sagene nur einen Roger in der Autobranche gefunden. Also brauchen wir nicht lange zu suchen«, sagte sie, um Billy T. aufzumuntern.

Der Wagen fuhr auf einen Bordstein, und Hanne wurde gegen die Tür geschleudert und stieß sich den Ellbogen am Fenstergriff.

»Au, willst du mich umbringen?«, fragte sie wütend. Erst dann merkte sie, dass sie am Ziel waren.

Billy T. parkte vor einer grauen Betonmauer mit einem großen aufgemalten Parkverbotsschild. Er stellte den Motor ab und blieb, die Hände im Schoß, sitzen. »Was wollen wir hier eigentlich?«

»Uns ein bisschen umsehen. Ihm vielleicht einen Schrecken einjagen.«

»Bin ich Räuber oder Gendarm?«

»Kunde, Billy T. du bist Kunde. Jedenfalls, solange ich nichts anderes sage.«

»Und wonach suchen wir?«

»Nach allem und jedem. Chiffre: alles, was interessant ist.« Sie stieg aus und verriegelte die Wagentür. Ziemlich unnötig, Billy T. warf seine einfach ins Schloss.

»Die Mühle klaut doch keiner«, erklärte er und zuckte mit

den Schultern, vor allem, um sich vor dem Regen zu schützen, der zu seiner Begrüßung um die Ecke gewirbelt kam.

»Sagene Car Sale«. Sie konnte den Namen erraten, obwohl die Neonbuchstaben längst hätten erneuert werden müssen. In der Dämmerung war nur »Sa ene Ca S le« zu lesen. »Ganz schön international, was!«

Irgendwo bimmelte eine Glocke, als sie den Laden betraten. Es roch nach Volvo Amazon. Ein absolut ekelerregender Geruch; er war der reichhaltigsten Auswahl an sogenannten Luftreinigern zuzuschreiben, die Hanne Wilhelmsen je gesehen hatte. Vier Weihnachtsbäume aus Pappe, jeder fünfzig bis sechzig Zentimeter hoch, standen auf einem fünf Meter langen Tresen aufgereiht. Sie waren mit kleineren Weihnachtsbäumen an Silberfäden und busenschönen Comicdamen dekoriert. Wie lauter kleine Weihnachtsgeschenke umringte ein duftendes Heer von Plastikschildkröten die Weihnachtsbäume und sorgte dafür, dass die Luft um die Kasse herum die reinste in der ganzen Stadt sein musste. Die Schildkröten hatten lockere, an Sprungfedern befestigte Köpfchen und nickten ihnen im Luftzug der Tür herzlich zu.

Ansonsten war der Laden vollgestopft mit allem, was Dinge, die auf vier Rädern liefen, vielleicht gebrauchen konnten. Es gab Auspuffanlagen und Tankverschlüsse, Sitzbezüge aus Nylon mit Leopardenmuster, Nackenpolster und Zigarettenanzünder. Zwischen den Regalen, wo kein Platz für weitere Fächer gewesen war, hingen alte Kalenderbilder von halb bekleideten Frauen. Ihre Busen nahmen drei Viertel der Bilder ein, während die Wochentage unten auf einem schmalen und überflüssigen Streifen verzeichnet waren.

Eine gute Minute nach dem Bimmeln trat ein Mann aus den hinteren Gemächern. Hanne Wilhelmsen musste sich den Zeigefingernagel in die Hand bohren, um nicht loszuprusten. Der Typ war das wandelnde Klischee. Er war klein und vierschrötig, kaum über eins siebzig. Seine Hose war aus braunem Terylen, mit eingenähter Bügelfalte. Über dem Knie war die Naht aufgegangen. Es sah komisch aus, der schmale lange Würstchensaum, der sich über dem Knie in einen losen Faden auflöste, um sich fünfzehn Zentimeter weiter oben wieder zu sammeln. Die Hose war bestimmt zwanzig Jahre alt. Jedenfalls war es so lange her, dass Hanne eingenähte Bügelfalten gesehen hatte. Sein Hemd war von der Sorte, die sie auf dem Gymnasium »Nusshemd« genannt hatten, hellblau mit kleinen Rhomben; aus Liebe zur Wahrheit musste zugegeben werden, dass der Schlips dazu passte. Auch der war hellblau. Über der ganzen Pracht trug der Mann ein Sakko mit Pepitamuster; ein Knopf fehlte. Das machte nichts, das Sakko war so eng, dass er es unmöglich hätte zuknöpfen können. Auf dem Kopf sah er aus wie ein Igel.

»Kann ich behilflich sein?«, fragte er laut und freundlich. Der Mann mit dem Ohrring schien ihm fast Angst zu machen. Offenbar beruhigte Hannes Anwesenheit ihn, denn er strahlte, als er sich ihr zuwandte und sein Angebot wiederholte.

»Ja, wir würden uns gern einen Gebrauchtwagen ansehen«, sagte Hanne mit leichtem Zögern und warf einen Blick über die Schulter des kleinen Mannes auf eine Tür mit einem Fenster, das in den letzten beiden Jahren wohl kaum geputzt worden war. Sie ging davon aus, dass sich dahinter ein Lagerhaus voller Gebrauchtwagen verbarg.

»Gebrauchtwagen, ja, da seid ihr an der richtigen Adresse«, lachte der Mann, jetzt noch freundlicher. Er hatte zuerst wohl geglaubt, sie wollten ein Autofeuerzeug, und schien nun die Möglichkeit eines größeren Geschäftes zu sehen. »Wenn die Herrschaften mir folgen wollen?«

Er führte sie durch die verdreckte Tür, und Billy T. registrierte gleich daneben eine weitere identische Tür. Sie führte in eine Art Büro. Der Ölgestank war nach den vielen Weihnachtsbäumen eine Erleichterung. Es roch nach echten Autos. Der Laden hatte offenbar nicht den Ehrgeiz, sich zu spezialisieren; es gab Ladas und Peugeots, Opel und scheinbar brauchbare vier, fünf Jahre alte Mercedes.

»Hier habt ihr noch die freie Auswahl! Darf ich fragen, welche Preisklasse die Herrschaften sich so vorgestellt haben?« Er lächelte hoffnungsvoll und schielte zu dem nächststehenden Mercedes hinüber.

»So vielleicht drei-, viertausend«, murmelte Billy T., und der Mann machte seinen nassen Mund so spitz wie möglich.

»Er macht Witze«, beruhigte Hanne. »Wir haben an die Siebzigtausend, aber das ist nicht unbedingt die Höchstgrenze. Nette Eltern können auch noch was zuschießen«, flüsterte sie vertraulich und beugte sich zu ihm vor.

Der Autohändler strahlte und nahm ihren Arm. »Dann sollten Sie mal einen Blick auf diesen Kadett hier werfen.«

Der Kadett sah ziemlich gut aus.

»Baujahr siebenundachtzig, nur vierzigtausend gefahren, *garantiert*; und nur ein Vorbesitzer. Gediegenes Auto. Ich kann einen guten Preis bieten. Einen guten Preis.«

»Schöner Wagen.« Hanne nickte und bedachte ihren Gatten mit einem unmissverständlichen Blick. Er fasste sich an den Schritt und fragte den Mann im Pepita nach der Toilette.

»Gleich da draußen, gleich da draußen«, antwortete der freundlich, und Hanne begann sich zu fragen, ob er vielleicht einen Sprachfehler hatte, der ihn zwang, alles zweimal zu sagen. Eine Art avancierte Form des Stotterns, dachte sie. Billy T. verschwand.

»Nervöser Magen«, erklärte sie. »Er hat heute Nachmittag

noch ein Bewerbungsgespräch. Jetzt muss er schon zum vierten Mal, der Arme.«

Der Händler bekundete tiefes Mitgefühl und schlug vor, sie solle sich doch mal in den Kadett setzen. Und der war wirklich schön. »Ich kenne dieses Auto nicht«, sagte sie. »Macht es Ihnen etwas aus, sich neben mich zu setzen und mir alles zu erklären?«

Das machte ihm überhaupt nichts aus. Er drehte den Zündschlüssel und führte ihr alle Feinheiten vor. »Scharfes Modell«, erklärte er nachdrücklich. »Gediegenes Teil. Unter uns gesagt: Der Vorbesitzer war ein Geizkragen. Aber das Gute daran ist, dass er die Mühle gehegt und gepflegt hat.« Er fuhr über das frisch gewaschene Armaturenbrett, ließ die Scheinwerfer aufflackern, regulierte die Rücklehne, schaltete das Radio ein, schob eine Kassette mit norwegischer Countrymusik ein und brauchte unnötig viel Zeit, um Hanne den Sicherheitsgurt umzulegen.

Sie drehte sich zu ihm hin. »Und der Preis?« Keiner der Wagen wies ein Preisschild auf, was sie seltsam fand.

»Der Preis, ja, der Preis ...« Er kostete dieses Wort ein Weilchen aus und lutschte erst einmal an seinen Zähnen, ehe er ihr ein Lächeln schenkte, das vermutlich freundlich und kameradschaftlich sein sollte. »Sie haben Siebzigtausend und liebe Eltern. Für Sie sage ich Fünfundsiebzig. Inklusive Radio und neue Winterreifen.«

Sie saßen nun schon über fünf Minuten im Auto, und langsam sehnte sie sich nach Billy T. Es gab Grenzen dafür, wie lange sie um ein Auto feilschen konnte, ohne es plötzlich gekauft zu haben. Drei Minuten später klopfte er ans Fenster. Sie kurbelte es herunter.

»Wir müssen los. Wir müssen die Kinder holen«, sagte er. »Nein, die hole ich. Du musst doch zu deinem Bewerbungsgespräch«, korrigierte sie.

»Ich rufe noch einmal an«, versprach sie dem Terylenmann, der seine Enttäuschung allerdings nicht verhehlen konnte; er hatte den Handel bereits für komplett gehalten. Er riss sich zusammen und reichte ihr seine Visitenkarte. Sie war genauso geschmacklos wie der Inhaber, eine Art dunkelblaues Kunstseidenpapier mit *Roger Strømsjord, adm. Dir.* in Goldschrift.

Hochgestochener Titel.

»Das ist mein Laden«, erklärte er mit bescheidenem Schulterzucken. »Aber Sie müssen sich beeilen. Diese Wagen sind hier nur auf Stippvisite. Mächtig populär. Mächtig populär, das kann ich Ihnen sagen.«

Sie bogen um die Ecke, diesmal mit Rückenwind, erreichten ihr Auto und lachten zwei Minuten lang. Dann wischte Hanne sich die Tränen ab.

»Hast du etwas Interessantes gefunden?«

Er beugte sich vor und hob eine Arschbacke, um ein kleines Notizbuch aus seiner Hosentasche zu fischen. Er warf es in ihren Schoß. »Das Einzige, was da von Interesse sein konnte. Es steckte in seiner Anoraktasche.«

Hanne Wilhelmsen lachte nicht mehr. »Der Teufel soll dich holen, Billy T.! So was haben wir auf der Polizeischule nicht gelernt. Außerdem ist es verdammt blöd, für den Fall, dass da was von Interesse drinsteht. So können wir es nicht als Beweis verwenden. Ungesetzliche Beschlagnahmung! Wie willst du das erklären?«

»Jetzt reg dich ab. Das Buch da bringt niemanden hinter Gitter. Aber es kann dir vielleicht weiterhelfen. Vielleicht. Ich habe keine Ahnung, was drinsteht, ich habe es nur kurz durchgeblättert. Telefonnummern. Sei lieber ein bisschen dankbar!«

Die Neugier hatte den Ärger der Kommissarin bereits verdrängt. Sie blätterte das Notizbuch durch. Natürlich strömte auch das den Wunderbaumgeruch aus. Es enthielt wirklich eine Menge Telefonnummern. Die meisten standen auf den ersten sechs Seiten, dann Namen in alphabetischer Reihenfolge, danach ging es wild durcheinander. Die letzten Nummern waren namenlos, einige wenige mit Initialen, die meisten aber nur mit kleinen unbegreiflichen Zeichen. Hanne stutzte. Einige Nummern fingen mit Zahlen an, mit denen in Oslo keine Telefonnummer begann. Vorwahlen waren aber nicht angegeben. Sie blätterte weiter und blieb bei drei Initialen hängen.

»H. v. d. K.«, rief sie. »Han van der Kerch! Aber die Nummer sagt mir nichts ...«

»Sieh doch mal im Telefonbuch nach«, sagte Billy T. und hatte es schon aus dem Handschuhfach gezogen, ehe Hanne reagieren konnte. »Worunter steht van der Kerch, unter van oder der oder Kerch?«

»Keine Ahnung, versuch's einfach.«

Er fand den Eintrag bei Kerch. Die Nummer stimmte durchaus nicht mit der im Notizbuch überein. Hanne war enttäuscht, hatte aber das Gefühl, irgendetwas an diesen beiden Nummern noch nicht richtig erklären zu können. Etwas Ähnliches, so unterschiedlich sie auch waren.

Sie brauchte dreißig Sekunden, um zu kapieren. »Heureka! Die Nummer im Telefonbuch ist die Nummer im Notizbuch minus der nächsten Ziffer in der Reihe, wenn du auch negative Zahlen mitberechnest, aber das Minus streichst.«

Billy T. verstand nur noch Bahnhof.

»Hast du nie solche Gesellschaftsspiele mit Zahlen mitgemacht? Dir wird eine Zahlenreihe vorgelegt, und dann sollst du das System entdecken und die letzte Zahl hinzufügen. Eine Art Intelligenztest, behaupten manche, aber ich halte es für ein Gesellschaftsspiel. Sieh mal: Die Nummer im Notizbuch ist 932 435.

Also rechnen wir neun minus drei, macht sechs. Drei minus zwei ist eins, zwei minus vier ist minus zwei, wir scheißen auf das Minus. Vier minus drei ist eins, und drei minus fünf ist minus zwei. Von fünf ziehen wir die erste Zahl ab, neun, das macht minus vier. Die Nummer im Telefonbuch muss dann 612124 sein.«

»Stimmt.« Er war ehrlich beeindruckt. »Woher in aller Welt weißt du das?«

»Ja, Himmel, ich wollte doch tatsächlich mal Mathematik studieren. Zahlen faszinieren mich. Das hier kann kein Zufall sein. Schlag mal die Nummer von Jørgen Lavik nach.«

Sie wandte dieselbe Methode an und hatte Erfolg. Die Nummer stand in kodierter Form auf Seite acht des Notizbuches. Billy T. ließ den Wagen mit einem so triumphierenden Gebrüll an, wie es einem müden Opel Corsa nur zu entlocken war, und bretterte in den grauen Nachmittag hinaus.

»Entweder kauft Jørgen Lavik viele Gebrauchtwagen, oder das hier ist das Handfesteste, was wir in diesem Fall bisher haben«, sagte Hanne siegessicher.

»Du bist ein Genie, Hanne«, sagte Billy T. mit einem Lächeln, das sein ganzes Gesicht zerschnitt. »Ein verdammtes Genie!«

Schweigend fuhren sie weiter.

»Im Grunde habe ich richtig Lust auf diesen Kadett«, murmelte Hanne, als sie in die Garage des Polizeigebäudes huckelten.

DONNERSTAG, 12. NOVEMBER

Jørgen Ulf Lavik war so selbstsicher wie beim letzten Mal. Håkon Sand kam sich in seiner ausgebeulten Cordhose und dem fünf Jahre alten Pullover mit einem erschöpften, zerknautschten Alligator, dem das Waschwasser nicht bekommen war, blöd vor. Der Anzug des Anwalts stand in schreiendem Widerspruch zu der Theorie, der Mann sei ein Geizkragen.

»Warum ist der eigentlich dabei?«, fragte Lavik Hanne und nickte dabei zu Håkon Sand hinüber. »Ich dachte, die Juristen wären hier für die Sklavenarbeit zuständig.« Beide waren sauer. Was wahrscheinlich beabsichtigt gewesen war.

»Und was ist heute mein Status?«, fragte Lavik weiter, ohne eine Erklärung für Håkon Sands Anwesenheit zu erwarten.

»Stehe ich unter irgendeinem Verdacht, oder bin ich weiterhin nur Zeuge?«

»Du bist Zeuge«, antwortete Hanne kurz.

»Darf ich fragen, was ich bezeugen soll? Ich bin jetzt zum zweiten Mal hier. Ich bin ja der Polizei gegenüber positiv eingestellt, wisst ihr, aber ich verweigere weitere Besuche, wenn ihr mir nicht bald konkrete Fragen stellen könnt.«

Hanne Wilhelmsen starrte ihn sekundenlang an, und er musste den Blick abwenden. Er sah Håkon Sand spöttisch an.

»Was hast du für einen Wagen, Lavik?«

Der Mann musste nicht einmal nachdenken. »Das wisst ihr doch genau! Die Polizei hat schließlich beobachtet, wie ich mich nachts mit meinem Mandanten getroffen habe. Volvo. Baujahr einundneunzig. Meine Frau hat einen Toyota.«

»Habt ihr die neu oder gebraucht gekauft?«

»Der Volvo war neu. Standard Kombiwagen. Der Toyota war ein Jahr alt, wenn ich mich richtig erinnere. Vielleicht anderthalb.« Noch immer wirkte er sicher.

»Und den Toyota habt ihr nicht beim Händler gekauft?«, regte Hanne freundlich an.

Das stimmte. Sie hatten den Toyota von einem Kollegen.

Das Fenster war nur einen knappen Zentimeter geöffnet.

Draußen wehte ein kräftiger Wind, und in unregelmäßigen Abständen hörten sie ein klagendes Pfeifen, fast schon ein dünnes Heulen, wenn der Wind über die Metallkante ins Zimmer strich. Es wirkte beinahe beruhigend.

»Kennst du einen Mann, der in Sagene Autos verkauft?« Sofort bereute sie ihre Frage. Sie hätte klüger vorgehen müssen, eine schlauere Falle stellen. Das hier war überhaupt keine Falle. Anfängerin! Verlor sie ihren Job aus dem Griff? Hatte die Kopfverletzung ihre List, auf die sie so stolz war, beseitigt? Der Patzer brachte sie dazu, an einem Nagel zu knabbern.

Der Anwalt hatte genügend Zeit. Er dachte gründlich nach, offenbar gründlicher als notwendig. »Ich gebe meine Mandanten ja eigentlich nicht an. Aber da du nun mal fragst: Ich habe einen alten Mandanten namens Roger. Der hat einen kleinen Autoladen, ich glaube, in Sagene. Ich war noch nie da. Mehr möchte ich nicht sagen. Diskretion, ihr wisst schon. In dieser Branche muss man diskret sein. Sonst laufen uns die Mandanten weg.« Er schlug die Beine übereinander und legte die Hände um die Knie. Der Sieg gehörte ihm. Das wussten alle.

»Seltsam, dass er deine Telefonnummer in einem Code notiert hat.« Hanne Wilhelmsen machte einen Versuch, wenn auch vergebens.

Anwalt Lavik lächelte. »Wenn du wüsstest, wie paranoid manche Menschen sind, dann würde dich das überhaupt nicht wundern. Ich hatte einmal einen Mandanten, der bei jeder Besprechung meine Kanzlei erst mal mit einem Wanzendetektor durchsucht hat. Ich habe ihm bei einem Mietvertrag geholfen! Einem Mietvertrag!«

Er lachte lärmend, aber überhaupt nicht ansteckend. Hanne Wilhelmsen hatte keine Fragen mehr. Es stand nichts auf dem Papier. Sie gab auf, Anwalt Lavik durfte gehen. Als er sich den

Mantel anzog, sprang sie dennoch auf und trat bis auf dreißig Zentimeter an ihn heran.

»Ich weiß, dass du Dreck am Stecken hast, Lavik. Du weißt, dass ich das weiß. Du bist Anwalt genug, um dir darüber im Klaren zu sein, dass wir hier mehr wissen, als wir je verwenden können. Aber eines verspreche ich dir: Ich werde an dir kleben. Wir haben noch immer unsere Quellen, unsere Informationen und unsere versteckten Tatsachen. Han van der Kerch sitzt bei uns in U-Haft. Du weißt, dass er im Moment nicht viel sagt. Aber er hat eine Anwältin, mit der er gesprochen hat, eine Anwältin von ganz anderem ethischen Kaliber als du erbärmlicher Winkeladvokat. Du hast keine Ahnung, was sie weiß, und du hast nicht den geringsten Dunst davon, was sie uns erzählt hat. Damit musst du leben. Schau nur zurück, Lavik, ich bin hinter dir her.«

Der Mann war tiefrot geworden, während seine Nasenwurzel sich kreideweiß abzeichnete. Er war keinen Zentimeter vor Hanne zurückgewichen, aber seine Augen verengten sich zu Schlitzen, als er fauchte: »Das sind Drohungen, Frau Wachtmeisterin. Das sind Drohungen. Ich werde eine schriftliche Klage einreichen. Noch heute!«

»Ich bin keine Wachtmeisterin, Lavik. Ich bin Polizeibeamtin. Und diese Polizeibeamtin wird wie ein Schatten an dir haften, bis du zusammenbrichst. Beschwer dich ruhig.«

Er hätte ihr sicher gern ins Gesicht gespuckt, aber er riss sich zusammen und verließ wortlos das Büro. Die Tür knallte hinter ihm ins Schloss. Die Schwingungen pulsierten sekundenlang zwischen den Wänden. Håkon hatte den Mund aufgerissen und wagte nicht, auch nur ein Wort zu sagen.

»Mach den Mund zu.«

Er riss sich zusammen. »Was sollte denn das? Willst du Karen in Gefahr bringen? Der Kerl wird sich beschweren.«

»Soll er.« Trotz ihres dicken Patzers wirkte sie zufrieden. »Ich habe ihm richtig Angst eingejagt, Håkon. Menschen, die Angst haben, machen Fehler. Es würde mich nicht wundern, wenn deine Freundin Karen Borg bald noch einen Strafrechtler unter ihren Verehrern hätte. Und das wäre ein Fehler von ihm.«

»Aber wenn sie ihr etwas antun?«

»Niemand wird Karen Borg etwas tun. So dumm sind sie nicht.« Einen Moment lang empfand sie einen eiskalten Zweifel, aber den verdrängte sie sofort. Sie rieb sich die Schläfe und trank den restlichen Kaffee. Aus der obersten Schreibtischschublade nahm sie ein Taschentuch und eine Plastiktüte mit Druckverschluss. Vorsichtig fasste sie die Kaffeetasse, an der Lavik nur genippt hatte, am Henkel. »Er hat die Tasse überall angefasst«, sagte sie zufrieden. »Es ist gar nicht schlecht, ein kühles Büro zu haben. Wollte sich sicher die Pfoten wärmen.«

Die Tasse verschwand in der Tüte, und das Taschentuch landete wieder in der Schublade. »Irgendwelche Fragen?«

»Du verdienst deinen guten Ruf nicht. Auf diese Weise sammeln wir keine Fingerabdrücke.«

»Paragraph 160, Strafprozessordnung«, sagte sie wie ein braves Schulkind. »Aber wenn wir ihn unter Verdacht haben, brauchen wir keine Erlaubnis, um Fingerabdrücke zu nehmen. Ich verdächtige ihn. Du auch. Das erfüllt die Forderungen des Gesetzes.«

Håkon Sand schüttelte den Kopf. »Das war die wortklauberischste Gesetzesauslegung, die ich je gehört habe. Der Kerl hat das Recht zu erfahren, dass wir seine Fingerabdrücke haben. Er hat sogar das Recht zu fordern, dass wir sie vernichten, wenn unser Verdacht sich nicht bestätigt.«

»Das wird er aber«, sagte sie überzeugt. »Mach dich an die Arbeit!«

Sie hatten den Gürtel vergessen. Er durfte doch nichts behalten. Warum hatten sie den Gürtel vergessen? Als er zu der Polizistin mit der Schokolade zur Vernehmung gebracht werden sollte, war seine Hose gerutscht. Er hatte versucht, sie festzuhalten, aber als ihm die Handschellen angelegt wurden, rutschte sie wieder herunter. Die beiden blonden Männer hatten von einem Hilfswärter seinen Gürtel holen lassen und mit einer Schere ein neues Loch hineingestochen. Das war nett von ihnen. Aber warum hatten sie ihm den Gürtel nicht wieder abgenommen? Das musste ein Versehen sein. Also nahm er ihn ab und schob ihn nachts unter seine Matratze. Mehrmals wurde er wach und sah nach, ob er noch da war. Das träumte er nicht.

Der Gürtel wurde zu einem kleinen Schatz. Über einen Tag lang war der Niederländer glücklich über den geheimen Gürtel. Das war etwas, von dem die anderen nichts wussten, etwas, das er hatte und doch nicht haben durfte. Zweimal während dieses Tages, gleich nach dem Kontrollblick des Wärters durchs Türfenster, hatte er ihn rasch umgeschnallt, hatte ein paar Laschen übersprungen, weil er es eilig hatte, und war mit gut sitzender Hose und einem breiten Lächeln durch die Zelle gelaufen. Aber nur ein paar Minuten lang, dann hatte er den Gürtel abgenommen und unter der Matratze verstaut.

Er versuchte, in seinen Illustrierten zu blättern. Er fühlte sich obenauf. Trotzdem konnte er sich nicht konzentrieren, er dachte nur an seinen Plan. Aber zuerst musste er einen Brief schreiben. Dafür brauchte er nicht lange. Vielleicht würde sie sich freuen? Sie war nett und hatte gute Hände. Die beiden letzten Male hatte er sich schlafend gestellt. Es war so schön, wenn sie seinen Rücken streichelte. Es tat gut, angefasst zu werden.

Der Brief war fertig. Er schob seinen Hocker vom Schreibtisch zu dem kleinen Fenster, das hoch oben in der Mauer saß. Wenn er sich streckte, konnte er den Gürtel am Gitter befestigen. Er machte einen Knoten und hoffte, dass es halten würde. Vorher hatte er das eine Ende durch die Gürtelschnalle geschoben und eine Schlinge gebildet. Eine schöne feste Schlinge, die er leicht über den Kopf streifen konnte.

Sein letzter Gedanke galt seiner Mutter in Haarlem. Für den Bruchteil einer Sekunde bereute er, aber es war zu spät. Der Hocker bewegte sich schon unter ihm, und der Gürtel spannte sich blitzschnell. Fünf Sekunden lang konnte er feststellen, dass er nicht das Genick gebrochen hatte. Dann wurde es schwarz vor seinen Augen, und das Blut, das durch seine Adern vom Hals in den Kopf strömte, wurde vom Gürtel am Rückweg zum Herzen gehindert. Nach wenigen Minuten quoll die Zunge aus seinem Mund, blau und groß, und seine Augen erinnerten an die eines Fisches auf dem Trockenen. Han van der Kerch war tot, er war nur dreiundzwanzig Jahre alt geworden.

FREITAG, 13. NOVEMBER

Billy T. hatte von einer Wohnung gesprochen. Diese Bezeichnung war unverdient. Das Mietshaus hatte sicher die absolut mieseste Lage in Oslo. Es stand eingequetscht zwischen Mossevei und Ekebergvei, gebaut war es irgendwann um 1890, lange bevor sich irgendjemand das Verkehrsungeheuer hatte vorstellen können, das das Haus langsam zerkauen sollte. Es hatte das Haus irgendwann als ungenießbar ausgespuckt, und so stand es immer noch da und war nur noch akzeptabel für die Reservespieler der Gesellschaft, die ansonsten in einem Container im Hafen gelandet wären.

Es roch muffig und widerlich. Gleich hinter der Haustür stand ein Eimer mit den Resten alter Kotze und etwas anderem, das undefinierbar, aber vermutlich organisch war. Hanne Wilhelmsen befahl den stupsnasigen Rotschopf ans Küchenfenster. Er riss und schob, aber das Fenster ließ sich nicht bewegen. »Das ist seit Jahren nicht mehr geöffnet worden«, stöhnte er, und sie nickte kurz als Antwort. Er betrachtete das als Erlaubnis, seine Versuche einzustellen.

»Pfui Teufel, das sieht ja vielleicht aus«, erklärte er und sah aus, als wolle er aus Angst vor unbekannten und lebensgefährlichen Bazillen keine Bewegung riskieren. Zu jung, dachte Hanne Wilhelmsen, die schon zu viele von diesen Löchern gesehen hatte, die andere als Zuhause bezeichneten. Zwei Plastikhandschuhe flogen durch die Luft.

»Zieh die an«, sagte sie und streifte selbst ein Paar über.

Die Küche lag gleich links neben dem engen Flur. Überall stand verkrustetes Geschirr herum. Zwei schwarze Müllsäcke standen auf dem Boden, und Hanne verschaffte sich mit der Schuhspitze Zugang. Der Müll erfüllte den Raum mit Gestank, und der Rothaarige übergab sich.

»Entschuldigung«, keuchte er. »Tut mir leid.«

Er stürzte an ihr vorbei und aus der Wohnung. Sie lächelte kurz und ging ins Wohnzimmer. Das war kaum größer als fünfzehn Quadratmeter, von denen noch ein provisorisch eingerichteter Schlafalkoven abgeteilt war. Das Zimmer war quadratisch, und ungefähr in der Mitte ragte ein Pfosten vom Boden bis zur Decke. Ein Vorhang aus billigem braunem Stoff verdeckte eine Wand, er war mit Nägeln an der Decke befestigt. Die Leiste, an der er saß, war schief. Vermutlich im Suff angebracht. Hinter dem Vorhang stand ein selbst gebautes Bett, so breit, wie es lang war. Das Bettzeug konnte in diesem Jahr unmöglich gewaschen worden sein. Sie hob mit zwei plastikumhüllten Fingern die Decke an. Das Laken erinnerte an eine Palette mit Brauntönen und etwas Rot. Eine Schnapsflasche lag am Fußende. Leer. Neben dem Bett stand ein schmales Regal. Erstaunlicherweise befanden sich Bücher darin. Bei näherem Hinsehen entpuppten sie sich als dänische Pornos. Ansonsten besetzten leere und halb leere Flaschen sowie einige Andenken an die Nachbarländer das Regal, außerdem ein kleines, verschwommenes Foto eines vielleicht zehnjährigen Jungen. Sie hob es hoch und sah es sich genau an. Hatte Jacob Frøstrup einen Sohn gehabt? Gab es irgendwo einen kleinen Jungen, der den armen, nach einer Überdosis im Osloer Kreisgefängnis geendeten Junkie vielleicht geliebt hatte? Unbewusst wischte sie mit dem Jackenärmel Staub von dem Glasrahmen, machte mehr Platz für das Bild und stellte es zurück.

Das einzige Fenster im Zimmer befand sich unmittelbar neben dem Alkoven. Es ließ sich öffnen. Drei Stock weiter unten, im Hinterhof, sah sie den jungen Polizisten sich mit einem Arm an die Wand stützen und den Boden anstarren. Er trug noch immer die Plastikhandschuhe.

»Wie geht's dir?«

Sie bekam keine Antwort, aber er richtete sich auf, sah zu ihr hoch und machte eine beruhigende Handbewegung. Gleich darauf stand er wieder in der Tür. Blass, aber gefasst.

»Das habe ich auch fünf-, sechsmal mitgemacht.« Sie lächelte tröstend. »Du gewöhnst dich daran. Atme durch den Mund und denk an Himbeeren. Das hilft.«

Sie brauchten nur eine Viertelstunde, um die Wohnung zu durchsuchen. Etwas Interessantes fanden sie dabei nicht. Das überraschte Hanne Wilhelmsen kein bisschen. Billy T. hatte ihr versichert, dass es nichts gab; er hatte alles abgesucht. Na ja, nichts Sichtbares. Also mussten sie nach dem Unsichtbaren suchen. Sie schickte den Jungen zum Auto, um Werkzeug zu holen. Er griff diese neue Möglichkeit, frische Luft zu schnappen, dankbar auf. Drei Minuten später war er wieder da.

»Bo sollem bir amfamgem?«

»Beim Reden brauchst du nicht durch den Mund zu atmen; wenn du redest, atmest du doch sicher nicht ein?«

»Ich kotze, bemm bicht die gamze Zeit beime Mase zu ist.«

Sie suchten die Täfelung ab, die am neuesten aussah, an der Wand hinter dem Sofa. Sie war leicht zu entfernen. Der Junge hatte das Brecheisen gut im Griff und arbeitete, bis ihm der Schweiß troff. Nichts zu finden. Die Täfelung wurde wieder angebracht, das Sofa zurückbugsiert.

»Der Teppich«, befahl Hanne und bückte sich in einer Ecke. Der Teppichboden, der einst grün gewesen sein mochte, war von Dreck und Staub bleischwer geworden. Hanne und ihr Kollege mussten sich abwenden, als das alles hochgewirbelt wurde. Trotzdem konnten sie ihn bis zum Sofa aufrollen. Die Dielen unter dem Teppich sahen uralt aus und hätten schön werden können, wenn sie abgeschliffen worden wären.

»Sieh bal, das ist bicht gamz so dreckig bie die amderem«, murmelte der Rothaarige und zeigte auf ein Dielenbrett.

Er hatte recht. Das Brett war viel heller als die anderen. Außerdem fehlte in seiner Umgebung der Dreck, der sonst überall die Dielenritzen einebnete. Hanne nahm einen Schraubenzieher, lockerte das Brett und hob es vorsichtig hoch. Ein kleiner Hohlraum kam zum Vorschein. Etwas, das in eine Plastiktüte gepackt war, füllte diesen Hohlraum aus. Der Rothaarige war jetzt so eifrig, dass er vergaß, durch den Mund zu atmen.

»Das ist Geld, Wilhelmsen, Geld! Und zwar verdammt viel!«

Die Kommissarin erhob sich, zog ihre schmutzigen Plastikhandschuhe aus, warf sie in eine Ecke und streifte saubere über. Dann hockte sie sich wieder hin und zog das Paket aus dem Loch.

Der Junge hatte recht. Es war Geld. Ein dicker Stapel Tausender. In aller Eile stellte sie fest, dass es sich um mindestens fünfzigtausend Kronen handeln musste. Ihr Kollege hatte eine Plastiktüte aus der Tasche gezogen und hielt sie ihr hin. Sie war gerade groß genug.

»Gut gemacht, Henriksen. Aus dir wird noch mal ein Spitzenbulle!«

Der Junge freute sich über dieses Lob, und in purem Glücksrausch bei der Aussicht, diesen stinkenden Ort zu verlassen, räumte er freiwillig auf. Dann verschloss er die Tür und hüpfte wie ein kleiner Hund hinter seiner Vorgesetzten her die Treppe hinunter.

DONNERSTAG, 19. NOVEMBER

Niemand konnte behaupten, dass sie dieses Ergebnis erwartet hätten. In Wahrheit hatte außer Hanne Wilhelmsen überhaupt niemand mit einem Ergebnis gerechnet. Håkon Sand hatte am letzten Donnerstag Laviks Tasse mit einem Schulterzucken abgetan. Han van der Kerchs Tod hatte alles überschattet. Es hatte wegen des vergessenen Gürtels ein Höllenspektakel gegeben. Ziemlich unnötig, da der Junge auch Hemd und Hose für seinen Zweck hätte benutzen können. Alle Erfahrung besagte, dass es unmöglich war, Selbstmordkandidaten zurückzuhalten, wenn sie erst einmal entschlossen waren. Und das war Han van der Kerch gewesen.

»Jaaa!« Sie bückte sich mit Hüftschwung vornüber, ballte die Faust und streckte ihren Arm aus. »Jaaa!«

Sie wiederholte diese Bewegung. Die anderen im Bereitschaftsraum sahen sich das alles stumm und leicht verlegen an. Kommissarin Hanne Wilhelmsen knallte vor dem mageren Hauptkommissar ein Papier auf den Tisch. Kaldbakken nahm es ruhig zur Hand. Eine demonstrative Missbilligung ihres unpassenden Gefühlsausbruchs. Er ließ sich Zeit. Als er das Papier wieder hinlegte, war in seinem Pferdegesicht ein Lächeln zu erahnen.

»Das ist erfreulich«, er räusperte sich, »wirklich erfreulich!«

»What an understatement!« Hanne hatte sich größeren Enthusiasmus gewünscht. Die Fingerabdrücke von Anwalt Jørgen Lavik, die sich deutlich auf einer Kaffeetasse aus einer staatlichen Kantine abzeichneten, waren identisch mit einem schönen, vollständigen Abdruck auf einem der Tausender, die sie in einer stinkenden Wohnung im Mossevei unter einem Dielenbrett gefunden hatten, bei einem toten Dealer. Der Bericht der Kripo war eindeutig und unbestreitbar.

»Das ist doch nicht möglich!« Polizeijurist Sand schnappte sich den Bericht, der in der Mitte zerriss. Es war möglich.

»Jetzt haben wir den Kerl!«, rief der Rothaarige stolzgeschwellt, weil er zur Aufklärung beigetragen hatte. »Jetzt holen wir ihn!«

So einfach war das natürlich nicht. Die Fingerabdrücke bewiesen nichts. Aber sie deuteten stark auf etwas hin. Das Problem war, dass Lavik sicher jede Menge Erklärungen liefern konnte. Seine Beziehung zu Frøstrup war legitim genug gewesen. Alle im Zimmer – wahrscheinlich mit Ausnahme des eifrigen Rothaarigen – sahen das ein. Hanne Wilhelmsen schaltete einen Overheadprojektor ein und nahm sich einen roten und einen blauen Filzstift. Beide leer.

»Hier«, sagte der Rothaarige und warf ihr einen neuen schwarzen Stift zu.

»Fassen wir zusammen, was wir haben«, sagte Hanne und fing an zu schreiben. »Erstens: Han van der Kerchs Erklärung an seine Anwältin.«

»Hat sie erzählt, was der Bursche gesagt hat?« Kaldbakken war aufrichtig überrascht.

»Ja, sieh dir Dok. 11.12 an. Der Niederländer hat einen Brief hinterlassen, eine Art Abschiedsbrief. Einen lieben Gruß an Karen Borg, von ihm aus könne sie reden. Sie war gestern den ganzen Tag hier bei uns. Wir hatten recht. Aber es war wunderbar, eine Bestätigung zu bekommen. Und die haben wir jetzt schriftlich.« Sie drehte sich zur Tafel um und schrieb schweigend weiter.

1. H. v. d. K.s Erklärung (Karen B.)
2. Verb. Lavik-Roger, Autohändler (Tel.-Nr. im Buch)
3. Laviks Fingerabdr. auf Geld bei Frøstrup (!!!)
4. Codezettel bei JF, von derselben Art wie der von Hansa Olsen
5. Lavik war an dem Tag hier, als H. v. d. K. durchgedreht ist
6. Lavik war an dem Tag im Gef., als Frøstrup seine Überdosis gesetzt hat.

»Han van der Kerchs Erklärung ist wichtig«, sagte sie und benutzte ein zerbrochenes Lineal als Zeigestock, der gegen Punkt eins auf der Liste hämmerte. »Der einzige und ziemlich trickreiche Nachteil ist, dass wir sie nicht von dem Burschen selbst haben. Info aus zweiter Hand. Andererseits: Karen Borg ist eine superglaubwürdige Zeugin. Sie kann bestätigen, dass Han seit Jahren im Geschäft war. Außerdem hat er seinen Kontakt mit Auto-Roger zugegeben, und er hatte gerüchteweise gehört, dass im Hintergrund Anwälte mitmischen. Gerüchte sind eine ziemlich dünne Haftbegründung, aber dass er solche Probleme bei seiner Verteidigerwahl hatte, zeigt, dass er auf ziemlich handfesten Informationen gesessen hat. Durch Karen Borgs Aussage haben wir jedenfalls Roger im Griff.« Sie tauschte das Lineal gegen den Filzstift und unterstrich wütend Rogers Namen. »Diese Verbindung ist ganz dünn, auch wenn wir wissen, dass sie einander gekannt haben. Lavik hat das einmal zugegeben und würde es sicher auch wiederholen. Sein Gefasel über seine Mandanten kriegen wir dann sicher auch wieder zu hören, aber es ist doch eine unbestreitbare Tatsache, dass es auffällt, wenn jemand Telefonnummern kodiert notiert. Das macht Mühe, und man tut es bestimmt nicht ohne Grund. Außerdem«, fügte sie nachdrücklich hinzu, während sie sicherheitshalber einen dicken Kreis um Punkt drei malte, »außerdem haben wir Laviks Fingerabdrücke auf Jacob Frøstrups Banknote gefunden. Dass *der* Dealer war, ist sechzehnmal bewiesen worden. Vor Gericht. Außerdem dachte ich bisher, Anwälte bekämen von ihren Mandanten Geld. Nicht umgekehrt. Das wird Lavik ganz schön ins Schwitzen bringen. Unsere stärkste Karte, wenn ihr mich fragt.« Die Kommissarin unterbrach sich, als ob sie eventuelle Proteste erwartete. Die blieben aus, und sie redete weiter, »Bei Punkt vier geraten wir etwas mehr ins Schlingern. Im großen Zusammenhang ist er sehr interessant; ich bin davon überzeugt, dass die Codezettel uns eine Menge sagen würden, wenn wir diesen verdammten Code bloß knacken könnten. Aber da wir nicht vorhaben, Lavik wegen Mordes anzuklagen, bezweifle ich, dass wir sie jetzt schon geltend machen sollten. Vielleicht brauchen wir später noch ein As. Was die Tatsache angeht, dass Lavik zu kritischen Zeitpunkten im Leben von van der Kerch und Frøstrup aufgetaucht ist: Auch das sind Zugaben, die vorerst vielleicht ungenutzt bleiben sollten. Also haben wir Punkt eins bis drei als eventuelle Haftgrundlage.« Wieder machte sie eine Pause. »Reicht das, Håkon?« Er sah sie an und wusste, dass sie wusste. Im Grunde reichte es nicht.

»Festnahme weswegen denn? Wegen Mordes? Nein. Wegen Rauschgifthandels? Kaum. Wir haben ja keinerlei Beweis.«

»Doch, haben wir«, protestierte Kaldbakken. »Was wir bei

Frøstrup beschlagnahmt haben, war schließlich keine Kleinigkeit.«

»Nimm deine Fantasie zu Hilfe, Håkon«, bat Hanne und lächelte schief. »Du kannst doch sicher irgendwas daraus machen. Eure Anklagen sind meistens vage und löchrig, und trotzdem setzt ihr dauernd U-Haft durch.«

»Du vergisst eins«, sagte Håkon. »Du vergisst, dass dieser Mann selbst Anwalt ist. Und das weiß auch das Gericht. So eine Haftverhängung geht nicht in zwanzig Minuten durch. Wenn wir versuchen wollen, dieses Arschloch hopszunehmen, dann müssen wir sicher sein, dass wir es auch schaffen. Es wird auf jeden Fall einen Höllenlärm geben. Und wenn sie ihn laufenlassen, wird es heißer für uns, als uns lieb sein kann.«

Trotz Håkons Skepsis war Kaldbakken überzeugt. Und wenn es um polizeifachliche Arbeit ging, konnte niemand dem übellaunigen, autoritären Hauptkommissar etwas ankreiden. Punkt für Punkt gingen die sieben Anwesenden den Fall noch einmal durch, siebten Unhaltbares aus, listeten auf, was sie noch brauchten, und hatten am Ende den Entwurf einer Anklage.

»Rauschgift«, sagte der Hauptkommissar abschließend. »Wir müssen ihn mit dem Rauschgift kriegen. Wir brauchen nicht gleich so hart zuzuschlagen. Vielleicht sollten wir uns mit den vierundzwanzig Gramm begnügen, die wir bei Frøstrup gefunden haben.«

»Nein, wir müssen das breiter anlegen. Wenn wir uns mit den paar Gramm zufriedengeben, nehmen wir uns die Möglichkeit, die Dinge zu verwenden, die nicht direkt mit dieser Menge zu tun haben. Wenn wir eine Chance haben wollen, müssen wir auspacken, was wir haben. Auf unserer Liste steht so viel kleiner Dreck, dass das Gericht alles kriegen muss.« Håkon wirkte jetzt sicherer. Sein Herz hämmerte bei dem Gedanken, dass sie vielleicht vor einer Art Durchbruch standen, wie ein Hubschraubermotor. »Wir machen eine ganz allgemeine Anklage mit unspezifiziertem Zeitraum und unspezifizierter Menge. Dabei bauen wir voll auf die Ligatheorie und stützen uns auf Han van der Kerchs Aussage, dass eine solche Organisation existiert. Und dann lassen wir es darauf ankommen.«

»Wir können sagen, dass wir unsere Quellen haben.« Der Junge mit der Stupsnase konnte sich nicht beherrschen. »Das wirkt bei Drogengeschichten immer, habe ich gehört.«

Peinliches Schweigen folgte. Ehe Hauptkommissar Kaldbakken den Jungen umbrachte, griff Hanne ein.

»So etwas machen wir *nie*, Henriksen«, sagte sie mit Nachdruck. »Ich gehe davon aus, dass du aus purem Eifer drauflosfaselst. Ich nehme das mal genauso hin wie deine Übelkeit. Aber du kommst aus dem Anfängerstadium nie heraus, wenn du nicht lernst, erst zu denken und dann zu reden. Man darf Abkürzungen machen, aber man darf niemals pfuschen. Niemals! Und es stimmt auch gar nicht. Das Schlimmste, womit wir dem Untersuchungsgericht kommen können, sind anonyme Tipps! Merk dir das«, fügte sie hinzu.

Der Junge war gebührend zusammengestaucht worden, und die Besprechung ging zu Ende. Hanne und Håkon blieben sitzen.

»Wir müssen das mit der Polizeipräsidentin absprechen. Und mit dem Generalstaatsanwalt. Um Rückendeckung zu haben, sollte ich wohl am besten auch mit dem König reden.« Es war klar, dass er sich beim Gedanken an die nächste Zukunft nicht nur freute. Missmut breitete sich in seiner Brust aus, seit das Hubschrauberdröhnen sich gelegt hatte. Am liebsten hätte er Hanne gebeten, ihn den Haftantrag nicht allein stellen zu lassen.

Sie setzte sich neben ihn auf das kleine Sofa. Zu seiner großen Verblüffung legte sie ihm die Hand auf den Oberschenkel und lehnte sich vertraulich an seine Schulter. Der schwache Duft eines Parfüms, das er nicht erkannte, ließ ihn tief Luft holen.

»Jetzt geht es los«, sagte sie leise. »Alles, was wir jetzt zu tun haben, ist, die Stückchen zu sammeln, hier eins, dort eins, so klein, dass es sich nicht lohnen würde, damit ein Puzzle zu legen. Uns fehlen noch immer jede Menge Teilchen, aber siehst du nicht auch das Bild, Håkon? Nimm dich zusammen. Wir sind hier die Helden. Vergiss das nicht!«

»So kommt mir das aber nicht immer vor«, sagte Håkon mürrisch. Er legte seine Hand auf ihre, die noch immer auf seinem Oberschenkel ruhte. Zu seiner Überraschung zog sie sie nicht zurück. »Wir müssen es trotzdem versuchen«, sagte er schwach, ließ ihre Hand wieder los und stand auf. »Sorg dafür, dass vor der Verhaftung alles geregelt wird. Ich nehme an, du willst ihn selbst festnehmen.«

»Darauf kannst du Gift nehmen«, sagte sie entschieden.

Alle waren da. Die Polizeipräsidentin in frisch gebügelter Uniform, ernst und aufrecht, steif geradezu, als ob sie verkehrt gelegen hätte. Der Staatsanwalt, ein kleiner blasser Fettwanst im Fliegerhemd und mit intelligenten Äuglein hinter dicken Brillengläsern, saß im besten Sessel. Der oberste Drogenfahnder, der nur aushalf, weil der eigentliche Hauptfahnder derzeit den Polizeipräsidenten von Hønefoss vertrat, der seinerseits eine Vertretung beim Landesgericht machte – der oberste Drogenfahnder hatte zur Feier des Tages ebenfalls Uniform angelegt. Sie war zu klein, und das Hemd klaffte über seinem Schmerbauch unschön auf. Er sah nett aus, wie ein jovialer Bilderbuchwachtmeister, mit rundem hellroten Gesicht und dünnen grauen Locken. Frau Justitia stand wie immer auf dem Tisch, mit hocherhobener Waage und zur Exekution gezücktem Schwert.

Eine Schreibkraft klopfte an die Tür. Sie servierte wortlos Kaffee in Plastikbechern. Hanne Wilhelmsen und Håkon Sand kamen als Letzte an die Reihe, und ihre Becher waren nicht voll. Das spielte keine Rolle. Hanne probierte den Kaffee gar nicht erst, sie stand auf. Sie brauche eine gute halbe Stunde, um den Fall durchzugehen. Sie hatte ihr Material besser strukturiert, und außerdem hatte sie inzwischen mehr. Sie lächelte zum ersten Mal, als sie hinzufügen konnte: »Ein Narkohund hat das Geld markiert.«

Der Drogenfahnder nickte bestätigend, aber als Polizeipräsidentin und Staatsanwalt fragend dreinschauten, erklärte sie das genauer.

»Das Geld ist mit Rauschgift in Berührung gekommen. Aller Wahrscheinlichkeit nach so: Jemand hat zuerst Rauschgift angefasst und dann das Geld. Das ist genau das Puzzlestück, das wir gebraucht haben. Leider war an dem Geldschein mit den Fingerabdrücken kein Rauschgift, aber trotzdem ... «

»Apropos Fingerabdrücke«, fiel ihr der Staatsanwalt ins Wort. »Formal gesehen habt ihr Laviks Abdrücke nicht. Deshalb müssen wir das alles auslassen, wenn wir die Haftbegründung durchgehen. Habt ihr euch das überlegt?«

Er sah Håkon Sand an, der sich erhob und zu Hanne und dem Overheadprojektor hinüberstapfte.

»Ja, sicher. Wir kriegen ihn mit dem, was wir sonst noch haben, und nehmen sofort seine Fingerabdrücke. Mit der Kripo haben wir abgemacht, dass die am Montagmorgen ein offizielles Protokoll vorlegen können. Das reicht. Wir holen uns Lavik und Auto-Roger morgen Nachmittag. Niemand kann von uns erwarten, dass wir in einem so großen Fall schon am Samstagvormittag den Haftantrag vorlegen können. Und dann haben wir Zeit bis Montag um eins, um einen hieb- und stichfesten Antrag zusammenzuschustern. So gesehen, ist Freitagnachmittag ein hervorragender Festnahmetermin.«

Es wurde ganz still. Die Polizeipräsidentin, die nervös und unwohl wirkte, saß aufrecht in ihrem riesigen Chefsessel, ohne die Rückenlehne zu berühren. Dieser Fall konnte zu einer Belastung werden, und da hatten sie wirklich keinen Bedarf. Das Dasein der Polizeipräsidentin war viel anstrengender, als sie sich das vorgestellt hatte. Jeden Tag Kritik und Dreck. Dieser Fall konnte ihr ein Heidentheater einbringen. Eine große Ader pochte unschön an ihrem mageren Hals.

Der Drogenchef hatte noch immer sein unpassendes Lächeln im Gesicht. Er sah nicht sehr intelligent aus mit diesem dämlichen Grinsen und seinen Glotzaugen. Der Staatsanwalt stand auf und ging zum Fenster. Er drehte den anderen den Rücken zu und redete, als ob seine Zuhörer draußen auf einem Gerüst stünden. »Streng genommen muss das Gericht die Festnahme genehmigen«, sagte er. »Wir kriegen einen Höllenärger, wenn wir uns nicht vorher an die wenden.«

»Aber das machen wir doch nie«, protestierte Håkon.

»Nein«, sagte der Staatsanwalt und fuhr herum. »Aber wir sollten das tun. Na ja ... du kriegst den ganzen Dreck ab! Wie willst du dich dagegen wehren?«

Seltsamerweise schien Håkons Nervosität sich zu legen. Der Staatsanwalt war auf seiner Seite. Im Grunde.

»Ehrlich gesagt: Wir können ihn nicht festnehmen, wenn wir die Fingerabdrücke nicht geltend machen. Wir kriegen keine Fingerabdrücke, solange wir ihn nicht festgenommen haben. Hoffentlich ist sein Verteidiger am Wochenende beschäftigt. So sehr, dass er keine Zeit hat, sich um Formalitäten zu kümmern. Ich bin bereit, mich der Kritik zu stellen. Und da wir ja selbst entscheiden müssen, ob wir vor einer Festnahme das Gericht befragen, können sie uns keine allzu großen Vorwürfe machen, wenn wir es nicht tun. Schlimmstenfalls werden wir angepöbelt. Und das kann ich ertragen.«

Der kleine Mann im Fliegerhemd lächelte und ließ seinen Blick zu Hanne Wilhelmsen wandern. »Wie geht es dir denn eigentlich? Hast du dich von dem Überfall richtig erholt?«

Sie fühlte sich fast geschmeichelt, und das ärgerte sie. »Mir geht's gut, danke. Aber wir wissen noch immer nicht, wer das war. Wir glauben, dass es mit dem Fall zusammenhängt, vielleicht finden wir ja auch da neue Spuren.«

Es wurde langsam dunkel. Aus der Tiefe des Hauses hörten sie ferne Blasmusik. Die Polizeikapelle übte. Alle hatten sich wieder gesetzt, und Hanne raffte ihre vielen Unterlagen zusammen.

»Ganz zum Schluss, Sand: Wie willst du die Anklage gegen Lavik formulieren? Unbekannte Menge, unbekannter Ort, unbekannter Zeitpunkt und so was?«

»Wir nehmen die Menge, die wir bei Frøstrup gefunden haben, zwanzig Gramm Heroin, vier Gramm Kokain. Nicht sehr viel, aber mehr als genug für U-Haft.«

»Nehmt einen Posten II in die Anklage auf«, befahl der Staatsanwalt. »Weil er *in den letzten Jahren eine unbekannte Menge Narkotika eingeführt hat* oder so.«

»Na gut«, antwortete Håkon mit kurzem Nicken.

»Außerdem«, fügte der Staatsanwalt hinzu und wandte sich an den Drogenchef. »Warum hat die Elf diesen Fall? Sollte sich da nicht die A 2.4 drum kümmern? Das ist doch ein Rauschgiftfall, auch wenn die Morde dazugehören.«

»Wir arbeiten zusammen«, sagte Hanne Wilhelmsen blitzschnell, ohne eine Antwort des Drogenchefs abzuwarten. »Wir arbeiten sehr gut zusammen. Und die Morde liegen doch schließlich allem zugrunde, wie du selbst sagst.«

Die Besprechung war zu Ende. Die Polizeipräsidentin hatte kaum ein Wort gesagt. Sie reichte dem Staatsanwalt zum Abschied die Hand, die anderen wurden mit kurzem Nicken bedacht. Håkon verließ das Zimmer als Letzter und drehte sich in der Tür um, um einen letzten Blick auf die schöne Skulptur zu werfen. Die Polizeipräsidentin sah das und lächelte.

»Viel Glück, Håkon. Ich wünsche dir wirklich Glück.« Es klang so, als ob sie das ehrlich meinte.

FREITAG, 20. NOVEMBER

Hätte er kleine grüne Marsmännchen mit roten Augen vor sich gehabt, hätte er nicht verblüffter wirken können. Sogar Hanne Wilhelmsen überkamen einen Moment lang Zweifel. Anwalt Jørgen Lavik las immer wieder den blauen Zettel und starrte sie aus weitaufgerissenen Augen an. Dazu stieß er leise klagende, kehlige Laute aus. Sein Gesicht war aufgequollen und dunkelrot, er schien unmittelbar vom Herzinfarkt bedroht. Zwei Polizisten in Zivil standen mit im Rücken verschränkten Händen breitbeinig vor der geschlossenen Bürotür, als ob sie jeden Moment damit rechneten, dass der Anwalt einen Fluchtversuch in eine Freiheit unternehmen könnte, die für ihn in einiger Zukunft lag, wie er selbst ahnen musste. Sogar die Deckenlampe zitterte vor Aufregung und Wut, als ein schwerer Lastwagen über die Kreuzung jagte, um es noch bei Gelb zu schaffen.

»Was ist das«, heulte er, nachdem er den blauen Zettel mindestens sechsmal gelesen hatte. »Was, zum Teufel, ist das?«

»Das ist ein Haftbefehl. Du wirst verhaftet, festgenommen, wenn du so willst.« Hanne zeigte auf den Zettel, der nach dem Wutausbruch des Anwalts halb zerrissen auf dem Schreibtisch lag.

»Hier steht, warum. Du hast Zeit, Widerspruch einzulegen. Jede Menge Zeit. Aber jetzt kommst du mit uns.«

Der wütende Mann nahm sich krampfhaft zusammen. Seine Kiefermuskulatur wogte auf und ab, und sogar die Männer an der Tür konnten sein heftiges Zähneknirschen hören. Er schloss und öffnete rasend schnell die Hände; nach einer Minute war er ein wenig ruhiger.

»Ich muss meine Frau anrufen. Und ich muss einen Anwalt verständigen. Geht so lange ins Vorzimmer.«

Die Kommissarin lächelte. »Von jetzt an und in absehbarer Zeit darfst du mit niemandem reden, wenn kein Polizist anwesend ist. Mit Ausnahme deines Anwalts natürlich. Und der muss warten, bis wir im Polizeigebäude sind. Zieh dich jetzt an. Mach keinen Ärger. Das bringt niemandem hier was.«

»Aber meine Frau!«, jetzt wirkte er fast weinerlich. »Sie erwartet mich in einer Stunde!«

Es könnte nichts schaden, wenn er seiner Frau Bescheid sagen dürfte. Das würde sie wenigstens in diesem Punkt vor Kritik schützen. Hanne nahm den Hörer vom Telefon und reichte ihn ihm.

»Erzähl ihr, was du willst. Du kannst gern sagen, dass wir dich verhaftet haben, aber kein Wort darüber, warum. Ich unterbreche das Gespräch, sowie du etwas sagst, das mir nicht passt.«

Sie streckte einen warnenden Finger nach der Gabel aus und ließ ihn seine Nummer wählen. Das Gespräch dauerte nicht lange, er sagte die Wahrheit. Hanne hörte eine weinende Stimme immer wieder fragen: »Warum, warum?« Bewundernswerterweise konnte er Fassung bewahren, abschließend sagte er, sein Anwalt werde sich später am Abend bei ihr melden. Er knallte den Hörer auf die Gabel und erhob sich.

»Bringen wir dieses Schauspiel hinter uns«, sagte er mürrisch, zog seinen Mantel verkehrt herum an, fluchte, als er das merkte, korrigierte seinen Irrtum und sah die beiden Männer neben der Tür an. »Wollt ihr mich auch noch in Ketten legen?«

Das blieb ihm erspart. Fünfzehn Minuten später stand er in der Arrestabteilung des Polizeigebäudes. Die hatte er auch früher schon besucht. Aber das hatte ganz anders ausgesehen.

Jørgen Laviks Wahl eines Anwalts hatte alle überrascht. Sie hatten einen der wenigen Superstars erwartet und sich auf die wahre Hölle vorbereitet. Gegen sechs Uhr abends tauchte dann Christian Bloch-Hansen auf, korrekt und leise, stellte sich Hanne und Hauptkommissar Kaldbakken vor und bat höflich um ein Gespräch mit Håkon Sand, ehe er sich zu seinem Mandanten begab. Das Gespräch wurde ihm natürlich gewährt. Er hob leicht die Augenbrauen, als ihm ein dünner Ordner mit Kopien überreicht wurde, dann akzeptierte er ohne große Widerworte Håkons Erklärung, er könne leider nur diese Dokumente vorlegen, wenn er die Ermittlungen nicht behindern wolle. Bloch-Hansen ließ sich nicht provozieren. Er war seit dreißig Jahren in der Branche und wurde allseits geachtet und geschätzt. Der durchschnittliche Zeitungsleser kannte seinen Namen nicht. Er war nie PR-geil gewesen, er schien jegliches Aufheben um seine Person vermeiden zu wollen. Was wiederum seinen guten Ruf vor Gericht und im Ministerium stärkte und ihm allerlei Ämter und Sonderaufträge eingebracht hatte, die er allesamt mit Gründlichkeit und solidem Fachwissen erledigte.

Håkon Sands erste Erleichterung angesichts des angenehmen Gegners musste bald der Erkenntnis weichen, dass er den Schlimmsten aller möglichen Widersacher erwischte hatte. Christian Bloch-Hansen, Anwalt beim Obersten Gericht, würde keinen Krach schlagen. Er würde nicht für Schlagzeilen in der

Boulevardpresse sorgen. Er würde sich auch nicht an Bagatellen festbeißen. Er würde sie zerpflücken. Nichts würde er übersehen. Außerdem war er ein Fuchs, wenn es um Strafprozesse ging.

Der gepflegte Anwalt mittleren Alters verfügte nach dreißig Minuten über genügend Informationen. Danach besprach er sich unter vier Augen zwei Stunden lang mit seinem Mandanten. Schließlich bat er, Laviks Vernehmung auf den nächsten Tag zu verschieben.

»Mein Mandant ist erschöpft. Sie sicher auch. Und ich selbst hatte ebenfalls einen langen Tag. Wann möchten Sie morgen anfangen?«

Überwältigt von Bloch-Hansens höflichem Auftreten, überließ Hanne dem Anwalt die Wahl des Zeitpunktes.

»Ist zehn Uhr zu spät?«, fragte er lächelnd. »Ich lasse mir am Wochenende gern Zeit fürs Frühstück.«

Für Hanne Wilhelmsen war es weder zu früh noch zu spät. Die Vernehmung sollte um zehn Uhr beginnen.

SAMSTAG, 21. NOVEMBER

Was für ein Höllenlärm! Zuerst begriff er nicht, was es war, er drehte sich um und starrte verwirrt den Wecker an. Es war ein altmodischer mechanischer, mit einem Uhrwerk, das ticktack sagte, einem Zifferblatt mit normalen Zahlen und einem Schlüssel auf der Rückseite, der ihn an die Rollschuhe seiner Kindheit erinnerte. Der Wecker musste jeden Abend aufgezogen werden, sonst blieb er gegen vier Uhr stehen. Es war zehn vor sieben, und er schlug gegen die große Glocke oben auf dem Wecker. Es half nichts. Er fasste sich langsam, setzte sich im Bett auf und begriff endlich, dass das Telefon klingelte. Er tastete nach dem Hörer und warf den ganzen Apparat mit einem Krachen zu Boden. Endlich erwischte er ihn wieder und murmelte seinen Namen. »Håkon Sand. Wer ist da?«

»Hallo. Sand! Hier ist Myhreng. Tut mir leid, dass ich ...«

»*Leid?* Wieso, zum Teufel, rufst du mich an einem Samstagmorgen um sieben Uhr, nein, *vor* sieben Uhr an? Für wen hältst du dich eigentlich?«

Peng. Es reichte nicht, den Hörer aufzulegen, er sprang wütend auf und zog den Stecker aus der Dose. Dann ließ er sich ins Bett fallen und schlief tief und fest weiter. Er schlief anderthalb Stunden. Dann schellte es wütend an der Tür.

Halb neun war ein guter Zeitpunkt zum Wachwerden. Dennoch ließ er sich Zeit, in der Hoffnung, dass, wer auch immer da vor der Tür stand, inzwischen die Geduld verlieren würde. Als er sich die Zähne putzte, schellte es wieder. Noch wütender. Håkon nahm sich Zeit, sich das Gesicht zu waschen, und er fühlte sich wunderbar frei, als er seinen Bademantel anzog und Wasser aufsetzte, ehe er sich zur Gegensprechanlage begab.

»Ja?«

»Hallöchen, hier ist Myhreng. Kann ich raufkommen?«

Der Knabe ließ also nicht locker. Das tat aber auch Håkon Sand nicht. »Nein«, sagte er und hängte den Hörer wieder hin. Das half ihm nichts. In der nächsten Sekunde dröhnte das unangenehme Geräusch wie eine durchgedrehte Riesenwespe durch die Wohnung. Håkon dachte einige Sekunden nach, dann betätigte er erneut die Sprechanlage.

»Geh in den Laden an der Ecke und kauf Brötchen. Und Saft. Solchen mit Fruchtfleisch. Und die Zeitungen. Alle drei.«

Da er sich nicht präzise ausgedrückt hatte, kaufte Myhreng nicht die drei Zeitungen, die Håkon gemeint hatte. Und das mit dem Fruchtfleisch vergaß er auch.

»Verdammt schöne Wohnung«, erklärte Myhreng und warf einen langen Blick ins Schlafzimmer.

Neugierig wie ein Polizist, dachte Håkon und schloss die Tür. Er bat Myhreng ins Wohnzimmer, ging ins Bad und stellte eine zusätzliche Zahnbürste und eine sehr feminine Parfümflasche, die eine Bekannte vor einem Jahr vergessen hatte, vor den Spiegel. Besser, nicht allzu armselig zu wirken.

Fredrick Myhreng wollte nicht plaudern. Der Kaffee war noch nicht fertig, als er auch schon loslegte.

»Habt ihr ihn eingebuchtet, oder was? Der ist nirgendwo zu finden. Seine Sekretärin erzählt mir was von Auslandsreise, und bei ihm zu Hause sagt so ein Knirps nur, dass Papa nicht ans Telefon kommen kann. Und Mama auch nicht. Ich hab schon überlegt, ob ich das Jugendamt anrufen soll, als ich bei sechs Versuchen immer bloß diesen Fünfjährigen an der Strippe hatte.«

Håkon schüttelte den Kopf, holte den Kaffee und setzte sich. »Bist du ein Kindesmisshandler? Wenn du auf den Gedanken gekommen bist, dass wir Lavik haben, muss dir doch klar sein, dass dein Telefonterror weder für den Kleinen noch für die restliche Familie besonders lustig ist!«

»Journalisten können keine kleinlichen Rücksichten nehmen«, erklärte Myhreng und machte sich über eine ungeöffnete Dose Makrelen in Tomate her.

»Ja, mach sie ruhig auf«, sagte Håkon sauer, als der halbe Doseninhalt auf Myhrengs Brötchen verteilt war.

»Makrelenburger. Köstlich!« Mit vollem Mund und Tomatenspritzer auf die weiße Tischdecke verteilend, brabbelte er weiter. »Gib's zu, ihr habt euch Lavik geschnappt. Das seh ich dir an. Ich wusste ja die ganze Zeit, dass bei dem was nicht stimmt. Ich kapier einiges, weißt du.«

Der Blick, den er über den Rand seiner zu kleinen Brille warf, war herausfordernd, aber nicht sonderlich sicher.

Håkon leistete sich ein Lächeln und ließ sich viel Zeit mit der Margarine.

»Nenn mir einen guten Grund, warum ich dir überhaupt irgendwas erzählen sollte!«

»Ich kann dir sogar mehrere nennen. Erstens: Gute Information ist der beste Schutz vor Fehlinformation. Zweitens: Morgen werden die Zeitungen voll sein von dem Fall. Du glaubst doch wohl nicht, dass die Zeitungen es nicht spätestens nach einem Tag mitkriegen, wenn ein Anwalt verhaftet wird. Und drittens ...« Er unterbrach sich, wischte sich mit den Fingern seinen Tomatenschnurrbart ab und beugte sich einschmeichelnd über den Tisch. »... drittens haben wir bisher doch gut zusammengearbeitet. Und es kann für uns beide nur gut sein, wenn wir so weitermachen.«

Polizeijurist Håkon Sand schien sich überzeugen zu lassen. Fredrik Myhreng rechnete sich das höher an, als angemessen war. Denn während Myhreng in Erwartung ungeheuer spannender Neuigkeiten wie ein braver Schulbub dasaß und wartete, gönnte Håkon Sand sich eine lange, wohltuende Dusche. Den Ordner, über dem er bis tief in die Nacht gebrütet hatte, nahm er mit ins Badezimmer.

Er brauchte fast eine Viertelstunde, und in dieser Zeit entwarf Håkon die Skizze einer Zeitungsgeschichte, die einen soliden Warnschuss für diejenigen bedeuten würde, die irgendwo draußen im dunklen November saßen und mit den Zähnen klapperten. Denn davon, dass da Leute saßen, war Håkon überzeugt. Also musste er sie hervorlocken. Oder hervorängstigen ...

MONTAG, 23. NOVEMBER

Es gab den absoluten Zirkus. Drei Fernsehkameras, zahllose Pressefotografen, mindestens zwanzig Journalisten und jede Menge Schaulustige hatten sich im großen Foyer des Gerichtsgebäudes versammelt. Die Sonntagszeitungen hatten sich gegenseitig übertroffen. Bei näherem Hinsehen berichteten sie kaum mehr, als dass ein fünfunddreißigjähriger Anwalt aus Oslo unter dem Verdacht verhaftet worden war, als Hintermann einer Rauschgiftorganisation zu fungieren. Mehr wussten die Journalisten nicht. Aber sie hatten viele Spalten damit gefüllt. Aus diesen dürftigen Zutaten hatten sie eine inhaltsreiche Suppe gekocht, wobei Laviks Kollegen ihnen eine gute Hilfe gewesen waren; sie hatten sich in fetten Interviews ausdrücklich von der unerhörten Festnahme eines lieben und geachteten Kollegen distanziert. Dass die geehrten Kollegen von dem Fall keinerlei Ahnung hatten, hinderte sie nicht daran, sprachlich alle Register zu ziehen. Der Einzige, aus dem die Journaille keinerlei Informationen hatte herauslocken können, war derjenige, der wirklich etwas wusste, nämlich Christian Bloch-Hansen, Anwalt beim Obersten Gericht.

Es war schwer, sich einen Weg durch die Menschenmenge zu bahnen, die den Eingang zu Gerichtssaal 17 versperrte. Obwohl nur zwei oder drei der anwesenden Journalisten ihn erkannten, reagierte die Menge wie eine Taubenschar, als ein Fernsehheini dem Anwalt ein Mikrofon vor die Nase hielt. Der Fernsehjournalist war durch ein Kabel mit seinem Mikrophon und dem Kameramann verbunden, einem zwei Meter großen Kerl, der ins Stolpern kam, als der Interviewer plötzlich an der Leitung zog. Er kämpfte sekundenlang um sein Gleichgewicht und wurde einen Moment lang nur durch die Umstehenden auf den Beinen gehalten. Nur für einen Moment. Dann kippte er um und riss im Fallen sechs andere mit. In diesem vollendeten Chaos schlüpfte Bloch-Hansen in aller Stille in den Saal 17.

Håkon Sand und Hanne Wilhelmsen hatten es nicht einmal versucht. Sie saßen in einem Streifenwagen mit abgedunkelten Fenstern, bis Lavik, die übliche Jacke über dem Kopf, durch den Torweg neben dem Haupteingang geführt wurde. Kaum jemand achtete auf den armen Roger aus Sagene, sein beiger Parka, den er sich über die Ohren gezogen hatte, sah einfach nur komisch aus. Gleich darauf waren alle Schaulustigen im Gericht verschwunden, und Hanne und Håkon konnten sich durch die polizeieigene Hintertür hineinschieben. Sie betraten den Verhandlungssaal vom Keller her.

Ein verhuschter Gerichtsdiener gab sich alle Mühe, im Saal für Ordnung zu sorgen. Es blieb bei dem Versuch. Der ältliche, uniformierte Mann hatte nicht die geringste Chance, dem Druck der Menschenmenge standzuhalten. Håkon sah sein verzweifeltes Gesicht und forderte über die Sprechanlage des Richtertisches aus dem Keller Verstärkung an. Bald hatten die vier Polizisten alle hinausgeworfen, denen die einzige Publikumsbank keinen Platz bot.

Die Verhandlung sollte genau um eins anfangen. Um vier nach eins erschien der Richter, ohne irgendwen auch nur anzusehen. Er legte einen Stapel Papiere vor sich auf den Tisch, einen Stapel, der etwas dicker war als der Ordner, mit dem Anwalt Bloch-Hansen vor drei Tagen abgespeist worden war. Håkon erhob sich und reichte dem Verteidiger weitere Unterlagen. Er hatte sieben Stunden gebraucht, um herauszusuchen, was er vor Gericht verwerten wollte. Das Gericht durfte nicht mehr Unterlagen erhalten als der Verteidiger.

Der Richter erkundigte sich leise bei Håkon Sand nach dem Angeklagten. Håkon nickte dem Verteidiger zu. Der stand auf.

»Mein Mandant hat nichts zu verbergen«, sagte er laut, um sicherzugehen, dass alle Journalisten ihn hörten. »Aber die Festnahme hat ihm begreiflicherweise arg zu schaffen gemacht – ihm und seiner Familie. Ich möchte darum bitten, dass die Haftentscheidung unter Ausschluss des Publikums gefällt wird.«

Ein enttäuschtes, fast resigniertes Seufzen durchlief die kleine Zuschauermenge. Nicht, weil sie mit einer offenen Verhandlung gerechnet hatten, sondern weil sie gedacht hatten, dass es wie üblich die Polizei sein würde, die sie vor die Tür setzte. Dieser stumme, diskrete Verteidiger verhieß nichts Gutes. Der Einzige, der für alles nur ein Lächeln aufbrachte, war Fredrick Myhreng. Er hielt sich immer noch für gut versorgt mit einem stetigen Zufluss an Informationen, seine Zeitung war gestern wesentlich inhaltsreicher gewesen als ihre Konkurrentinnen. Myhreng hatte die Stunde vor dem Gerichtstermin genossen. Er hatte sich daran geweidet, dass weitaus ältere Kollegen sich mit neugierigem Blick und schlecht getarnten Fragen an ihn herangemacht hatten.

Der Richter schlug mit der Faust auf den Tisch und befahl, die Öffentlichkeit aus dem Saal zu verbannen. Der Gerichtsdiener trottete glücklich hinter den letzten widerwilligen Presseleuten hinaus und hängte das schwarze Schild mit den weißen Buchstaben auf: Ausschluss der Öffentlichkeit.

Mit einer Miene, die an ein Lächeln erinnern konnte, erhob sich der kleine Mann vom Richterstuhl, machte die wenigen Schritte ins benachbarte Bürozimmer und kehrte mit einem vorbereiteten Haftantrag zurück.

»Hab ich's mir doch gedacht«, sagte er und unterschrieb. Er blätterte zwei Minuten in seinem Ordner, dann zog er den Haftantrag wieder hervor und ging nach draußen, um den Wartenden mitzuteilen, was sie schon wussten. Zurück im Saal, zog er seine Jacke aus und hängte sie über die Stuhllehne. Danach spitzte er mit größter Sorgfalt drei Bleistifte und beugte sich über die Sprechanlage. »Bringt Lavik hoch«, befahl er, lockerte seinen Schlips und lächelte die elegante Sekretärin am Computer an. »Das wird ein langer Tag, Else.«

Obwohl Hanne Wilhelmsen ihn gewarnt hatte, fuhr Håkon zusammen, als Lavik hinter seinem Verteidiger in der Tür erschien. Wenn das nicht physisch unmöglich gewesen wäre, dann hätte der Polizeijurist geschworen, dass Jørgen Lavik während des Wochenendes zehn Kilo abgenommen hatte. Sein Anzug schlotterte nur so um ihn herum, und der Mann wirkte fast hohl. Sein Gesicht war von einem erschreckenden Grau, und seine Augen waren verquollen und gerötet. Er sah aus wie unterwegs zu seiner eigenen Beerdigung; aber Håkon wusste ja auch nicht, ob die nicht näher bevorstand, als es hier irgendwem lieb war.

»Hat er zu essen und zu trinken bekommen?«, fragte er Hanne, die mit einem kleinen resignierten Lächeln antwortete. »Er wollte nur ein bisschen Cola. Seit Freitag hat er keinen Bissen zu sich genommen«, sagte sie leise. »Das ist nicht unsere Schuld, er hatte wirklich *die* Sonderbehandlung.«

Auch der Richter schien besorgt über den Zustand des Häftlings. Er musterte Lavik mehrmals, dann bat er die beiden Polizisten, den Zeugenstand zu entfernen und einen Stuhl zu bringen. Die elegante Computerfrau pfiff für einen Moment auf ihr Image und bot Lavik einen Plastikbecher mit Wasser und eine Papierserviette an.

Nachdem der Richter sich davon überzeugt hatte, dass Lavik dem Tode nicht ganz so nahe war, wie es aussah, kamen sie endlich in Gang. Håkon Sand erhielt das Wort, und Hanne stupste aufmunternd seinen Oberschenkel an, als er sich erhob. Der Stups fiel härter aus als geplant, und vor lauter Schmerz hätte er fast losgepisst.

Vier Stunden später waren Staatsanwalt und Verteidiger dem Beispiel des Richters gefolgt und hatten ihre Jacken abgelegt. Hanne Wilhelmsen hatte ihren Pullover ausgezogen, nur Lavik schien zu frieren. Die Computerfrau dagegen sah restlos ungerührt aus. Sie hatten vor einer Stunde eine kleine Pause eingelegt, aber niemand im Saal war das Risiko eingegangen, sich bei den Wölfen im Korridor sehen zu lassen. Wenn es im Saal still wurde, konnten sie hören, dass draußen immer noch das wilde Gedränge herrschte.

Lavik sagte bereitwillig aus, nur brauchte er dafür elend lange. Jedes Wort wurde auf die Goldwaage gelegt. Die Geschichte des Anwalts enthielt nichts Neues. Er stritt alles ab und hielt sich an seine Aussage. Auch für die Fingerabdrücke hatte er eine Art Erklärung. Sein Mandant habe ihn ganz einfach um einen kleinen Kredit gebeten, was nicht ungewöhnlich sei, wie Lavik behauptete. Auf Håkons säuerliche Frage, ob er an alle seine finanzschwachen Mandanten Geld verleihe, antwortete er mit Ja. Dafür konnte er Zeugen bringen. Lavik konnte natürlich nicht erklären, warum ein ehrlich erworbener Tausender zusammen mit Drogengeld in einer Plastiktüte unter einem Dielenbrett im Mossevei lag, aber ihm konnte man ja wohl keine Vorwürfe machen, wenn sein Mandant sich seltsam verhielt. Seine Beziehung zu Roger hatte er früher schon klargestellt. Er hatte diesem Burschen manchmal mit Kleinigkeiten geholfen, bei der Steuererklärung und drei, vier Verkehrsgeschichten. Håkon Sands Problem war, dass Roger genau dasselbe behauptete. Was Lavik über den Tausender sagte, war jedenfalls dünn. Obwohl es unmöglich war, im Gesicht des kleinen, untersetzten Richters irgendetwas zu lesen, war Håkon trotzdem sicher, dass dieser Pfosten seiner Anklage halten würde. Ob das reichte, würde sich in einigen Stunden zeigen. Jetzt mussten sie es darauf ankommen lassen. Håkon eröffnete seine Argumentation.

Geld und Fingerabdrücke waren das Wichtigste. Danach ging er auf die seltsame Verbindung zwischen Roger und Lavik und die kodierten Telefonnummern ein. Schließlich brauchte er fünfundzwanzig Minuten für Han van der Kerchs Aussage Karen Borg gegenüber, ehe er mit einer düsteren Tirade über Beweisvernichtung und Fluchtgefahr endete. Das war alles, was er hatte. Schluss, aus. Kein Wort über die Verbindungslinien zu Hans A. Olsen und dem verstorbenen und gesichtslosen Ludvig Sandersen. Nichts über die Codebögen. Absolut nichts über Laviks Anwesenheit zum Zeitpunkt von van der Kerchs Sprung in die Psychose und Frøstrups tödlicher Überdosis.

Gestern war er so sicher gewesen. Sie hatten besprochen und diskutiert, gestritten und argumentiert. Kaldbakken hatte alles auffahren wollen, was sie hatten, und sich auf Håkons absolute Sicherheit von vor wenigen Tagen berufen. Schließlich hatte der Hauptkommissar dann doch nachgegeben. Håkon hatte selbstsicher und überzeugend gewirkt. Das war er jetzt nicht mehr. Er suchte nach dem schlagkräftigen Schlussargument, das er nachts eingeübt hatte, aber es hatte sich irgendwo versteckt. Stattdessen blieb er stecken und schluckte zweimal, ehe er aus sich herauspresste, dass die Polizei auf weiterer Haft bestehe. Er vergaß, sich zu setzen, und peinliches Schweigen folgte. Für einige Sekunden, bis der Richter sich räusperte und erklärte, Håkon brauche nicht mehr zu stehen. Hanne lächelte schwach, aber aufmunternd, und versetzte ihm einen Rippenstoß, diesmal vorsichtiger.

»Geehrtes Untersuchungsgericht«, begann der Verteidiger, noch ehe er ganz aufgestanden war. »Wir haben es hier zweifellos mit einem sehr delikaten Fall zu tun. Wir haben es mit einem Menschen zu tun, der sich eines groben Dienstvergehens schuldig gemacht hat.«

Die anderen fuhren zusammen. Was um alles in der Welt sollte das? Wollte der Anwalt Bloch-Hansen seinem Mandanten in den Rücken fallen? Sie sahen Lavik an, neugierig auf seine Reaktion, aber in seinem müden, grauen Gesicht regte sich nichts. »Es ist eine gute Lebensregel, keine stärkeren Worte zu benutzen, als man heil über den Winter kriegt«, fuhr der Anwalt fort und zog seine Jacke wieder an, wie um eine förmliche Haltung anzunehmen, die in dem großen, überhitzten Saal bisher gefehlt hatte.

Håkon Sand bedauerte, das nicht auch getan zu haben. Jetzt würde es nur noch blödsinnig aussehen.

»Aber es ist wirklich äußerst bedauerlich ...« Er legte eine Kunstpause ein, um seinen Worten Nachdruck zu verleihen. »Es ist äußerst bedauerlich, dass Anwältin Karen Borg, die, wie ich weiß, über einen guten Ruf verfügt und als tüchtige Juristin gilt, nicht gesehen hat, dass sie sich eines Verstoßes gegen Paragraph 144 Strafgesetzbuch schuldig machte.«

Wieder eine Pause. Der Richter blätterte nach dem genannten Paragraphen, während Håkon wie gelähmt dasaß und wartete. »Karen Borg stand unter Schweigepflicht«, fuhr der Verteidiger fort. »Die hat sie gebrochen. Ich entnehme den Unterlagen, dass sie diesen schwerwiegenden Gesetzesbruch mit einer Art Zustimmung ihres toten Mandanten begründet. Aber das kann in keiner Weise ausreichen. Vor allem möchte ich darauf hinweisen, dass dieser Mandant nachweislich psychotisch war und nicht beurteilen konnte, was für ihn am besten war. Als Nächstes möchte ich das Gericht auf diesen sogenannten Abschiedsbrief hinweisen, also Dok. 17-1.« Er schwieg und blätterte zur Kopie dieses hilflosen Briefes weiter. »Es ist ziemlich, nein, höchst unklar, ob diese Formulierung überhaupt eine Entbindung von der Schweigepflicht enthalten kann. So, wie ich diesen Brief lese, müssen wir ihn als Abschiedsgruß betrachten, als eine Art pathetische

Liebeserklärung an eine Anwältin, die vermutlich freundlich und menschlich gewesen ist.«

»Aber er ist doch tot!« Håkon konnte die Klappe nicht halten, sprang auf und fuchtelte mit den Armen. Er ließ sich wieder fallen, ehe der Richter ihn zur Ordnung rufen konnte. Der Verteidiger lächelte.

»Rettstidende 1983, S. 430«, erklärte er und legte eine Kopie jenes Urteils auf den Richtertisch. »Hier ist auch eine für Sie«, sagte er dann und reichte eine Kopie in Håkons Richtung. Der musste aufstehen und sie sich selbst holen.

»Die Mehrheit vertrat damals die Ansicht, dass die Schweigepflicht keinesfalls mit dem Tode des Mandanten endet«, erklärte er. »Die Minderheit übrigens auch. Daran bestehen keinerlei Zweifel. Und das bringt uns zurück zu diesem Brief.« Er hielt ihn auf Armeslänge von seinen Augen weg und zitierte: »Du warst lieb zu mir. Du kannst vergessen, was ich übers Klappehalten gesagt habe. Schreib meiner Mutter einen Brief. Danke für alles.« Der Brief wurde zurück in den Ordner gelegt. Hanne wusste nicht, was sie glauben sollte. Håkon hatte Gänsehaut, und er merkte, dass seine Hoden sich wie bei einem eiskalten Bad zusammenzogen, zu einem empfindlichen und wenig männlichen Klumpen.

»Das hier«, fuhr der Verteidiger fort, »ist keine Entbindung von der Schweigepflicht. Anwältin Borg hätte niemals eine Aussage machen dürfen. Wenn sie sich nun schon dieses Vergehens schuldig gemacht hat, ist es zumindest wichtig, dass das Gericht nicht denselben Fehler begeht. Ich weise in diesem Zusammenhang auf Paragraph 119 der Strafprozessordnung hin und möchte behaupten, dass es diesem Paragraphen widerspricht, wenn wir Borgs Aussage hier beachten.«

Håkon Sand blätterte in dem Sonderdruck, der vor ihm lag.

Seine Hände zitterten so heftig, dass er seine Bewegungen kaum koordinieren konnte. Schließlich fand er den Paragraphen. O verdammter Mist! Das Gericht durfte keine Aussagen annehmen, wenn sie auf Informationen beruhten, die ein Anwalt oder eine Anwältin im Dienst gesammelt hatte. Jetzt hatte er wirklich Angst. Er pfiff auf Lavik, auf den Drogendealer und mutmaßlichen Mörder Jørgen Ulf Lavik. Die Einzige, an die er dachte, war Karen Borg. Vielleicht bekam sie jetzt ernsthaften Ärger. Und das war allein seine Schuld. Er hatte auf ihrer Aussage bestanden. Sie hatte zwar nicht protestiert, aber sie hätte nichts gesagt, wenn er sie nicht darum gebeten hätte. Alles war seine Schuld.

Auf der anderen Seite des Saals hatte der Verteidiger seine Papiere zusammengesucht. Er trat vor den Richter und stützte sich mit einer Hand auf dessen Tisch. »Und dann, geehrtes Untersuchungsgericht, haben die Anklagebehörden gar nichts. Die Telefonnummern in Roger Strømsjords Notizbuch sind unmöglich von irgendwelcher Bedeutung. Dass der Mann Zahlenspiele schätzt, beweist gar nichts. Es deutet nicht einmal etwas an. Höchstens, dass er ein komischer Vogel ist. Und die Fingerabdrücke auf dem Geldschein? Über die wissen wir wenig. Aber, geehrter Herr Richter, nichts spricht dagegen, dass Anwalt Lavik hier die Wahrheit gesagt hat! Er kann einem Mandanten, der ihm leidtat, einen Tausender geliehen haben. Das ist natürlich nicht besonders schlau, Frøstrup galt nicht eben als kreditwürdig, aber das Darlehen war eine nette Geste. Der kommt allerdings kein sonderliches Gewicht bei.« Eine weit ausholende Armbewegung zeigte an, dass er zum Schluss kam. »Ich will mich nicht darüber auslassen, wie grob unverhältnismäßig die Festnahme meines Mandanten war. Das ist unnötig. Es liegt nichts vor, was einem triftigen Grund für Haftanordnung auch nur nahe käme. Mein Mandant muss auf freien Fuß gesetzt werden. Danke.«

Er hatte genau acht Minuten gebraucht. Håkon dagegen eine Stunde und zehn Minuten. Die beiden Polizisten, die Lavik bewachten, hatten während seines Vortrages gegähnt. Als Bloch-Hansen sprach, hatten sie hellwach gelauscht.

Der Richter war nicht sonderlich beeindruckt. Er gab sich keine Mühe zu verbergen, dass er erschöpft war, er wackelte mit dem Kopf und rieb sich das Gesicht. Håkon Sand wurde nicht einmal die ihm zustehende Gelegenheit zur Erwiderung geboten. Das machte nichts. Leere füllte seinen Magen, und er fühlte sich unfähig, auch nur das Geringste zu sagen. Der Untersuchungs-richter schaute auf seine Uhr. Es war bereits halb sieben. In einer halben Stunde begannen die Fernsehnachrichten.

»Wir machen gleich mit Roger Strømsjord weiter. Das braucht nicht so lange zu dauern. Die Fakten sind dem Gericht ja bekannt«, sagte er hoffnungsvoll.

Es dauerte eine knappe Stunde. Hanne kam nicht über das Gefühl hinweg, dass der arme Roger hier nur als eine Art An-hängsel von Lavik gehandelt wurde. Wenn Lavik fiel, dann fiel auch Roger. Wenn Lavik freikam, dann konnte Roger ihn be-gleiten. »Die Entscheidung fällt noch heute, hoffe ich, aber es kann durchaus Mitternacht werden«, erklärte der Richter, als die Verhandlung endlich abgeschlossen werden konnte. »Wollt ihr warten, oder kann ich von allen eine Faxnummer bekommen?« Das konnte er. Roger wurde, nach einem im Flüsterton geführten Gespräch mit seinem Verteidiger, wieder in den Keller gebracht. Der Richter war bereits in das kleine Büro verschwunden, gefolgt von der Computerfrau. Anwalt Bloch-Hansen klemmte seine ab-genutzte, ehrwürdige Aktentasche unter den Arm und ging zum Polizeijuristen hinüber. Er wirkte freundlicher, als zu erwarten gewesen wäre.

»Ihr könnt ja nicht viel gehabt haben, als ihr am Freitag zugegriffen habt«, sagte er leise. »Ich wüsste wirklich gern, was ihr gemacht hättet, wenn ihr nicht das Notizbuch gefunden und Glück mit den Fingerabdrücken gehabt hättet. Was in aller Kürze bedeutet, dass ihr meilenweit von einem stichhaltigen Grund für einen Haftbefehl entfernt wart, als ihr die beiden festgenommen habt.«

Håkon war einer Ohnmacht nahe. Vielleicht sahen das auch die beiden anderen, der Anwalt jedenfalls beruhigte ihn.

»Ich werde deshalb keinen Krach schlagen. Aber in aller Freundschaft: Fangen Sie keine Sachen an, die zu groß für Sie sind. Das ist ein guter Rat – für alle Lebenslagen!« Er nickte kurz und höflich und begab sich zu den Journalisten, die noch nicht die Geduld verloren hatten. Es waren ziemlich viele. Hanne und Håkon blieben allein zurück. »Gehen wir was essen«, schlug Hanne vor. »Wir warten zusammen; ich bin sicher, dass es gut geht.« Das war eine glatte Lüge.

Wieder bemerkte er den angenehmen, schwachen Duft. Zum Trost und zur Ermunterung umarmte sie ihn, als sie allein waren. Es half nichts. Als sie das große, ehrwürdige Haus verließen, merkte sie an, wie klug es gewesen sei, eine halbe Stunde zu warten. Die Gaffer saßen längst wieder in ihren warmen Stuben; die Fernsehleute hatten vor dem festgelegten Programmablauf kapitulieren müssen und waren mit ihrer geringen Ausbeute zurückgeeilt; die schreibenden Journalisten waren ebenfalls verschwunden, nachdem der Verteidiger seinen kurzen Kommentar abgegeben hatte. Es war bereits Viertel nach acht.

»Ich hab heut noch gar nichts gegessen!«, stellte Håkon verblüfft fest und spürte, dass sein Appetit, der über vierundzwanzig Stunden lang verängstigt in einer Magenecke gehockt hatte, heimlich zurückgekehrt war.

»Ich auch nicht«, erwiderte Hanne, auch wenn das nicht ganz stimmte. »Wir haben reichlich Zeit. Der Richter braucht mindestens drei Stunden. Suchen wir uns eine ruhige Ecke.«

Arm in Arm spazierten sie einen kleinen Hang hinunter, versuchten, den schweren Tropfen aus der Regenrinne einer alten Mietskaserne auszuweichen, und fanden einen Tisch in einem italienischen Restaurant gleich um die Ecke. Hier waren sie ungestört. Ein bildschöner Knabe mit rabenschwarzem Haar führte sie an den Tisch, knallte ihnen eine Speisekarte hin und fragte mechanisch nach ihren Getränkewünschen. Nach kurzem Zögern bestellten sie beide ein Bier. Es erschien in Rekordzeit auf dem Tisch. Håkon leerte das halbe Glas auf einen Schluck. Das Bier tat gut, der Alkohol traf ihn sofort. Oder vielleicht zuckte einfach nur sein eingesunkener Magen zusammen!

»Das geht zum Teufel«, sagte er, fast munter, und wischte sich den Schaum von der Oberlippe. »Ha, das geht nie im Leben gut. Die können sofort rauslatschen und weitermachen. Lass dir das gesagt sein. Mein Fehler!«

»Mach dich nicht schon im Voraus verrückt«, sagte Hanne, ohne verhehlen zu können, dass sie seinen Pessimismus teilte. Sie schaute auf die Uhr. »Wir haben noch ein paar Stunden, ehe wir eventuell einsehen müssen, dass wir verloren haben.«

Lange saßen sie schweigend da, mit vagen, abwesenden Blicken. Ihre Gläser waren leer, als das Essen serviert wurde. Spaghetti. Die sahen gut aus und waren feuerheiß.

»Es ist nicht deine Schuld, wenn das schiefläuft«, sagte sie und versuchte, sich die langen weißen Fäden mitsamt der Tomatensoße einzuverleiben. Mit einem kurzen »Entschuldigung« hatte sie sich die Serviette in den Ausschnitt gestopft, um ihren Pullover vor dem unumgänglichen Kleckern zu schützen. »Und das weißt du«, fügte sie hinzu und musterte sein Gesicht. »Wir haben alle Mist gebaut, wenn das hier schiefgeht. Alle wollten einen Haftbefehl beantragen, niemand kann dir Vorwürfe machen.«

»Mir Vorwürfe machen?« Sein Löffel knallte auf den Tisch, die Soße spritzte nur so. »Mir Vorwürfe machen? Natürlich werden die mir Vorwürfe machen. Weder du noch Kaldbakken, die Polizeipräsidentin oder sonst wer hat da drinnen stundenlang ins Förmchen geschissen. Ich war das! Ich hab das große Ei gelegt! Du solltest mir Vorwürfe machen!« Plötzlich war er satt und schob seinen halb leeren Teller weg, fast angewidert, als ob hinter den Miesmuscheln eine gemeine Haftentlassung auf der Lauer läge. »Ich glaube, ich hab vor Gericht noch nie so schlechte Arbeit geleistet. Das musst du mir glauben, Hanne.« Er atmete schwer und bat den geschniegelten Knaben um ein Mineralwasser. »Wahrscheinlich hätte ich bei einem anderen Verteidiger besser abgeschnitten. Bloch-Hansen macht mich unsicher. Sein korrekter, sachlicher Stil bringt mich aus dem Konzept. Vielleicht hatte ich mich auf ein wildes, offenes Gefecht vorbereitet. Wenn mein Gegner stattdessen elegant mit dem Degen ficht, stehe ich da wie ein Kartoffelsack.« Er rieb sein Gesicht, lächelte und schüttelte den Kopf. »Versprich mir, nicht schlecht über diese Vorstellung zu sprechen«, bat er.

»Das verspreche ich auf Ehre und Gewissen«, schwor Hanne und hob die rechte Hand. »Aber so schlecht warst du nun auch wieder nicht, übrigens«, fügte sie hinzu, um das Thema zu wechseln, »warum hast du diesem Zeitungsmenschen von einer möglichen dritten Person erzählt, die sich noch auf freiem Fuß befindet? Das sah ja fast so aus, als hätten wir einen bestimmten Verdacht. Ich nehme doch an, dass er das von dir hat?«

»Weißt du noch, wie schockiert ich darüber war, wie du Lavik bei der letzten Vernehmung vor der Festnahme behandelt hast?«

Eine tiefe Furche über ihrer Nasenwurzel deutete darauf hin, dass sie intensiv nachdachte. »Na ja, nein«, sagte sie schließlich und wartete gespannt.

»Du hast gesagt, dass Leute, die Angst haben, Fehler begehen, deshalb wolltest du Lavik Angst einjagen. Jetzt bin ich eben mal der Buhmann. Vielleicht ist es ein Schuss in den Ofen, aber vielleicht sitzt auch da draußen jetzt ein Mann und hat Angst. Gewaltige Angst.«

Wenige Sekunden später wurde auf Håkons diskretes Winken hin die Rechnung gebracht. Sie griffen beide danach, Håkon war schneller.

»Kommt nicht in Frage«, protestierte Hanne. »Entweder bezahle ich alles, oder ich übernehme die Hälfte.«

Mit flehendem Blick presste Håkon die Rechnung an seine Brust. »Ich möchte mich heute wenigstens einmal als Mann fühlen«, bat er leise.

Das war nicht sehr viel verlangt. Er bezahlte und rundete die Summe mit drei Kronen Trinkgeld auf. Der Junge mit den Öl-haaren entließ sie lächelnd und mit dem Wunsch, sie bald wieder-zusehen, in die Dunkelheit. Es schien nicht gerade einer seiner Herzenswünsche zu sein.

Die Müdigkeit hatte sich wie eine stramme, schwarze Kapuze um seinen Schädel gelegt, und seine Augen fielen jedes Mal wieder zu, wenn er zwei Minuten lang geredet hatte. Er zog eine kleine Medizinflasche mit künstlicher Tränenflüssigkeit aus der Jacken-tasche, lehnte sich zurück, schob die Brille an die Nasenspitze und träufelte sich reichlich in die Augen. Bald würde er die ganze Flasche geleert haben. Am Morgen war sie noch neu gewesen.

Håkon Sand bewegte im Versuch, seine Nackenmuskeln zu lockern, seinen Kopf hin und her. Er zuckte zusammen, als er sich zu heftig rührte und links ein wütender Krampf einsetzte. »Au, auau, *au*!«, rief er und rieb fieberhaft die wehe Stelle.

Zum siebenundsechzigsten Mal sah Hanne auf die Uhr. Fünf Minuten vor Mitternacht. Ob es ein gutes oder schlechtes Zeichen war, dass es bis zur Entscheidung so lange dauerte, war unmöglich zu sagen. Der Richter würde sicher besonders sorgfältig vorgehen, wenn die Inhaftierung eines Anwalts anstand. Andererseits würde er auch mit einer Haftentlassung nicht schlampig verfahren. Dass Einspruch erhoben werden würde, egal, wie er entschied, lag ohnehin auf der Hand. Sie gähnte so herzhaft, dass ihre schmale Hand ihre Mundöffnung nicht bedecken konnte. Als sie den Kopf in den Nacken legte, sah Håkon, dass sie keine Amalgamfüllungen hatte.

»Welche Erfahrung hast du mit diesen Plastikfüllungen gemacht?«, fragte er unvermittelt, und sie starrte ihn überrascht an.

»Plastikfüllungen? Wie meinst du das?«

»Ich sehe doch, dass du kein Amalgam in den Zähnen hast. Ich hab auch schon überlegt, ob ich meine Füllungen auswechseln lassen soll. Hab in den Zeitungen gelesen, wie viel Dreck in dem Zeug steckt. Quecksilber und so. Davon sollen schon Leute schwer krank geworden sein. Aber mein Zahnarzt ist dagegen. Amalgam hält so viel besser, sagt er.«

Mit weit geöffnetem Mund beugte sie sich zu ihm vor, und er sah, dass wirklich alles weiß war. »Nix Loch«, sagte sie lächelnd und mit einem Hauch von Stolz. »Ich bin zwar eigentlich schon zu alt für die Nix-Loch-Phase, aber wir hatten früher Brunnenwasser. Haufenweise natürliches Fluor. Sicher gefährlich, aber wir waren sechs Kinder in der Nachbarschaft, die alle erwachsen geworden sind, ohne je zum Zahnarzt zu müssen.«

Zähne. Das war vielleicht ein Gesprächsthema. Wieder untersuchte der Polizeijurist das Faxgerät. Wie beim letzten und beim vorletzten Mal war alles in Ordnung. Das kleine grüne Licht starrte ihn arrogant an, aber sicherheitshalber sah er noch einmal nach. Ob genug Papier vorhanden war. Natürlich war da genug Papier. Er unterdrückte ein Gähnen, indem er die Zähne zusammenbiss. Tränen traten ihm in die Augen. Er nahm das abgegriffene Kartenspiel und warf Hanne einen fragenden Blick zu. Sie zuckte mit den Schultern. »Von mir aus gern, aber lass uns mal was anderes spielen. Mau-Mau zum Beispiel.«

Sie schafften zwei Runden, dann stieß das Faxgerät ein verheißungsvolles Knurren aus. Das Licht war von Grün auf Gelb umgesprungen, und nach wenigen Sekunden zog die Maschine den ersten Papierbogen ein. Er blieb eine Weile im Gerät, dann lugte er oben wieder heraus, hübsch geschmückt mit einem Faxvordruck des Osloer Untersuchungsgerichtes.

Beide merkten, wie ihr Puls loshämmerte. Ein unangenehmes Kribbeln jagte Håkons Rücken hoch, und er schüttelte sich. »Nehmen wir ein Blatt nach dem anderen, oder warten wir, bis alles da ist?«, fragte er mit schwachem Lächeln.

»Wir holen uns eine Tasse Kaffee. Wenn wir zurückkommen, ist alles da. Das ist besser, als hier zu stehen und auf die letzte Seite zu warten.«

Sie fühlten sich entsetzlich allein, als sie das Zimmer verließen und durch den Flur gingen. Beide schwiegen. Im Vorzimmer gab es keinen Kaffee mehr. Irgendwer musste also doch noch Dienst schieben, denn Hanne hatte dort vor weniger als einer Stunde eine neue Kanne abgestellt. Håkon ging in sein Büro, öffnete das Fenster und zog eine Plastiktüte herein, die an einem Nagel an der Fensterbank gehangen hatte. Er holte zwei Halbliterflaschen Limonade aus der Tüte.

»Garantiert die einzige Limo, die wirklich nur gegen den Durst hilft«, zitierte er mit Galgenhumor.

Sie stießen in einem düsteren Prost die Flaschen gegeneinander. Håkon gab sich keine Mühe, ein lautes Rülpsen zu unterdrücken. Hanne war etwas leiser. Dann gingen sie zurück ins Besprechungszimmer. Sehr langsam. Es roch nach Bohnerwachs, und der Boden glänzte wie lange nicht mehr.

Als sie das Zimmer betraten, hatte das fiese grüne Auge seinen gelben Kollegen wieder abgelöst. Das Gerät war in summenden Schlaf gesunken. Ein kleiner Papierstapel lag in dem Plastikkorb, der noch vor wenigen Minuten leer gewesen war. Mit einer Hand, die eher vor Müdigkeit zitterte als vor Spannung, nahm Håkon die Papiere auf und blätterte rasch zur letzten Seite.

Er ließ sich auf das kleine Sofa sinken und las vor: »Der Angeklagte Jørgen Ulf Lavik wird in Untersuchungshaft gehalten, bis Gericht oder Anklagebehörden eine andere Entscheidung treffen, jedoch keinesfalls länger als bis Montag, den 6. Dezember. Während dieser Zeit hat er Brief- und Besuchsverbot.«

»Zwei Wochen!« Eine solide Dosis Adrenalin hatte die Müdigkeit verjagt. »Zwei Wochen für Lavik!« Er sprang vom Sofa auf, stolperte um den kleinen Tisch herum und fiel Hanne um den Hals. Die Papiere fielen zu Boden.

»Reg dich ab«, lachte sie. »Zwei Wochen sind wirklich nur der halbe Sieg, du wolltest vier.«

»Zwei Wochen sind wenig, ja, aber wir können doch rund um die Uhr arbeiten. Und ich schwöre ...« Er knallte die Faust auf den Tisch, ehe er weiterredete: »Ich wette um ein Monatsgehalt, dass wir in weniger als zwei Wochen mehr über diesen Arsch haben werden.«

Seine kindliche Begeisterung und sein Optimismus griffen nicht sofort auf seine Kollegin über. Sie sammelte die Papiere auf und legte sie in die richtige Reihenfolge. »Sehen wir, was der Richter sonst noch zu sagen hat.«

Bei näherem Hinsehen war der Haftbescheid nicht einmal mehr ein halber Sieg. Vielleicht konnte man ihn großzügig als Achtelsieg bezeichnen.

Christian Bloch-Hansens Einwänden gegen Karen Borgs Aussage war weitestgehend stattgegeben worden. Das Gericht teilte seine Auffassung, dass van der Kerchs Abschiedsbrief kaum als Entbindung von der Schweigepflicht betrachtet werden konnte. Die genaueren Absichten des Niederländers mussten noch untersucht werden, eine Untersuchung, bei der es genau zu überlegen galt, ob die sich dadurch ergebenden Erkenntnisse dem Mann nützen würden. Es bestand Grund zu der Annahme, dass das nicht der Fall sein würde, da die Aussage ihn in wesentlichem Grad selbst belastete und auf diese Weise seinem Ruf nachträglich schaden konnte. Auf jeden Fall, meinte das Gericht, auf jeden Fall sei man bei der Vernehmung von Anwältin Borg nicht ausreichend auf diese Problematik eingegangen. Das Gericht zog es zum gegenwärtigen Zeitpunkt deshalb vor, ihre Aussage nicht in Betracht zu ziehen, da sie einen Verstoß gegen die Prozessbestimmungen darstellen konnte. Des Weiteren fand das Gericht, unter Vorbehalt, dass es dennoch triftige Gründe gab, den Angeklagten eines Verbrechens zu verdächtigen. Aber nur, was Posten 1 der Klageschrift betraf, die angegebene Menge, die bei Frøstrup gefunden worden war. Nach Auffassung des Gerichts bestand kein triftiger Grund, dem Anwalt noch mehr anzulasten, solange man Karen Borgs Aussage nicht einbeziehen konnte. Die Gefahr einer Beweisvernichtung lag auf der Hand; der Richter hatte sich damit begnügt, sie in einem Satz zu erwähnen. Eine Haft von zwei Wochen konnte zudem nicht als unverhältnismäßiger Übergriff gelten, wenn man die Tragweite des Falls in Betracht zog. Vierundzwanzig Gramm narkotischer Stoffe waren eine bedeutende Menge, die im Straßenverkauf einen Wert von fast zweihunderttausend Kronen darstellte. Ergebnis, wie gesagt, zwei Wochen Knast.

Roger kam frei.

»Ja, verdammt«, sagten die beiden wie aus einem Munde.

Roger war nur durch Han van der Kerchs Aussage in den Fall verwickelt. Solange die unbrauchbar war, hatte das Gericht nur die kodierten Telefonnummern. Und die reichten bei weitem nicht aus. Also musste er entlassen werden.

Das Telefon schellte. Sie fuhren beide hoch, als sei soeben ein Feueralarm ausgelöst worden.

Es war der Richter, der sich davon überzeugen wollte, dass das Fax gut angekommen war. »Ich erwarte von beiden Seiten Einspruch«, sagte er müde, auch wenn Håkon glaubte, durch das Telefon ein leises Lächeln ahnen zu können.

»Ja, ich werde jedenfalls gegen Roger Strømsjords Freilassung Einspruch erheben und um Aufschub bitten. Es wäre eine Katastrophe, wenn er heute Nacht noch rauskäme.«

»Aufschub kriegst du sicher«, beschwichtigte der Richter. »Aber jetzt machen wir Feierabend, ja?«

Da konnten sie ohne Weiteres zustimmen. Es war ein langer, langer Tag gewesen. Sie zogen ihre Mäntel an, schlossen sorgfältig hinter sich ab und ließen die beiden halb geleerten Limoflaschen einsam zurück. Die Reklame hatte recht, ihr Inhalt hatte wirklich nur gegen den Durst geholfen.

DIENSTAG, 24. NOVEMBER

Es war wie das Erwachen mit einem soliden Kater. Hanne Wilhelmsen hatte ewig nicht einschlafen können, trotz heißer Milch und Schultermassage. Nach knapp vier Stunden unruhigen

Schlafs wurde sie durch eine ekelhafte Nachrichtensendung im Radiowecker in den Tag gezogen. Der Haftbefehl war die erste Meldung. Die Sprecherin meinte, der Kampf sei unentschieden ausgegangen, und äußerte sich sehr kritisch zu der Frage, ob die Polizei einen Fall hatte. Natürlich kannte niemand die Begründung des Haftbefehls, und deshalb wurde minutenlang darüber spekuliert, warum der Autohändler entlassen worden war. Die Spekulationen waren ziemlich wild.

Hanne streckte sich resigniert und zwang sich, das warme Bett zu verlassen. Das Frühstück konnte sie sich abschminken, sie hatte Håkon versprochen, um acht Uhr im Büro zu sein. Dieser Tag versprach genauso lang zu werden wie der Vorige.

Unter der Dusche versuchte sie, an etwas anderes zu denken. Sie lehnte die Stirn an die blanken Fliesen und spürte, wie ihr Rücken unter dem viel zu heißen Wasser rot anlief. Sie kriegte den Fall einfach nicht aus dem Kopf. Ihr Gehirn arbeitete auf Hochtouren und zog sie mit, gegen ihren Widerstand. In diesem Moment hätte sie sich gern mit sofortiger Wirkung versetzen lassen. Drei Monate bei der Verkehrspolizei wären doch nett, dachte sie. Sie war zwar nicht die Frau, die vor einer schwierigen Aufgabe davonlief, aber dieser Fall hatte sie einfach restlos mit Beschlag belegt. Nie hatte sie Ruhe; die vielen losen Fäden wirbelten um sie herum, gaukelten neue Lösungen vor, neue Theorien, neue Ideen. Auch wenn Cecilie sich nicht beklagte, wusste sie sehr wohl, dass sie im Moment keine besonders gute Geliebte oder Freundin war. Auf Festen saß sie stumm da, war angemessen höflich und trank kaum einen Fingerhut. Sex war zu einer Routinesache geworden, ohne viel Leidenschaft oder Engagement.

Das Wasser war so heiß, dass es ihren Rücken fast betäubte. Sie richtete sich aus ihrer gebückten Stellung auf und fuhr zusammen, als sie sich die Brüste verbrannte. Als sie das kalte Wasser aufdrehte, um nicht bei lebendigem Leibe gekocht zu werden, kam ihr der Gedanke.

Der Stiefel. Billy T.s Jagdtrophäe. Der musste ja irgendwo einen Zwilling haben. Vielleicht war es hoffnungslos, um diese Jahreszeit in Oslo einen Stiefel in Größe 44 finden zu wollen. Aber andererseits: Die Gruppe der möglichen Stiefelbesitzer war nicht so riesig groß, und es musste den Versuch wert sein. Wenn sie den Besitzer fanden, dann würden sie einem Burschen gegenüberstehen, der fast todsicher in den Fall verwickelt war. Und dann würden sie sehen, wie lange er dichthielt. Loyalität war noch nie die starke Seite der Rauschgiftkriminellen gewesen.

Der Stiefel. Er musste irgendwo sein.

Der Tag hatte gerade erst angefangen, sich zu rühren. Die Sonne war noch nicht über den Horizont gestiegen, aber sie stand irgendwo hinter Ekeberg und verhieß einen schönen, kalten Novemberdienstag. Wieder lag die Temperatur unter null. Alle Lokalsender warnten die Autofahrer und berichteten von vollen, verspäteten Bussen und Straßenbahnen. Vor den Zeitungsredaktionen blieb das eine oder andere Arbeitstier auf seinem Weg in einen neuen Arbeitstag stehen und nahm sich Zeit, die Zeitung im Schaukasten zu lesen.

Wieder machte der Fall Schlagzeilen. Er vermerkte seine zwölfte Schlagzeile in weniger als einem Jahr in seinem Notizbuch. Ein bisschen unreif vielleicht, aber es kann nicht schaden, den Überblick zu behalten, dachte er stolz. Trotz allem machte er nur Vertretung. Es war fast wie eine Probezeit.

Der Schlüssel brannte in seiner Tasche. Sicherheitshalber hatte er drei Kopien machen lassen und sie an sicheren Orten hinterlegt. Sein Schlüsselkumpel hatte ihm nicht viel sagen können, der Schlüssel konnte für alles passen. Aber wohl kaum für etwas, das größer war als ein Schließfach. Vielleicht passte er zu einem Schrank, aber garantiert zu keiner Tür. Und wenn doch, dann musste sie ungewöhnlich winzig sein. Die Schließfächer an den gängigen Orten waren eine Fehlanzeige gewesen. Der Schlüssel passte weder auf dem Bahnhof noch auf den Flugplätzen oder in den großen Hotels. Da er keine Nummer trug, war es allerdings auch nicht wahrscheinlich, dass er zum Gebrauch an einem öffentlichen Ort bestimmt war. Ob er ihn Håkon Sand geben sollte? Die Polizei war mit Sicherheit im Stress, zwei Wochen war nicht viel, und wenn die Einsprüche verhandelt wurden, konnte selbst diese Zeitspanne noch verkürzt werden. Vieles sprach dafür, der Polizei zu helfen. Sie verfügten über einen Apparat, mit dem viel effektiver nach einer Stelle gesucht werden konnte, zu der der verdammte Schlüssel passte. Außerdem würde ihm das weiteres Wohlwollen eintragen. Das war ziemlich sicher. Er konnte einen guten Handel machen. Und eigentlich, wenn er sich das richtig überlegte, war es ja auch nicht in Ordnung, mit einem Gegenstand herumzulaufen, der ein entscheidender Beweis in einem großen Fall sein konnte. Mord und so. Ob das strafbar war? Er wusste es nicht genau. Andererseits: Wie sollte er erklären, dass der Schlüssel bei ihm gelandet war? Der Einbruch in Laviks Kanzlei war zweifellos strafbar. Wenn sein Redakteur davon erfuhr, dann konnte er seinen Hut nehmen. Vorerst fiel ihm auch keine andere Geschichte ein, die plausibel genug wirkte.

Die Schlussfolgerung ergab sich von selbst. Er musste auf eigene Faust weitersuchen. Wenn er den Schrank oder das Schließfach fand, würde er zur Polizei gehen. Wenn es etwas Interessantes enthielt, wohlgemerkt. Dann würde seine zweifelhafte Vorgehensweise keine Rolle mehr spielen. Ja, es war vernünftiger, den Schlüssel erst mal zu behalten. Er zog seine Hose hoch und betrat das große, graue Redaktionsgebäude.

Der ganze riesige Schreibtisch war mit Zeitungen übersät. Peter Strup war seit halb sieben in seiner Kanzlei. Auch er war von der Meldung über die Untersuchungshaft geweckt worden. Auf dem Weg zur Arbeit hatte er sieben verschiedene Zeitungen gekauft, die alle große Artikel über den Fall brachten. Im Grunde sagten sie nichts, aber jedes Blatt stellte den Fall anders dar. *Klassekampen* hielt den Haftbefehl für einen Sieg der Gerechtigkeit und hatte einen Leitartikel über die beruhigende Tatsache, dass die Gerichte ab und zu auch eine andere als Klassenjustiz betrieben. Witzig, dachte er mürrisch, wie dieselben Menschen, die grobes Geschütz auf die primitiven Rachegelüste einer Gesellschaft richten, die Menschen ins Gefängnis sperrt, sich plötzlich für ebendieses System begeistern, wenn ihm jemand von der Sonnenseite zum Opfer fällt. Die Boulevardpresse brachte mehr Bilder als Text, abgesehen von den riesigen Schlagzeilen. *Aftenposten* lieferte ein nüchternes Referat, das obendrein ziemlich zahm war. Der Fall verdiente nun mal eine gewisse Berichterstattung, aber sie schienen Angst vor Verleumdungsklagen zu haben. Ein Urteil gegen Lavik wurde weit in die Zukunft verschoben. Alle Vernunft besagte, dass er sich grausam rächen würde, wenn sie ihn nicht verurteilten.

Der altmodische Füllfederhalter kratzte über das Papier, als er sich im Eiltempo seine Notizen machte. Es war immer schwer, anhand von Zeitungsartikeln die juristischen Probleme zu durchschauen. Die Journalisten warfen die Begriffe durcheinander und wuselten wie freilaufende Hühner durch die juristische Landschaft. Nur zwei Zeitungen hatten Durchblick genug, um zu begreifen, dass hier die Rede von einem Haftbefehl war, nicht von einem Urteil, von einem Einspruch und nicht von einer Revision.

Schließlich faltete er alle Zeitungen zusammen und stopfte sie in den Papierkorb, nachdem er das Wichtigste ausgeschnitten hatte. Er heftete die Ausschnitte mit seinen Notizen zusammen, steckte sie in eine Plastikhülle und schob alles in eine abschließbare Schublade. Dann rief er seine Sekretärin an und bat sie, für die nächsten beiden Tage alle Termine abzusagen. Das überraschte die Sekretärin offenbar, sie reagierte mit einem »Aber«, dann unterbrach sie sich.

»Alles klar. Soll ich neue Termine machen?«

»Ja, bitte. Sag, dass sich etwas Unvorhergesehenes ergeben hat. Ich muss ein paar wichtige Anrufe erledigen. Ich möchte nicht gestört werden. Von niemandem.«

Er stand auf und schloss die Tür zum Flur. Danach griff er zu einem praktischen kleinen Mobiltelefon und ging ans Fenster. Nach dem zweiten Klingeln wurde abgehoben.

»Hallo, Christian, hier ist Peter.«

»Guten Morgen.« Die Stimme war düster, was schlecht zur Nachricht passte.

»Na, die Sache ist ja für keinen von uns lustig. Ich muss wohl gratulieren, wenn ich die Zeitungsmeldungen einigermaßen richtig verstanden habe. Einer entlassen und beim anderen die Haft um die Hälfte gekürzt, das muss doch als gutes Ergebnis durchgehen.«

Die Stimme war ausdruckslos. »Das ist ein verdammter Brei, Peter. Ein gottverdammter Brei.«

»Das glaub ich gern.«

Beide schwiegen, und das Knistern in der Leitung wurde unerträglich.

»Hallo, bist du noch da?« Peter Strup hatte die Verbindung für unterbrochen gehalten.

»Ja, ich bin hier. Ich weiß nicht, was das Beste ist, ehrlich gesagt. Ob er besser sitzt, oder ob sie ihn rauslassen sollten. Wir werden ja sehen. Der Einspruchsausschuss kommt vor heute Abend wohl kaum zu einer Entscheidung. Vielleicht auch erst morgen. Die Jungs sind nicht gerade berühmt für ihren Überstundeneifer.«

Peter Strup biss sich auf die Unterlippe. Er nahm das Telefon in die andere Hand und kehrte dem Fenster den Rücken. »Besteht irgendeine Chance, diese Lawine anzuhalten? Auf irgendeine ehrbare Weise, meine ich?«

»Wer weiß? Vorläufig bereite ich mich auf alles vor. Wenn es knallt, dann wird das der lauteste Knall der Nachkriegszeit. Ich hoffe, ich stehe dann nicht gerade in der Nähe. Heute wünschte ich eigentlich, du hättest mir nichts gesagt.«

»Das musste ich aber, Christian. Dass Lavik dich wollte, war wirklich fantastisch in dem ganzen Schlamassel. Einen, zu dem ich auch Vertrauen haben kann. Echtes Vertrauen.«

Das war durchaus nicht als Warnung gemeint. Dennoch wurde Christan Bloch-Hansens Stimme schärfer. »Eins muss hier ganz klar gesagt werden«, sagte er hart. »Mein Wohlwollen ist nicht unerschöpflich. Es gibt eine Grenze. Das habe ich dir schon am Sonntag klargemacht. Vergiss das nicht.«

»Dazu werde ich wohl kaum die Gelegenheit haben«, meinte Peter Strup trocken und beendete das Gespräch.

Er lehnte sich an die kalte Fensterscheibe. Das war kein verdammter Brei. Das war eine wahnwitzige Suppe. Er erledigte sein zweites Gespräch in drei oder vier Minuten, dann ging er frühstücken. Ganz ohne Appetit.

An einem Küchentisch aus Kiefernholz, vor einem Fenster mit Fensterkreuz und rotkarierten Vorhängen, saß Karen Borg und aß mit ganz anderem Appetit. Sie war schon mit dem dritten Brot beschäftigt, und ihr Boxer hatte den Kopf auf seine Pfoten gelegt und blickte sie traurig und bittend an.

»Bettelhund«, tadelte sie und vertiefte sich wieder in den

Roman, der vor ihr lag. Ein altes Kofferradio auf dem Regal über dem Spülstein unterhielt sie leise.

Die Hütte lag auf einer Felskuppe, mit einer Aussicht, die bis Dänemark reichte. Das hatte sie sich mit acht Jahren jedenfalls eingebildet. Damals hatte sie sich dieses flache Land im Süden vorgestellt, und sie hatte es wirklich gesehen, mit Buchen und munteren Menschen. Das Bild war unerschütterlich gewesen, auch wenn der große Bruder sie neckte und der Vater ihr wissenschaftlich bewies, dass alles nur Einbildung war. Als sie zwölf wurde, war das Bild verblasst, und einen Sommer später war ganz Dänemark im Meer versunken. Eines ihrer schmerzhaftesten Erlebnisse beim Heranwachsen war die Einsicht gewesen, dass nicht alles so war, wie sie immer gedacht hatte.

Sie hatte kaum Probleme damit gehabt, die Hütte zu heizen. Die war winterisoliert, und es gab Strom. Noch im Laufe des Sonntags hatte sich eine angenehme Temperatur ausgebreitet. Karen hatte es nicht gewagt, die elektrische Pumpanlage einzuschalten, vielleicht waren die Rohre ja zugefroren. Aber egal, der Brunnen war nur einen Steinwurf von der Hütte entfernt.

Jetzt, zwei Tage später, fühlte sie sich ruhiger als seit vielen Wochen. Das Mobiltelefon war zwar sicherheitshalber eingeschaltet, aber nur ihr Büro und Nils hatten die Nummer. Er hatte sie in Ruhe gelassen. Die letzten Wochen waren für sie beide eine Belastung gewesen. Sie wand sich beim Gedanken an seinen verletzten, fragenden Blick, an seine hilflosen Versuche, ihr entgegenzukommen. Ihn abzuweisen war ihr zur Gewohnheit geworden. Sie sprachen höflich über die Arbeit, über die Nachrichten und die nötigen Alltagsangelegenheiten. Keine Intimität, keine Kommunikation. Vielleicht empfand er es als Erleichterung, dass sie verreist war, auch wenn er versucht hatte zu protestieren, mit Tränen in den Augen und verzweifelten Fragen. Jedenfalls hatte er nichts von sich hören lassen, seit sie den obligatorischen Anruf getätigt und ihm mitgeteilt hatte, dass sie gut angekommen war. Obwohl sie froh darüber war, dass er ihren Wunsch, in Ruhe gelassen zu werden, respektierte, machte ihr der Gedanke zu schaffen, dass ihm das wirklich gelang.

Sie fröstelte und kleckerte ein wenig Tee auf die Untertasse. Der Hund hob plötzlich den Kopf, und sie warf ihm ein Stück Käse zu, das im Flug aufgefangen wurde.

»Gierschlund!«, tadelte sie, aber der Hund schien die Hoffnung, dass ein weiteres Stück Käse den Weg in seinen sabbernden Schlund finden würde, nicht aufzugeben.

Plötzlich fuhr sie hoch und drehte das Radio lauter. Offenbar hatte es einen Wackelkontakt, es brummte entsetzlich. Lavik war verhaftet worden! Himmel, das musste doch ein Sieg für Håkon sein. Ein zweiundfünfzigjähriger Mann war freigelassen worden, aber gegen beide Entscheidungen war Einspruch erhoben worden. Das musste Roger sein. Warum hatten sie den einen laufen lassen und den anderen behalten? Sie war sicher gewesen, dass entweder beide sitzen oder beide entlassen werden würden. Viel mehr wurde nicht gesagt.

Langsam regte sich ihr schlechtes Gewissen. Sie hatte Håkon versprochen, vor einer eventuellen Reise anzurufen. Das hatte sie nicht getan. Sie konnte es einfach nicht. Vielleicht würde sie ihn heute Abend anrufen. Aber nur vielleicht.

Sie hatte aufgegessen, und der Boxer hatte noch zwei Scheiben Käse erbettelt. Sie wollte erst den Abwasch erledigen und dann die zwei Kilometer zum Laden wandern und Zeitungen kaufen. Es war sicher gut, auf dem Laufenden zu bleiben.

»Wo, zum Teufel, steckt die Frau denn bloß?« Er knallte den Hörer auf den Schreibtisch. Der Hörer zerbrach. »Ach, verdammt«, sagte er leicht erschrocken und starrte das zerstörte Telefon dümmlich an. Vorsichtig hob er den Hörer ans Ohr. Der Summton war noch zu hören. Ein Gummiband musste zur vorläufigen Reparatur genügen. »Ich fass es nicht«, sagte er, jetzt ruhiger. »Im Büro heißt es, sie sei vorläufig nicht zu erreichen. Zu Hause geht sie nicht ran.« Und Nils rufe ich nun wirklich nicht an, dachte er. Wo steckte Karen Borg?

»Wir müssen sie finden«, erklärte Hanne überflüssigerweise.

»Wir müssen sie dringend noch einmal befragen. Das Beste wäre, das heute zu erledigen. Wenn wir Glück haben, entscheidet sich der Einspruchsausschuss erst morgen, dann könnten wir ihnen noch eine neue Vernehmung präsentieren, nicht?«

»Ja, das schon«, murmelte Håkon. Er wusste nicht, was er glauben sollte. Karen hatte versprochen, sich vor ihrer Abreise noch einmal zu melden. Ihm zu sagen, wohin sie wollte. Voller Selbstverleugnung hatte er seinen Teil der Abmachung eingehalten. Seltsam, dass sie das nicht getan hatte. Wenn sie wirklich weggefahren war. Es gab viele Möglichkeiten. Schließlich konnte sie sich in einer diskreten Besprechung mit einem Mandanten befinden. Und das wäre in der Tat kein Grund zur Aufregung gewesen. Trotzdem wurde er seit Sonntag seine vage Unruhe nicht mehr los. Das tröstliche Gefühl, sich wenigstens in derselben Stadt zu befinden wie Karen, war verschwunden.

»Sie hat ein Mobiltelefon mit Geheimnummer. Setz all dein polizeiliches Gewicht ein, um die zu ergattern. Post, ihr Büro, egal was. Nur besorg mir die Nummer. Das dürfte doch nicht allzu schwer sein. Außerdem mache ich mit der Jagd auf den Stiefellosen weiter, egal, was du sagst«, erklärte Hanne Wilhelmsen und ging in ihr Büro zurück.

Der grauhaarige Mann hatte Angst. Angst war bisher eine unbekannte Feindin für ihn gewesen, und er bekämpfte sie energisch. Obwohl er die Zeitungen durchgekämmt hatte, war es unmöglich, sich ein Bild davon zu machen, was die Polizei wirklich wusste. Der Artikel am Sonntag war in dieser Hinsicht erschreckend gewesen. Aber stimmen konnte er nicht. Jørgen Lavik beteuerte doch seine Unschuld, das stand jedenfalls in den Zeitungen. Ergo konnte er nicht geplappert haben. Außer Lavik wusste niemand, wer er war. Also konnte keine Gefahr, es konnte einfach keine Gefahr im Verzug sein.

Die bohrende Angst ließ sich nicht überzeugen. Sie schlug ihre blutigen Krallen in sein Herz, und das tat schrecklich weh. Er keuchte auf und versuchte, die Kontrolle zurückzugewinnen. Fieberhaft griff er nach der Pillendose in seiner Tasche, fingerte eine Tablette heraus und schob sie sich unter die Zunge. Das half. Er konnte wieder atmen und den verzweifeltsten Teil seiner selbst vorläufig abschotten.

»Himmel, was ist denn mit dir los?« Die elegante Sekretärin stand erschrocken in der Türöffnung und stürzte gleich darauf zu ihrem Chef. »Ist alles in Ordnung? Du bist ja ganz grau im Gesicht!« Ihre Besorgtheit wirkte aufrichtig, und das war sie auch. Sie betete ihren Chef an. Außerdem hatte sie einen Horror vor grauer, feuchter Haut, seit ihr Mann vor fünf Jahren neben ihr im Bett gestorben war.

»Jetzt ist es besser«, versicherte er und schob ihre Hand von seiner Stirn. »Wirklich. Viel besser.«

Die Frau rannte los, ein Glas Wasser zu holen, und ehe sie wieder da war, hatte der Alte einiges von seiner natürlichen Gesichtsfarbe zurückgewonnen. Begehrlich leerte er das Glas und bat mit erschöpftem Blick um mehr. Sie stürzte hinaus. Das nächste Glas wurde ebenso rasch geleert.

Nachdem er mehrmals versichert hatte, dass jetzt alles in Ordnung sei, zog die Sekretärin sich widerwillig zurück. Mit besorgt gerunzelter Stirn ließ sie die Tür einen Spaltbreit offen stehen, als rechnete sie damit, dass er vor seinem Tod jedenfalls noch Bescheid sagen würde. Stolz erhob sich der graue Mann und schloss die Tür.

Er musste sich zusammenreißen. Vielleicht sollte er sich ein paar Tage freinehmen. Aber das Wichtigste war, sich neutral zu verhalten. Ihm konnten sie nichts anhaben. Das Vernünftigste war sicher, die Maske aufzubehalten. Solange das überhaupt noch möglich war. Aber er musste, musste herausfinden, was die Polizei wusste!

»Wie viel Geld lässt sich mit Rauschgift eigentlich machen?« Die Frage war auffällig, da sie von einer Ermittlerin gestellt wurde, die seit vielen Wochen an einem Drogenfall saß. Aber Hanne Wilhelmsen hatte nie Angst vor banalen Fragen gehabt, und seit Neuestem interessierte sie das wirklich. Wenn durchaus achtbare Männer mit fettem Gehalt für den Extrazaster alles aufs Spiel setzten, musste es um recht viel gehen.

Billy T. war ein bisschen überrascht. Drogen waren für die meisten eine diffuse und unklare Angelegenheit, auch für viele Kollegen bei der Polizei. Für ihn waren sie eine eindeutige Angelegenheit. Geld. Tod und Elend. »Diesen Herbst hat die Drogenpolizei innerhalb von sechs Wochen elf Kilo Heroin beschlagnahmt«, erzählte er. »Wir haben dreißig Kuriere verhaftet. Alles ein Erfolg der norwegischen Drogenfahndung.« Er wirkte stolz und hatte wohl auch Grund dazu. »Ein Gramm ergibt mindestens fünfunddreißig Verbraucherdosen. Eine Portion kostet auf der Straße zweihundertfünfzig Kronen. Du kannst dir also ausrechnen, von welchen Summen hier die Rede ist.«

Sie kritzelte die Zahlen auf eine Serviette. Die Serviette zerriss. »An die achttausendsiebenhundert Kronen pro Gramm! Das macht ...« Mit geschlossenen Augen und lautlos die Lippen bewegend, schob sie die Serviette beiseite und rechnete im Kopf. Dann riss sie die Augen auf. »Acht Komma sieben Millionen für ein Kilo, fast hundert Millionen für elf Kilo! Elf Kilo! Das ist doch nicht mehr, als in einen Putzeimer geht! Gibt es denn einen Markt, auf dem so hohe Werte bewegt werden?«

»Wenn es keinen Markt gäbe, dann würde das Zeug nicht eingeführt«, kommentierte Billy T. trocken. »Und der Import selbst ist so entsetzlich einfach. Bei unseren Grenzen, weißt du, mit zahllosen Bootsanlegern, Flughäfen und dazu dem Autoverkehr, der durch die Grenzübergänge dröhnt. Da ist es doch klar, dass eine effektive Kontrolle fast unmöglich wird. Aber zum Glück ist der Verkauf schon problematischer. Dabei hast du's mit einer verdammt miesen Szene zu tun. Und das nutzen wir aus. Bei der Drogenfahndung sind wir von Denunzianten abhängig. Und gottlob gibt es davon etliche.«

»Aber woher kommt der ganze Kram?«

»Das Heroin? Vor allem aus Asien. Aus Pakistan zum Beispiel. Sechzig, siebzig Prozent des norwegischen Heroins kommen daher. In der Regel gelangt das Zeug über Afrika nach Europa.«

»Über Afrika? Aber das ist doch ein Umweg!«

»Ja, rein geographisch vielleicht, aber dort gibt es haufenweise willige Kuriere. Grobe Ausbeutung von bitterarmen Afrikanern, die wenig zu verlieren haben. In Gambia gibt es richtige Schluckschulen. *Gambian Swallow Schools.* Die Jungs können große Mengen Stoff hinunterschlucken. Erst rollen sie kleine Kugeln von vielleicht zehn Gramm und wickeln sie in Plastikfolie ein. Dann wärmen sie diese Päckchen auf, um die Folie zu versiegeln. Sie füllen ein Kondom mit solchen Kugeln, schmieren es mit irgendwas ein und schlucken das Ganze. Es ist wirklich phänomenal, was sie runterwürgen können. Irgendwann nach einem bis drei Tagen kommt alles am anderen Ende wieder raus. Sie stochern ein bisschen in der Kacke, und schwupp! Reichtum!« Billy T. erzählte mit einer Mischung aus Abscheu und Begeisterung. Er hatte einen riesigen Haufen dicker Graubrotscheiben vor sich. Alles, was er sich in der Kantine gegönnt hatte, waren ein Liter Milch und eine Tasse Kaffee. Die Stullen wurden im Affenzahn verputzt.

»Wie Meister Galenus sagt: Wer essen will und langsam ans Werk geht, geht klug ans Werk.«

Billy T. hörte für einen Moment auf zu kauen und starrte sie verwundert an.

»Koran«, erklärte Hanne.

»Puh, der Koran ...« Er aß eifrig weiter.

Hanne hatte keine Zeit zum Frühstücken gehabt und sich erst recht keine Brote schmieren können. Der Rest eines trockenen Stücks Weißbrot mit Krabben lag vor ihr auf einem Teller. Die Krabben drängten sich nicht gerade auf, hatte Billy festgestellt und zu dem kargen Brot hinübergenickt. Die Mayonnaise war alt. Der ärgste Hunger war trotzdem besiegt.

»Kokain dagegen kommt in der Regel aus Südamerika. Herrgott, da unten leben doch ganze Regimes davon, dass unsere Gesellschaft bei allzu vielen ein Bedürfnis nach Drogen erzeugt. Sogar hierzulande wird jedes Jahr für viele Milliarden Stoff umgesetzt. Glauben wir. Bei siebentausend Abhängigen, die pro Tag für zweitausend Eier Koks brauchen, kommst du auf eine Riesensumme. Natürlich wissen wir nicht genau, wie hoch sie ist. Aber das große Geld? Ist doch klar. Wenn es nicht verboten wäre, würde ich sicher auch anfangen. Sofort.«

Sie bezweifelte das nicht, sie war über Billy T.s drückende Alimentenlast im Bilde. Andererseits wäre eine Erscheinung wie er bei einer Zollkontrolle doch zu auffällig. *Sie* würde ihn jedenfalls als ersten anhalten.

Langsam füllte sich die Kantine. Die Mittagszeit rückte näher. Als andere sich zu ihnen setzen wollten, hielt Hanne die Zeit für reif, sich wieder an die Arbeit zu machen. Vorher musste Billy T. allerdings auf Ehre und Gewissen versprechen, nach dem fehlenden Stiefel zu suchen.

»Wir halten alle Ausschau«, grinste er. »Ich habe allen Einheiten, die im Einsatz sind, ein Bild des beschlagnahmten Teils gegeben. Die große Stiefeljagd ist schon im Gang!« Er grinste noch breiter und deutete mit zwei Fingern an seinem blanken Schädel den Pfadfindergruß an.

Hanne lächelte. Der Typ war wirklich ein witziger Polizist.

Das Zimmer war garantiert wanzenfrei. Natürlich. Es lag am Ende eines Flurs im zweiten Stock der Platous gate 16. Das Haus wirkte absolut langweilig und anonym, ein Eindruck, der sich bei den wenigen, die hier Zutritt hatten, bestätigte. Das Haus war seit 1965 Hauptquartier des Nachrichtendienstes. Es war klein und eng, erfüllte aber seinen Zweck. Es war diskret. Das Büro war auch nicht groß. Abgesehen von einem quadratischen Resopaltisch in der Mitte und acht Stahlrohrstühlen war es leer. In einer Ecke stand ein Telefon auf dem Boden. Die Wände waren nackt und schmutzig gelb und warfen den drei Männern am Tisch großzügig ihr Echo zurück.

»Seht ihr irgendeine Möglichkeit, den Fall zu übernehmen?«

Der Frager, ein hellblonder Mann von Mitte vierzig, war hier angestellt. Das galt auch für den Schwarzhaarigen in Jeans und Pullover. Der dritte, älter als die beiden anderen und in grauem Flanellanzug, gehörte zum Überwachungsdienst. Er stützte beide

Ellbogen auf den Tisch und tippte rhythmisch die Fingerspitzen gegeneinander.

»Zu spät«, sagte er kurz. »Vor einem Monat wäre es vielleicht noch gegangen. Ehe der Fall die ganz großen Dimensionen annahm. Jetzt ist es einwandfrei zu spät. Es würde unerträgliches Aufsehen erregen.«

»Können wir denn überhaupt etwas machen?«

»Kaum. Solange wir den vollen Umfang der Sache nicht kennen, kann ich euch nur empfehlen, euch an Peter Strup zu halten, unseren Freund zu überwachen und ansonsten zu versuchen, allen anderen zuvorzukommen. Wie? Fragt mich nicht.«

Mehr gab es nicht zu sagen. Die Stuhlbeine kratzten laut über den Boden, als die drei Männer sich gleichzeitig erhoben. Ehe sie zur Tür gingen, schüttelten sie einander düster die Hände, als ob sie gerade eine Beerdigung überstanden hätten.

»Das ist nicht gut. Überhaupt nicht gut. Ich bete zu Gott, dass ihr euch irrt. Viel Glück.«

Zehn Minuten später befand er sich wieder im unsichtbaren obersten Stock des Polizeigebäudes. Der Chef hörte ihm eine halbe Stunde lang zu. Dann sah er seinen erfahrenen Mitarbeiter über eine Minute lang schweigend an.

»O verflucht«, sagte er schließlich. Mit Nachdruck.

Die Polizeipräsidentin fühlte sich von der Hartnäckigkeit des Staatssekretärs ein wenig provoziert. Andererseits: Vielleicht benutzte er den Fall nur als Vorwand zur Kontaktaufnahme? Der Gedanke war schmeichelhaft. Sie blickte in den Spiegel und verzog den Mund. Niederschmetternd. Je magerer sie wurde, desto älter wirkte sie. Seit einigen Monaten wartete sie immer nervöser auf ihre Menstruation, die nicht mehr so regelmäßig kam wie früher. Sie zierte sich, kam, wann es ihr passte, und hatte sich von viertägigem Strom zu zweitägigem Sickern gewandelt. Die Schmerzen waren weniger geworden, und sie fehlten ihr. Stattdessen hatte sie entsetzt Anflüge von Hitzewellen registriert. Im Spiegel sah sie eine Frau, die von der Natur unbarmherzig in die Großmuttersparte einsortiert worden war. Da sie eine dreiundzwanzigjährige Tochter hatte, war diese Möglichkeit durchaus gegeben. Ein Kälteschauer lief ihr über den Rücken. Das sollte sie nur versuchen!

Aus einer Schreibtischschublade holte sie einen Tiegel mit teurer Feuchtigkeitscreme, *Visible difference.* »Invisible difference«, hatte ihr Mann vor einigen Wochen trocken kommentiert und dabei unter dem Rasierer den Mund stramm gezogen. Sie hatte ihn so hart angestoßen, dass er sich kräftig in die Oberlippe geschnitten hatte. Sie trat wieder vor den Spiegel und massierte etwas Creme in die Haut ein. Vergebens.

Der Staatssekretär schien noch immer verheiratet zu sein. Die Regenbogenpresse hatte jedenfalls nichts anderes berichtet. Trotzdem. Die Möglichkeit bestand. Als sie wieder in ihrem Chefsessel saß, warf sie noch einen Blick auf das Fax, ehe sie anrief. Der Minister persönlich hatte es unterschrieben, sie sollte jedoch den Staatssekretär anrufen.

Seine Stimme war tief und angenehm. Er kam aus Oslo, betonte aber einzelne Wörter auf eine ganz andere Weise, was seiner Stimme einen besonderen Charakter verlieh; es war fast ein singender Ton. Er schlug kein gemeinsames Essen vor. Nicht mal einen schnöden Mittagsimbiss. Er war kurz angebunden und entschuldigte sich für die Anfrage. Der Minister sitze ihm im Nacken. Ob er nicht kurz informiert werden könne? Die Presse quäle den Justizminister, er wünsche eine Besprechung. Mit der Polizeipräsidentin oder eventuell mit dem Abteilungschef. Kein Essen.

Na gut. Wenn der Staatssekretär abweisend sein wollte, dann

konnte sie mithalten. »Ich kann euch die Klageschrift rüberfaxen. Mehr nicht.«

»Alles klar«, antwortete der Staatssekretär und zettelte enttäuschenderweise nicht einmal eine Diskussion an. »Im Grunde ist mir das schnurz. Aber beklagt euch nicht bei mir, wenn der Minister anfängt zu nerven. Ich wasche meine Hände in Unschuld. Adieu!«

Stumm saß sie da und starrte den Hörer an. Was für eine Enttäuschung. Der hatte ja keine einzige Information erbettelt. Keine einzige verdammte Information!

MITTWOCH, 25. NOVEMBER

Das Geräusch kam so unerwartet, dass sie aus purer Verwirrung fast aus dem Bett gefallen wäre. Sie lag wach, obwohl es schon fast zwei Uhr war. Nicht weil das Buch so spannend war, sondern weil sie nach dem Essen drei bleischwere Stunden verschlafen hatte. Auf dem Nachttisch, den sie vor vielen Jahren selbst getischlert hatte, standen eine Kerze und ein Glas Rotwein. Die Flasche daneben war halb leer. Karen Borg war halb voll.

Sie stand auf und stieß mit dem Kopf gegen die schräge Wand über dem Bett. Es tat nicht sonderlich weh. Das Mobiltelefon stand bei der Feststation an der Tür. Sie hob es hoch und schlüpfte wieder unter die Decke, ehe sie die Gesprächstaste drückte und sich meldete.

»Hallo, Håkon«, sagte sie, noch ehe sie wusste, wer anrief. Das war ein ziemliches Risiko, wahrscheinlich war es ja Nils. Aber ihre Intuition irrte sich nicht.

»Hallo«, klang es zaghaft am anderen Ende. »Wie geht es dir?«

»Wie geht es *dir*?«, wehrte sie ab. »Was hat die zweite Instanz gesagt?«

Sie wusste es also schon.

»Die sind heute nicht fertig geworden. Ich meine: gestern. Es besteht also noch Hoffnung. In einigen Stunden fängt der Arbeitstag an, und dann kommen sie sicher recht bald zu einer Entscheidung. Ich kann einfach nicht schlafen.« Er brauchte eine halbe Stunde, um ihr zu erklären, was geschehen war. Er nahm kein Blatt vor den Mund, was seine eigene klägliche Darbietung anging.

»So schlimm kann es doch nicht gewesen sein«, sagte sie ohne Überzeugung. »Den Wichtigeren haben sie immerhin in U-Haft geschickt.«

»Ja, einstweilen«, antwortete er mürrisch. »Das platzt morgen. Ziemlich sicher. Ich habe keine Ahnung, was wir dann machen sollen. Und ich habe dich zu strafbaren Handlungen verleitet. Bruch der Schweigepflicht.«

»Da mach dir mal keine Sorgen«, entgegnete sie. »Das habe ich mir vorher überlegt, und ich habe mich lange mit meinem erfahrensten und klügsten Kollegen beraten.«

Håkon hätte gern erwähnt, dass auch der Richter nicht gerade unerfahren und Christian Bloch-Hansen in Strafprozessen kein Novize sei. Was Greverud & Co.s Kompetenz in dieser Hinsicht betraf, hatte er da größere Zweifel. Aber das verkniff er sich. Wenn sie sich keine Sorgen machte, war das nur gut.

»Warum hast du nicht Bescheid gesagt, ehe du gefahren bist?«, fragte er plötzlich ziemlich vorwurfsvoll.

Sie blieb ihm die Antwort schuldig. Sie wusste nicht so recht, warum. Weder warum sie ihm nicht Bescheid gesagt hatte, noch warum sie keine Antwort geben konnte. Deshalb sagte sie gar nichts.

»Was willst du eigentlich von mir«, fragte er schließlich, von ihrem Schweigen provoziert. »Ich komme mir vor wie ein JoJo. Du erlässt Auflagen und Verbote, und ich gebe mir alle Mühe, mich daran zu halten. Aber du selbst hast nicht mal das nötig! Was soll ich eigentlich glauben?«

Es gab keine klare Antwort. Sie starrte die kleine Lithographie über dem Bett an, als ob die Lösung des Rätsels sich in der blaugrauen Landschaft verstecken könnte. Das tat sie nicht. Es war einfach zu viel. Sie konnte nicht mit ihm reden. Statt ihm das zu sagen, tippte sie mit einem schmalen Zeigefinger auf den Schlussknopf. Als sie den wieder losließ, waren alle Anklagen verschwunden. Es war nur noch ein beruhigendes, leises Summen zu hören, vermischt mit dem schnaufenden Atem des Boxers, der zusammengerollt auf dem Flickenteppich lag.

Das Telefon meldete sich mit einem Hammerlaut. Es schellte mehr als zehnmal, ehe sie wieder abnahm.

»Okay«, sagte weit, weit weg die Stimme. »Wir brauchen nicht mehr über uns zu reden. Du kannst mich ja informieren, wenn du Lust dazu hast. Jederzeit.« Sein Sarkasmus konnte die dünne Schutzschicht aus Alkohol, die sie umgab, nicht durchdringen.

»Es geht darum, dass wir dich noch mal befragen müssen. Kannst du in die Stadt kommen?«

»Nein, das will ich nicht. Ich kann nicht. Ich meine ... ich schaff das einfach nicht. Ich habe jetzt zwei Wochen Urlaub, und ich will außer dem Alten im Kaufladen niemanden sehen. Bitte. Erspar mir das!«

Das resignierte Seufzen wurde von den hundertzwanzig Kilometern Entfernung nicht verschluckt. Karen mochte sich auch darum nicht kümmern. In diesem schrecklichen Fall hatte sie mehr als nur ihre Pflicht getan. Jetzt wollte sie alles vergessen, den armen jungen Niederländer, die entsetzlich zugerichtete Leiche, Rauschgift, Mord und das Elend aller Welt. Sie wollte nur an sich und ihre Angelegenheiten denken. Das war mehr als genug. Viel mehr als genug. Nach einigem Nachdenken brachte Håkon eine Alternative. »Dann schicke ich dir Hanne Wilhelmsen. Am Freitag. Geht das?«

Am Freitag ging es überhaupt nicht. Und Donnerstag und Samstag auch nicht. Aber wenn die Alternative eine Fahrt nach Oslo war, dann musste sie es eben hinnehmen. »Na gut«, stimmte sie zu. »Du kennst ja den Weg. Sag ihr, dass ich die Abzweigung mit einer norwegischen Flagge markiere. Dann kann sie sich nicht verfahren.«

Natürlich kannte er den Weg. Er war vier- oder fünfmal dort gewesen, zusammen mit Karens wechselnden Liebhabern. In mehr als einer Nacht hatte er Oropax benutzen müssen, um den quälenden Geräuschen aus dem Nebenzimmer zu entgehen, Liebesstöhnen und Bettgewackel. Geduldig wie ein Hund hatte er sich auf dem engen Bett zusammengerollt und sich das Wachs so tief in die Ohren geschoben, dass er am nächsten Morgen Mühe hatte, es wieder herauszubekommen. Er hatte in der Hütte von Karens Eltern nie besonders gut geschlafen. Aber oft hatte er dort allein gefrühstückt.

»Dann sag ich ihr, sie soll gegen zwölf bei dir sein. Und dir wünsch ich weiterhin eine gute Nacht.«

Es war keine gute Nacht gewesen, deshalb konnte es auch weiterhin keine sein. Für Håkon allerdings wurde sie ein bisschen besser, als Karen das Gespräch beendete.

»Gib mich nicht auf, Håkon«, sagte sie leise. »Gute Nacht.«

FREITAG, 27. NOVEMBER

Es hätte überhaupt keinen Sinn gehabt, um Erstattung der Kosten für diese Fahrt zu bitten. Zweihundertvierzig Kilometer in einem übelriechenden Dienstwagen ohne Radio und Heizung waren ihr so wenig verlockend erschienen, dass sie lieber ihr eigenes Auto genommen hatte. Ein Antrag auf Kilometergeld hätte eine Unzahl von Instanzen durchlaufen und wäre wahrscheinlich abgelehnt worden. Tina Turner brüllte ein bisschen zu laut: »We don't need another hero.« Das war gut, besonders heldinnenhaft fühlte Hanne sich nicht. Der Fall steckte fest. Der Einspruchsausschuss der Zweiten Instanz hatte die Aufhebung des Haftbefehls gegen Roger gebilligt und Laviks Untersuchungshaft auf eine magere Woche begrenzt. Die erste Freude darüber, dass auch der Ausschuss stichhaltige Gründe dafür sah, Lavik für einen Schurken zu halten, hatte sich nach wenigen Stunden gelegt. Der Pessimismus hatte rasch sein aasiges Grinsen gezeigt, und sehr schnell waren alle von Unlust und Ekel überwältigt worden. So gesehen, war es schön, einen Tag wegzukommen. Wenn die Krippe leer ist, beißen sich die Pferde; alle in der Abteilung bissen wild um sich. Die Deadline am Montagvormittag erhob sich vor ihnen allen wie eine Wand, und niemand fühlte sich stark genug, um hinüberzuklettern. Bei der Morgenbesprechung, an der Hanne noch teilgenommen hatte, hatten nur Kaldbakken und Håkon eine gewisse Zuversicht gezeigt. Kaldbakken hatte das sicher ehrlich gemeint. Dieser Mann ergab sich immer erst nach dem Abpfiff. Håkons schwacher Optimismus war mehr eine schauspielerische Leistung gewesen, nahm sie an. Er hatte rote Augen gehabt und ein fahles Gesicht vor lauter Schlafmangel, und offenbar hatte er abgenommen. Letzteres stand ihm.

Insgesamt vierzehn Ermittler arbeiteten an dem Fall. Fünf davon stammten aus der Rauschgiftabteilung. Und wenn sie hundert gewesen wären, die Uhr würde doch unerbittlich dem Montag entgegenticken – dem unbarmherzigen Termin, den die drei Greise von der Zweiten Instanz ihnen aufgezwungen hatten. Der Bescheid war brutal gewesen. Wenn die Polizei nicht mehr liefern könnte, als sie bisher gebracht hatte, dann würde Lavik wieder ein freier Mann sein. Technische Untersuchungen, Obduktionsberichte, Listen von Auslandsreisen, ein abgenutzter Winterstiefel, unbegreifliche Codelisten, Analysen von Frøstrups Rauschgift ... Alles türmte sich im Bereitschaftszimmer auf wie Fetzen einer Wirklichkeit, die sie nur zu gut kannten, die sie jedoch nicht so zusammensetzen konnten, dass sie andere überzeugte. Eine Schriftanalyse der schicksalhaften Todesdrohung gegen van der Kerch hatte auch keine eindeutige Antwort erbracht. Sie hatten sie nur mit einigen Notizen aus Laviks Büro und einem Zettel vergleichen können, auf den er genau dieselbe Mitteilung hatte schreiben müssen. Bleich und scheinbar verständnislos hatte der Anwalt ohne Widerspruch die Probe geliefert. Der Graphologe war sich nicht sicher gewesen. Er glaubte, hier und da Ähnlichkeiten zu finden, konnte aber nichts mit Sicherheit sagen. Gleichzeitig hatte er betont, dass nicht *ausgeschlossen* sei, dass Lavik die kurze Nachricht mit dem beängstigenden Inhalt geschrieben hatte. Er konnte schließlich aus purer Vorsicht seine Schrift verstellt haben. Ein Häkchen oben am T und eine fesche Schlinge am U konnten darauf hinweisen. Aber Beweis? Kein Stück.

Sie bog bei Sandefjord von der Europastraße ab. Der kleine Ferienort sah im Novembernebel nicht sehr verlockend aus. Die Stadt schien zu schlafen, und nur ab und zu fröstelte irgendein herbstlich gekleideter und abgehärteter Mensch im Wind, der fast waagerecht Regen vom Meer herübertrug. Der Wind wehte so heftig, dass sie mehrmals das Steuer extra hart anpacken musste; er zerrte am Wagen und drohte ihn in den Straßengraben zu schleudern.

Nach fünfzehn Minuten auf einer kurvenreichen, Übelkeit erregenden Landstraße sah sie die kleine Flagge. Wie eine halsstarrige Huldigung ans Vaterland peitschte sie hitzig gegen einen Baumstamm, dem diese Prügel nichts auszumachen schienen. Was für eine Art, einen Waldweg zu markieren! Aus irgendeinem Grunde kam es Hanne wie eine Schändung vor, die Nationalflagge den Naturgewalten zu überlassen, deshalb hielt sie an und holte die Flagge ins Warme.

Es war kein Problem, die Hütte zu finden. Hinter den Fenstern brannte einladendes Licht, als warmer Kontrast zu den mürrischen, winterfest verschlossenen Nachbarhütten.

Sie erkannte Karen fast nicht wieder. Karen Borg trug einen uralten Trainingsanzug. Hanne Wilhelmsen musste lächeln. Der Anzug war blau, und seine weiße Schulterpartie lief auf der Brust spitz zusammen. Als Kind hatte Hanne auch so einen gehabt. Er hatte als Spielkleidung, Trainingsanzug und Schlafanzug gedient, bis er sich in seine Bestandteile aufgelöst hatte und es unmöglich gewesen war, einen neuen aufzutreiben. An den Füßen trug Karen Borg ausgelatschte Wollpantoffeln. An beiden Hacken klafften Löcher. Ihre Haare waren ungekämmt, und sie hatte sich nicht geschminkt. Die gepflegte, hübsche Anwältin hatte sich versteckt, und Hanne ertappte sich dabei, wie sie im Zimmer nach ihr Ausschau hielt.

»Entschuldige meinen Aufzug.« Karen lächelte. »Aber es gehört zu der Freiheit, hier zu sein, dass ich so aussehen kann.«

Hanne bekam Kaffee angeboten, lehnte aber dankend ab. »Vielleicht ein Glas Saft, bitte.« Sie plauderten eine halbe Stunde. Danach durfte die Kommissarin die Hütte besichtigen und ihre aufrichtige Bewunderung zum Ausdruck bringen. Sie selbst hatte nie eine Hütte gehabt, ihre Eltern waren in den Ferien lieber ins Ausland gefahren. Die anderen Kinder aus der Straße hatten sie beneidet, aber sie hätte lieber zwei Monate bei einer Großmutter auf dem Lande verbracht. Doch sie hatte nur eine Großmutter, eine alkoholisierte gescheiterte Schauspielerin, die in Kopenhagen wohnte.

Schließlich setzten sie sich an den Küchentisch. Hanne hob ihre Reiseschreibmaschine aus dem grauen Kasten und machte sich zur Vernehmung bereit. Es dauerte vier Stunden. Auf drei Seiten äußerte die Anwältin sich zum Gemütszustand ihres Mandanten, seiner Beziehung zu ihr, seiner Anwältin, und ihrer Deutung der wirklichen Wünsche des Jungen. Darauf folgte eine fünf Seiten lange Aussage, die im Grunde dieselbe war wie beim letzten Mal. Jeder Bogen wurde am Rand sorgfältig unterschrieben, auf der letzten Seite dann auch noch unten.

Inzwischen war es Nachmittag, und Hanne schaute auf die Uhr, ehe sie zögernd eine Einladung zum Essen annahm. Sie hatte einen Bärenhunger und überschlug schnell, dass es möglich war, hier zu essen und trotzdem vor acht wieder in der Stadt zu sein. Das Essen war nicht besonders raffiniert. Rentierfrikadellen in brauner Soße mit Kartoffeln und Gurkensalat. Der Gurkensalat passt überhaupt nicht dazu, dachte Hanne; aber immerhin wurde sie satt.

Karen zog einen riesigen gelben Regenmantel und hohe grüne Gummistiefel an, um Hanne zum Auto zu bringen. Sie redeten noch eine Weile über die Landschaft, ehe Karen Borg die Besucherin impulsiv umarmte und ihr gute Fahrt wünschte. Hanne lächelte und wünschte der Anwältin im Gegenzug weiterhin schöne Ferien.

Sie ließ das Auto an, schaltete die Heizung ein, drehte Bruce Springsteen auf, volles Rohr, und schaukelte über die elende Straße. Karen Borg winkte hinterher. Im Spiegel sah Hanne die knallgelbe Gestalt immer kleiner werden, ehe sie hinter einer scharfen Kurve verschwand. Das da, dachte sie mit breitem Lächeln, das da ist Håkon Sands große Liebe.

Sie konnte das gut verstehen.

SAMSTAG, 28. NOVEMBER

»Kennt ihr den Witz von dem Kerl, der in den Puff kommt und kein Geld bei sich hat? Und der daraufhin nach oben zur alten Olga geschickt wird?«

»Jahhhh!«, stöhnten die anderen, und der Scherzkeks ließ sich auf seinen Stuhl zurückfallen und trank vergrätzt seinen letzten Rotwein. Das war die vierte Zote, mit der er sein Glück versucht hatte. Mit minimalem Erfolg. Die Stille hielt nicht lange vor. Er goss sein Glas wieder voll, plusterte sich auf und machte noch einen Versuch.

»Wisst ihr, was Frauen sagen, wenn sie einen schönen großen ... «

»Jahhh!«, riefen die fünf anderen im Chor, und der Witzeerzähler hielt wieder die Klappe.

Hanne beugte sich über den Tisch und küsste ihn auf die Wange. »Kannst du nicht mit diesen Geschichten aufhören, Gunnar? Die sind einfach nicht mehr witzig, wenn man sie schon mehrmals gehört hat.«

Sie lächelte und fuhr dem Mann über die Haare. Sie kannten einander seit dreizehn Jahren. Er war lammfromm, ein kompletter Blödian und der fürsorglichste Mann, den sie kannte. Wenn er mit anderen Bekannten von Hanne und Cecilie zusammen war, erwies er sich als der totale Reinfall. Trotzdem gehörte er dazu, seine Gastgeberinnen liebten ihn und zählten ihn fast schon zum Inventar. Wenn sie einen guten, treuen Hausfreund hatten, dann ihn. Seine Wohnung lag neben ihrer und sah entsetzlich aus. Er hatte keinen Geschmack, nahm es mit dem Haushalt nicht so genau und ließ sich lieber bei seinen Nachbarinnen in einen tiefen Sessel fallen, als einen Abend in seinem verdreckten Nest zu verbringen. Mindestens zweimal die Woche war er bei ihnen, und zu allen Festen war er natürlich eingeladen.

Trotz des ermüdenden Gunnars mit seinen Zoten schien es ein großartiger Abend zu werden. Zum ersten Mal, seit an einem nassen Septemberabend am Akerselv eine übel zugerichtete Leiche gefunden worden war, fühlte Hanne sich entspannt. Es war halb zwölf, und der Fall war schon seit zwei Stunden ein vergessener, bleicher Spuk. Vielleicht hatte der Alkohol diese barmherzige Wirkung. Nach fast zwei Monaten totaler Abstinenz waren fünf Glas Rotwein genug, damit ihr angenehm schwindelig wurde und sie verführerisch und charmant auftrat. Cecilies heftiges Gefüßel weckte in ihr den Wunsch, das Fest für beendet zu erklären. Aber das hätte wahrscheinlich nichts genützt. Außerdem fühlte sie sich wohl. Und dann klingelte das Telefon.

»Für dich, Hanne«, brüllte Cecilie vom Flur her.

Hanne stolperte über ihre eigenen Füße, als sie vom Tisch aufstand, sie kicherte. Nun wollte sie mal in Erfahrung bringen, wer die Frechheit besaß, an einem Samstagabend um Mitternacht anzurufen. Sie schloss die Wohnzimmertür hinter sich und war nüchtern genug, den resignierten Gesichtsausdruck ihrer Lebensgefährtin zu registrieren. Cecilie legte die linke Hand über die Sprechmuschel.

»Ein Kollege von dir. Und ich werde stocksauer, wenn du jetzt abhaust.« Voller Vorschussvorwürfe überließ sie Hanne das Telefon.

»Ja, verdammt, wir haben den Kerl, Hanne!«

Es war Billy T. Sie rieb sich die Nasenwurzel, in der Hoffnung, davon einen klaren Kopf zu bekommen, aber es brachte nicht viel. »Welchen Kerl? Wen habt ihr?«

»Den Stiefelmann natürlich. Volltreffer! Scheißangst hat der, zum Platzen bereit wie eine überreife Tomate. Kommt mir jedenfalls so vor.«

Das konnte doch nicht wahr sein. Sie wollte es nicht glauben. Der Fall war doch nicht nur im Klo gelandet, er war schon längst unterwegs in die Kloaken. Und jetzt das. Vielleicht der Durchbruch. Eine lebendige, gefangene, in den Fall verwickelte Person. Einer, der etwas Handfestes zu erzählen hatte. Einer, den sie an den Eiern packen konnten. Einer, der Lavik in den Dreck stoßen konnte, mit dem die Polizei seit Tagen zu kämpfen hatte. Ein Denunziant. Genau das, was sie brauchten.

Sie schüttelte den Kopf und fragte, ob er sie holen könne. Fahren könne sie jetzt nicht mehr.

»Ich bin in fünf Minuten bei dir.«

»Mach lieber eine Viertelstunde daraus. Ich muss vorher noch schnell duschen.«

Vierzehn Minuten später gab sie ihren Gästen den Abschiedskuss und befahl ihnen, bis zu ihrer Rückkehr weiterzumachen. Cecilie brachte sie an die Wohnungstür. Hanne versuchte, ihr eine Abschiedsumarmung aufzuzwingen, aber Cecilie wich aus. »Ab und zu hasse ich deinen Job«, sagte sie ernst. »Nicht oft, aber ab und zu.«

»Und wer hat Nacht für Nacht mutterseelenallein in einem gottverlassenen Nest am Nordfjord gesessen, als du da oben

Dienst hattest? Wer hat fünfzehn Tonnen Geduld mit deinen Spät- und Nachtdiensten im Krankenhaus gehabt?«

»Du«, antwortete Cecilie widerwillig, aber mit einem versöhnlichen Lächeln. Und dann ließ sie sich doch umarmen.

»Der ist sauber wie ein frisch gewaschenes Baby. Nicht mal eine blöde Geschwindigkeitsübertretung.« Der schmutzige Finger tanzte auf dem Blatt auf und ab, das auch das Vorstrafenregister des Ministerpräsidenten hätte enthalten können. Nichts. »Umso mehr«, Billy T. grinste übers ganze Gesicht, »umso mehr muss er uns eine verdammt gute Erklärung dafür liefern, dass er die beiden Polizisten auf der Straße mit einer Schusswaffe bedroht hat und jetzt wie verdorbener Wackelpudding zittert.«

Sehr gut. Die Reaktionen bei einer Festnahme konnten verräterisch sein. Die Unschuldigen bekamen es zwar mit der Angst zu tun, aber es war immer eine Angst, mit der man umgehen konnte, eine Angst, die sich mit der Versicherung dämpfen ließ, dass sich alles sehr bald klären werde, falls es sich um ein Missverständnis handele. Es dauerte nie länger als eine Viertelstunde, Unschuldige zu beruhigen. Aber Billy T. zufolge war dieser Mann schon seit Stunden außer sich vor Angst.

Es hatte keinen Sinn, noch in dieser Nacht mit der Vernehmung anzufangen. Sie selbst war nicht nüchtern, und dem Häftling schien das Warten gutzutun. Der Polizeijurist hatte ihn wegen Bedrohung von Beamten im Dienst festgesetzt, und das war mehr als genug, um ihn bis Montag hierzubehalten.

»Wie hast du ihn gefunden?«

»Ich war es nicht, das waren Leif und Ole. So ein Glück! Du würdest es nicht für möglich halten.«

»Stell mich doch mal auf die Probe!«

»Also, wir haben einen bestimmten Typen schon lange im

Auge, konnten ihm aber nie was nachweisen. Ein Medizinstudent mit feinen Angewohnheiten. Wohnt nett und adrett in Roa, in einem netten und adretten Dreifamilienhaus. Fährt ein etwas zu nettes und adrettes Auto und umgibt sich mit Damen, die alles andere sind als adrett. Aber sicher nett. Unsere Leute hatten den Eindruck, dass er in seiner Wohnung eine nette kleine Party feierte, und wir beschlossen, das mal zu überprüfen. Volltreffer. Die Jungs haben vier Gramm und eine richtig schöne kleine Partie Hasch gefunden. Ole war klar, dass er nicht so früh heim zu seiner Frau kommen würde wie abgemacht. Eine volle Wohnungsdurchsuchung würde einige Zeit in Anspruch nehmen. Der Typ hatte unglaublicherweise aber kein Telefon, und deshalb schellte unser kleiner Ole beim Nachbarn, einem Mann um die dreißig. 1961 geboren, um genau zu sein.« Wieder tanzten seine Finger über den kleinen Computerausdruck aus dem Archiv der Polizei. »Natürlich hat niemand gern samstags abends um halb zwölf die Polizei auf der Matte stehen, aber es ist doch nicht so schlimm, dass du austicken und ihnen die Tür vor der Nase zuknallen musst.«

Hanne Wilhelmsen wunderte es nicht im Geringsten, dass irgendwer Ole Andersen die Tür vor der Nase zuknallte. Er hatte Haare bis zur Taille und protzte damit, dass er sie alle vierzehn Tage wusch, »ob das nun nötig ist oder nicht«. Er hatte einen Mittelscheitel wie ein Hippiefossil, und aus dem Vorhang von Haaren ragte eine unglaublich große, pickelige Nase hervor, über einem Vollbart, um den Karl Marx ihn beneidet hätte. Kein Wunder, dass die Leute Angst kriegen, dachte sie, hielt aber weise die Klappe.

»Etwas Blöderes hätte er wirklich nicht tun können. Ole klingelte noch einmal, und der arme Wicht musste schließlich aufmachen. Das Dumme war nur, dass er ein paar Minuten allein in der Wohnung hatte. Und das Fantastische ist, als er dann endlich aufmachte …« Billy T. brüllte vor Lachen. Sein Lachen wurde immer noch lauter, und auch Hanne musste ein wenig schmunzeln, obwohl sie keine Ahnung hatte, was eigentlich so umwerfend komisch war. Billy T. riss sich zusammen. »Und als er dann endlich aufmachte, hielt er die Hände hoch.« Wieder brach er zusammen. Und jetzt lachte auch Hanne. »Er hielt die Hände hoch, wie im Film, und ehe Ole überhaupt irgendetwas sagen konnte – er hatte ihm doch bloß seinen Dienstausweis hingehalten –, stellte sich der Typ breitbeinig an die Wand. Ole kapierte überhaupt nichts mehr, aber immerhin ist er lange genug in der Branche, um zu raffen, wenn etwas stinkt. Im Schuhregal stand der verschwundene Stiefel. Unser kleiner Ole zog meinen Steckbrief aus der Tasche und verglich. Volltreffer. Der Typ stand an der Wand und heulte, die Pfoten hatte er platt auf die Tapete gepresst.«

Beide keuchten inzwischen vor Lachen, und ihre Tränen strömten.

»Und dabei wollte Ole doch bloß telefonieren!«

So schrecklich komisch war das alles vielleicht doch nicht. Aber es war Nacht, und sie waren erleichtert. Verdammt erleichtert.

»Das hier haben sie in der Wohnung gefunden«, sagte der Polizist und bückte sich schwerfällig nach einer Tüte, die zu seinen Füßen stand.

Eine feinkalibrige Pistole fiel auf den Tisch. Ihr folgte ein ausgelatschter Winterstiefel, Größe 44, und ließ sich zu Hannes Füßen nieder.

»Das ist doch wirklich kein Grund fürs große Zittern«, stellte Hanne zufrieden fest. »Der kann sicher noch mehr liefern.«

»Verpass ihm eine Hanne Wilhelmsen spezial. Morgen. Und jetzt gehst du nach Hause und amüsierst dich noch eine Runde.«

Genau das tat sie.

SONNTAG, 29. NOVEMBER

»Wackelpudding, Gelee, Espenlaub, such dir was aus. Du zitterst dermaßen, dass ich davon ausgehe, dass du dir gleich vor Angst in die Hosen machst – wenn du mir nicht ein ärztliches Attest dafür liefern kannst, dass du an Parkinson in fortgeschrittenem Stadium leidest!«

Das hätte sie nicht sagen sollen. Langsam breitete sich unter seinen Stuhlbeinen eine Pfütze aus, die sich immer weiter ausdehnte, bis sie alle vier Stuhlbeine berührte. Sie seufzte vernehmlich, öffnete das Fenster und beschloss, ihn eine Zeit lang mit nasser Hose dasitzen zu lassen. Nun weinte er auch ein wenig. Ein jämmerliches, armseliges Weinen, das keinerlei Mitgefühl in ihr weckte, sondern sie einfach nur irritierte.

»Hör mit dem Geflenne auf! Ich bring dich ja nicht um.«

Diese Beteuerung half nichts, er wimmerte weiter, tränenlos und provozierend wie ein quengelndes, trotziges Kleinkind.

»Ich habe einige Vollmachten«, log sie. »Große Vollmachten. Rat mal, ob du übel dran bist. Das kann sich aber durchaus ändern, wenn du ein bisschen guten Willen zeigst. Ein bisschen Flexibilität. Ein paar Informationen. In welcher Beziehung stehst du zu Anwalt Jørgen Lavik?«

Sie fragte nun zum zwölften Mal. Sie hatte auch diesmal kein Glück. Ziemlich entnervt überließ sie den Häftling Kaldbakken, der bisher stumm in einer Ecke gesessen hatte. Vielleicht konnte der etwas aus dem Burschen herausholen. Allerdings glaubte sie nicht richtig daran.

Håkon zeigte sich erwartungsgemäß deprimiert, als sie Bericht erstattete. Dem Mann aus Roa waren Höllenqualen offenbar lieber als Repressalien durch Lavik und dessen Organisation. Die

Polizei hatte ihn nicht so gut im Griff, wie Hanne und Billy T. sich das nachts so begeistert ausgemalt hatten. Aber noch war die Schlacht nicht verloren.

Fünf Stunden später war sie das. Kaldbakken machte der Sache ein Ende. Der flennende Häftling durfte sich in seiner eigenen Gesellschaft amüsieren, und Kaldbakken zog Hanne mit auf den Flur.

»Wir können so nicht weitermachen«, sagte er leise und umklammerte die Türklinke, als ob er sichergehen wollte, dass die nicht gestohlen wurde, »der ist total erschöpft. Er muss sich ausruhen können. Außerdem muss ein Arzt einen Blick auf ihn werfen. Dieses Zittern ist nicht normal. Wir müssen es morgen wieder versuchen.«

»Morgen ist es vielleicht zu spät!«

Kommissarin Wilhelmsen war total verzweifelt, aber das half ihr nichts. Kaldbakken hatte sich entschlossen, und in seinen Entschlüssen war er unerschütterlich.

Håkon nahm die schlechten Neuigkeiten wortlos auf. Hanne blieb ein Weilchen unschlüssig bei ihm sitzen, dann fand sie, es sei am besten, ihn sich selbst zu überlassen.

»Übrigens habe ich Karens Aussage in dein Fach gelegt«, sagte sie, ehe sie ging. »Ich hab sie am Freitagabend nicht mehr kopieren können. Kannst du das erledigen, ehe du gehst? Ich hau ab. Erster Advent.«

Letzteres war als Entschuldigung gemeint, aber überflüssig. Er winkte ihr flüchtig nach. Als sich die Tür hinter ihr geschlossen hatte, ließ er den Kopf auf die Arme sinken. Er war zu Tode erschöpft. Er wollte nach Hause.

Das Problem war, dass er vergaß, Kopien zu machen. Das fiel ihm erst ein, als er schon halb zu Hause war. Egal, das hatte Zeit bis morgen.

Obwohl er sich dem Pensionsalter näherte, bewegte er sich mit der Geschmeidigkeit eines Athleten. Es war vier Uhr, in der Nacht zum Montag, ein Zeitpunkt, zu dem 95 Prozent der Bevölkerung schlafen. Ein frisch angezündeter riesiger Weihnachtsbaum zwinkerte unten im Foyer mit den Lichtern, um sich wachzuhalten. Außerdem sickerte bläuliches Licht von der Notrufzentrale durch die Glaswand. Ansonsten war es dunkel. Die Gummisohlen gaben kein Geräusch von sich, als er durch den Flur lief. Er umklammerte das beeindruckende Schlüsselbund, um ein Klirren zu verhindern. Als er das Büro mit Håkon Sands Namensschild erreicht hatte, fand er bald den richtigen Schlüssel. Sekunden später hatte er die Tür hinter sich geschlossen und zog eine große, mit Gummi beschichtete Taschenlampe hervor. Der Strahl war extrem kräftig, für einen Moment war er fast geblendet.

Es war fast zu leicht. Der Ordner lag vor ihm auf dem Tisch, und ganz oben lag die Aussage, um die es ihm ging. Rasch blätterte er die anderen Papiere durch, aber offenbar existierten keine weiteren Kopien. In diesem Ordner jedenfalls nicht. Er ließ den Strahl seiner Taschenlampe über das Blatt wandern. Es war das Original! Rasch faltete er es zusammen und verstaute es in einer tiefen Tasche seiner geräumigen Tweedjacke. Dann sah er sich um und vergewisserte sich, dass alles so aussah, wie er es vorgefunden hatte. Er ging zur Tür und knipste die Taschenlampe aus, ehe er hinausschlüpfte und hinter sich abschloss. Dann öffnete er, ebenfalls mit einem seiner Schlüssel, eine weitere Tür auf diesem Gang. Auch hier lag alles über den Fall auf dem Schreibtisch, aufgeteilt in zwei ordentliche Stapel. Hier brauchte er länger für seine Suche. Die Aussage lag nicht dort, wo sie hingehört hätte. Er suchte weiter, aber da das achtseitige Dokument nicht zu finden war, fing er an, systematisch an anderen Stellen zu suchen.

Fünfzehn Minuten später gab er es auf. Es existierte offenbar keine Kopie. Dieser Gedanke war aufmunternd und nicht ganz unlogisch. Er hatte gehört, dass Hanne Wilhelmsen am Freitagabend erst gegen halb acht wieder im Büro gewesen war. Das konnte bedeuten, dass sie keine besondere Lust gehabt hatte, die zwanzig Minuten zu warten, die der vorsintflutliche Kopierer zum Aufwärmen brauchte.

Seine Theorie verfestigte sich, als er das dritte und letzte Büro durchsucht hatte, Kaldbakkens Schlupfloch. Wenn weder Wilhelmsen noch der Hauptkommissar Kopien hatten, war es mehr als wahrscheinlich, dass es nur das Original gab. Und das steckte in seiner Jackentasche.

Einige Minuten darauf steckte es nicht mehr dort. Erst war es durch den Reißwolf gedreht worden, bis es nach einer trockenen, missratenen Portion Spaghetti ausgesehen hatte. Danach durfte es in einem Schüsselchen liegen, bis die Flammen es vollständig vernichtet hatten. Schließlich wurden die Reste in ein Stück Klopapier gewickelt und in der Toilette versenkt. Die lag ganz hinten im unsichtbaren Stockwerk des Polizeigebäudes. Der Mann vom Überwachungsdienst spülte die letzten kleinen Rußpartikel aus der Kloschlüssel, und damit war Hanne Wilhelmsens Regenfahrt nach Vestfold vollständig sinnlos geworden.

In seinem Büro griff er zum Mobiltelefon und wählte die Nummer eines der beiden Männer, mit denen er vor einigen Tagen in der Platous gate gesprochen hatte.

»Jetzt bin ich wirklich bis zum Äußersten gegangen«, sagte er leise, wie aus Achtung vor dem schlafenden Haus. »Karen Borgs Aussage ist nicht mehr vorhanden. Es ist verdammt mies, Kollegen so was anzutun. Den Rest müsst ihr selbst schaffen.«

Er wartete nicht auf Antwort, sondern brach das Gespräch ab. Dann trat er ans Fenster und starrte auf Oslo hinunter. Die

Stadt lag schwer und müde unter ihm, sie sah aus wie ein mit Meeresleuchten überströmter alter, schlafender Wal. Müde und alt war er selbst auch. So alt wie lange nicht. Nach einer Weile schienen seine Augen sich mit Sand zu füllen, und er musste sie zusammenkneifen, um die kleinen hüpfenden Lichtpünktchen da tief, tief unter ihm anzuhalten. Er seufzte und legte sich auf ein kleines und sehr unbequemes Sofa, um auf den Arbeitstag zu warten. Vor dem Einschlafen dachte er es noch einmal: Es ist verdammt mies, Kollegen so was anzutun.

MONTAG, 30. NOVEMBER

»Kein Wunder, dass diese Burschen so lange durchhalten. Die haben ihre Leute derart im Griff, so was habe ich noch nie gesehen. Nicht in der Drogenszene. Sehr seltsam. Sagt er gar nichts?« Kaldbakken war aufrichtig verblüfft. Er hatte früher einmal sechs Jahre in der Drogenabteilung verbracht und wusste, wovon er redete.

»Nun haben wir ja auch nicht gerade viel über diesen Knaben«, stellte Hanne Wilhelmsen düster fest. »Bedrohung von Staatsbeamten reicht nicht für einen kurzen Ferienaufenthalt in einer netten kleinen Zelle. In der Hinsicht bringt es ihm viel, wenn er die Klappe hält. Er scheint vor Angst zwar außer sich zu sein, aber trotzdem behält er einen klaren Kopf. Er ist sogar schlau genug zuzugeben, dass er auf Billy T. gezielt hat. Also müssen wir ihn heute laufen lassen. Wir haben nichts in der Hand, um ihn hierzubehalten. Wenn er gesteht, haben wir nicht mal mehr die Gefahr der Beweisvernichtung.«

Natürlich konnten sie den Mann beschatten. Natürlich konnten sie ihn einige Tage im Auge behalten. Aber wie lange? Ein

Großteil ihrer Kapazität war schon für Roger aus Sagene verplant. Wenn Lavik heute freigelassen werden müsste, würden sie ganz einfach Personalprobleme bekommen. Die ließen sich vielleicht kurzfristig lösen, das schon, aber diese Jungs würden sich in den nächsten Tagen und Wochen nichts zuschulden kommen lassen. Wahrscheinlich würden sie erst in Monaten wieder etwas Interessantes unternehmen. Und das würde die Polizei nicht mitbekommen. Ganz einfach, weil der Etat solche Extravaganzen nicht gestattete. Nicht einmal bei einem Fall von solchen Dimensionen. Sie hatten die schlechteren Karten. Wie üblich.

Håkon hatte nichts gesagt. Den hatte die Apathie übermannt. Er hatte Angst, war traurig und zutiefst enttäuscht. Seine grauen Schläfen waren noch grauer geworden, sein Sodbrennen schärfer, seine feuchten Hände feuchter. Nun hatte er nur noch Karens Aussage. Und es war die Frage, ob die reichen würde. Resigniert erhob er sich und verließ wortlos die Besprechung. Drückendes Schweigen überkam die anderen.

Die Aussage lag nicht da, wo er sie hingelegt hatte. Zerstreut öffnete er ein paar Schubladen. Konnte er sie dort hingelegt haben? Nein, er fand nur belanglose Fälle, die schon so alt waren, dass er versucht hatte, sie da unten vor seinem schlechten Gewissen zu verstecken. Er war so erschöpft, dass sein Gewissen sich auch beim Wiedersehen nicht regte.

Die Aussage befand sich überhaupt nicht in seinem Büro. Seltsam, er hätte schwören können, dass er sie hierhin, oben auf den Stapel, gelegt hatte. Mit tiefem Stirnrunzeln dachte er an den Vortag zurück. Er hätte Kopien machen sollen. Das hatte er vergessen. Oder war er doch im Kopierzimmer gewesen? Er ging dort nachsehen.

Die Maschine dröhnte, und eine untersetzte Schreibkraft von vielleicht sechzig versicherte ihm, dass hier nichts gelegen hatte, als sie gekommen war. Trotzdem sahen sie hinter und unter dem Kopierer nach. Auch dort hatte sich die Aussage nicht versteckt.

Hanne hatte sie auch nicht. Kaldbakken hatte schon um eine Kopie gebeten; der zuckte nur genervt mit den Schultern und schwor, die Aussage nicht in der Hand gehabt zu haben.

Nun machte Håkon sich ernsthaft Sorgen. Die Aussage bildete die einzige vage Hoffnung auf eine Haftverlängerung. Ehe er am Vorabend nach Hause gefahren war, hatte er sie mit vor Anstrengung brennenden Augen überflogen. Genau das hatte er sich gewünscht. Gründlich und tiefschürfend. Überzeugend und gut formuliert. Aber wo, zum Henker, steckte sie jetzt?

Höchste Zeit, Alarm zu schlagen. Es war halb zehn, und bis zwölf musste der Verlängerungsantrag dem Untersuchungsgericht vorliegen. Eigentlich hatte die Verhandlung um halb neun beginnen sollen, aber Christian Bloch-Hansen hatte schon am Freitag um einige Stunden Aufschub gebeten. Die Polizei war damit sehr zufrieden gewesen. Der Anwalt hatte vormittags eine Hauptverhandlung und wollte ungern einen anderen schicken. Sie hatten noch zweieinhalb Stunden Zeit. Im Grunde reichte das nur, um den Antrag zu diktieren. Zeit für eine Suchaktion hatten sie nicht. Aber ohne die Aussage keine Haftverlängerung. Um halb elf wurde die Aktion abgeblasen. Die Aussage war und blieb verschwunden. Hanne war unglücklich und nahm alle Schuld auf sich. Sie hätte sofort Kopien machen müssen. Ihre bedingungslose Übernahme der Verantwortung half Håkon nicht im Geringsten. Alle wussten, dass er die Papiere als Letzter gesehen hatte.

Karen konnte kommen und eine Aussage machen. Er würde eine Stunde Aufschub erwirken, dann konnte sie es schaffen. Sie *musste* es schaffen.

Aber sie ging nicht ans Telefon. Håkon versuchte es fünfmal.

Vergeblich. Ach, verdammt. Panik erfasste den Polizeijuristen und kroch mit dünnen scharfen Krallen sein Rückgrat hoch. Es war scheußlich. Er schüttelte heftig den Kopf, aber das half auch nichts.

»Ruf in Sandefjord oder Larvik an. Die sollen sie holen. Und zwar sofort.«

Sein Kommandoton konnte seine Angst nicht kaschieren. Das machte nichts. Hanne Wilhelmsen fürchtete sich nicht. Als sie mit der Polizei in Larvik gesprochen hatte – sie bildete sich fälschlicherweise ein, das sei näher –, lief sie zurück in Håkons Büro. Er war schroff und abweisend und damit beschäftigt, etwas zusammenzubauen, das solide wirkte. Das war nicht leicht, bei dem drittklassigen und fehlerhaften Material, das ihm zur Verfügung stand.

Dieser verdammte Stiefelmann! Håkon wäre gern in den Arrest gerannt, um dem Typen hunderttausend Kronen anzubieten, damit er den Mund aufmachte. Wenn das nichts half, konnte er ihn auch zusammenschlagen. Oder vielleicht umbringen. Aus purer Wut. Andererseits hatten Frøstrup und van der Kerch ihren Fahrschein ins Jenseits gekauft und bezahlt, und – wer konnte das wissen? – vielleicht hatte die Polizei bald einen dritten Selbstmord am Hals. Gott behüte. Außerdem musste der Bursche im Laufe des Tages entlassen werden. Sie würden das so lange wie möglich hinauszögern.

Nach einer Stunde konnte er nichts mehr tun. Die Sekretärin brauchte zwölf Minuten, um sein Diktat zu Papier zu bringen. Er las den Text, und sein Missmut steigerte sich bei jeder Zeile. Die Sekretärin sah ihn mitleidig an, sagte aber nichts. Und das war sicher besser so.

»Karen ist nicht in der Hütte.« Hanne Wilhelmsen stand in der Tür. »Das Auto steht vor der Tür, und in der Küche brennt

Licht. Aber sie sehen weder den Hund noch irgendeinen Menschen. Sie ist sicher spazieren gegangen.«

Spazieren gegangen. Seine geliebte Karen, sein Strohhalm, seine einzige Hoffnung. Die Frau, die ihn vor der totalen Erniedrigung bewahren, die die Polizei vor Skandalmeldungen retten und das Land von einem Mörder und Drogenbanditen befreien konnte. Sie ging spazieren. In diesem Moment schlenderte sie über Ulas Strände, warf Stöckchen für den Hund und atmete die frische Seeluft ein, viele Meilen und hundert Lichtjahre entfernt von dem stickigen und unbehaglichen Büro im Polizeigebäude, dessen Wände sich jetzt zu bewegen begannen; sie kamen auf ihn zu und drohten ihn zu ersticken. Er sah sie vor sich, in dem alten gelben Regenmantel, mit nassen Haaren und ungeschminktem Gesicht, so, wie sie an Regentagen in der Hütte immer aussah. Spazieren. Eine verdammte Scheißtour im Pissregen.

»Dann müssen sie eben auch einen Ausflug machen, die Polizisten da unten. Die Gegend ist doch nicht so verdammt groß« Es war ungerecht, seinen Frust an Hanne auszulassen, er bereute sofort. Ein blasses Lächeln und eine hilflose Kopfbewegung sollten seinen hitzigen Ausbruch mildern.

Hanne sagte leise, sie habe die Kollegen schon darum gebeten. Sie hatten noch Zeit und konnten noch hoffen. Ein Blick auf die Uhr zwang sie zu der Frage, ob er wegen der Verspätung Bescheid gesagt habe.

»Ich habe um Aufschub bis drei Uhr gebeten. Bis zwei haben sie erlaubt. Wir haben noch eine Stunde. Ich kriege sicher mehr, wenn ich versprechen kann, dass sie kommt. Wenn nicht, geht es um zwei los.

Weit, weit von ihm entfernt ging eine gelbe Gestalt am wilden Wintermeer entlang und fütterte es mit Steinen. Der Boxer stürzte sich ins unruhige Wasser und fror wie ein Hund. Aber er ließ nicht locker, sein Instinkt zwang ihn, jeden geworfenen Gegenstand zu verfolgen. Der Hund war noch nie erkältet gewesen, aber jetzt zitterte er heftig. Karen Borg blieb stehen und zog einen alten Pullover aus dem Rucksack, um den Hund den Temperaturen entsprechend anzuziehen. Er sah lächerlich aus in dem rosa Mohairpullover, der sich an den Vorderbeinen hochschob und unter dem mageren Körper schlotterte. Aber der Hund hörte immerhin auf zu zittern.

Jetzt hatte sie die Spitze der Landzunge erreicht und suchte nach einem behaglichen, windgeschützten Winkel, in dem sie an Tagen wie diesem schon oft Zuflucht gesucht hatte. Da war die Stelle. Karen setzte sich auf eine mitgebrachte Isoporunterlage und zog eine Thermosflasche hervor. Der Kakao schmeckte deutlich nach dem Kaffee vieler Jahre, aber das machte nichts. Sie blieb lange sitzen, tief in Gedanken versunken, und lauschte dem lärmenden Meer und dem pfeifenden Wind. Der Boxer hatte sich zu ihren Füßen zusammengerollt und sah aus wie ein rosa Pudel. Aus irgendeinem Grunde war sie unruhig. Sie machte hier draußen Jagd auf die Ruhe, aber die war verschwunden. Seltsam, gerade hier hatte die Ruhe sich immer auf ein Rendezvous eingelassen. Vielleicht traf sie sich lieber mit anderen. Was für ein Verrat.

Die Polizei fand Karen Borg nicht. Sie kam an diesem Tag nicht nach Oslo. Sie wusste nicht einmal, dass sie dort gebraucht wurde.

Es musste schiefgehen. Sie hatten dem Gericht nicht den geringsten neuen Fund zu bieten. Diesmal brauchte Christian Bloch-Hansen zwanzig Minuten, um das Gericht davon zu überzeugen, dass eine Fortdauer des Haftbefehls einen klaren und unverhältnismäßigen Übergriff bedeuten würde. Anwalt Laviks Arbeit litt natürlich sehr unter seiner Haft. Er verlor pro Woche Dreißigtausend. Und nicht nur er hatte darunter zu leiden, er hatte zwei Angestellte, deren Arbeitsplätze durch seine Abwesenheit bedroht waren. Seine Stellung und sein gesellschaftlicher Rang wurden gefährdet, und der gewaltige Eifer der Presse machte die Lage auch nicht gerade besser. Wenn das Gericht wider alle Vermutungen noch immer der Ansicht sein sollte, der Verdacht gegen Lavik könne stichhaltig sein, dann musste es auf jeden Fall die enorme Belastung beachten, die die Haft bedeutete. Innerhalb einer Woche hätte es der Polizei gelungen sein müssen, weiteres Material zusammenzutragen. Das hatte sie jedoch nicht geschafft. Der Anwalt musste auf freien Fuß gesetzt werden. Und zwar ehe nicht wiedergutzumachender Schaden entstanden war. Auch seine Gesundheit stand auf dem Spiel. Das Gericht sah schließlich, wie es um ihn stand. Das sah das Gericht. Wenn er beim letzten Mal schon kläglich ausgesehen hatte, dann war es jetzt keinen Deut besser. Es war kein Arzt nötig, um festzustellen, dass dieser Mann arg mitgenommen war. Seine Kleider waren zusammen mit ihrem Besitzer verfallen, und der einst so stattliche junge Anwalt sah aus, als sei er nach einer ausgeuferten Weihnachtsfeier aus der Gosse gefischt worden.

Das Gericht gab Bloch-Hansen recht. Der Beschluss wurde sofort diktiert. Håkons tiefe Depression stieß auf leichten Widerstand, als der Richter zu den triftigen Gründen für einen Verdacht kam. Diese Gründe waren noch immer vorhanden. Håkons Herz rutschte jedoch wieder auf Zwerchfellhöhe, als der Richter in ziemlich krassen Worten auf die Unfähigkeit der Polizei zu sprechen kam; darauf, dass sie es nicht geschafft hatten, neues Material beizubringen, und vor allem auf die beklagenswerte Tatsache, dass das Schicksal von Karen Borgs Aussage nicht genauer geklärt war. Auch die Möglichkeit der Beweisvernichtung war weiterhin gegeben, aber leider war dem Richter ebenso klar, dass die Haft einen unverhältnismäßigen Übergriff bedeutete. Der Mann war auf freien Fuß zu setzen. Mit Meldepflicht jeden Freitag.

Meldepflicht! Ja, das wäre eine gewaltige Hilfe. Håkon erhob sofort Einspruch und bat um Aufschub. Das würde ihnen wenigstens noch einen Tag lassen. Ein Tag war ein Tag. Und auch wenn Rom nicht an einem Tag erbaut worden war, hatte es doch in vielen Fällen in einigen zusätzlichen Stunden einen Durchbruch gegeben.

Polizeijurist Håkon Sand traute seinen Ohren kaum, als der Richter klarstellte, dass er auch auf diese Forderung nicht eingehen werde. Håkon wollte protestieren, wurde aber schroff abgewiesen. Die Polizei hatte ihre Chance gehabt. Sie hatte sie sehr schlecht genutzt. Jetzt mussten sie sehen, wie sie ohne die Hilfe des Gerichts weiterkamen. Håkon Sand erklärte trotzig, dass ein Einspruch unter diesen Umständen ohnehin keinen Zweck hätte, und zog ihn voller Wut zurück. Der Richter ließ sich davon nicht beeindrucken.

»Wenn ihr Glück habt, bleibt euch eine Entschädigungsklage erspart!« Damit schloss er die Verhandlung.

Noch am selben Abend wurde Anwalt Jørgen Ulf Lavik auf freien Fuß gesetzt. Sofort schien er sich in seinem Anzug aufzurichten, einige Zentimeter zu wachsen und wenigstens ein paar der verlorenen Kilo wieder zuzulegen. Beim Verlassen des Polizeigebäudes lachte er. Zum ersten Mal seit vielen Tagen.

Das taten weder Hanne Wilhelmsen noch Håkon Sand. Und auch sonst niemand in dem großen, klobigen Haus in Grønlandsleiret 44.

Es war tatsächlich gut gegangen. Der Albtraum war vorüber, sie hatten nichts gefunden. Sonst würde er noch sitzen. Was hätten sie finden sollen? Glücklicherweise hatte er noch zwei Tage vor seiner Festnahme den Schlüssel unter dem Schrank entfernt und an einem besseren Ort versteckt. Vielleicht hatte der Alte recht, und alle guten Mächte waren auf ihrer Seite. Die Götter mochten wissen, warum.

Aber eins verstand er trotzdem nicht so ganz. Er hatte sich für Christian Bloch-Hansen als Verteidiger entschieden, weil er wusste, dass der der Beste war. Der Schuldige braucht den Besten. Der Unschuldige kann sich mit allem zufriedengeben. Bloch-Hansen hatte den Erwartungen mehr als entsprochen. Er selbst wäre kaum auf die Idee mit Karen Borg und der Schweigepflicht gekommen. Sein Verteidiger hatte hervorragende Arbeit geleistet und war immer korrekt und höflich gewesen. Aber niemals warm, niemals verständnisvoll oder entgegenkommend. Er war nicht engagiert gewesen. Bloch-Hansen hatte seinen Auftrag erfüllt, und das gut, aber in seinen Augen hatte manchmal etwas aufgeleuchtet, das nach Hass und vielleicht sogar Verachtung ausgesehen hatte. Hielt er ihn für schuldig? Glaubte er seinen Geschichten nicht, Geschichten, die so überzeugend waren, dass er inzwischen fast schon selbst davon überzeugt war?

Anwalt Lavik wies diesen Gedanken von sich. Es spielte keine Rolle mehr. Er war ein freier Mann, und er war davon überzeugt, dass die Polizei ihre Ermittlungen binnen kurzer Zeit einstellen würde. Er würde Bloch-Hansen bitten, sich darum zu kümmern. Das mit dem Tausender war ein dicker Patzer gewesen, aber es war, soviel er wusste, der einzige wirkliche Fehler, der ihm je unterlaufen war. Niemals, niemals würde ihm so etwas wieder passieren. Nur noch eine Aufgabe lag vor ihm, aber er hatte genug Zeit, um ihre Durchführung zu planen. Mehrere Tage. Er musste zwar ein paar Korrekturen vornehmen, aber es war ein Geschenk gewesen, dass Håkon Sand die Unklarheiten um Karen Borgs Aussage mit ihrer urlaubsbedingten Abwesenheit begründet hatte. Der Richter hatte sich darüber aufgeregt, dass es der Polizei nicht gelang, mit einer Frau in Vestfold, das ja nun wirklich nicht auf der anderen Seite der Erde lag, Kontakt aufzunehmen. Er wusste genau, wo Karen war. Vor neun Jahren hatte der gesamte Fachschaftsrat einen Ausflug dorthin unternommen. Damals hatte er das Gefühl gehabt, die Frau sei vielleicht ein bisschen in ihn verliebt. Der politische Abgrund zwischen ihnen hatte allerdings alle Annäherungsversuche unmöglich gemacht. Aber damals sollte der Numerus clausus eingeführt werden, und sie hatten die großpolitischen Kriegsbeile vorübergehend begraben, um gemeinsam gegen die Aussperrung studierwilliger Menschen zu kämpfen. Karen Borg hatte sich für dieses historische Treffen als Gastgeberin angeboten. Dabei hatte der Wein eine größere Rolle gespielt als die Politik, aber soweit er sich erinnern konnte, war es ein nettes Wochenende gewesen.

Er hatte es eilig, und es würde nicht leicht sein, die Rinderbremsen abzuschütteln, die ihn noch eine Weile umschwirren würden. Es musste möglich sein. Wenn er Karen Borg los war, konnten sie ihm nichts mehr anhaben. Sie war die letzte Sperre zwischen ihm und der endgültigen Freiheit.

Der dunkelblaue Volvo erreichte die Garage, rutschte auf der glatten Auffahrt ein wenig, fand aber doch seinen Platz, wie ein altes Pferd nach einer harten Schicht den Stall findet. Lavik beugte sich zu seiner blassen Frau, die hinter dem Steuer saß, küsste sie zärtlich und dankte ihr für ihre Unterstützung.

»Jetzt ist alles wieder gut, Wuschel«, sagte er.

Sie schien das nicht so ganz zu glauben.

Sollte er anrufen oder nicht? Sollte er hinfahren oder nicht? Ruhelos wanderte er durch seine kleine Wohnung, der anzusehen war, dass er lange Zeit nur hereingeschaut hatte, um sich saubere Kleider und eine Mütze voll Schlaf zu holen. Setzt hatte er keine sauberen Kleider mehr, und Schlaf war auch nirgendwo zu finden.

Ihm wurde schwindelig, und er musste sich am Regal festhalten, um nicht zu fallen. Eine eingestaubte alte Flasche Rotwein stand zum Glück noch hinten im Küchenschrank. Nach einer halben Stunde war sie leer. Der Fall war verloren. Karen wahrscheinlich auch. Es hatte keinen Sinn, sie anzurufen. Alles war vorbei. Er fühlte sich elend und machte sich über eine Flasche Aquavit her, die seit dem letzten Weihnachtsfest im Kühlschrank stand. Schließlich tat der Alkohol die erwünschte Wirkung. Håkon schlief ein. Es war ein böser, gemeiner Schlaf, mit Albträumen von großen teuflischen Anwälten, die ihn verfolgten, und einer winzig kleinen gelben Gestalt, die auf einer Wolke am Horizont stand und ihn rief. Er versuchte, zu ihr zu rennen, aber seine Beine waren wie Pudding, und er kam nicht weiter. Schließlich verschwand sie ganz, und er blieb auf dem Boden liegen; die gelbe Gestalt flog davon, und die Geier in ihren Roben hackten einem Polizeijuristen die Augen aus.

DIENSTAG, 1. DEZEMBER

Endlich bekamen all das Geglitzer und die grellen Plastiklampen, die Weihnachtsdekoration genannt wurden, einen Sinn. Jetzt war jedenfalls Dezember. Der Schnee war wieder da, und der Einzelhandel hatte eifrig zu Protokoll gegeben, dass der Konsum der norwegischen Bevölkerung im Laufe des Jahres um einige Prozent gestiegen war. Das schuf große Erwartungen und wurde zur

Begründung für prunkende Fensterdekorationen. Die Linden auf Karl Johan vertraten ihre benadelten Kusinen und standen nackt und verlegen mit ihren Weihnachtskerzen da. Vor zwei Tagen waren die Lichter an riesigen Tannen auf dem Universitetsplass feierlich angezündet worden. Heute freute sich darüber nur ein verhuschter Heilsarmist, der die Füße gegeneinanderschlug und erwartungsvoll den Morgenmenschen entgegenlächelte, die an seiner Sammelbüchse vorübereilten, ohne auch nur eine Minute anzuhalten und den großen Baum zu bewundern.

Jørgen Ulf Lavik wusste, dass er beschattet wurde. Mehrmals blieb er unvermittelt stehen und sah sich um. Es war unmöglich zu sehen, wer hinter ihm her war. Alle hatten denselben leeren Blick; einige wenige sahen Anwalt Lavik neugierig an, als ob sie ihn erkannten. Wo hatten sie ihn bloß schon mal gesehen? Zum Glück waren die Bilder in den Zeitungen so schlecht und so alt gewesen, dass er wohl kaum direkt erkannt werden konnte. Aber er wusste, dass sie ihm auf den Fersen waren. Das machte die Lage kompliziert, lieferte ihm aber auch ein Spitzenalibi. Er konnte alles zu seinem Vorteil wenden. Er holte tief Atem und fühlte sich kristallklar im Kopf.

Sein Besuch in der Kanzlei war kurz. Die Vorzimmerdame hätte in ihrer Wiedersehensfreude fast ihr Gebiss verloren, sie gab ihm einen Kuss, der nach Lavendel und alter Frau duftete. Er war fast gerührt. Nach einigen Stunden, die er den dringendsten Fällen gewidmet hatte, sagte er, er wolle den Rest der Woche in seiner Hütte verbringen. Er sei telefonisch zu erreichen und werde einen Stapel Unterlagen, ein tragbares Telefaxgerät und einen Computer mitnehmen. Vielleicht werde er am Freitag hereinschauen, er habe ja Meldepflicht.

»Du musst dich also um den Laden kümmern, Caroline, das hast du ja bisher sehr gut gemacht«, sagte er aufmunternd.

Ihr Mund öffnete sich wieder zu einem grauen Lächeln, und die Freude über das Lob malte kleine rote Sonnen auf ihre Wangen. Kokett knickste sie, nahm sich aber zusammen, ehe der Knicks zu tief ausfiel. Ja, sie werde sich um den Laden kümmern, und er solle sich gut erholen. Das habe er verdient.

Der Ansicht war er auch. Ehe er aber ging, besuchte er noch die Toilette und griff zum Mobiltelefon, das er aus dem Postfach des Kollegen gefischt hatte. Die Nummer wusste er auswendig.

»Ich bin wieder draußen. Mach dir keine Sorgen.« Das Rauschen des defekten Spülkastens übertönte sein Geflüster.

»Ruf mich nicht an, und jetzt schon gar nicht«, fauchte sein Gesprächspartner, legte aber nicht auf.

»Es ist alles in Ordnung. Du brauchst dir keine Sorgen zu machen«, wiederholte Lavik, aber das half nichts.

»Du hast gut reden!«

»Karen Borg ist in ihrer Hütte in Ula. Da bleibt sie nicht lange. Du brauchst dir keine Sorgen zu machen. Nur sie kann mich hochgehen lassen, nur ich kann dich hochgehen lassen. Wenn mir nichts passiert, passiert auch dir nichts.«

Die Proteste des Alten drangen nicht zu ihm durch, die Verbindung war bereits unterbrochen. Jørgen Lavik pisste, wusch sich die Hände und ging hinaus zu seinen unsichtbaren Bewachern.

Er würde bald etwas für sein Herz tun müssen. Die Medikamente, die er bekommen hatte, wirkten nicht mehr. Nicht mehr sehr gut jedenfalls. Zweimal war er wieder kurz vor einem solchen Todesschlag gewesen, wie ihn einer so plötzlich und lebensgefährlich vor weniger als drei Jahren zu Boden geworfen hatte. Das regelmäßige Training und die magere Kost hatten ihm bisher sicher geholfen, aber die jetzige Situation und die letzten

Wochen ließen sich nicht allein mit Möhren und Joggen durchstehen.

Sie waren ihm auf der Spur gewesen. Irgendwie hatte er darauf gewartet, seit der Schneeball ins Rollen gekommen war. Obwohl die Zeitungsberichte über einen mutmaßlichen Hintermann sehr vage gewesen waren und sicher auf viele hundert Menschen gepasst hätten, war das Bild für die Jungs in der Natous gate offenbar etwas zu deutlich gewesen. Eines Nachmitttags, er ging von der Arbeit nach Hause, hatten sie plötzlich vor ihm gestanden. Anonym wie ihre Arbeit, zwei gleich aussehende Männer, gleich groß, gleich angezogen. Freundlich, aber energisch hatten sie ihn zum Einsteigen aufgefordert. Die Autofahrt hatte eine halbe Stunde gedauert und vor seiner eigenen Auffahrt geendet. Er hatte alles abgestritten. Sie hatten ihm nicht geglaubt. Aber sie wussten, dass er wusste, dass es in aller Interesse war, wenn ihm nichts passierte. So gesehen, fühlte er sich ein wenig beruhigt. Wenn herauskam, wofür das Geld verwendet worden war, würden sie alle vom Sog mitgerissen werden. Nur er wusste, woher das Geld stammte, aber die anderen hatten es angenommen. Und verwendet. Ohne je zu fragen, ohne je zu untersuchen, ohne je irgendetwas zu überprüfen. Das brachte sie in eine ungeheuer peinliche Lage.

Lavik war das große Problem. Jetzt war der Bursche ausgerastet. Es war ziemlich klar, dass er Anwältin Borg umbringen wollte. Als ob das eine Lösung wäre. Er würde doch sofort der Hauptverdächtige sein. Sofort. Außerdem: Wer wusste denn, wen sie noch informiert hatte, ob sie womöglich schriftliche Aussagen gemacht hatte, die der Polizei noch nicht in die Hände gefallen waren? Karen Borg umzubringen war absolut keine Lösung.

Jørgen Lavik umzubringen dagegen würde fast alle Probleme lösen. Kaum war ihm dieser Gedanke gekommen, da erschien er ihm auch schon als die einzige Möglichkeit. Der geglückte Mord an Hans A. Olsen hatte alle Probleme mit diesem Zweig der Organisation effektiv gelöst. Lavik dagegen hatte sich und dem Alten immer mehr Ärger gemacht. Er musste gestoppt werden. Dieser Gedanke machte ihm keine Angst, er war vielmehr beruhigend. Sein Puls ging wieder gleichmäßig und ruhig, zum ersten Mal seit vielen Tagen. Sein Verstand wirkte klar, und seine Konzentrationsfähigkeit kehrte aus ihrem langen Urlaub zurück.

Am besten war es, ihn zu erledigen, ehe er Karen Borg in den zweifelhaften Himmel der Anwälte schicken konnte. Der Mord an einer schönen, jungen und in diesem Zusammenhang unschuldigen Anwältin würde zu viel Lärm verursachen. Ein des Rauschgifthandels verdächtiger, verzweifelter Anwalt würde natürlich auch nicht ohne Aufsehen sterben, aber dennoch ... Ein Mord war besser als zwei. Nur: wie?

Jørgen Lavik hatte von Ula gesprochen. Von einer Hütte. Das musste bedeuten, dass er dorthin wollte. Wie er den Schwanz von Bewachern abschütteln wollte, der zwangsläufig an ihm klebte, war dem Alten unklar. Aber das war Laviks Problem. Sein eigenes Problem war es, Lavik zu finden, ihn zu finden, ohne von diesen Bewachern gesehen zu werden, und zwar am besten, ehe Lavik Karen Borg gefunden hatte. Ein Alibi brauchte er nicht. Die Polizei interessierte sich jetzt nicht für ihn und würde das auch dann nicht tun. Wenn alles gut ging.

Er würde weniger als eine Stunde brauchen, um die genaue Lage von Karen Borgs Hütte herauszufinden. Er konnte in ihrem Büro oder vielleicht beim zuständigen Landrichter anrufen. Die konnten im Grundbuch nachsehen. Aber das war zu riskant. Einige Minuten später hatte er sich entschieden. Soviel er wusste, gab es nur eine Straße nach Ula, eine kleine Abzweigung von der

Küstenstraße zwischen Sandefjord und Larvik. Da musste er einfach warten.

Erleichtert, weil er einen Entschluss gefasst hatte, machte er sich an die dringlichste Arbeit. Seine Hände waren ruhig, und sein Herz hatte sich stabilisiert. Vielleicht brauchte er doch keine neuen Medikamente.

Als Hütte konnte das kaum noch bezeichnet werden. Ein solides Holzhaus aus den dreißiger Jahren, vollständig renoviert; auch im dunklen Dezember konnte man die Idylle erahnen, die das rotangestrichene Haus umgab. Es war Wind und Wetter ausgesetzt, und obwohl auf der Auffahrt ein wenig Schnee lag, waren die Felskuppen hinter dem Haus vom ewigen Seewind saubergefegt. Eine Tanne schwankte halsstarrig zwei Meter von der westlichen Hauswand. Der Wind hatte den Stamm schiefgeweht, aber er hatte ihn nicht kleingekriegt. Der Baum neigte sich landeinwärts, als sehne er sich nach der Verwandtschaft im Binnenland und könne sich doch nicht losreißen. Zwischen den Schneeflecken auf der windgeschützten Seite des Hauses ahnte man die Umrisse von sommerlichen Blumenbeeten. Alles war gepflegt. Das Anwesen gehörte nicht Jørgen Lavik, sondern seinem senilen und kinderlosen alten Onkel. Jørgen war, solange der Onkel überhaupt noch etwas empfunden hatte, sein Lieblingsneffe gewesen. Treu war der Junge jeden Sommer hier aufgetaucht, sie hatten zusammen geangelt, das Boot geteert und Speck und Bohnen gegessen. Jørgen war das Kind geworden, das der Alte nie gehabt hatte, und das schöne Sommerhaus würde dem Neffen zufallen, wenn Alzheimer in wahrscheinlich nicht allzu ferner Zukunft ihrem einzigen Bezwinger, dem Tod, erlag.

Jørgen Ulf Lavik hatte einiges Geld in das Haus gesteckt. Der Onkel war nicht arm und hatte den Großteil der Wartung selbst bezahlt. Aber Jørgen hatte das Badezimmer mit dem Whirlpool, eine kleine Sauna und das Telefon anlegen lassen. Außerdem hatte er seinem Onkel ein kleines, aber feines Boot zum siebzigsten Geburtstag geschenkt, in dem sicheren Wissen, dass es im Grunde ihm gehörte.

Auf seiner Fahrt hierher, an den Rand des Hurumlandes, hatte er seine Verfolger nicht ein einziges Mal zu sehen bekommen. Zwar waren die ganze Zeit Wagen hinter ihm gewesen, aber keiner hatte verdächtig lange an ihm geklebt. Trotzdem, er wusste, dass sie da waren, und er freute sich darüber. Er ließ sich viel Zeit beim Parken und demonstrierte seinen Wunsch nach längerem Aufenthalt, indem er sein Gepäck in mehreren Touren ins Haus brachte. Langsam ging er durch die Zimmer, knipste die Lampen an und entlastete die Elektroanlage dann, indem er den Ölofen im Wohnzimmer anzündete.

Nach dem Essen machte er einen kurzen Spaziergang. Er wanderte durch das vertraute Gelände, aber auch jetzt sah er nichts Verdächtiges. Einen Moment lang war er unruhig. Waren sie doch nicht hier? Hatten sie ihn aufgegeben? Das konnten sie doch nicht machen! Sein Herz schlug schneller. Nein, sie mussten irgendwo in der Nähe sein. Das mussten sie einfach. Er beruhigte sich. Vielleicht waren sie einfach nur extrem tüchtig. Wahrscheinlich.

Er musste noch einiges vorbereiten. Und das eilte. Er stand eine Weile auf der Treppe, reckte sich und klopfte sich den Schnee von den Schuhen, ausgiebig und restlos unnötig. Danach ging er ins Haus, um sich an die Arbeit zu machen.

Das Schlimmste war, dass alle so aufmunternd sein wollten. Sie klopften ihm auf die Schulter. »Wer nichts wagt, gewinnt auch nichts.« Sie lächelten anerkennend und brachten freundliche Solidaritätserklärungen. Sogar die Polizeipräsidentin hatte sich die Mühe gemacht, Polizeijurist Sand anzurufen und ihre Zufriedenheit über seine Leistung – trotz des betrüblichen Endes – zu bekunden. Er erwähnte die Möglichkeit einer Schadenersatzklage, aber sie schnaubte nur. Sie glaubte wirklich nicht, dass Lavik das wagen würde, immerhin war er schuldig. Wahrscheinlich genoss er einfach seine Freiheit; er würde das Ganze so weit wie möglich hinter sich lassen wollen. Håkon musste zugeben, dass es so aussah. Seinen Bewachern zufolge befand Anwalt Lavik sich jetzt in seiner Hütte im Hurumland.

Die ganze Solidarität half aber auch nicht besonders. Er fühlte sich, als hätte er unfreiwillig einen vollautomatischen Waschgang mitgemacht, mit Schleudern und allem. Er war durch diese Behandlung geschrumpft. Andere Fälle mit teuflischen Fristen lagen vor ihm auf dem Schreibtisch, aber er war restlos handlungsunfähig und beschloss, bis morgen zu warten.

Nur Hanne begriff, wie ihm wirklich zumute war. Sie kam nachmittags vorbei, mit zwei Tassen kochend heißem Tee. Er hustete und spuckte, als er gekostet hatte; er hatte Kaffee erwartet.

»Was machen wir jetzt, Polizeijurist Sand?«, fragte sie und legte die Beine auf den Tisch. Schöne Beine, registrierte er zum x-ten Mal.

»Fragst du mich, dann frag ich dich.« Er nippte wieder am Tee, diesmal etwas vorsichtiger. Eigentlich schmeckte er gut.

»Wir geben jedenfalls nicht auf. Wir machen den Kerl fertig. Der hat den Krieg noch nicht gewonnen – das war nur ein kleines Scharmützel.«

Es war unfassbar, dass sie so optimistisch sein konnte. Und sie schien sogar zu meinen, was sie sagte. Vielleicht machte es einen Unterschied, ob man Polizeibeamtin oder Vertreter der Anklagebehörden war. Für ihn gab es viele Rückzugsmöglichkeiten, er konnte sich jederzeit eine andere Stelle suchen. Zum Beispiel als dritter Sekretär im Fischereiministerium, dachte er mürrisch. Hanne Wilhelmsen dagegen war als Polizistin ausgebildet. Für sie kam nur eine Arbeitgeberin in Frage. Die Polizei. Deshalb konnte sie nicht aufgeben.

»Aber hör mal, Mann«, sagte sie und nahm die Beine vom Tisch. »Wir haben doch noch so viel. Du darfst jetzt nicht den Mut verlieren. In der Niederlage kannst du zeigen, was du wert bist!«

Banal. Aber vielleicht wahr. Wenn das stimmte, war er eine Niete. Mit dieser Sache wurde er einfach nicht fertig. Er wollte nach Hause. Vielleicht war er wenigstens Manns genug für ein wenig Hausarbeit.

»Ruf mich zu Hause an, wenn etwas anliegt«, sagte er und verließ seine fast unberührte Teetasse und seine resignierte Kollegin.

»You win some, you lose some«, hörte er sie rufen, als er durch den Flur stapfte.

Die Bewacher, sechs an der Zahl, wussten jetzt, dass ihnen ein langer Abend und eine kalte Nacht bevorstanden. Einer von ihnen, ein schmalschultriger, tüchtiger Bursche mit scharfem Blick, hatte die Rückseite des roten Hauses überprüft. Nur drei Meter von der Wand entfernt senkte sich ein steiler Hang zu einer kleinen Bucht mit Sandstrand. Die Bucht war nur zehn bis fünfzehn Meter breit und von auf beiden Seiten an den Felsen befestigtem Stacheldraht umzäunt. Nirgends wurde das private Eigentumsrecht so verheerend geltend gemacht wie am Meer. Der Bewacher lächelte vor sich hin. Hinter dem Zaun erhob sich zu beiden Seiten eine steile, fünf oder sechs Meter hohe Felswand. Sicher konnte man dort hochklettern, aber leicht war das bestimmt nicht. Auf jeden Fall würde Lavik in der Nähe des Hauses auf die

Straße stoßen. Die Straße trennte die Landzunge vom Festland, wer von hier weg wollte, musste die Straße überqueren.

Zwei Bewacher wurden an der kleinen Stichstraße postiert. Einer stand in der Mitte Posten, und damit hatten sie die zweihundert Meter zwischen Straße und Haus im Blick. Lavik konnte hier nicht ungesehen vorbei. Die drei restlichen Bewacher verteilten sich im Gelände, um die Hütte im Auge zu behalten.

In der Hütte saß Lavik und amüsierte sich bei dem Gedanken, dass die Männer da draußen, wie viele es auch sein mochten, sich den Arsch abfroren. In der Hütte war es schön warm, und er fühlte sich von seiner Beschäftigung angeregt und mitgerissen. Vor ihm stand ein altmodischer Wecker, dem das Glas fehlte. Mit einigem Gefummel konnte er am Stundenzeiger ein Holzstöckchen befestigen. Er schloss das Faxgerät an, legte ein Blatt ein und machte einen Versuch. Er stellte den Zeiger auf kurz vor drei, tippte seine Büronummer ein und starrte den Wecker an. Eine Viertelstunde verging, und nichts passierte. Nach einigen Minuten begann er sich Sorgen zu machen, sein schönes Projekt könne in den Teich gehen. Aber dann, als der Zeiger mit einem kleinen Sprung die 3 erreichte, klappte alles bestens. Das Holzstöckchen am Zeiger berührte sachte den elektronischen Startknopf. Das reichte. Die Maschine gehorchte, zog das Blatt ein und sandte die Nachricht aus.

Aufgemuntert durch diesen Erfolg machte er eine Runde durchs Haus und brachte die kleinen Thermostatuhren an, die er mitgebracht hatte. Sie sollten Strom sparen helfen. Sie schalteten die Paneelöfen um Mitternacht aus und um sechs Uhr wieder ein, sodass das Haus warm war, wenn seine Bewohner aufstanden.

Er brauchte nicht lange dazu, er kannte sich mit diesen kleinen Apparaten aus. Das Schwierigste stand ihm noch bevor. Etwas musste während seiner Abwesenheit für Bewegung sorgen, es reichte nicht, dass Lampen ein- und ausgeschaltet wurden. Er hatte sich alles genau überlegt, aber er hatte es noch nicht ausprobiert. Schwer zu sagen, ob es wirklich machbar war. Im Schutze der zugezogenen Vorhänge spannte er drei dünne Bindfäden durch das Zimmer. Alle drei wurden an der Klinke der Küchentür befestigt, die anderen Enden band er an verschiedenen Stellen auf der gegenüberliegenden Seite des Zimmers fest. Danach hängte er ein Küchenhandtuch, eine alte Badehose und eine Serviette über die Bindfäden. Er brauchte ein Weilchen, um die Kerzen richtig aufzustellen. Sie mussten so nahe an den Bindfäden stehen, dass diese Feuer fingen, wenn die Kerzen weit genug heruntergebrannt waren. Er brach die Kerzen in unterschiedlicher Höhe ab und befestigte sie mit flüssigem Wachs in einer Porzellanschüssel. Die Kerze bei dem Bindfaden mit der Serviette war die kürzeste, nur wenige Millimeter höher als der straffe Faden. Gespannt wartete er ab.

Es funktionierte. Nach wenigen Minuten war die Kerze so weit heruntergebrannt, dass die Flamme am Bindfaden herumzüngelte. Der Faden riss, die Serviette fiel zu Boden und zeichnete dabei Schatten an die Vorhänge des Fensters zur Straße. Perfekt.

Er ersetzte den zertrennten durch einen neuen Bindfaden und holte eine längere Kerze. Dann stellte er den Stundenzeiger des Weckers auf kurz vor halb eins. In ungefähr zwei Stunden würde Jørgen Ulf Lavik einem Anwalt in Tønsberg ein Fax schicken. Es ging um einen dringenden Fall, der leider durch Ereignisse, die sich seiner Kontrolle entzogen, ins Stocken geraten war. Er bedauerte und hoffte, dass diese Verspätung keine allzu großen Probleme mit sich gebracht habe.

Jetzt zog er sich an. Der Tarnanzug war für die Jagd bestimmt. Das passte. Vorsichtig zündete er die Kerzen an und überprüfte noch einmal, ob sie wirklich fest standen. Danach ging er in den Keller und stieg durch das Kellerfenster auf der Rückseite des Hauses.

Unten am Strand blieb er stehen und wartete einen Moment. Er presste sich an die Felswand und war sich ziemlich sicher, dass der Tarnanzug ihn unsichtbar machte. Als er wieder zu Atem gekommen war, schlich er sich an die Stelle, wo er vor vielen Jahren ein Loch in den Zaun geschnitten hatte, um leichter zu den Nachbarn gelangen zu können, wo ein Junge in seinem Alter zu Gast gewesen war.

Er robbte zur Straße hinauf. Sie behielten bestimmt die ganze Gegend im Auge. Im Wäldchen blieb er liegen und horchte. Nichts. Aber sie mussten da sein. Langsam kroch er parallel zur Straße weiter, fünf Meter von ihr entfernt und geschützt durch die Bäume. Da war es. Das große Betonrohr, das einen kleinen Bach vom Wald auf die andere Straßenseite und zum Meer leitete, ohne dass er überfahren wurde. Er war zahllose Male durch dieses Rohr gekrochen, aber das war viele Kilos und zwanzig Zentimeter her. Dennoch hatte er sich nicht verrechnet, als er davon ausgegangen war, dass er noch immer hindurchpasste. Er wurde zwar etwas nass, aber der Bach war winterlich armselig, wahrscheinlich war der kleine Waldsee in der Nähe zugefroren. Das Rohr endete drei Meter hinter der anderen Straßenseite; es war Platz für eine Straßenerweiterung gelassen worden, die schon lange versprochen, aber nie gekommen war. Er streckte den Kopf aus dem Rohr und blieb einige Minuten liegen, um zu horchen. Nichts. Er atmete schwer und merkte, wie die Tage im Gefängnis an seinen Kräften gezehrt hatten, Ein Großteil des Kraftverlustes wurde jedoch durch eine gehörige Dosis Adrenalin ausgeglichen; ohne ein Geräusch zu machen, lief er los und verschwand im Gestrüpp.

Er brauchte nicht weit zu laufen, nach sechs oder sieben Minuten hatte er es geschafft. Er sah auf die Uhr. Halb acht. Perfekt. Das Holz knackte leise, als er die Tür des kleinen Schuppens öffnete, aber die Polizisten waren zu weit weg, um das zu registrieren. Er schlüpfte in den Schuppen, als ein Auto in zwanzig Metern Entfernung auf der Straße vorbeifuhr. Gleich danach kam noch eins. Inzwischen saß er schon in dem dunkelgrünen Lada und konnte sich davon überzeugen, dass die Batterie auch nach zwei Monaten Pause noch Kraft für einen hustenden Start hatte. Obwohl der Onkel restlos weggetreten war und ihn kaum wieder erkannte, wenn er ihn im Pflegeheim besuchte, zeigte er eine Art Freude, wenn Jørgen ab und zu in dem kleinen Lada einen Ausflug mit ihm machte. Der Neffe hatte den Wagen in Schuss gehalten, als Geste dem Onkel gegenüber. Jetzt war dieser Wagen ein Geschenk, das er sich selbst gemacht hatte. Er ließ den Motor zweimal aufdröhnen und rollte aus der Garage. Dann fuhr er nach Vestfold.

Es war hundekalt. Der Bewacher schlang sich die Arme um den Leib und versuchte, lautlos und unsichtbar zugleich zu sein. Das war schwer. Er musste die Handschuhe ausziehen, um das Fernglas zu benutzen. Deshalb machte er das nur selten. Er fluchte und beneidete diesen Scheißanwalt, der gemütlich im Warmen saß, in einem Haus, das man unmöglich vom Auto aus überwachen konnte. Gerade war das Licht in dem einen Zimmer im ersten Stock ausgegangen, aber der Typ konnte doch kaum so früh ins Bett gehen wollen. Es war erst acht Uhr. Verdammt, noch vier Stunden bis zur Wachablösung. Eiskalter Wind traf sein Handgelenk, als er auf die Armbanduhr schaute, und rasch packte er es wieder ein.

Er konnte ja mal versuchen, das Fernglas mit Handschuhen

zu halten. Viel gab es nicht zu sehen. Natürlich hatte der Kerl alle Vorhänge zugezogen, und im Grunde verstand der Bewacher das. Der Anwalt konnte unmöglich so blöd sein, nicht zu wissen, dass sie hier standen. So gesehen, war es reichlich schwachsinnig, dass sie sich solche Mühe gaben, unsichtbar zu bleiben. Er seufzte. Was für ein öder Job. Anwalt Lavik würde sich sicher ein paar ruhige Tage machen, schließlich hatte er eine Tüte mit Lebensmitteln nach der anderen, einen Computer und ein Faxgerät ins Haus geschleppt.

Plötzlich wurde er aufmerksam. Rasch zwinkerte er, um sich von ein paar Tränen zu befreien, die der kalte Wind herausgelockt hatte. Dann riss er sich die Handschuhe von den Fingern, ließ sie auf den Boden fallen und stellte das Fernglas besser ein. Was in aller Welt warf diese tanzenden Schatten? Hatte er im Kamin ein Feuer gemacht? Der Polizist ließ das Fernglas kurz sinken und blickte zum Schornstein, der sich schwarz vor dem dunkelgrauen Himmel abzeichnete. Nein, kein Rauch. Aber was war das? Wieder griff er zum Fernglas, und jetzt sah er es deutlich. Irgendetwas brannte. Und es brannte heftig. Plötzlich standen die Vorhänge in Flammen. Er ließ das Fernglas fallen und rannte auf das Haus zu.

»Das Haus brennt!«, brüllte er in sein Walkie-Talkie. »Das beschissene Haus brennt!«

Das Walkie-Talkie war überflüssig, sie hörten ihn alle, und zwei von den anderen kamen angestürzt. Der Erste raste zur Haustür, registrierte blitzschnell, dass gleich dahinter vorschriftsmäßig ein Feuerlöscher stand, und stürmte ins Wohnzimmer. Rauch und Hitze brannten sofort in seinen Augen, aber er konnte die Brandquelle doch noch entdecken. Den Schaumstrahl wie ein wütendes Schwert vor sich, kämpfte er sich durch das Zimmer. Die brennenden Vorhänge schleuderten ihre Glut ins Zimmer, und ein Stück landete auf seiner Schulter. Seine Jacke fing Feuer. Er erstickte die Flamme mit den Händen und verbrannte sich dabei schlimm die Handfläche. Aber er gab nicht auf. Inzwischen waren auch die beiden anderen da. Einer riss eine Wolldecke vom Sofa, der andere zerrte respektlos einen prachtvollen Wandbehang herunter. Nach zwei Minuten waren die Löscharbeiten beendet. Fast die gesamte Wohnzimmereinrichtung war gerettet. Auch der Strom war noch da. Im Gegensatz zu Anwalt Lavik.

Atemlos musterten die drei Polizisten das Zimmer. Sie entdeckten die beiden noch heilen Bindfäden und den präparierten Wecker, der das Fax noch nicht losgeschickt hatte.

»O verdammt«, fluchte der erste Bewacher leise und schüttelte seine schmerzende Hand. »Dieser Wichser hat uns ausgetrickst. Der hat uns total geleimt.«

»Vor sieben Uhr kann er nicht verschwunden sein. Die Leute schwören, dass er um fünf vor sieben noch aus dem Fenster geschaut hat. Mit anderen Worten, er kann nicht mehr als eine Stunde Vorsprung haben. Hoffentlich weniger. Vielleicht ist er sogar erst wenige Minuten, ehe sie das entdeckt haben, abgehauen.« Hanne Wilhelmsen versuchte erfolglos, den Polizeijuristen zu beruhigen.

»Du musst die Polizei in der ganzen Gegend informieren. Sie müssen ihn um jeden Preis stoppen.« Er war außer Atem und schluckte oft und laut.

»Håkon, jetzt hör mir zu. Wir haben keine Ahnung, wo er ist. Er kann nach Hause gefahren sein, sich über die blöden Bullen lustig machen und mit seiner Frau einen trinken. Vielleicht macht er eine Runde durch die Stadt. Aber entscheidend ist, dass wir keinen Grund haben, ihn festzunehmen. Dass er seine Bewacher ausgetrickst hat, ist natürlich ein Problem. Aber es ist unser

Problem, nicht seins. Wir können ihn zwar beschatten, aber es ist nicht strafbar, wenn er uns an der Nase herumführt.«

Obwohl Håkon Sand außer sich war vor Angst, musste er zugeben, dass Hanne Wilhelmsen recht hatte. »Gut, gut«, unterbrach er sie. »Gut. Ich begreife, dass wir nicht Himmel und Hölle in Bewegung setzen können. Du hast mit allem recht. Aber du *musst* mir glauben: Er hat es auf sie abgesehen. Es passt alles zusammen: deine Notizen über Karen, die verschwunden sind, als du niedergeschlagen worden bist; ihre Aussage, die verschwunden ist. Er ist derjenige, der hinter all dem steckt!«

Hanne seufzte. Jetzt ging er wirklich zu weit. »Du willst doch nicht allen Ernstes behaupten, Jørgen Lavik hätte mich niedergeschlagen? Er hätte sich aus einer Zelle in dein Büro geschlichen und eine Aussage geklaut, um sich dann wieder runterzuschleichen und die Tür hinter sich abzuschließen? Das meinst du doch nicht ernst.«

»Er braucht es ja nicht selbst gemacht zu haben. Er kann Helfer haben. Hanne, bitte! Ich weiß, dass er es auf sie abgesehen hat.« Håkon war ehrlich verzweifelt.

»Bist du beruhigt, wenn wir uns ins Auto setzen und zu ihr fahren?«

»Ich habe schon gedacht, du würdest das nie fragen ... Hol mich in einer Viertelstunde bei der Reithalle in Skøyen ab.«

Vielleicht war das alles ja nur ein Vorwand, um Karen zu treffen. Er hätte nicht schwören können, dass es keiner war. Andererseits ballte sich die Angst unter seinen Rippen zusammen und war alles andere als Einbildung.

»Nenn es männliche Intuition«, spottete er und ahnte ihr Lächeln eher, als er es sah.

»Deine Intuition kannst du dir sonst wohin stecken«,

schnaubte sie. »Ich mach das dir zuliebe und nicht, weil ich glaube, dass du recht hast.«

Das war nicht die reine Wahrheit. Seit sie vor zwanzig Minuten mit ihm gesprochen hatte, war ihr so nach und nach die Ahnung gekommen, dass die Angst ihres Kollegen nicht ganz unberechtigt war. Sie hätte nicht ohne Weiteres zu sagen vermocht, was sie dazu gebracht hatte, ihre Absicht zu ändern. Seine Überzeugung vielleicht; sie war alt genug, um Ahnungen und Gefühle ernst zu nehmen. Außerdem hatte Lavik so verzweifelt gewirkt, als sie ihn das letzte Mal gesehen hatte, dass sie ihm alles zutraute. Außerdem gefiel ihr nicht, dass Karen Borg schon den ganzen Abend nicht ans Telefon gegangen war. Das musste natürlich nichts bedeuten, aber es gefiel ihr nicht.

»Versuch es noch einmal«, bat sie und schob eine neue Kassette ein. Karen Borg antwortete noch immer nicht. Hanne warf Håkon einen kurzen Blick zu, legte die Hand auf seinen Oberschenkel und streichelte ihn sanft.

»Keine Panik, es ist nur gut, wenn sie nicht da ist. Außerdem ...« Sie warf einen Blick auf die Uhr am Armaturenbrett. »Außerdem kann er selbst im allerschlimmsten Fall unmöglich schon da sein. Zuerst hat er sich ein Auto besorgen müssen. Und selbst wenn er wider Erwarten in der Nähe eins stehen hatte, kann er erst nach sieben losgefahren sein. Wahrscheinlich später. Jetzt ist es zwanzig nach acht. Also keine Panik.«

Das war leicht gesagt. Håkon zog an einem kleinen Griff rechts am Sitz und klappte die Lehne zurück. »Ich werd's versuchen«, murmelte er verzweifelt.

Zwanzig nach acht. Er hatte Hunger. Er hatte den ganzen Tag noch nichts gegessen. Die vielen Vorbereitungen hatten ihm keine Zeit für Appetit gelassen, und außerdem war sein Magen nach zehn Fastentagen ans Essen nicht mehr gewöhnt. Aber jetzt grummelte er gebieterisch. Er blinkte und fuhr langsam auf den beleuchteten Parkplatz. Er hatte reichlich Zeit für einen kleinen Imbiss, er hatte nur noch eine gute Dreiviertelstunde zu fahren. Und eine Viertelstunde, um die Hütte zu suchen. Oder eine halbe, ihr Fachschaftstreffen da unten war lange her.

Sein Auto fand einen Platz zwischen zwei Mercedes, schien sich aber in dieser feinen Gesellschaft durchaus wohl zu fühlen. Anwalt Jørgen Lavik lächelte kurz, klopfte dem Lada freundschaftlich auf die Kofferraumhaube und betrat die Raststätte. Es war ein seltsames Gebäude, es sah aus wie ein am Boden angewachsenes UFO. Er bestellte eine große Portion Erbsensuppe und setzte sich mit einer Zeitung an einen Tisch am Fenster. Dort blieb er eine ganze Weile sitzen.

Holmestrand lag schon hinter ihnen, und dank auto-reverse lief jetzt die andere Seite der Kassette. Håkon hatte genug von Country und suchte im Handschuhfach nach etwas anderem. Sie redeten nicht viel. Das war nicht nötig. Håkon hatte sich angeboten zu fahren, aber Hanne hatte abgelehnt. Im Grunde war ihm das recht. Weniger recht war ihm, dass sie seit Drammen eine Zigarette nach der anderen paffte. Es war zu kalt, um das Fenster aufzumachen, und ihm wurde schlecht. Sein eigener Tabak machte die Sache auch nicht besser. Er spuckte ihn in ein Taschentuch, verschluckte aber einige Reste.

»Kannst du mit dem Rauchen vielleicht warten?«

Sie war verdutzt und drückte die gerade erst angerauchte Zigarette aus. »Warum sagst du das erst jetzt?«, fragte sie mit mildem Tadel und warf die Zigarettenpackung auf die Rückbank.

»Das ist dein Auto«, antwortete er leise und schaute aus dem Fenster. Eine dünne Schneeschicht bedeckte die weiten Felder.

Hier und dort lagen in weiße Plastikplanen eingewickelte Strohballen aufgereiht. »Die Dinger sehen aus wie riesengroße Fischklöße«, sagte er, und ihm wurde noch elender.

»Wer denn?«

»Diese Plastikrollen. Heu, oder was das ist.«

»Stroh, nehme ich an.«

Er entdeckte hundert Meter weiter links mindestens zwanzig weitere Rollen. Hier waren die Planen jedoch schwarz. »Lakritzfischklöße«, sagte er; ihm wurde immer schlechter. »Wir müssen halten. Mir wird gleich schlecht.«

»Es sind nur noch zwanzig Minuten. Kannst du nicht warten?« Sie wirkte nicht gereizt, sie wollte nur endlich da sein.

»Nein, ehrlich gesagt kann ich nicht warten«, erklärte er und schlug sich die Hand vor den Mund, um seine Notlage zu verdeutlichen.

Ungefähr fünf Minuten später fand sie eine Stelle, wo sie anhalten konnte, eine Bushaltestelle bei einer Stichstraße, die zu einem kleinen weißen Haus führte. In dem Haus brannte kein Licht. Die Gegend war so öde, wie es an einer Hauptstraße durch Vestfold überhaupt nur möglich war. Zwar brausten in regelmäßigen Abständen Autos vorbei, aber ansonsten gab es kein Lebenszeichen.

Die frische, kalte Luft tat unglaublich gut. Hanne blieb im Wagen sitzen, während er über die kleine Stichstraße wanderte. Einige Minuten lang blieb er stehen und hielt sein Gesicht in den Wind. Das half, und er machte kehrt.

»Gefahr gebannt«, sagte er und schnallte sich an.

Der Motor hustete wütend, als sie den Zündschlüssel umdrehte. Dann starb er. Sie drehte und drehte. Keine Reaktion. Der Motor war einfach tot. Das kam so überraschend, dass sie beide schwiegen. Sie machte noch einen Versuch. Vergeblich.

»Wasser im Zündverteiler«, sagte sie mit zusammengebissenen Zähnen. »Oder sonst was. Vielleicht ist die ganze Karre am Arsch.«

Håkon schwieg noch immer, und das war gescheit. Mürrisch sprang sie aus dem Wagen und öffnete die Motorhaube. Gleich darauf saß sie wieder neben ihm, mit etwas in der Hand, das er für den Deckel des Zündverteilers hielt. Es sah jedenfalls aus wie ein Deckel. Hanne nahm Küchenkrepp aus dem Handschuhfach und rieb und trocknete an dem Ding herum. Schließlich inspizierte sie es mit kritischem Blick und brachte es wieder an. Das war schnell getan.

Aber es nutzte nichts. Der Wagen war noch nicht zur Zusammenarbeit bereit. Nach zwei weiteren Versuchen mit dem Zündschlüssel schlug sie wütend auf das Lenkrad.

»Typisch! Gerade jetzt! Dieser Wagen läuft wie geschmiert, seit ich ihn vor drei Jahren gekauft habe. Lieb und nett. Und lässt mich ausgerechnet jetzt im Stich. Verstehst du was von Automotoren?«

Ihr Blick war ziemlich kritisch, und er ahnte, dass sie die Antwort schon wusste. Langsam schüttelte er den Kopf. »Nicht sehr viel«, übertrieb er. In Wahrheit wusste er nicht das Geringste über Autos, allenfalls, dass sie Benzin brauchten.

Trotzdem ging er mit ihr nachsehen. Vielleicht war er eine Art moralische Stütze, vielleicht ließ der Motor sich überreden, wenn sie zu zweit kamen.

Nach ihrem Fluchen zu urteilen, kam sie bei der Suche nach dem Defekt nicht wesentlich voran. Rücksichtsvoll zog er sich zurück und merkte, wie die Unruhe wieder in ihm aufstieg. Es war kalt, und er hüpfte von einem Fuß auf den anderen, während er den vorüberjagenden Autos nachsah. Nicht eins machte Anstalten anzuhalten. Die Leute waren sicher auf dem Heimweg und hatten wenig Lust, an diesem unangenehmen kalten Vorweihnachtsabend Mitmenschlichkeit zu zeigen. Die Fahrer mussten sie sehen; neben dem Wartehäuschen an der Bushaltestelle stand in aller Einsamkeit eine Straßenlaterne. Es wurde stiller, eine kleine Unterbrechung in dem gleichmäßigen, wenn auch nicht hektischen Verkehr. In der Ferne sah er die Scheinwerfer eines näher kommenden Wagens. Der Fahrer schien sich an die Geschwindigkeitsbegrenzung zu halten, siebzig Stundenkilometer. Die wenigsten taten das. Vier Autos hingen ungeduldig viel zu dicht dahinter.

Und dann erlitt er wirklich einen Schock. Die Laterne beim Wartehäuschen strahlte für eine Sekunde den Fahrer des ersten Wagens an. Håkon sah genau hin; er hatte mit sich selbst gewettet. Es musste eine Frau sein, die so langsam fuhr. Es war keine Frau, es war Peter Strup.

Es dauerte einen Moment, ehe diese Beobachtung den richtigen Teil seines Gehirnes erreichte. Nur einen Moment. Er schüttelte den Schock ab und rannte zum Wagen, dessen Motorhaube klaffte wie das Maul eines im Schilf gestrandeten Hechtes.

»Peter Strup!«, heulte er. »Gerade ist Peter Strup vorbeigefahren!«

Hanne fuhr hoch und schlug mit dem Kopf gegen die Motorhaube. Sie achtete nicht darauf. »Was sagst du da!«, rief sie, obwohl sie ihn sehr gut gehört hatte.

»Peter Strup! Der ist hier vorbeigefahren! Gerade eben, vor einer Minute!«

Alle Puzzleteile fügten sich aneinander, so schnell, dass das Bild kaum zu erfassen war, obwohl es klar wie ein kalter, sonniger Frühlingstag vor ihnen lag. Sie war wütend auf sich selbst. Der Mann hatte sich doch die ganze Zeit verdächtig benommen. Er war die natürlichste Alternative. Im Grunde sogar die einzige.

Warum hatte sie das nicht sehen wollen? Lag das an Strups tadellosem Leumund, seiner korrekten Erscheinung, seiner langjährigen Ehe, seinen prächtigen Kindern; hatte all das dafür gesorgt, dass ihre Intuition sich gegen den zwingenden Verdacht gewehrt hatte? Ihr Verstand hatte ihr gesagt, dass er es war, aber ihr Polizeiinstinkt, ihr verdammter, überschätzter Instinkt hatte protestiert. »Shit«, sagte sie leise und schlug die Motorhaube zu. »So much for my damned instincts.« Sie hatte den Kerl ja nicht einmal zur Vernehmung bestellt. Verdammte Scheißpest!

»Halt ein Auto an«, schrie sie Håkon zu, der ihrem Befehl gehorchte, sich an den Straßenrand stellte und mit beiden Armen winkte. Sie setzte sich in ihr elendes, verfluchtes Wrack, raffte Mantel, Zigaretten und Brieftasche zusammen, stieg wieder aus und schloss den Wagen ab. Dann stellte sie sich neben den verängstigten und aufgeregten Polizeijuristen.

Niemand schien halten zu wollen. Entweder fuhren sie vorbei, ohne die beiden winkenden und hüpfenden Personen am Straßenrand auch nur zu bemerken, und verfehlten sie nur um wenige Zentimeter, oder sie hupten die Verkehrsstörer tadelnd an und sausten in einem Bogen vorbei.

Als über zwanzig Autos vorbeigefahren waren, befand Håkon sich am Rande des Zusammenbruchs, während Hanne klar war, dass etwas geschehen musste. Es war lebensgefährlich, sich mitten auf die Straße zu stellen, das ging also nicht. Wenn sie telefonisch Hilfe anforderten, konnte es zu spät werden. Sie warf einen Blick zu dem dunklen Haus hinüber. Es stand klein und bescheiden mit geschlossenen Augen da, als wollte es sich für seine schlechte Lage, nur zwanzig Meter von der E 18, entschuldigen. Kein geparktes Auto zu sehen.

Sie rannte zu dem Haus hinüber. Die kleine Scheune, die von der Straße her kaum zu sehen war, diente möglicherweise als Garage. Håkon wusste nicht so recht, ob sie meinte, dass er weiter versuchen sollte, ein Auto anzuhalten. Er ging hinter ihr her und vernahm keinen Protest.

»Klingel mal, vielleicht ist ja doch jemand zu Hause«, rief sie ihm zu und rüttelte an der Scheunentür. Sie war nicht verschlossen. Kein Auto. Aber ein Motorrad. Eine Yamaha FJ, 1200 Kubik. Das Modell des Jahres. Mit ABS-Bremsen.

Hanne Wilhelmsen verachtete japanische Fabrikate. Nur eine Harley war ein Motorrad. Alles andere waren zweirädrige Beförderungsmittel. Ausgenommen vielleicht die Motoguzzi, auch wenn die aus Europa kam. Trotzdem hatte sie sich insgeheim immer ein wenig zu den fetzigeren japanischen Rädern hingezogen gefühlt. Besonders zur Eff-Jott.

Diese hier schien in fahrbarem Zustand zu sein, abgesehen davon, dass die Batterie herausgenommen worden war. Es war Dezember. Wahrscheinlich stand das Rad schon mindestens drei Monate hier herum.

Die Batterie stand auf einer aufgeschlagenen Zeitung, schön sauber und vorschriftsmäßig für den Winter gelagert. Hanne riss einen Schraubenzieher an sich und verband die Pole miteinander. Funken sprühten, und nach wenigen Minuten begann der dünne, äußere Teil des Metalls schwach zu glühen. Strom genug.

»Niemand zu Hause«, rief Håkon von der Tür her.

Auf einem Regal lag ausreichend Werkzeug, ungefähr das gleiche wie bei Hanne zu Hause im Keller. Rasch fand sie, was sie brauchte, und in Rekordzeit war die Batterie an Ort und Stelle. Sie zögerte kurz.

»Im Grunde ist das Diebstahl.«

»Nein, das ist Notrecht.«

»Notwehr?« Sie begriff das nicht ganz und glaubte, er habe sich in der Aufregung versprochen.

»Nein, Notrecht. Das erklär ich dir später.« Wenn ich dazu noch Gelegenheit habe, dachte er.

Obwohl es ihr in die Seele schnitt, ein neues Motorrad zu ruinieren, brauchte sie nur dreißig Minuten, um die Zündung zu koppeln. Mit einem Ruck zerbrach das Zündschloss. Der Motor brummte gleichmäßig und verheißungsvoll. Sie durchsuchte den Schuppen nach dem Helm, fand ihn aber nicht. Natürlich nicht, vermutlich lagerten in der Wärme des kleinen, verschlossenen Hauses zwei teure BMW- oder Shoeihelme. Sollten sie einbrechen? Hatten sie dafür noch Zeit?

Kaum. Sie mussten ohne fahren. In einer Ecke hing neben vier an der Wand festgeschnallten Alpinskiern an einem Haken eine Slalombrille. Das musste reichen. Sie setzte sich rittlings auf das Motorrad und bugsierte es ins Freie.

»Hast du schon mal auf einem Motorrad gesessen?«

Håkon schüttelte nur energisch den Kopf.

»Hör zu: Du legst mir die Arme um die Taille und machst genau, was ich auch tue. Und egal, was passiert, du darfst dich nicht in die entgegengesetzte Richtung lehnen. Kapiert?«

Diesmal nickte er, und während sie die Brille aufsetzte, stieg er auf das Motorrad und legte so fest wie nur überhaupt möglich die Arme um sie. Er drückte derart zu, dass sie seinen Griff lockern musste, ehe das Motorrad auf die Europastraße dröhnen konnte.

Håkon war außer sich vor Angst und schwieg. Aber er tat, wie ihm geheißen. Um seine Panik zu betäuben, schloss er die Augen und versuchte, an etwas anderes zu denken. Das war nicht leicht. Das Motorrad machte einen Höllenlärm, und er fror wie eine nasse Katze.

Hanne Wilhelmsen ging es nicht anders. Die Handschuhe, ihre Alltagshandschuhe, waren schon durchnässt und eiskalt. Aber es war doch besser, sie anzubehalten, sie gewährten immerhin einen leichten Schutz. Auch die Brille war eine gewisse, wenn auch kleine Hilfe. Immer wieder musste sie sie mit der linken Hand abwischen. Sie warf einen Blick auf die leuchtende Digitaluhr vor ihr. Sie hatten sie vor dem Losfahren nicht richtig einstellen können, aber die Uhr erzählte ihr immerhin, dass sie vor einer Viertelstunde über die kleine Stichstraße gebrettert waren. Und da war es fünf nach halb neun gewesen. Es war gut möglich, dass sie in Zeitnot waren.

Der Alte stellte zufrieden fest, dass seine Erinnerung ihn nicht trog. Es gab nur eine Straße nach Ula. Die war zwar asphaltiert, aber schmal, und sie lud nicht zu wüster Raserei ein. Bei einer scharfen Kurve entdeckte er eine von dichtem Unterholz fast verborgene Abzweigung. Das Auto ruckelte einige Meter über den Weg, und an einer lichteren Stelle war Platz zum Wenden. Der Frost hatte den Boden hart und kooperativ gemacht. Gleich darauf stand der Wagen mit der Front zur Straße, gut versteckt. Durch eine kleine Lichtung konnte der Alte die eventuell kommenden Autos sehen. Das Radio brachte leise Musik, und den Umständen entsprechend hatte er es gut. Er würde Laviks Volvo erkennen. Er brauchte nur zu warten.

Auch Karen Borg hörte Radio. Es war eine Sendung für Lastwagenfahrer, aber die Musik war okay. Zum sechsten Mal fing sie das Buch an. *Ulysses* von James Joyce. Sie war nie über Seite fünfzig hinausgekommen, aber jetzt gab es kein Entrinnen mehr.

Es war warm in dem geräumigen Wohnzimmer, fast zu warm. Der Boxer winselte. Sie machte die Verandatür auf, um ihn hinauszulassen. Er wollte nicht, lief aber weiterhin ruhelos hin und her. Genervt befahl sie ihm, sich hinzulegen, und schließlich ließ er sich widerwillig in einer Ecke nieder, allerdings mit erhobenem

Kopf und wachsamen Ohren. Wahrscheinlich hatte er irgendein kleines Wild gewittert. Oder sogar einen Elch.

Aber im Gebüsch unterhalb der Hütte versteckten sich weder Hase noch Elch, sondern ein Mann. Er lag schon eine ganze Weile da. Dennoch fror er nicht. Er war aufgeregt und dick angezogen. Es war leicht gewesen, die Hütte zu finden. Nur einmal hatte er sich in einem Waldweg geirrt, aber das hatte er ziemlich schnell bemerkt. Um diese Jahreszeit waren alle anderen Hütten unbewohnt, und er hatte nur fünf Minuten von hier entfernt ein gutes Versteck für den Wagen gefunden. Wie ein kleiner Leuchtturm stand die Hütte da und wies den Weg.

Kopf und Arme stützte er auf einen Zehnliterkanister voll Benzin. Obwohl er sich beim Füllen bemüht hatte, nichts danebenzugießen, störte ihn der Treibstoffgeruch. Ein wenig steif stand er auf, packte den Kanister und ging gebückt auf die Hütte zu. Die Vorsicht war wahrscheinlich unnötig, das Wohnzimmer lag auf der anderen Seite, zum Meer hin. Auf dieser Seite befanden sich nur die Fenster von zwei dunklen Schlafzimmern und der Toilette im Untergeschoss. Er betastete seine Brust, um sich davon zu überzeugen, dass der Schraubenschlüssel noch da war, auch wenn er wusste, dass das der Fall war. Er schlug ihm bei jedem Schritt gegen das Brustbein.

Die Tür war sogar unverschlossen. Ein Hindernis weniger. Er lächelte und drückte unendlich langsam die Klinke nach unten. Die Tür war gut geschmiert und ließ keinen Mucks hören, als er sie öffnete und ins Haus trat.

Der Alte schaute auf die Uhr. Er saß jetzt schon lange hier. Kein Volvo war vorbeigekommen, nur ein Peugeot, zwei Opel und ein alter, dunkler Lada. Der Verkehr war äußerst spärlich. Er versuchte sich ein wenig zu strecken, aber auf einem Autositz war das nicht so einfach. Er wagte es nicht, auszusteigen, um sich die Beine zu vertreten.

Irrsinn! Ein Motorradfahrer mit Beifahrer kam in wildem Tempo über die schlechte Straße. Helme trugen sie auch nicht, nicht mal Motorradkleidung. Und das um diese Jahreszeit! Ihm schauderte, das musste doch eiskalt sein. In der Kurve geriet das Motorrad heftig ins Schlingern, und für einen Moment hatte er Angst, es könnte gegen sein Auto geschleudert werden. Doch der Fahrer konnte es in letzter Sekunde wieder aufrichten, steigerte das Tempo und verschwand. Irrsinn. Er gähnte und sah noch einmal auf die Uhr.

Karen Borg war bis Seite fünf gekommen. Sie seufzte. Das Buch war gut, das hatte sie schließlich gelesen. Sie selbst fand es unerträglich langweilig. Aber sie war fest entschlossen. Trotzdem fielen ihr immer wieder neue Gründe ein, die Lektüre zu unterbrechen. Jetzt wollte sie mehr Kaffee.

Der Hund war noch immer unruhig. Vielleicht war es besser, ihn gar nicht hinauszulassen, er war schon zweimal einen ganzen Tag auf Hasenjagd ausgeblieben. Witzig, er war doch gar kein Jagdhund. Aber vielleicht war das ein Instinkt, den alle Hunde hatten. Plötzlich hörte sie etwas. Sie drehte sich zu dem Boxer um. Der lag ganz still, sein Gewinsel war unvermittelt verstummt, aber er hatte den Kopf schräg gelegt und die Ohren aufgerichtet. Ein schwaches Zittern durchlief seinen Körper, und sie wusste, dass auch er etwas gehört hatte. Und zwar von unten her. Sie ging zur Treppe.

»Hallo?« Lächerlich. Natürlich war da niemand. Sie stand einige Sekunden lang mäuschenstill da, dann zuckte sie mit den Schultern und machte kehrt. »Liegen geblieben«, befahl sie streng, als sie sah, dass der Hund aufstehen wollte.

Dann hörte sie Schritte hinter sich und fuhr herum. Ungläubig starrte sie auf die Gestalt, die die fünfzehn Stufen heraufgerannt kam. Obwohl er seine Mütze tief ins Gesicht gezogen hatte, erkannte sie ihn sofort.

»Jørgen La...«

Weiter kam sie nicht. Der Schraubenschlüssel traf sie über dem Auge, und sie sackte zusammen, ohne sich weiter zu verletzen. Aber selbst wenn, sie hätte es nicht gemerkt. Sie war bewusstlos. Der Hund war außer sich. Er stürzte knurrend und bellend auf den Eindringling los und sprang ihm an die Brust. Dort verbiss er sich in der weiten Jacke, wurde aber abgeschüttelt, als Lavik seinen Oberkörper heftig bewegte. Der Hund ließ sich nicht beirren. Er packte den Unterarm des Anwalts, und diesmal konnte der sich nicht losreißen. Es tat höllisch weh. Durch den intensiven Schmerz mit außergewöhnlicher Kraft ausgestattet, hob er den Hund hoch, aber auch das half nichts. Der Schraubenschlüssel war heruntergefallen; Lavik ging das Risiko ein, dem Vieh wieder Boden unter den Füßen zu geben. Das hätte er nicht tun sollen. Der Hund ließ den Arm für einen Moment los, um dann weiter oben erneut zuzupacken. Das tat noch schlimmer weh. Der Schmerz umnebelte den Mann allmählich, und er wusste, dass er nicht mehr viel Zeit hatte. Endlich bekam er den Schraubenschlüssel zu fassen. Mit tödlichem Schlag zerschmetterte er den Schädel des tollen Hundes, der aber trotzdem nicht losließ. Tot und schlaff hing er da, und Lavik brauchte fast eine Minute, um die starken Kiefer von seinem Arm zu lösen. Er blutete wie ein Schwein. Mit Tränen in den Augen sah er sich um und entdeckte an einem Haken in der offenen Kochnische einige grüne Handtücher. Schnell machte er sich einen provisorischen Verband; jetzt tat es schon nicht mehr ganz so weh. Später würde der Schmerz grausam zurückkehren, das wusste er. Teufel auch.

Er rannte ins Erdgeschoss und öffnete den Benzinkanister. Systematisch verteilte er dessen Inhalt in der gesamten Hütte. Er war überrascht zu sehen, wie weit zehn Liter reichten. Schon bald stank es überall wie auf einer alten Tankstelle. Der Kanister war leer.

Etwas stehlen! Es musste aussehen wie ein Einbruch. Warum hatte er nicht schon früher daran gedacht? Er hatte nichts zum Tragen mitgebracht, aber irgendwo fand sich hier bestimmt ein Rucksack. Unten. Sicher unten. Da gab es einen Verschlag für Sportgeräte. Er rannte los.

Sie begriff nicht, was das für ein seltsamer Geschmack war. Sie schmatzte leicht. Das war sicher Blut. Bestimmt ihr eigenes. Sie wollte wieder schlafen. Nein, das ging nicht, sie musste doch die Augen aufmachen. Aber warum? Weiterschlafen war besser. Es stank ganz entsetzlich. Ob Blut so roch? Nein, das ist Benzin, dachte sie und wollte lächeln, weil sie so viel wusste. Das ging nicht. Vielleicht sollte sie es noch einmal probieren. Es ging vielleicht besser, wenn sie sich umdrehte. Es tat schrecklich weh, als sie das versuchte. Trotzdem konnte sie sich fast auf den Bauch drehen. Etwas hinderte sie daran, es ganz zu schaffen. Etwas Warmes und Weiches. Ihre Hand strich langsam über den Hundekörper. Cento. Sie wusste es sofort. Cento war tot. Sie riss die Augen auf. Der Hundekopf lag neben ihrem eigenen. Er war zerschmettert worden. Verzweifelt versuchte sie aufzusehen. Durch ihre blutigen Wimpern erkannte sie draußen vor dem Fenster einen Mann. Er presste sein Gesicht gegen die Fensterscheibe und schirmte seine Augen mit den Händen ab, um besser sehen zu können.

Was macht denn Peter Strup hier, konnte sie noch denken, dann sank sie wieder in sich zusammen und fiel weich auf die Hundeleiche.

In der Hütte gab es nicht viele Wertsachen. Einige Ziergegenstände und drei Silberleuchter mussten ausreichen. Das Besteck in der Küchenschublade war aus Stahl. Es stand nicht fest, dass der Diebstahl überhaupt entdeckt werden würde. Wenn er Glück hatte, würde die ganze Bude bis auf den Grund abbrennen. Er verschnürte den grauen Sack, zog Streichhölzer aus der Jackentasche und ging zur Verandatür.

Dort sah er Peter Strup stehen.

Das Motorrad war nicht besonders gut für Geländerennen geeignet. Außerdem war sie steifgefroren und merkte, dass ihre Koordinationsfähigkeit und ihre Kräfte für heute aufgebraucht waren. Nur wenige Meter hinter dem Waldrand hielt sie an und stieg steif von der Mühle. Håkon sagte kein Wort. Es wäre Zeitverschwendung gewesen, wenn sie versucht hätte, den Motorradständer auf dem unebenen Boden auszuklappen, und deshalb wollte sie die schwere Maschine vorsichtig auf die Seite legen. Dreißig Zentimeter über dem Boden rutschte sie ihr aus den Händen. Der Besitzer würde stocksauer sein. Sie an seiner Stelle hätte gemordet.

Sie rannten, soweit das möglich war, den Weg entlang. Es war kaum möglich. Hinter einer Kurve blieben sie stehen. Ein entsetzliches oranges Licht schien aus zweihundert Metern Entfernung durch den Wald, und über den kahlen Bäumen versuchten gelbe Stichflammen, den Himmel am Bauch zu kitzeln.

Drei Sekunden später rannten sie weiter.

Jørgen Ulf Lavik hatte nicht gewusst, was er tun sollte. Seine Verwirrung hatte allerdings nur einen Moment lang angehalten. Er hatte drei Streichhölzer fallen lassen, und jedes hatte sein Ziel getroffen. Sekunden später loderten die Flammen auf. Er sah, dass Peter Strup an der glücklicherweise abgeschlossenen Verandatür rüttelte. Der Mann würde sicher nicht weglaufen, er musste Karen Borg auf dem Boden gesehen haben. Ob sie sich bewegt hatte? Er war ganz sicher, dass sie vorhin auf dem Rücken gelegen hatte.

Es stand durchaus nicht fest, dass Strup ihn erkannt hatte. Er hatte noch immer die Mütze tief ins Gesicht gezogen und seinen Kragen hochgeschlagen. Aber er durfte sich nicht darauf verlassen. Die Frage war, was Peter Strup für wichtiger hielt: ihn zu fangen oder Karen Borg zu retten. Letzteres wahrscheinlich. Kurz entschlossen hob er den Schraubenschlüssel auf und rannte zur Verandatür. Peter Strup schien überrascht, er ließ die Tür los und stolperte drei Schritte rückwärts. Dort war offenbar ein Stein oder ein Baumstumpf im Weg; Strup schwankte einen Moment, dann fiel er um. Das war die Gelegenheit! Lavik riss die Tür auf, und die Flammen, die inzwischen die Wände und einen Teil der Möbel erfasst hatten, loderten abermals kräftig auf.

Er warf sich mit zum Schlag erhobenem Schraubenschlüssel über den liegenden Mann. Im Bruchteil einer Sekunde, ehe er mitten auf den Mund getroffen wurde, konnte Strup sich entziehen. Der Schraubenschlüssel traf den Boden und rutschte Lavik aus der Hand.

In seiner Verwirrung und dem Versuch, seine Schlagwaffe zurückzuerobern, war er nicht wachsam genug. Strup hatte sich auf die Seite gewälzt und konnte sein Knie in Laviks Genitalien rammen. Er traf zwar nicht sehr hart, aber Lavik krümmte sich doch zusammen und vergaß seinen Schraubenschlüssel. Der Schmerz versetzte ihn in Wut, und er packte die Beine seines Gegners, kaum dass der sich erhoben hatte. Wieder stürzte Strup zu Boden. Aber nun hatte er immerhin die Hände frei, und während er zutrat und versuchte, seine Beine zu befreien, konnte er eine Hand in seine Jacke schieben. Die Tritte taten ihre Wirkung, er spürte, dass er mit einem Laviks Gesicht erwischte. Plötzlich hatte er beide Beine frei. Er sprang auf und taumelte zum zwanzig Meter entfernt gelegenen Waldrand. Da hörte er jemanden schreien und fuhr entsetzt herum.

Polizeijurist Håkon Sand und Kommissarin Hanne Wilhelmsen erreichten die brennende Hütte gerade noch rechtzeitig, um einen wie zur Jagd gekleideten Mann mit einem riesigen Schraubenschlüssel auf eine andere, urbaner gewandete Gestalt zustürzen zu sehen. Sie blieben hilflos stehen und rangen um Atem.

»Haaaaalt!«, heulte Hanne Wilhelmsen. Ein vergeblicher Versuch, die Katastrophe zu verhindern, der Weidmann reagierte nicht.

Er hatte nur noch drei Meter vor sich, als es knallte. Nicht besonders laut, aber kurz und wütend und sehr, sehr deutlich. Der Mann in Jagdkleidung nahm einen seltsamen Gesichtsausdruck an, das war im grellen Licht der Flammen deutlich zu sehen; er sah aus, als amüsiere er sich über einen Kinderstreich, an den er nicht wirklich glauben mochte. Sein Mund, der sich im Sprung weit geöffnet hatte, schloss sich zu einem vorsichtigen Lächeln, dann ließ er sein Werkzeug fallen, senkte die Arme, sah neugierig seinen Brustkasten an und sank um.

Peter Strup drehte sich zu Hanne und Håkon um und warf seine Pistole auf den Boden. »Sie ist noch da drin!«, schrie er und zeigte auf die brennende Hütte.

Håkon dachte an nichts. Er rannte auf die lodernde Verandatür zu und hörte die warnenden Rufe der anderen gar nicht, als er in das brennende Zimmer stürzte. Er hatte ein solches Tempo, dass er erst in der Mitte des Zimmers zum Stehen kam, wo vorläufig nur das eine Ende eines Flickenteppichs brannte. Es war so heiß, dass er spürte, wie sich seine Gesichtshaut anspannte.

Sie war federleicht. Vielleicht war er ja auch stark wie ein Stier. Er brauchte nur zwei Sekunden, um sie sich im Feuerwehrgriff über die Schulter zu legen. Als er sich umdrehte, um nach draußen zu laufen, knallte es. Der Lärm war ohrenbetäubend, es hörte sich an wie eine Explosion. Die Panoramafenster hatten sich alle Mühe gegeben, der Hitze zu widerstehen, aber nun mussten sie sich geschlagen geben. Der gewaltige Luftzug steigerte den Lärm der Flammen ins Unerträgliche, und Håkon sah keinerlei Möglichkeit, ins Freie zu gelangen. Jedenfalls nicht auf diesem Weg. Er drehte sich um, langsam, wie ein Hubschrauber mit Karen als missratenem toten Drehflügel. Hitze und Rauch erschwerten das Sehen. Die Treppe brannte.

Aber vielleicht nicht so schlimm? Er hatte keine Wahl. Er holte tief Luft, was ihm aber nur einen heftigen Husten einbrachte. Jetzt hatten die Flammen seine Hose erfasst. Mit einem Schmerzensschrei sprang er die Treppe hinunter und hörte, wie Karens Kopf bei jedem Sprung gegen die Wand schlug. Der Brand hatte netterweise die Kellertür geöffnet. Håkon erreichte sie mit letzter Kraft, und die frische Luft gab ihm die zusätzliche Energie, die es ihm ermöglichte, sieben, acht Meter weit von der Hütte wegzulaufen. Karen fiel zu Boden, und er konnte gerade noch feststellen, dass sein Hosenbein brannte, ehe auch er das Bewusstsein verlor.

Das hier ging wirklich schief. Lavik konnte zum Beispiel schon vorbeigefahren sein, bevor er hier Posten bezogen hatte. Das war allerdings nicht sehr wahrscheinlich; ein Mord ließ sich nun mal nachts leichter ausführen. Außerdem konnte er nach Einbruch der Dunkelheit seine Bewacher leichter abschütteln.

Aber es war langweilig, hier zu sitzen. Er riskierte einen kleinen Ausflug aus dem Auto, nach den verrückten Motorradfahrern war niemand mehr vorbeigekommen. Es war eiskalt, aber trocken. Der Reif knirschte unter seinen Füßen, und er reckte die Arme über den Kopf. Ungefähr dort, wo er Sandefjord vermutete, reflektierte die niedrige Wolkendecke einen schwachen Rosaschimmer. Er wandte sich in Richtung Larvik und sah dort dasselbe. Über Ula dagegen war der Schimmer orange und viel heller. Außerdem glaubte er Rauchschwaden zu sehen. Er betrachtete das Licht aus zusammengekniffenen Augen. Feuer! Ja, verdammt. Lavik musste vor ihm gekommen sein. Oder war er vielleicht nicht mit dem Volvo gefahren? Vielleicht hatte er das Auto gewechselt, um die Polizei in die Irre zu führen. Er versuchte sich zu erinnern, was für Autos vorübergekommen waren. Zwei Opel. Und ein Renault. Vielleicht auch ein Peugeot. Egal. Dieser Brand konnte kein Zufall sein. Was für eine Art, jemanden umzubringen. Der Mann musste verrückt sein!

Wahrscheinlich kam er zu spät. Es würde schwierig sein, Lavik jetzt zu erledigen. Der Brand war so auffällig, dass ihn garantiert jemand entdeckte und die Feuerwehr alarmierte. In einigen Minuten würde es hier von roten Autos und Feuerwehrleuten nur so wimmeln.

Aber er konnte sich nicht beherrschen. Er ließ den Motor an und fuhr langsam auf das große Feuer zu.

»Der Krankenwagen ist wichtig. Der ist das Wichtigste!«

Sie reichte das Mobiltelefon an Peter Strup weiter, der es in die Tasche steckte. »Mit Karen Borg sieht es am schlimmsten aus«, stellte er fest. »Aber die Brandwunde, die euer Polizeijurist da hat, ist auch nicht gerade schön. Außerdem war es für beide nicht gesund, so viel Rauch einzuatmen.«

Zusammen hatten sie die beiden bewusstlosen Menschen auf den Parkplatz tragen können, wo Karen Borgs Auto stand. Hanne hatte ohne Zögern mit einem Stein das Seitenfenster eingeschlagen und eine Wolldecke und zwei kleine Kissen aus dem Wagen geholt. Außerdem war das Auto mit einer Plane abgedeckt gewesen, auf die sie die Verletzten gelegt hatten. Vorher hatte sie eine Ecke von der Plane abgerissen und damit eiskaltes Wasser aus einem Bach unterhalb des Parkplatzes geschöpft. Das Wasser hielt sich nicht lange in dem Stück Plastik, aber zumindest für kurze Zeit konnte es Håkons verunstaltetes Bein kühlen. Das Feuer wärmte selbst noch den kleinen Platz, und Hanne fror nicht mehr. Sie hoffte, dass es auch den beiden auf dem Boden nicht allzu schlecht ging. Die Wunde über Karens Auge sah nicht schlimmer aus als die, die ihr selbst vor einigen langen Wochen zugefügt worden war. Hoffentlich ließ das auch auf die Heftigkeit des Schlages schließen. Ihr Puls ging gleichmäßig, aber ziemlich schnell. In einem kleinen Erste-Hilfe-Kasten im Auto hatte sie Brandsalbe gefunden und die argen Wunden damit eingeschmiert, ehe sie sie in feuchte Plane gehüllt hatte. Genauso gut könnte man Tuberkulose mit Hustensaft behandeln, dachte sie verzweifelt. Beide waren noch immer bewusstlos. Und das war sicher gut so.

Peter Strup und Hanne Wilhelmsen beobachteten die Flammen, die sich allmählich satt gegessen zu haben schienen. Es war ein faszinierender Anblick. Das gesamte Obergeschoss war verschwunden. Das Untergeschoss war schwerer verdaulich, es bestand vor allem aus Stein und Beton. Aber es musste auch dort viel Holz gegeben haben; obwohl die Flammen nicht mehr zum Himmel emporloderten, waren sie noch immer beschäftigt. Endlich hörten sie aus der Ferne Feuerwehrsirenen, höhnisch, als wollten die roten Wagen die sterbende Hütte damit ärgern, dass sie jetzt kamen, da alles zu spät war.

»Sie mussten ihn wohl umbringen«, sagte sie, ohne den Mann neben sich anzusehen.

Er seufzte tief und versetzte dem gefrorenen Gras einen Tritt.

»Sie haben es doch gesehen. Er oder ich. So gesehen, ist es gut, dass ich Zeugen habe.«

Das stimmte. Ein klassischer Fall von Notwehr. Lavik war schon tot gewesen, als Hanne ihn erreicht hatte. Die Kugel hatte ihn mitten in die Brust getroffen und offenbar irgendein lebenswichtiges Organ zerfetzt. Seltsamerweise hatte es kaum geblutet. Sie hatte ihn von der Hüttenwand weggezogen, da es keinen Sinn hatte, ihn an Ort und Stelle einzuäschern.

»Warum sind Sie hier?«

»Im Moment bin ich hier, weil Sie mich verhaftet haben. Da wäre es doch unhöflich abzuhauen.«

An diesem Tag war zu viel passiert, als dass sie noch hätte lächeln mögen. Sie versuchte es, aber sie konnte ihren Mund nur müde verziehen. Statt Strup weiter auszufragen, zog sie die Brauen ein wenig hoch und sah ihn einfach an.

»Ich brauche nicht zu erklären, warum ich hergekommen bin«, sagte er ruhig. »Sie können mich gern verhaften. Ich habe jemanden umgebracht und muss vernommen werden. Ich werde alles erzählen, was ich heute Abend hier erlebt habe. Aber mehr nicht. Ich kann nicht, und ich will nicht. Sie haben wahrscheinlich angenommen, ich hätte etwas mit der berüchtigten Drogenorganisation zu tun. Vielleicht glauben Sie das noch immer.« Er sah sie an, um seine Annahme bestätigen oder entkräften zu lassen. Hanne Wilhelmsen verzog keine Miene. »Ich kann Ihnen nur sagen, dass Sie sich da sehr irren. Ich hatte allerdings meine Vermutungen. Als Jørgen Laviks früherer Chef, als einer, der sich für den Anwaltsstand verantwortlich fühlt, und als …«

Er brach ab, als hätte er plötzlich das Gefühl, zu viel gesagt zu haben. Ein leises Wimmern ließ sie herumfahren. Es war Håkon, der zu sich zu kommen schien. Hanne hockte sich neben seinen Kopf.

»Tut es sehr weh?«

Ein schwaches Nicken und eine Grimasse reichten als Antwort. Sie strich ihm vorsichtig über die Haare, die versengt waren und verbrannt rochen. Die Sirenen waren immer lauter geworden und verstummten mit einem erstickten Heulen, als das rot-weiße Auto neben ihnen anhielt. Dahinter kamen zwei Feuerwehrwagen, die zu groß waren, um ganz an die Hütte heranzufahren.

»Alles wird gut«, versprach sie, als zwei starke Mannsbilder ihn vorsichtig auf eine Bahre hoben und ins Auto trugen. »Jetzt wird alles gut.«

Der grauhaarige Mann hatte genug gesehen. Lavik musste tot sein, sonst würde er nicht allein und unbewacht im Gras liegen. Bei den beiden auf dem Parkplatz war das nicht so eindeutig. Aber das konnte ihm ja egal sein. Sein Problem war gelöst. Er zog sich tiefer in den Wald zurück und blieb stehen, um sich eine Zigarette anzuzünden. Der Rauch brannte in seiner Lunge, eigentlich hatte er schon vor Jahren aufgehört. Aber das hier war eine besondere Gelegenheit.

Eine Zigarre wäre noch besser, dachte er, als er sein Auto erreichte und die Kippe sorgfältig im braunen Laub austrat. Eine fette Havanna! Er grinste breit und peilte wieder Oslo an.

DIENSTAG, 8. DEZEMBER

Für beide ging es gut aus. Karen Borg hatte eine Rauchvergiftung, eine kleine Knochenabsplitterung an der Stirn und eine kräftige Gehirnerschütterung. Sie lag noch im Krankenhaus, würde aber wohl zum Wochenende entlassen werden. Håkon Sand war schon wieder auf den Beinen, solange man das nicht allzu wörtlich nahm. Seine Verbrennungen waren weniger schlimm als befürchtet, aber er würde einige Zeit an Krücken gehen müssen. Er war für vier Wochen krankgeschrieben. Sein Bein tat entsetzlich weh, und nach einer Woche mit schlechtem Schlaf und hohen Dosen schmerzstillender Mittel gähnte er pausenlos. Außerdem hatte er noch Tage nach dem Brand kleine schwarze Rußflocken ausgespuckt. Er fuhr zusammen, wenn irgendwer ein Streichholz anzündete.

Dennoch war er einigermaßen zufrieden. Fast froh. Möglicherweise hatten sie den Fall nicht gelöst. Aber sie hatten eine Art Schlussstrich darunter gezogen. Jørgen Lavik war tot, Hans A. Olsen war tot, Han van der Kerch war tot, und Jacob Frøstrup war tot. Ganz zu schweigen von dem armen, belanglosen Ludvig Sandersen, dem die zweifelhafte Ehre zugefallen war, den Ball zu eröffnen. Die Mörder von Sandersen und Lavik waren der Polizei bekannt, van der Kerch und Frøstrup hatten ihre Richtung selbst gewählt. Nur Olsens unsanfte Begegnung mit einer Bleikugel war nach wie vor ein Mysterium. Der offiziellen Lesart zufolge steckte Lavik dahinter.

Darauf hatten Kaldbakken, die Polizeipräsidentin und der Staatsanwalt bestanden. Ein toter, bekannter Mörder war besser als ein unbekannter auf freiem Fuß. Håkon musste zugeben, dass die Theorie über den dritten Mann mittlerweile jeder Grundlage entbehrte. Peter Strups seltsames Verhalten hatte zu dieser Theorie geführt, und nun war der Staranwalt nicht mehr im Spiel. Er hatte sich vorbildlich benommen. Ohne zu mucksen, hatte er sich mit zwei Tagen Untersuchungshaft abgefunden, dann hatten die Anklagebehörden die Ermittlungen in dem Mord an Jørgen Lavik abgeschlossen, ohne auf eine strafbare Handlung gestoßen zu sein. Reine Notwehr. Selbst der Oberstaatsanwalt, der aus prinzipiellen Gründen alle Mordfälle vor den Kadi bringen wollte, war mit der Einstellung des Verfahrens einverstanden gewesen. Strup hatte einen Waffenschein, er war Mitglied in einem Pistolenschützenverein.

Es gab keinen dritten Mann, hatten daraufhin fast alle behauptet und erleichtert aufgeatmet. Håkon wusste nicht, was er glauben sollte. Am liebsten hätte er sich an die logischen Schlussfolgerungen seiner Vorgesetzten gehalten. Aber Hanne Wilhelmsen protestierte. Sie war immer noch der Ansicht, dass der dritte Mann sie an jenem fatalen Sonntag niedergeschlagen hatte. Lavik konnte es nicht gewesen sein. Die Vorgesetzten waren anderer Ansicht. Entweder war es doch Lavik gewesen oder ein Laufbursche, der im System weiter unten stand. Sie wollten sich durch eine solche Bagatelle jedenfalls nicht die schöne Lösung verderben lassen, die jetzt auf dem Tisch lag. Sie kauften diese Lösung gern, allesamt. Bis auf Hanne Wilhelmsen.

Volltreffer. Der dritte in Folge. Leider war es noch so früh, dass nur eine der anderen Bahnen besetzt war. Dort spielten vier lärmende Knaben im Flegelalter, die den beiden älteren Männern keinen Blick mehr gönnten, nachdem sie sie bei ihrem Eintreffen kichernd gemustert hatten. Deshalb fand seine Glanzleistung keinen anderen Zuschauer als seinen Mitspieler. Und der ließ sich nicht beeindrucken.

Der Computerschirm über ihnen – er war mit einer Stangenkonstruktion an der Decke befestigt – zeigte, dass beide eine glückliche Serie hinter sich hatten. Alles, was über hundertfünfzig Punkten lag, war gut. Bei ihrem Alter.

»Noch eine Runde?«, fragte Peter Strup.

Christian Bloch-Hansen zögerte kurz. Dann zuckte er mit den Schultern und lächelte. Eine noch. »Aber erst brauchen wir ein Mineralwasser.«

Sie setzten sich, jeder nahm seine schwere Kugel auf den Schoß, und sie teilten sich ein Wasser. Peter Strup strich immer wieder über die weiße Oberfläche der Bowlingkugel. Er wirkte älter und schmaler als bei ihrer letzten Begegnung. Seine Finger waren dünn und trocken, die Haut über den Knöcheln rissig.

»Hast du recht gehabt, Peter?«

»Ja, leider.« Seine Hand hielt inne; er legte die Kugel auf den Boden und stützte die Unterarme auf die Knie. »Ich habe so an diesen Jungen geglaubt«, sagte er mit einem traurigen Lächeln. Wie ein Clown, der nicht rechtzeitig aufgehört hat und ein bisschen zu alt geworden ist.

Christian Bloch-Hansen meinte Tränen in den Augen seines Freundes zu sehen. Er klopfte ihm ungeschickt auf die Schulter und wandte verloren den Blick den zehn Kegeln zu, die stramm und korrekt ihres Schicksals harrten. Er hatte nichts zu sagen.

»Der Junge war nicht gerade ein Sohn für mich, aber eine Zeit lang hat er mir nahe gestanden. Als er bei mir aufgehört hat, um sich selbstständig zu machen, war ich enttäuscht ... vielleicht auch verletzt. Aber wir sind in Kontakt geblieben. Wann immer es möglich war, haben wir donnerstags zusammen gegessen. Das war nett und anregend. Ich glaube, für uns beide. Im letzten halben Jahr sind wir allerdings nicht oft dazu gekommen. Er war viel im Ausland. Ich war ihm wohl auch nicht mehr so wichtig, nehme ich an.« Peter Strup richtete sich auf, holte Luft und fuhr fort: »Ich Idiot. Ich dachte, es ginge um eine Frauengeschichte. Bei seiner ersten Scheidung war ich wohl ein bisschen väterlich streng. Als er sich so zurückzog, habe ich angenommen, dass nun die nächste Ehe in die Brüche ging und dass er von meinen Vorwürfen verschont bleiben wollte.«

»Aber wann hast du begriffen, dass etwas nicht stimmte? Dass etwas wirklich Schlimmes anlag, meine ich?«

»Ich weiß es nicht genau. Gegen Ende September kam mir langsam die Ahnung, dass irgendwer in unserer Branche Nebengeschäfte betrieb. Es fing damit an, dass ein Mandant von mir einen Zusammenbruch hatte. Ein armer Teufel, den ich schon seit Ewigkeiten vertrat. Er weinte und war außer sich. Dann stellte sich heraus, dass es ihm vor allem darum ging, dass ich mich um einen jungen Freund von ihm kümmerte. Einen jungen Niederländer. Han van der Kerch.«

»War das der, der im Gefängnis Selbstmord begangen hat? Um den es so viel Geschrei gab?«

»Genau. Du weißt ja selbst, wie die Jungs ihre Kumpels anschleppen, um auch für die Hilfe zu bekommen. Das ist nichts Ungewöhnliches. Aber nach dreistündigem Geflenne erzählte er mir, es gebe eine Drogenorganisation, hinter der ein oder zwei Juristen steckten; fast schon eine Bande. Oder eine Mafia. Ich war äußerst skeptisch. Trotzdem fand ich es angebracht, der Sache ein bisschen genauer nachzugehen. Als Erstes habe ich versucht, mit dem Niederländer zu sprechen. Ich habe meine Dienste angeboten. Aber Karen Borg war unerschütterlich.« Er lachte ein kurzes, trockenes, absolut freudloses Lachen. »Diese Absage hätte sie fast das Leben gekostet. Na ja, als mir die Hauptquelle versperrt war, musste ich auf Umwege ausweichen. Zeitweise bin ich mir wie ein billiger amerikanischer Detektiv vorgekommen. Ich habe an den seltsamsten Orten mit Leuten geredet, zu den absurdesten Zeitpunkten. Aber irgendwie ... war das auch spannend.«

»Aber, Peter«, fragte der andere leise, »warum bist du nicht zur Polizei gegangen?«

»Zur Polizei?« Er sah seinen Freund an, als habe der soeben einen Massenmord vor dem Mittagessen vorgeschlagen. »Was in aller Welt hätte ich denen denn sagen sollen? Ich hatte doch nichts Konkretes. Was das angeht, hege ich den Verdacht, dass die Polizei und ich ein gemeinsames Problem hatten: Wir haben geahnt und geglaubt und angenommen, aber wir konnten nicht das Geringste beweisen. Weißt du, wie sich mein keimender Verdacht gegen Jørgen zum ersten Mal konkretisiert hat?«

Bloch-Hansen schüttelte leicht den Kopf.

»Ich habe diesen Mandanten an die Wand gestellt, genauer gesagt, ich habe ihn auf einen Stuhl ohne Tisch davor gesetzt. Dann habe ich mich breitbeinig vor ihm aufgebaut und ihm in die Augen gestarrt. Er hatte Angst. Nicht vor mir, sondern vor einer Unruhe auf dem Markt, die alle erfasst zu haben schien. Dann habe ich langsam einige Anwälte aus Oslo aufgezählt. Als ich bei Jørgen Ulf Lavik ankam, wurde er spürbar unruhig, senkte den Blick und bat um etwas zu trinken.«

Die lärmenden Knaben verließen das Lokal. Zwei grinsten und lachten und warfen sich gegenseitig eine Jacke zu, während der dritte und kleinste fluchend versuchte, die Jacke zu fangen. Die beiden Anwälte schwiegen, bis die Glastüren sich hinter den Jungen geschlossen hatten.

»Das wäre ja nett gewesen. Ich hätte zur Polizei gehen und dort erzählen können, dass ich mithilfe eines dilettantischen Lügendetektors einen neunzehnjährigen Rauchgiftsüchtigen dazu gebracht hatte, mir mitzuteilen, dass Jørgen Ulf Lavik ein Verbrecher sei. Nein, ich hatte nichts zu erzählen. Außerdem sah ich schon damals Bruchstücke der eigentlichen Wahrheit. Und damit konnte ich keinesfalls zu so einem jungen Polizeijuristen laufen. Lieber habe ich meine alten Freunde bei den geheimen Diensten aufgesucht. Das Bild, das wir mit vereinten Kräften zusammensetzen konnten, war durchaus nicht schön. Um es offen zu sagen: Es war hässlich. Schrecklich hässlich.«

»Was haben sie dazu gesagt?«

»Es gab natürlich einen wüsten Abwasch. Ich glaube, ganz

sauber sind sie immer noch nicht. Das Schlimmste ist, dass sie nicht an Harry Lime herankommen.«

»Harry Lime?«

»Der dritte Mann. Du erinnerst dich doch sicher an den Film. Sie haben genug über den Alten, um ihm die Hölle heiß zu machen, aber sie trauen sich nicht. Denn ihnen würde es dann auch zu warm.«

»Lassen sie ihn etwa auf seinem Posten?«

»Sie haben versucht, ihn zum Rücktritt zu bewegen. Das werden sie auch weiterhin versuchen. Er hat Probleme mit dem Herzen, ziemlich ernsthafte sogar. Es würde keinen Verdacht erregen, wenn er aus Gesundheitsgründen zurückträte. Aber du kennst ja unseren Exkollegen. Der Mann gibt erst auf, wenn er stürzt. Er sieht keinen Grund zum Aufhören.«

»Ist sein Chef informiert?«

»Was glaubst du?«

»Wahrscheinlich nicht.«

»Nicht einmal die Ministerpräsidentin weiß etwas. Es ist einfach übel. Die Polizei kriegt ihn nie. Die haben ihn nicht mal im Verdacht.«

Die letzte Serie lief nicht gut. Ärgerlich musste Peter Strup hinnehmen, dass er von seinem Freund mit fast vierzig Punkten Vorsprung geschlagen wurde. Langsam wurde er wirklich alt.

»Jetzt sag mir eins, Håkon.«

»Momentchen.«

Es war gar nicht leicht, das steife Bein ins Auto zu lavieren. Nach drei Versuchen gab er auf, und Hanne musste den Sitz so weit wie möglich nach hinten schieben. Nun ging es besser. Er lehnte die Krücken zwischen sich und die Tür. Das schwere Tor zum Hinterhof des Polizeigebäudes öffnete sich langsam, zögernd, als ob es nicht so recht wüsste, ob es sie wirklich gehen lassen sollte. Schließlich entschied es sich. Es ließ sie passieren.

»Was soll ich dir sagen?«

»War es für Jørgen Lavik wirklich so wichtig, Karen Borg umzubringen? Ich meine, hing sein Fall wirklich davon ab?«

»Nein.«

»Einfach nein?«

»Ja.«

Es tat ihm weh, über sie zu reden. Zweimal war er zu ihrer Krankenhausstation hinübergehinkt, wo sie zerschunden und hilflos lag. Beide Male war Nils da gewesen. Mit feindseligem Blick und demonstrativem Griff um die weiße Hand auf der Decke hatte Karens Ehemann jeden Versuch Håkons, zu sagen, was er sagen wollte, abgeschmettert. Sie war zerstreut und abweisend gewesen, und auch wenn er keinen Dank für seinen lebensrettenden Einsatz erwartete, hatte es ihn doch zutiefst verletzt, dass sie den nicht einmal erwähnt hatte. Nils hatte das übrigens auch nicht getan. Er hatte einige Plattheiten von sich gegeben und sich nach wenigen Minuten verabschiedet. Zu einem dritten Besuch war er einfach nicht imstande gewesen. Seither war keine Sekunde verstrichen, in der er nicht an sie gedacht hätte. Dennoch konnte er sich seltsamerweise darüber freuen, dass der Fall so einigermaßen gelöst war. Er riss sich zusammen.

»Wir hätten den Typen nicht verurteilen lassen können, nicht einmal mithilfe von Karens Aussage. Die hätte uns allenfalls zu einer Verlängerung der U-Haft verholfen. Als er wieder auf freiem Fuß war, spielte Karen Borg keine Rolle mehr. Zumindest solange, wie wir sonst nichts gegen ihn hatten. Aber Lavik war sicher nicht ganz zurechnungsfähig.«

»Meinst du, er war geistesgestört?«

»Nein, kein bisschen. Aber du weißt ja, je höher du sitzt, desto tiefer fällst du. Er muss ziemlich verzweifelt gewesen sein. Aus irgendeinem Grund hat er sich eingebildet, Karen Borg sei gefährlich. So gesehen, passt es gut, wenn die Chefs behaupten, er hätte auch dich niedergeschlagen. Vielleicht hat damals diese Notiz seine Zwangsvorstellung ausgelöst.«

»Jetzt soll es wohl auch noch meine Schuld sein, dass Karen Borg fast umgebracht worden ist«, sagte Hanne sauer, obwohl sie wusste, dass er es nicht so gemeint hatte.

Sie kurbelte das Fenster herunter, drückte auf einen roten Knopf und kommunizierte mit einer löchrigen Metallplatte, aus der eine geschlechtsneutrale Stimme schnarrte. Ein unsichtbarer Diener hob die Sperre, und Hanne fand in der Tiefgarage des Regierungsgebäudes einen freien Platz.

»Kaldbakken wollte sofort kommen«, sagte sie und half ihrem Kollegen aus dem Wagen.

Kaum zu glauben, dass ein Justizminister sich mit solch kümmerlichen Verhältnissen abzufinden hatte. Obwohl das Zimmer gerade renoviert wurde, bestand kein Zweifel daran, dass der junge Minister hier arbeitete. Der Mann stieg über einen Berg von Papierrollen, zwängte sich an einer Trittleiter vorbei, auf der ein Farbeimer gerade umzukippen drohte, lächelte breit und hielt ihnen zum Gruß die Hand hin.

Er sah überwältigend gut aus und war auffallend jung. Bei seinem Amtsantritt war er erst zweiunddreißig gewesen. Sein Haar war von strahlendem Blond, selbst mitten im Winter, und seine Augen hätten einer Frau gehören können; riesengroß, blau und mit sehr langen, schön gebogenen Wimpern. Seine Augenbrauen bildeten einen maskulinen Kontrast zu dem vielen Blond, sie waren schwarz und über dem Nasenrücken zusammengewachsen.

»Wunderbar, dass ihr kommen konntet«, sagte er begeistert. »Es hat so viel in den Zeitungen gestanden, dass man gar nicht wusste, was man glauben sollte. Ich hätte gern genauere Informationen. Jetzt, wo alles überstanden ist, meine ich. Ziemlich unglaubliche Geschichte, und unangenehm für uns Gesetzeshüter. Ich soll diese Anwälte schließlich im Zaum halten, da ist es wenig komisch, wenn sie über den Zaun springen.«

Eine Grimasse sollte vielleicht zu gemeinsamer Resignation über den Anwaltsstand einladen. Der Minister war selbst zwei Jahre bei der Polizei gewesen, dann war er in Rekordzeit mit nur achtundzwanzig Jahren zum Staatsanwalt ernannt worden. Hilfsbereit hob er Håkons eine Krücke auf, die beim Händeschütteln zu Boden gefallen war.

»Eine tapfere Rettungstat, wenn ich das richtig verstanden habe«, sagte er freundlich. »Wie geht es dir jetzt?«

Håkon beteuerte, es gehe ihm hervorragend. Noch ein wenig Schmerzen, aber es gehe gut.

»Wir müssen hier rein«, sagte der Minister und führte sie ins Nachbarzimmer. Das hatte, anders als sein eigenes, keinen Blick auf das umliegende Viertel, in dem nach Kräften saniert wurde. Von diesem Raum aus blickte man auf den Hubschrauberlandeplatz auf dem Dach des Wirtschaftsministeriums. Er war auch nicht größer, aber es war aufgeräumt. Auf dem Boden lagen zwei prachtvolle Perserteppiche, einer über vier Quadratmeter groß. Sie konnten unmöglich Staatseigentum sein. Auch die Bilder an den Wänden gehörten wohl kaum dem Staat. Dann hätten sie in der Nationalgalerie hängen müssen.

Gleich nach ihnen betrat der Staatssekretär den Raum. Da dies sein Arbeitszimmer war, bot er ihnen Stühle und Mineralwasser an. Er war doppelt so alt wie sein Chef, aber ebenso jovial. Sein Staatssekretärsgehalt betrachtete er wahrscheinlich als eine

Art Taschengeld; er war noch immer Seniorpartner in einer mittelgroßen und weit mehr als mittelerfolgreichen Anwaltskanzlei.

Die Besprechung dauerte eine halbe Stunde, und zumeist führte Kaldbakken das Wort. Håkon nickte am Ende fast ein. Peinlich. Er schüttelte den Kopf und trank, um wach zu bleiben, einen großen Schluck Mineralwasser. Die rötlichen Teppiche mit den vielen Mustern gefielen ihm. Auf seiner Seite wiesen sie einen anderen Farbton auf als zur Tür hin, tiefer, wärmer. Die Bücherregale gehörten sicher dem Ministerium, sie waren dunkelbraun und aus simplem Furnier. Sie waren mit Fachliteratur gefüllt. Håkon lächelte, als er sah, dass der Staatssekretär Sinn für alte Jungenbücher hatte. Den hatten andere auch, das wusste er noch, obwohl die starken Medikamente seine Konzentrationsfähigkeit dämpften. Aber wer?

»Sand?«

Er fuhr zusammen und führte sein Bein als Entschuldigung an. Was hatten sie gefragt?

»Hältst du den Fall jetzt für gelöst? Hat Lavik Hans A. Olsen umgebracht?«

Hanne Wilhelmsen starrte ausdruckslos an ihm vorbei. Kaldbakken nickte energisch und sah ihm in die Augen.

»Na ja, vielleicht. Vermutlich, Kaldbakken ist ja der Meinung. Es wird wohl stimmen.«

Korrekte Antwort. Die anderen rafften ihre Sachen zusammen, die Besprechung hatte länger gedauert als geplant. Håkon kam mühsam auf die Beine und humpelte zum Bücherregal hinüber. Und dann fiel es ihm ein.

Ihm wurde schwindlig, und er stützte sich zu sehr auf die eine Krücke. Sie rutschte auf dem glatten Boden weg, und der Staatssekretär, der ihm am nächsten stand, stürzte hilfreich herbei.

»Vorsichtig, vorsichtig, mein Junge«, sagte er und streckte ihm eine Hand hin.

Håkon nahm sie nicht, sondern starrte den Mann so lange bestürzt an, bis Hanne Wilhelmsen herüberkam und ihn energisch um die Brust packte. Er kam auf die Beine.

»Es geht schon«, murmelte er und hoffte, die anderen würden seine Verwirrung seinem bösen Sturz zuschreiben.

Nach weiteren anerkennenden Worten konnten sie endlich gehen. Kaldbakken war mit seinem eigenen Auto da.

Als sie außer Hörweite waren, packte Håkon Hanne an der Jacke. »Hol die drei Codebögen. Und dann treffen wir uns so bald wie möglich in der Stadtbücherei.« In beeindruckendem Tempo humpelte er davon.

»Ich kann dich hinfahren«, rief sie hinter ihm her, aber er schien sie nicht zu hören. Er hatte fast den halben Weg hinter sich.

Es war arg abgegriffen, aber das extrem rassistische Titelbild war noch deutlich zu erkennen. Ein junger, schöner europäischer Flieger lag in seinem blauen Fliegeroverall und seinem altmodischen Lederhelm hilflos auf dem Boden, während sich eine Horde unsympathischer wilder Afrikaner auf ihn stürzte. Das Buch hieß *Biggles auf Flügeln*. Er reichte es der atemlosen Kommissarin. Sie begriff nicht sofort.

»Flügel«, sagte er leise. »Die Codeüberschrift auf dem Bogen, den wir in Hansa Olsens Pornofilmschachtel gefunden haben.« Sie beugte sich über seine Schulter. Vor ihm lag die gesamte Serie über das britische Fliegerass. Er hob *Biggles in Afrika* und *Biggles auf Borneo* auf.

»Afrika und Borneo. Jacob Frøstrups Versicherungspapiere. Wie hast du das herausgefunden? Und warum gerade jetzt?«

»Dem Schicksal sei Dank für all die tödliche Routinearbeit. Bei den langen Listen über alles, was sich in Laviks Büro befand, ist mir die *Biggles*-Serie aufgefallen. Ich musste ein bisschen kichern, diese Bücher habe ich als Kind verschlungen. Wenn jeder einzelne Titel angegeben gewesen wäre, dann hätte ich es vielleicht da schon gesehen. Aber da stand einfach nur: Die *Biggles*-Serie.« Er strich über den ausgefransten hellblauen Buchrücken. Sein Bein tat nicht mehr weh, Karen Borg war nur noch ein fernes, schwaches Ziehen. Er konnte den Code entschlüsseln. Zweieinhalb Monate lang war er hinter Hanne Wilhelmsen hergetrottet. Jetzt war er an der Reihe. »Der Staatssekretär hat die gleichen Bücher. Die komplette Serie.«

Das war eine wahre Bombe. Da lag sie vor ihnen, in Form von drei zerfledderten Jungenbüchern. Jungenbücher, die aus irgendeinem Grunde auch in einem Staatssekretärsbüro standen. Und im Büro eines lausigen toten Anwalts. Das konnte kein Zufall sein.

Vierzig Minuten später hatten sie den Code geknackt. Drei mit unbegreiflichen Zahlenreihen gefüllte Bögen waren in drei siebenzeilige Mitteilungen verwandelt worden. Und diese Mitteilungen verrieten so gut wie alles. Über das, was sie die ganze Zeit angenommen hatten. Es handelte sich um große Mengen. Drei Lieferungen zu je hundert Gramm. Heroin. Wie erwartet. Die Buchstaben, eifrig und steil, Hanne und Håkon schrieben beide linkshändig, erzählten, wo der Stoff abgeholt und wohin er gebracht werden sollte. Sie gaben Auskunft über Preis, Menge und Qualität. Jede Nachricht endete mit einer Angabe über das Honorar des Kuriers.

Aber nicht ein verdammter Name. Nicht eine Adresse. Die Ortsangaben waren offenbar präzise, aber wiederum kodiert. Die drei Abholadressen waren mit B-c, A-r und S-x angegeben. Die

Lieferadressen lauteten FM, LS und FL. Sinnlos, für die Polizei. Aber offenbar nicht für jene, die diese Befehle ausgeführt hatten.

Sie waren allein in dem großen Saal. Randvolle Regale ragten stumm und abweisend an allen vier Wänden auf. Die Bücher dämpften die Akustik und erstickten alle Versuche, in dem ehrwürdigen Gebäude Krach zu schlagen. Nicht einmal die Grundschulklasse im Nachbarraum konnte die wissensschwere Ruhe stören, die in den Wänden saß.

Hanne schlug sich in plötzlicher Erkenntnis ihrer eigenen Dummheit an die Stirn und ließ danach ihren Kopf auf die Tischplatte fallen, um das Ganze noch zu betonen. »Der Staatssekretär war an dem Tag, an dem ich niedergeschlagen worden bin, im Polizeigebäude. Weißt du nicht mehr? Der Justizminister wollte die Zellen sehen und über blinde Gewalt diskutieren. Der Staatssekretär war dabei! Ich weiß noch, dass ich sie im Hinterhof gehört habe.«

»Aber wie kann er sich von der Gruppe fortgeschlichen haben? An denen klebte doch eine Traube von Journalisten.«

»Kloschlüssel. Er hat wahrscheinlich ein Schlüsselbund geliehen, um aufs Klo zu gehen. Was weiß ich, jedenfalls war er da. Das kann kein Zufall gewesen sein. Das ist einfach nicht möglich.«

Sie falteten die entzifferten Codes zusammen, brachten der Frau hinter dem riesigen Tresen die *Biggles*-Bücher und traten hinaus auf die Treppe. Håkon machte sich an einem Priem zu schaffen, mittlerweile war er gut im Training. Zwei Stöße mit der Zunge waren genug.

»Wir können doch keinen verhaften, weil er Bücher im Regal hat.«

Sie sahen einander an und prusteten los. Ihr Lachen hallte ohrenbetäubend und respektlos zwischen den strengen Säulen wider, die sich aus purem Abscheu vor solchem Spektakel noch weiter an die Wände zurückzuziehen schienen. Der Atem der beiden bildete in der eiskalten Luft vergängliche Nebelfetzen.

»Das ist fantastisch. Wir wissen, dass es einen dritten Mann gibt. Wir wissen, wer es ist. Ein Riesenskandal. Und wir können nichts machen. Verdammt noch mal rein gar nichts.«

Es gab keinen Grund zum Lachen. Trotzdem kicherten sie auf dem Weg zum Auto, das Hanne ziemlich arrogant genau vor den Eingang gestellt hatte. Ihr Polizeischild lag im Fenster und legitimierte diese grobe Parksünde.

»Wir hatten aber immerhin recht, Håkon«, sagte sie. »Das ist doch ziemlich toll. Es gab einen dritten Mann. Genau, wie wir gesagt haben.« Wieder lachte sie. Diesmal aber resigniert.

Die Wohnung war wie immer. Sie wirkte fremd in all ihrer Vertrautheit. Sicher hatte *er* sich verändert. Nachdem er drei Stunden sauber gemacht und das Ganze mit einer gründlichen Staubsaugrunde über den Teppichboden im Wohnzimmer gekrönt hatte, kehrte seine Ruhe zurück. Dem Bein taten solche Aktivitäten nicht gut. Seiner Seele sehr wohl.

Vielleicht war es nicht richtig, mit anderen darüber zu sprechen. Aber Hanne Wilhelmsen hatte bereits wieder die Leitung übernommen. Sie hatten etwas, das möglicherweise eine Regierung zu Fall bringen konnte. Es konnte aber auch wie ein misslungener Chinaböller verpuffen. In beiden Fällen würde es einen Höllenlärm geben. Niemand konnte ihnen Vorwürfe machen, wenn sie noch ein Weilchen warteten, sich Zeit ließen. Der Staatssekretär würde ihnen schon nicht davonlaufen.

Dreimal hatte er Karen Borgs Nummer gewählt. Jedes Mal war Nils am Apparat gewesen. Es war idiotisch, er wusste doch, dass sie noch im Krankenhaus lag.

Es schellte. Er schaute auf die Uhr. Wer kam denn an einem

Dienstagabend um halb zehn zu Besuch? Einen Moment lang spielte er mit dem Gedanken, gar nicht erst zu öffnen. Wahrscheinlich wollte ihm irgendjemand zu einem Wahnsinnssonderpreis ein Zeitungsabonnement aufschwatzen. Oder seine unsterbliche Seele retten. Andererseits: Es konnte auch Karen sein. Natürlich war das unmöglich, aber es konnte vielleicht, vielleicht, vielleicht sie sein. Er presste die Augen fest zusammen, sprach ein stilles Gebet und ging zur Gegensprechanlage. Es war Fredrick Myhreng.

»Ich habe Wein mitgebracht«, sagte er munter, und obwohl Håkon die Aussicht auf einen Abend mit diesem nervigen Journalisten überhaupt nicht verlockend fand, drückte er auf den Knopf und ließ ihn ein. Gleich darauf stand Myhreng in der Tür, eine lauwarme Pizza in der einen und eine Flasche süßen italienischen Weißwein in der anderen Hand. »Weißwein und Pizza!«

Håkon rümpfte die Nase.

»Ich mag Pizza, und ich mag Weißwein. Warum nicht beides«, fuhr Fredrick ungebrochen munter fort. »Spitze. Hol Gläser und einen Korkenzieher. Ich habe Servietten.«

Ein Bier wirkte viel verlockender, und im Kühlschrank standen zwei Halbliterflaschen. Fredrick lehnte dankend ab, er kippte den zuckersüßen Wein wie Saft. Erst nach einer ganzen Weile begriff Håkon, was der Mann von ihm wollte. Als er mit dem Eigenlob fertig war, kam noch mehr.

»Hör mal, Sand«, sagte Myhreng und wischte sich ausgiebig mit einer roten Serviette den Mund ab. »Angenommen, jemand tut etwas, das nicht ganz in Ordnung ist, nichts wirklich Ernstes, meine ich, aber ein bisschen verboten. Und dann findet er etwas heraus, das viel schlimmer ist, das aber andere verbrochen haben. Oder er findet etwas heraus, das die Polizei brauchen könnte.

Zum Beispiel. In einem Fall, der viel schlimmer ist als das, was dieser Jemand getan hat. Was würdet ihr dann tun? Würdet ihr bei diesem Jemand fünf gerade sein lassen? Auch wenn das, was er gemacht hat, ein bisschen falsch war, aber nicht so schlimm wie das, was der andere getan hat und was nun vielleicht aufgeklärt werden kann?«

Es wurde so still, dass Håkon das schwache Zischen der Kerzen hören konnte. Mit einer Hand schob er den Pappkarton, der nur noch ein paar tote Champignonreste enthielt, vom Tisch und beugte sich vor. »Was hast du getan, Fredrick Myhreng? Und was zum Henker hast du herausgefunden?«

Der Journalist schlug verlegen die Augen nieder. Håkons Faust schlug auf den Tisch.

»Fredrick! Was hast du in der Hand?«

Der rasende Reporter war verschwunden, und wieder saß ein betretener Bube da, der einem erbosten Lehrer seine Schandtat beichten muss. Beschämt schob er die Hand in die Hosentasche und fischte einen kleinen blanken Schlüssel heraus. »Der hat Jørgen Lavik gehört«, sagte er verlegen. »Er war unter seinem Safe angeklebt. Oder seinem Aktenschrank. Ich weiß das nicht mehr genau.«

»Du erinnerst dich nicht richtig.« Håkons Nasenlöcher waren weiß vor Zorn. »Du weißt das nicht mehr genau. Du hast aus dem Büro eines Verdächtigen in einem Verbrechensfall wichtiges Beweismaterial entfernt, und du weißt nicht mehr genau, wo du das gefunden hast. Na gut!« Inzwischen hatte sich um seine Nase ein weißer Kreis gebildet, sein Gesicht sah aus wie eine umgekehrte japanische Flagge. »Darf ich fragen, wann du diesen Schlüssel *gefunden* hast?«

»Vor einer Weile«, antwortete Myhreng ausweichend. »Übrigens ist das hier nicht das Original. Es ist eine Kopie. Ich habe einen Abdruck von dem Schlüssel gemacht und ihn wieder hingeklebt.«

Der Polizeijurist schnaufte wie ein brünstiger Stier. »Ich werde auf diese Sache zurückkommen, Fredrick, das kannst du mir glauben. Ich werde darauf zurückkommen. Jetzt kannst du deine süße Brühe mitnehmen und dich verpissen.«

Aggressiv wies er auf die halb leere Flasche, und der Abgesandte der Presse musste hinaus in die unbehagliche und eiskalte Adventnacht. Gleich hinter der Tür blieb er stehen und schob den Fuß in den Spalt, um den endgültigen Kontaktabbruch zu verhindern.

»Aber du, Sand«, fragte er vorsichtig, »ich kriege doch sicher was dafür? Das wird meine Story?«

Zur Antwort erhielt er nichts anderes als einen gemeinen Schmerz im Zeh.

DONNERSTAG, 10. DEZEMBER

Nach weniger als zwei Arbeitstagen hatten sie die Möglichkeiten auf eine äußerst überschaubare Anzahl von Orten reduziert. Zwei. Der eine war ein ehrbares Fitnesscenter in der Stadtmitte, der andere war ein weniger ehrbares, teureres und angebotsreicheres Studio auf St. Hanshaugen. Beide Lokalitäten waren für physische Aktivitäten geeignet, aber während die eine gesetzlich zugelassen war, betrieb die andere ihre Geschäfte mit spezialimportierten Damen aus Thailand. Es hatte seine Zeit gedauert, den Schlüsselhersteller zu finden, aber als die Polizei die richtige Firma erst einmal aufgetan hatte, dauerte es nur noch zwei Stunden, bis sie wussten, um welche Schlüssellöcher es hier gehen konnte. Im Hinblick auf Laviks ruinierten Ruf waren alle davon überzeugt, dass sie das richtige im Puff finden würden. Aber da irrten sie sich. Lavik hatte zweimal die Woche Gewichte gestemmt, was sie, wie ein genauerer Blick in ihre Unterlagen ergab, bereits wussten. Der Schrank war so klein, dass die schwarze Aktentasche kaum hineinpasste. Sie war mit einem Ziffernschloss versehen.

Jetzt lag sie, noch immer ungeöffnet, auf Kaldbakkens Schreibtisch im Polizeigebäude. Håkon Sand und Hanne Wilhelmsen feierten schon im Voraus Weihnachten und konnten die Bescherung kaum erwarten.

Der Code konnte sich gegen Kaldbakkens Schraubenzieher nicht wehren. Der guten Ordnung halber hatten sie zunächst ein Weilchen mit den sechs Löchern mit den Zahlen gespielt, sie hatten bald aufgegeben. Der Besitzer brauchte die Aktentasche nicht mehr, auch wenn sie noch ganz neu war.

Sie kapierten alle nicht, warum er das getan hatte. Es war unbegreiflich, dass der Mann so ein Risiko eingegangen war. Die einzige logische Erklärung konnte sein, dass er gehofft hatte, bei seinem Sturz noch andere mitreißen zu können. Im Leben hatte er kaum Verwendung für diesen dicken Stapel von Dokumenten gehabt. Der musste ein gewaltiges Sicherheitsrisiko bedeutet haben. In einem Fitnesscenter, wo er sich nicht einmal darauf hatte verlassen können, dass die Betreiber nicht nach Feierabend eine Inspektionsrunde durch die Fächer der wohlhabenden Mitglieder machten, hatte er eine genaue und vollständige Übersicht über eine Organisation gelagert, die die drei vielleicht in einem Kriminalroman erwartet hätten, aber nicht in der Realität.

»Den Überfall auf mich hat er nicht erwähnt«, merkte Hanne Wilhelmsen an. »Das kann nur bedeuten, dass ich recht hatte. Es muss der Staatssekretär gewesen sein.«

Hauptkommissar Kaldbakken und Polizeijurist Håkon Sand interessierte das kein bisschen. Und wenn der Papst persönlich eine Spritztour in den Norden unternommen hätte, um sich über eine wehrlose Frau herzumachen – sie hätten nicht mit der Wimper gezuckt. Sie brauchten fast zwei Stunden, um alles durchzusehen. Sie verschlangen Unterlagen, manche gleichzeitig, manche nacheinander. Kurze Kommentare veranlassten sie ab und zu, einander über die Schulter zu blicken. Schließlich konnte sie nichts mehr überraschen.

»Das muss gleich nach oben«, sagte Hanne Wilhelmsen, als alles gelesen und ordentlich in die ruinierte Aktentasche zurückgelegt worden war. Sie richtete einen Zeigefinger auf die Decke. Und sie meinte nicht Gott.

Der Justizminister bestand darauf, noch am selben Abend eine Pressekonferenz abzuhalten. Überwachungsdienst und Nachrichtendienst hatten heftig protestiert. Es hatte ihnen nichts genutzt. Der Skandal würde komplett werden, wenn die Presse herausfände, dass sie den Fall länger als einige Stunden unter Verschluss gehalten hatten. Der Skandal war ohnehin groß genug.

Das umwerfende Aussehen des Ministers hatte im Laufe des Tages einen schweren Dämpfer erlitten. Seine Haut war bleicher, sein Haar strahlte nicht mehr ganz so blond. Er hörte die Pressewölfe schon hinter der Tür kläffen. Aus irgendeinem Grund hatte er die Konferenz unbedingt im Polizeigebäude abhalten wollen. »Ihr seid verdammt noch mal die Einzigen, die heil aus dieser Geschichte rauskommen«, hatte er sarkastisch erklärt, als die Polizeipräsidentin vorschlug, die Presse im Regierungsgebäude zu empfangen. »Wir machen die Konferenz bei euch.« Was er nicht erwähnt hatte, war die Tatsache, dass im Regierungsviertel der reine Ausnahmezustand herrschte. Die Ministerpräsidentin hatte die Bewachung verdreifacht und der Presse gegenüber eine klassische Paranoia entwickelt. Auf diese Weise war das Polizei-gebäude ein willkommener Blitzableiter.

Er holte drei- oder viermal tief Luft, dann betrat er den großen Sitzungssaal. Polizeijurist Håkon Sand und Kommissarin Hanne Wilhelmsen lehnten ganz hinten im Saal an der Wand.

»Es wird eine Freude sein zu hören, wie sie sich aus allem raus-reden wollen«, sagte Hanne leise.

»Das schaffen sie nicht.« Håkon schüttelte den Kopf und fügte hinzu: »Hier kommt niemand ohne Beulen raus. Abge-sehen von uns, Hanne. Held und Heldin. Die mit den weißen Stetsonhüten.«

»The good guys!«

Beide grinsten übers ganze Gesicht. Håkon legte den Arm um seine Kollegin, und sie ließ es sich gefallen. Zwei uniformierte Po-lizisten blickten verstohlen zu ihnen herüber, aber die Gerüchte waren schon längst im Umlauf und nicht mehr spannend. Sie waren für die Meute weiter vorn im Saal so gut wie unsichtbar. Die Techniker von fünf Fernsehsendern hatten blitzschnell fünf kräftige Scheinwerfer montiert, die den hinteren Teil des Saals dunkel erscheinen ließen, während alle wichtigen Menschen am grell ausgeleuchteten Tisch saßen. Die vor drei Stunden ver-öffentlichte Pressemitteilung hatte alles und nichts gesagt. Keine Details, nur dass der Staatssekretär wegen schwerwiegender Ver-gehen verhaftet worden sei und dass die Regierung zu einer außer-gewöhnlichen Besprechung zusammengekommen sei.

Die Polizeipräsidentin eröffnete die Konferenz. Die Präsiden-tin wirkte nervös, beherrschte sich aber. Sie hatte bereits eine Art Erklärung verfasst, auf einigen A4-Bögen, in denen sie nun ab und zu ohne erkennbare Logik herumblätterte, vor und zurück, vor und zurück. Die Polizei habe Grund zu der Annahme, dass der Staatssekretär im Justizministerium – vielleicht sogar als

Oberhaupt – mit einer Gruppe zu tun hatte, die des illegalen Rauschgiftimportes verdächtigt wurde.

»Auch eine Art zu sagen, dass der Kerl ein Mafiaboss ist«, flüsterte Håkon Hanne ins Ohr. »Jetzt kriegen wir die adrette juristische Version.«

Das schockierte Getuschel verstummte augenblicklich, als die Präsidentin fortfuhr: »Zum jetzigen Zeitpunkt sieht es für uns so aus«, sagte sie und hüstelte hinter geballter Faust, »es sieht so aus, dass die Organisation aus zwei Gruppen bestanden hat. Der verstorbene Anwalt Hans A. Olsen war für die eine zuständig, der verstorbene Anwalt Jørgen Ulf Lavik für die andere. Wir haben Grund zu der Annahme, dass der Staatssekretär beide geleitet hat. Er ist festgenommen worden und wird wegen Import und Vertrieb einer unbekannten Menge von Narkotika angeklagt werden.« Wieder räusperte sie sich.

»Wie viel?«, fragte ein Journalist.

»Außerdem wird er des Mordes an Anwalt Hans A. Olsen bezichtigt.«

Jetzt hätten drei Tonnen Stecknadeln zu Boden prasseln können, ohne dass irgendwer auch nur mit der Wimper gezuckt hätte. Es hagelte Fragen.

»Hat er gestanden?«

»Worauf beruht dieser Verdacht?«

»Von wie viel Geld ist hier die Rede?«

»Hat es Beschlagnahmungen gegeben?«

Es dauerte fast zehn Minuten, bis wieder Ruhe in die Versammlung eingekehrt war. Der Kripochef schlug immer wieder auf den Tisch, die Polizeipräsidentin ließ sich im Sessel zurücksinken, und mit verkniffenem Mund weigerte sie sich, auch nur eine Frage zu beantworten, solange nicht Ruhe eingetreten wäre. Sie sah älter aus denn je.

»Ich kapier ja nicht, warum sie so angespannt aussieht«, sagte Hanne leise zu Håkon. »Sie sollte doch absolut zufrieden sein. Es ist verdammt lange her, dass irgendjemand hier im Haus sich mit so einem Triumph brüsten konnte.«

Schließlich verschaffte sich der Kripochef Gehör. »Nachdem sich die verschiedenen Betroffenen erklärt haben, wird Gelegenheit sein, Fragen zu stellen. Aber erst dann. Ich bitte um Verständnis.« Ob das leise Gemurmel der Journalisten Zustimmung bedeuten sollte, war schwer zu sagen. Jedenfalls konnte die Polizeipräsidentin weiterreden.

»Diese Aktivitäten scheinen schon seit einigen Jahren stattgefunden zu haben. Wir nehmen an, seit 1986. Es ist noch zu früh, um etwas Genaueres zu sagen.« Wieder hustete sie.

»Dieses Husten kommt immer, wenn sie lügt oder Angst hat«, flüsterte Håkon. »Aufgrund der Aktentascheninfos bin ich auf vierzehn Kilo gekommen. Allein auf Laviks Konto!«

»Ich auf fünfzehn«, kicherte Hanne.

Wieder holte die Präsidentin tief Luft. »Was die besonderen Umstände des Verbrauchs der …« Jetzt wirkte ihr Husten fast wie eine Parodie. »… des Verbrauchs der hmmm … Einnahmen aus dem ungesetzlichen Vertrieb betrifft, das möchte ich dem Justizminister überlassen.«

Sie atmete erleichtert auf, als sich aller Augen auf den jungen Minister richteten. Er schien auf einen Schlag vom Tod seiner Mutter, der Krankheit seines Vaters und seinem eigenen Konkurs gehört zu haben.

»Vorerst, und ich betone, *vorerst*, sieht es so aus, als sei ein Teil dieser Mittel … dieser … Mittel, man kann sagen … regelwidrig für Zwecke des militärischen Nachrichtendienstes verwendet worden.«

Plötzlich begriffen alle, warum auch der Verteidigungsminister anwesend war. Einige hatten ob dieser Tatsache die Stirn gerunzelt. Er saß ganz links in der Reihe der wichtigen Personen, ganz an der Tischkante, fast überflüssig. Niemand hatte Zeit gehabt, weiter darüber nachzudenken.

Nun war es unmöglich, die Fragen zurückzuweisen. Wieder schlug der Kripochef auf den Tisch, aber das wirkte immer blödsinniger. Die Polizeipräsidentin riss sich zusammen. Mit einer Stimme, die man ihrer schmächtigen Gestalt nicht zugetraut hätte, übernahm sie die Leitung.

»Eine Frage nach der anderen«, forderte sie. »Wir stehen für eine Stunde zur Verfügung. Es liegt bei euch, was ihr aus dieser Zeit macht.«

Eine Viertelstunde später hatten die meisten das Bild so einigermaßen erfasst. Die Bande oder Mafia, wie sie jetzt von allen genannt wurde, auch von den VIPs auf dem Podium, hatte auf der Basis eines ziemlich strengen Pyramidensystems operiert. Offenbar hatten alle nur ihre direkten Vorgesetzten kennen dürfen. Der Staatssekretär hatte also nur Olsen und Lavik fürchten müssen. Aber die beiden Unteroffiziere hatten sich schließlich zu sicher gefühlt, waren zu weit gegangen und hatten sich zu aktiv eingemischt. Es bestand Grund zu der Annahme, dass sie sich in großem Stil ihrer einzigartigen Möglichkeit bedient hatten, Rauschgift in die Gefängnisse einzuschmuggeln. Die effektivste Bezahlung der Welt. Und das beste Lockmittel.

Fredrick Myhreng brachte die anderen dazu, für einen Moment die Klappe zu halten. »Kann hier die Rede von politischer Überwachung sein?«, brüllte er von der dritten Bank. Die Leute auf dem Podium tauschten Blicke, und niemand sagte etwas. Dazu hatten sie auch keine Zeit, denn der hitzige Journalist fuhr fort: »Meine Informationen besagen, dass hier die Rede von fast dreißig Kilo harter Stoffe ist. Das bedeutet ein wahnwitziges Vermögen. Ist das alles an den Nachrichtendienst gegangen?«

Der Junge war nicht dumm. Die Polizeipräsidentin aber auch nicht. Sie starrte den Journalisten kurz an.

»Wir haben Grund zu der Annahme, dass bedeutende Summen von Kräften verwendet worden sind, die eine gewisse Überwachungsinstanz leiten, ja«, sagte sie langsam.

Die geistesgegenwärtigen Kriminalreporter hatten bereits ihre Mobiltelefone gezückt und baten, die Stimme tief in der Jackentasche, ihre Redaktion, die politischen Kommentatoren zu verständigen. Inzwischen war der Fall auch für die interessant genug. Es konnte von gewaltiger politischer Bedeutung sein, wenn ein so hohes politisches Tier sich als Verbrecher erwies. Bisher hatten die Politikredakteure nicht das Gefühl gehabt, etwas auf einer Pressekonferenz im Polizeigebäude verloren zu haben. Nun, da bekannt gegeben worden war, wozu das Geld gedient hatte, dauerte es nur wenige Minuten, bis der erste sich zur Tür hereinschlich und neben seinen Kollegen schlüpfte. Nach und nach leisteten ihm vierzehn, fünfzehn und mehr politische Kommentatoren Gesellschaft. Die Kriminalreporter verstummten mehr und mehr, einige verließen sogar den Saal, nachdem sie die Stafette weitergereicht hatten.

Ein Stenz von den Fernsehnachrichten mit dem Gesicht eines Vierzigjährigen und Frisur und Kleidern, die besser zu einem Zwanzigjährigen gepasst hätten, hielt dem Verteidigungsminister ein in dicken Winterpelz eingehülltes Mikrofon hin. »Wer vom Nachrichtendienst hat davon gewusst? Wie weit nach oben ist das gegangen?«

Der Minister wand sich auf seinem Stuhl und warf seinem Kollegen vom Justizministerium einen flehenden Blick zu. Von dort wurde ihm keine Hilfe zuteil. »Nun ja, es kann aussehen, als ob ... niemand wusste, woher das Geld kam. Nur sehr wenige wussten überhaupt von dem Geld. Wir werden das gründlich untersuchen.«

Der Fernsehreporter ließ nicht locker. »Der Verteidigungsminister will also sagen, dass der Nachrichtendienst viele Millionen verbraucht hat, ohne dass irgendjemand darüber informiert war?«

Das wollte der Verteidigungsminister sagen. Er breitete die Arme aus und hob die Stimme. »Ich muss ausdrücklich betonen, dass das nicht offiziell war. Es besteht kein Grund zu der Annahme, dass viele darin verwickelt sind. Deshalb ist es falsch, in diesem Zusammenhang vom Nachrichtendienst zu sprechen. Dahinter stehen Einzelpersonen, und Einzelpersonen werden zur Rechenschaft gezogen werden.«

Das mochte der Fernsehmann kaum glauben. »Soll das heißen, dass der Dienst als Ganzes mit keinerlei Konsequenzen zu rechnen hat?« Als er nicht sofort eine Antwort erhielt, drückte er dem Justizminister das Mikrofon so weit ins Gesicht, dass der den Kopf einziehen musste, um den Nylonpelz nicht in den Mund zu bekommen. »Müsste nicht der Justizminister zurücktreten, wenn seinem engsten Mitarbeiter Vergehen von solcher Tragweite vorgeworfen werden?«

Der Minister war jetzt ganz ruhig. Vorsichtig schob er das Mikrofon zehn Zentimeter zurück, fuhr sich durchs Haar und blickte dem Fernsehreporter voll ins Gesicht. »Das müsste der Justizminister«, sagte er laut und deutlich.

Das wirkte. Sogar die Kameras verstummten.

»Ich trete mit sofortiger Wirkung zurück«, erklärte der Justizminister, und er schien es wortwörtlich zu meinen. Ohne dass irgendwer ein Zeichen gegeben hätte, die Pressekonferenz zu beenden, raffte er seine Papiere zusammen. Er erhob sich, warf einen Blick auf die Versammlung, richtete sich kerzengerade auf und verließ den Saal.

Hanne und Håkon empfanden Mitleid mit dem jungen Minister.

»Der hat doch nichts verbrochen«, murmelte Håkon. »Hat sich bloß einen Schurken als Mitarbeiter ausgesucht.«

»Good help is hard to get these days«, sagte Hanne. »Insofern hast du Glück. Du hast ja mich.« Sie küsste ihn auf die Wange und flüsterte: »Mach's gut.« Kommissarin Hanne Wilhelmsen wollte den langen Einkaufsabend ausnutzen. Höchste Zeit, die Weihnachtsgeschenke zu besorgen.

MONTAG, 14. DEZEMBER

Nur noch zehn Tage bis Weihnachten. Die Wettergottheiten freuten sich und versuchten zum sechsten Mal innerhalb von zwei Monaten, die Stadt zum Fest zu schmücken. Auf den weiten Rasenflächen vor dem klobigen grauen Polizeigebäude lagen bereits zwanzig Zentimeter Schnee. Die Pflastersteine vor dem Eingang waren spiegelglatt, und nur zehn Meter von der Tür entfernt rutschte Håkon Sand sein verletztes Bein weg. Der Taxifahrer hatte sich geweigert, die nicht gestreute Auffahrt zu befahren.

Er kam wieder auf die Beine und humpelte ins Warme. Wie immer war die Eingangshalle voll. Håkon blieb einen Moment stehen und ließ seinen Blick zu den oberen Etagen hinaufwandern. Das Haus stand so fest da wie immer. Mit dem Nachrichtendienst sah es nicht ganz so gut aus.

Der Lärm war noch längst nicht verklungen. Die Zeitungen erschienen jeden Tag mit Sonderausgaben, und die Nachrichtenredaktion des Fernsehens hatte drei Tage lang Extrasendungen ausgestrahlt. Der sofortige Rücktritt des Justizministers war ein Versuch gewesen, die übrige Regierung zu retten, aber noch stand nicht fest, ob das gelingen würde. Der Nachrichtendienst hatte einen wütenden Untersuchungsausschuss am Hals, und schon war die Rede von einer radikalen Umstrukturierung. Ein erst vor wenigen Monaten erschienenes Buch, das die Beziehung zwischen Regierungspartei und Geheimdiensten zum Thema hatte, war von neuer und erschreckender Aktualität. Eine riesige Nachauflage war im Druck. Ein bürgerlicher Politiker, der seit Langem behauptet hatte, überwacht und abgehört zu werden, ohne dass irgendwer darauf eingegangen wäre, wurde plötzlich ernst genommen.

Håkon war es schnurz, dass ihm der Fall entzogen worden war, und auch der absolute Mangel an anerkennenden Worten von seinen Vorgesetzten machte ihm nichts aus. Der Job war getan, der Fall erledigt, er hatte Samstag und Sonntag frei. Das letzte freie Wochenende war eine Ewigkeit her.

Vor der Tür mit den halb abgerissenen Disneyfiguren blieb er stehen und machte sich an seinem Schlüsselbund zu schaffen. Er betrat sein Büro und blieb abrupt stehen, als er die Figur auf dem Schreibtisch erblickte.

Es war Frau Justitia. Im ersten Moment hielt er sie für das Exemplar der Polizeipräsidentin und begriff überhaupt nichts. Aber dann sah er, dass diese Ausgabe größer und blanker war. Vermutlich war sie ziemlich neu. Außerdem war sie stilisierter; die Dame war hoheitsvoller, und der Künstler hatte sich bei der Anatomie einige Freiheiten erlaubt. Der Körper war im Verhältnis zum Kopf zu lang, und das Schwert ragte von der Taille her schräg nach oben, statt an ihren Röcken nach unten zu hängen. Sie schien zuschlagen zu wollen.

Er ging zum Tisch und hob die Figur hoch. Sie war schwer.

Die Bronze glänzte rot, sie hatte noch keine Patina angesetzt. Eine Karte fiel zu Boden. Er stellte die Figur zurück auf den Tisch, bückte sich, wobei er das verletzte Bein steif ausstreckte, und hob den kleinen Briefumschlag auf.

Er war von Karen.

»Liebster Håkon. Ich danke dir mit tausend zärtlichen Küssen für alles. Du bist mein Held. Ich glaube, ich liebe dich. Gib mich nicht auf. Ruf nicht an, ich melde mich bald. Deine (ob Du's glaubst oder nicht) Karen. PS: Herzlichen Glückwunsch!!! Dies.«

Er las den Brief wieder und wieder. Seine Hände zitterten, als er mit der strahlenden Bronzefigur spielte. Sie war kühl und glatt, es war angenehm, sie zu berühren. Einen Augenblick stutzte er und kniff zweimal schnell die Augen zu. Er war ganz sicher, es gesehen zu haben.

Die Göttin der Gerechtigkeit hatte ganz kurz hinter der soliden Binde, durch die sie blind gemacht worden war, hervorgelugt. Ein Auge hatte ihn direkt angesehen, und er hätte schwören können, dass sie für den Bruchteil einer Sekunde gezwinkert hatte. Und gelächelt. Ein schräges, rätselhaftes Lächeln.

Und so geht es weiter ...

SELIG SIND DIE DÜRSTENDEN

Der zweite Fall für Hanne Wilhelmsen

In Oslo herrscht eine ungewöhnlich schwüle Hitze. An einem Samstag wird Hanne Wilhelmsen zu einem alten Schuppen gerufen, in dem literweise Blut vergossen wurde – ohne dass man eine Leiche findet. Trotzdem beginnen die Ermittlungen. Als sich vergleichbare Fälle an den kommenden Wochenenden wiederholen, tappt die Kripo noch immer im Dunkeln. Bis man plötzlich auf die Opfer stößt und alle Anzeichen auf ein rassistisches Motiv hindeuten. Doch dann wird die junge Medizinstudentin Kristine Håverstad vergewaltigt und brutal getötet, und offensichtlich besteht eine Verbindung zwischen den Morden. Nun ist Hanne Wilhelmsen dem Täter auf der Spur – ebenso wie der nach Rache dürstende Vater von Kristine ...

ATRIUM